———— 阅读之前 没有真相

午夜文库

不可能幸存

呼延云 著

新星出版社　NEW STAR PRESS

目录

1	第一章　白色血衣
66	第二章　极度恐怖
114	第三章　海鸟之死
140	第四章　名茗馆主
160	第五章　七窍流血
181	第六章　群体催眠
223	第七章　神秘短信
248	第八章　金蝉脱壳
277	第九章　犯罪现场
321	第十章　1977
336	第十一章　白色太阳
347	第十二章　余韵绝响
354	再版后记
359	新版后记

第一章　白色血衣

对犯罪现场的目击者，刑侦人员第一要做的不是盘问，而是保护。

——刘思缈《犯罪现场勘查程序》

1

"嘎——吱！"

尖锐的刹车声，在黑夜中异常刺耳，像是有人在半空中猛地抽了一鞭子！

茫茫的草原。

铁一样的巨大天幕。

冰冷的夜风呼啸着掠过大地，一切都在惊心动魄地剧烈起伏着，有如海面永无休止的怒涛，空气中充满了诡异的苦涩咸味……尽管如此，那一声刹车，还是让草原猝然死寂。风居然停了，黑暗更浓了，每根草尖都在瑟瑟发抖。

一辆金杯汽车，停在空荡荡的国道上。

"怎么了？怎么了？"坐在后座上的陈少玲，因为急刹车猛地撞到司机座背上，疼得她龇牙咧嘴的。

坐在司机座上的张大山,双眼直勾勾地望着前面,一言不发,肩膀在微微颤抖,铁青色的背影充满了寒意。

"到底是怎么了?"陈少玲从张大山的肩膀后面探出头来,懵懵懂懂地往车窗前面看了一眼……

就一眼。

全身的血液瞬间凝固!

那是她一辈子也忘不了的恐怖景象——

草原如此黑暗,寒风如此凄厉,国道,如白绫般漫长……

但,就在这样深邃的夜里,居然有一张像是被完整剥下的人脸,紧紧地贴在汽车的挡风玻璃上,面对面地看着他们。

人脸全无表情,像裹着一层尸蜡般半透明。双瞳犹如生了白翳,灰蒙蒙的无一丝光泽。

嘴唇,死鱼般一张一翕,距离车窗如此之近,居然连一口蒙住玻璃的白气也没有呵出。

陈少玲用尽全身力气,才遏制住想要惨叫的冲动。

这是一个身穿白色长衣的女子,直挺挺地站在车头,面对着她和张大山,一头长发在风中猎猎狂舞,像要从头皮上挣脱开去……

车子的前灯射出两束长长的黄色光柱,颤巍巍地笼在女子周围,隔着玻璃也能闻到一丝腥气:女子那一袭白衣的下半身,是触目惊心的斑斑血迹……

犹如刚刚从血泊地狱里走出!

"你……你撞到她了?"陈少玲的声音在发抖。

张大山从嗓子眼里挤出几个字:"差一点儿……"

差一点儿,也就是没有撞上。

可是这个女子，分明像是已经命丧轮下，又飘飘忽忽地向人索命的冤魂！

有那么几分钟——无法估算出准确时间——车厢里的两个人和白衣女子，就在近得能贴上嘴唇的距离，隔一道玻璃对峙着，无论坐着的还是站着的，仿佛都在等待着什么：车里的人等待外面那团染血的冤魂被狂风吹散，外面的冤魂等待里面的人出来供她啜取……

看谁先放弃。

陈少玲感到窒息般的痛苦。车门和车窗都关得严严实实的，车里除了她和张大山，没有第三个人。但她看着对面那张脸，总觉得脸的下面一定有一双可以无限伸长、伸长、再伸长的手，从某个缝隙伸进车子，继而张开手指卡住自己的脖子，越卡越紧！

忍不住了，活人在耐性上永远比不过死人。

张大山呼了一口气，气息极粗重，显然是憋了很久很久。

他的手放在了挡把上，陈少玲猜他想倒车、打轮，然后绕开这个女子走掉。

"不行！"陈少玲突然大喊，"咱们得救救她！不然她真的会被活活冻死！"

"我他妈的连她是人是鬼都不知道！"

张大山瞪起了眼睛，但是望见陈少玲逼视的目光时，一种说不清的情愫使他柔软下来。他挂上空挡，拉起手刹，嘴里嘀咕着什么，埋头从工具箱里摸出一柄很大的扳手，把左侧的车门一推，跳下了车，头发顿时都被风吹得竖了起来，毛茸茸的像一头雄狮。

透过车窗，陈少玲看见张大山绕到车头，然后向那女子喊着什么——手中那柄大扳手握得紧紧的。

但那女子依旧目光呆滞,一言不发。

突然,车灯的两束光剧烈地抖动了一下,女子的衣襟呼啦啦掀起,直扑张大山的胸口,撞得他倒退了几步,差点一屁股坐在地上。他眯起眼睛,脖子往绿色军大衣的衣领里缩了缩,斜望了一眼天空,然后一个大步迈到女子身前,把腰一弯,伸出粗壮的手臂,将她打横着扛了起来,向车门走来。

陈少玲连忙哗啦啦地拉开笨重的车门。

张大山将女子放在陈少玲身边,一股寒气瞬间溢满整个车厢。

"这姑娘快冻僵了……不过还没死。"张大山道。

陈少玲赶紧把红色的棉外套脱下,披在女子身上。这时她才发现,那女子穿的白衣其实是一条长长的白色纱质睡衣,上面已经风干的血渍还是那么触目惊心。

"大山子!"陈少玲发现,"这个姑娘不是咱们乡的。"

张大山说:"应该是来旅游的吧……可她身上这血是怎么回事?又为啥三更半夜地站在国道上?"

陈少玲沉吟片刻,说:"看她这个样子,不可能是从很远的地方来的……对了,咱们赶紧去湖畔楼吧,肯定出大事儿了!"

张大山"哎"了一声,回到驾驶位置,把方向盘一拧,金杯车离开国道,向草原深处驶去。

车厢里,白衣女子僵硬的身体不时随着车子颠簸而左右倾倒,陈少玲将她紧紧抱在怀里。

片刻,她觉得女子的身上似乎暖了一点儿,可自己的身上却越来越冷。

2

望着张大山开车时的背影，陈少玲突然感到一阵陌生。

她熟悉的那个张大山是一条身高一米八五的大汉，虎背熊腰，四方阔脸。高兴的时候嘿嘿嘿傻乐，本来就小的眼睛眯成一条缝儿，一边说话一边摸鼻子；不高兴了就扯开喉咙大叫大嚷，呼呼地挥舞着铁锤似的大拳头，仿佛什么烦恼都能被他砸到地底下。

陈少玲不喜欢他粗鲁，从上初中时就不喜欢。有一天放学后，在学校后面的白桦林里，同学们分成两拨儿玩抓人。不知为什么，张大山使劲追她，就追她一个，直追得她跨过两条小溪。最后张大山伸出手去抓她，人没抓到，只揪住了她那条黑油油的大辫子的发梢，生生扯下几根头发，疼得她蹲在地上，呜呜地哭了起来。

张大山看着她，闷头不语，巨大的身影像小山似的，覆盖在她那娇小的影子上。

后来她考上了县第一高中，住校。张大山却连个职高都没考上，在社会上混了两年，到县城里的"路路通"修车行去当了学徒，仗着兜里有点工钱，一到休息日就换上件棕色条绒外套，狗熊一样吭哧吭哧地走到县一中门口找少玲，约她下馆子。

少玲不想去，因为同学们都在偷偷笑她，可是不去也不行，张大山嗓门那个大啊——"咋啦，考上一高就看不起我啦？"她只好去。真坐在饭馆里，张大山又说不出个话，就知道把盘里的菜往她碗里拨拉，皱着眉不停地嘟囔着"你吃你吃"，也不管她到底爱不爱吃。

吃饱了，两人就在县城里溜达，彼此间保持着老远的距离，看上去好像毫不相干的两个人。

县城就那么点大，转来转去总会转到街心公园。

公园里有一尊雕得怪难看的白马，四蹄腾飞昂首向天，据说这就是传说中的神马——萨日勒。

雕像前的汉白玉石阶上，时常坐着一个身穿灰蓝色绸面布袍子的蒙古族老人，宽大的骨架像一首凝固的古歌。他抱着一把马头琴，一边用马鬃和两根肠弦轻磨慢拉，一边吟唱着。

歌词是蒙语，陈少玲和张大山听不懂，但是歌声哀婉动人，少玲说每次听到，都觉得自己要融化了似的。

为此，张大山专门花了一百块钱，请懂蒙语的中学老师给翻译了：

　　茂密的苦蒿野火一样燃烧，
　　炊烟伴着流雾遮住了眼帘。
　　远方依稀可是你的倩影？
　　暮色中我四下里探看——
　　找寻着你哟，
　　就像苍鹰找寻着山岩。

　　炉膛的牛粪火已经熄灭，
　　墙角一根孤独的套马杆，
　　铃铛声声可是你赶着羊群晚归？
　　屏住气我侧耳聆听——
　　钟情于你哟，
　　就像骏马钟情着草原。

> 我没有成群的牛羊，
> 我没有银色的鞍鞯，
> 往事令我眉头紧锁，
> 命运让我沉默寡言。
> 黑暗中我默默地躺下了——
> 等待着你哟，
> 就像黑夜等待着白天……

张大山把歌词抄在一张纸上，念给陈少玲听。她再去听那老人吟唱时，听得双眼湿漉漉的。

张大山冷不丁冒出一句："少玲，你就是我的白天呢。"

"别胡说！"陈少玲狠狠瞪了他一眼，甩头就走。

高三那一年，因为高考，学业越来越紧，陈少玲怕张大山频繁的"周末拜访"影响学习，琢磨了好几种摆脱他的办法，但都觉得不合适。同宿舍的同学给她出了个主意："那男的，你别瞧他二乎乎的，其实是个有里有面的人，你明着告诉他，'我不喜欢你，今后你别来找我'——他肯定就不来了。"

"这，不好……挺伤人的。"少玲坐在上铺，把脑袋埋在双膝间。

第二天是周末，但直到中午张大山也没再出现。

第三天，还是没有见到张大山。陈少玲觉得不大对劲，给他发了短信也没有回音，打他的手机又关机，她有点不安。接下来的几个月里，她没日没夜地做模拟题，只有在揉着酸痛的眼睛时，眼前会悄然浮现张大山那狗熊一样憨厚的身影。

高考结束后，她才打听到他的消息。原来，那天他在菜市场买菜，见到一辆本田把一个正在捡菜叶的老太太剐倒在地，车子连停都不停，就打算扬长而去。张大山怒火中烧，抓起一块砖头冲着本田猛甩过去，哗啦啦一声，把后车窗砸了个大窟窿。

这下惹了大祸，车里坐的是副县长家的保姆。

张大山被当场拿下，被法院判了三年的有期徒刑。

陈少玲跑到监狱去看他，在阴暗的探视室坐了半晌，门开了，走进来的只有狱警一人，告诉她："张大山不想见你，你走吧。"

再去，还是不见。

第三次去，仍旧是不见——陈少玲知道，他永远不会再见她了。

大学录取通知书很快就寄到陈少玲手里，她考上了省城的一所大学，学习了三年"老年服务与管理"专业。毕业后，她没有像其他同学一样托关系、找门路留在省城工作，而是风尘仆仆地回到老家——那个依旧偏僻而贫瘠的小乡村，办了一家养老院。

没过多久，因为一起事故，养老院被迫关了门。她又到县医院当了一名普通护士。由于家住乡下，她每天都要在县乡之间坐公共汽车奔波几个小时。

今天有一名产妇大出血，她参与抢救，很晚才下班，末班公共汽车早没了。她站在路边焦急地踮起脚，巴望着有过路的车子能捎自己一程。一阵狂风吹得她双眼半眯，睁开眼皮时，一辆金杯车停在她的面前。车窗摇下，露出张大山那张既熟悉又陌生的面孔，脸型没变化，但却多了一些被岁月揉搓出的细纹,特别是目光,有些浑浊。

"回家吧?"张大山冲她吼,"上车!"

她不太想上,可最终还是上了。

"近来咋样?"张大山一踩油门,金杯车摇晃着笨重的身躯,驶上了国道。

陈少玲没有回答,她觉得这些年,还有这些年发生的一切,都不是用一两句话可以说明白的,既然如此,不如不说。

她向车窗外望去:茫茫的夜色笼了整个草原,根本分不清天地,只在黑暗的底色上有一些更黑暗的起伏,那是山峦,起伏连绵却又形状奇异——正如她此刻的思绪。狂风把车窗震得嗡嗡作响,寒气从玻璃缝间钻进车厢,呲呲呲的……车身抖动得越来越剧烈,像是要被风撕碎。

由它去好了,不是很多事情都由它去了吗?就这样想着,她渐渐闭上了疲倦的双眼。

就在意识越来越模糊时——急刹车!

然后,就看到了那恐怖至极的一幕……

3

电视剧里经常说的一句台词是"简直像做梦一样",此时此刻,坐在颠簸的车厢里,抱着浑身是血的白衣女子,陈少玲不知这是一场噩梦即将结束,还是刚刚开始……

金杯车绕过几座低矮的丘陵,只见草原的远方摊着一片亮闪闪的椭圆——"额仁查干诺尔"到了。"查干诺尔"是白色湖泊之意,"额仁"则是"幻境",所以这湖的蒙语全称便是"梦幻般的白色湖泊"。

但附近的汉族牧民们都管这湖泊叫"眼泪湖"。

之所以得了这么个名字,是因为这湖的形状活像一滴眼泪,且湖水又苦又咸。一丛丛乱蓬蓬的芦苇围绕着湖岸,还有几株奇形怪状的白桦树,此刻正在寒风中白骨般嶙峋地兀立。一栋两层高的小楼孤零零地矗立在湖畔——这就是湖畔楼,一间普普通通的旅店。

金杯车在湖畔楼前停下,熄火的瞬间,车窗外的风声骤然增大。张大山眯起眼睛观察那栋黑黢黢的小楼,突然想起了"旋涡"这个词。此刻,他心底分明生出一股异常清晰的感受:

这座小楼就像个旋涡,只要他迈出车厢一步,就会被一股巨大的神秘力量卷进一个深不可测的黑洞,从此再也无法逃出生天……

哗啦啦!

这个声音让张大山心惊肉跳,回过头,他看到陈少玲拉开了车门,准备跳下车去。

"你干什么?"他大吼着,"快点回来!"

陈少玲犹豫了一下,身子又缩回了车里:"李大嘴这店,不是一向整夜都不熄灯的吗?现在怎么黑咕隆咚的?"

她说的,经常开车跑夜路的张大山又怎么会不知道?

对于湖畔楼的老板李大嘴——张大山再熟悉不过了——那是个勤快、热心的人,怕草原上随时有找不到住宿的旅客,所以旅店门前的灯向来整夜不熄。张大山放空车回家时,要是赶上心里不痛快或者身子骨太累,肯定要绕到这里找李大嘴喝一盅,一聊就是一宿。

不过,两人也有翻脸的时候。

那一次,满嘴酒气的李大嘴搂着张大山的肩膀,一边打嗝一边说:"少玲那妮子……呃,大学回来干点啥不好,开什么养老院,结果……呃,还不如来我这哩,脸蛋儿那么俊,保证能招来客人……"

李大嘴还没来得及说更过分的,就被张大山一耳光掴到桌底下,吓得店里的伙计连忙报了警。乡派出所所长"胡萝卜"带着人来的时候,李大嘴无视自己脸上那鲜红的五个手指印,硬说是自己在墙上撞的。胡萝卜又好气又好笑,训了张大山两句就走了。

看着胡萝卜离去的背影,李大嘴回头就骂报警的伙计:"俺们兄弟俩闹着玩的,你他妈报啥警?!"

想到这些,张大山突然紧张起来,李大嘴拿自己当兄弟,现在他的旅店黑灯瞎火的,显然不对劲,万一出了什么大事,自己就这么干等着,合适吗?

张大山掏出手机,给乡派出所报警,信号很差,半天才接通,电话那头说马上就派人过来。

马上?我还不知道?这种天气,他们别把那辆破吉普开进沟里就谢天谢地了。

继续等吧。

金杯车的车灯亮着,两道光柱投射在湖畔楼的大门上。通体黑暗的楼座,两扇玻璃门却反射着黄澄澄的光泽,犹如一件开襟寿衣上的圆形"寿"字。门被夜风刮得一摆一摆的,仿佛有些不可名状的物体,正要从这件寿衣下面钻出来,飘走……于是,这楼也尸僵一般越来越硬,越来越冷。

张大山的一颗心越来越往下沉,像是一块扔到井里的石头,却总沉不到底。这种感觉实在太难受了。

旋涡……去他妈的旋涡!

张大山抓起那把大扳手，推开了左手的车门，风顿时涌进了车厢，呛得陈少玲止不住地咳嗽。他回过头看了她一眼，猛地跳下车。

"大山子！你回来！你给我回来！"

"砰"的一声，张大山把身后的车门摔上，将她的叫喊声封在狭小的车厢里。她望着张大山的背影，眼睁睁地看着他从那件"寿衣"的开襟间钻了进去。

而身边，白衣女子僵坐着，仿佛一张没有生命的皮。

4

胡萝卜搓着手走进值班室时，小王刚刚放下电话："所长，大山子打电话来报警，说湖畔楼好像出事了，咱是不是过去看看？"

胡萝卜一愣。

胡萝卜本名胡卫东，今年五十四岁，当兵退伍后来到狐领子乡派出所当了警察，一干就是三十多年。年轻的时候他脑袋大脖子粗，下半身却很细，所以得了个"胡萝卜"的外号。不料一过中年，不知是酒喝多了还是坐车颠簸的，心虽然一点没少操，肚子却明显大了起来，弄得整个身材圆滚滚的，以至于到县里开会的时候，书记胡撸着他的肚皮问："啥时候你这胡萝卜变成水萝卜啦？"

引得在场的干部们哄堂大笑。

狐领子乡虽然又偏远又贫穷，但乡民安分守己，很少出什么案子。乡里这个派出所，正式编制的民警算上他也只有四个人。另外还有四名协警，都是中学毕业后没活儿干的本地小伙子。

最近几年日子过得越来越好，治安却越来越成问题。老有些陌生的外来人到乡里游荡，要不就是县里发下的通缉令，贴得满乡电线杆子都是，弄得人提心吊胆的，警力似乎也渐渐不够了。他想再招几名协警，无奈上边拨下的钱又太少，只好将就着了。

今天晚上值班的，正是胡萝卜和协警小王。

听小王说是张大山报警，胡萝卜觉得有点儿不对劲。

张大山是他看着长大的，上初中那会儿就仗着力气大，净惹是生非，没少挨自己的踹。后来这孩子连职高也没考上，一直在乡里瞎混，足足混了两年。

那天，胡萝卜去了，一脚踢开门："大山子你个没种的孬货！不就是没考上中学吗？那么大个子，干啥养活不了自己，窝在家里当乌龟？！"

一番话，愣是把张大山撺到城里学手艺。后来他出了事，关到县看守所，胡萝卜去看他。

一见面，张大山就哭了，眼泪哗哗不停，一口一个"叔，俺冤"。胡萝卜一阵心酸："哭个屁哭！好好改造，可不许搁里边儿学坏了啊，听见没！"

三年后，张大山刑满释放。那天上午，胡萝卜特意开着派出所那辆破吉普去接他，谁知到了监狱，才听狱警说张大山自己走了。

心一沉。他望着远方，原野上看不到一个人影，只见两排杨树的茂密枝叶在国道上空织成一行绿色的车辙。

后来他也见过张大山几回，知道他整了辆金杯车，在县里和几个乡之间跑跑运输。但是见了面，也就点个头而已，很少说话,他总觉得张大山在故意躲他,而他也尽量避开张大山。有时候,他也想主动上前,问问这孩子过得好不好,但是每次看到张大山那双浑浊的眼睛,就不由得停住了脚步,话也咽回去了。

大半夜的,他报什么警?这么想着,嘴里可就说出来了:"湖畔楼那儿出啥事儿了?"

"他没说,就是口气挺急的。"小王说。

"我去一趟。"胡萝卜说,"你好好看家,有啥事儿在本本上记下来,等我回来看。"

一路上,破吉普在草原上剧烈地颠簸,车灯的光芒也犹如网中的麻雀一般上蹿下跳,却挣不脱夜色那巨大无边的羁绊。风呼啸着,从门缝、窗户缝往车厢里灌,把他挤得缩成一团。正当他怀疑是不是迷了路时,一阵极猛烈的风,将黑暗狠狠撕开一个口子——

湖畔楼的轮廓瞬时暴露在他眼前。

胡萝卜下了车,一手捂着差点被风刮走的警帽,一手打着手电筒,眯缝着眼,深一脚浅一脚地向停在门口的那辆金杯车走去。

来到金杯车前,他举起手电筒往车窗里照,玻璃的反光耀花了他的眼睛,一时间什么也看不见。他用手掌啪啪地拍打着车门,大喊:"大山子?在吗?我是你老胡叔!"

触手处,掌心一片冰凉。

车门哗啦啦地拉开了,陈少玲跳下来,叫了一声"老胡叔",声音在微微发抖。

"少玲,你咋也在这儿?大山子呢?"

"不知道，刚才他进了楼里面，就再也没出来。我拦过他，他不听……"陈少玲抽泣着。

一抬眼，胡萝卜不由得打了个寒战。只见车厢里坐着一名白衣女子，苍白的脸上没有任何表情，上身直挺挺的，他差点以为是撞了鬼："这……这是谁啊？"

"我们在路上撞见的……"

"你们撞上她了？"胡萝卜急了，"怎么她身上有血啊？"

"没撞上，差一点儿。"陈少玲说，"她在国道上站着，脸贴在车前，吓死人了……我们看她浑身是血，又不像本地人，就怀疑是不是湖畔楼出了事，才往这里赶。后来大山子报了警……等了一会儿，他等不及就冲进去了……"

"胡闹！简直胡闹！"胡萝卜嘟囔着拉上车门，瞄了一眼黑黢黢的湖畔楼。虽然一点也不想进去，但是一种不祥的预感，还是逼着这个戴了三十多年警帽的老警察推开了那扇飘忽的大门。

有人猛地攥住了他的胳膊！

胡萝卜惊得一回头，发现是陈少玲，紧紧地跟在他身后，知道她是不敢一个人留在外面，叹了口气，由着她跟自己一起进了门。

门"吱呀"一声，在身后自动合拢了。

楼道里黑得像是一段两头堵死的盲肠。胡萝卜摸了半天才找到手电筒上的扳钮。"咔吧"一声，射出一道笔直的光柱，正照在门对面的前台上。柜台上面凌乱地丢着登记簿、计算器之类的东西，还有一部小电视机。后面的酒柜上摆着一瓶瓶白酒，好像生物教室里的标本容器。

一只手！

一只上下摇摆的手,一双睁得圆圆的眼睛,猝然出现在手电筒光晕的正中!

胡萝卜浑身一怵,想后退,腿脚竟动弹不得。定定神,才发现那不过是一只招财猫。在这毫无生气的黑楼里,却有一只招财猫翘着嘴角笑吟吟的,连连招手,散发出格外诡异的气氛。

胡萝卜头皮一阵发麻,他摸到了门厅的电灯开关,扳了两下,头顶的灯却没有亮。

整个楼漆黑一片,恐怕不只是灯泡的问题了……他把东墙上的配电箱打开,检查了一下,发现总闸跳闸了,连忙将总闸扳起。

大厅的灯总算亮了,黄恹恹的,和没亮时也差不了多少。

壮胆似的,他大喊了两声李大嘴,震得小楼嗡嗡作响。

无人回答。

"大山子!大山子你在哪儿?"胡萝卜又喊。嘲笑他似的,回声之后仍是一片死寂。

"老胡叔……"身后的陈少玲发出微弱颤抖的声音,"我眼睁睁看着他进了这楼的……"

胡萝卜咬咬牙,现在不是一个张大山不见了的问题,而是这栋本来应该整夜都亮着灯,能见到笑容可掬的李大嘴、疲倦的客人和忙碌的小伙计的小旅店,现在居然像一间午夜时分的寿衣店,没有半点儿活人气息。

他清楚地记得,前天晚上自己还来这里抽查过旅客身份证的登记情况。

临出门时,李大嘴给他点了根烟:"胡所,这两天风大,您就甭过来了。"

他当时还开玩笑说:"咋的,有啥事儿瞒着我?"

李大嘴连忙摆手："瞧您说的，我这儿有啥可瞒您的？纯粹是怕您累着！您要不放心您只管来，酒肉我管饱！"

酒肉？

胡萝卜想起了什么，带着陈少玲，沿楼道一直往西走去，一边走一边随手拧着每间客房的门把手，全都锁着。走到西头，穿过一道挂着塑料门帘的门，便到了凸起如将军肚皮般的一个大厅——餐厅。这里摆着几张小方桌和椅子，是给散客吃饭用的，此刻桌面上干干净净的。南边有三个包间，胡萝卜一个一个地推开门，终于在最后一个包间里闻到一股浓浓的饭菜味儿。手电筒光扫去，只见大圆桌上散乱地扔着几双筷子和吃空了的方便面盒。

胡萝卜越来越摸不着头脑：筷子有六双，也就是说有六个人就餐。从食物残留的程度看，他们应该是吃完了才撤的，但为什么没有伙计来把空盒和餐具收走呢？这可不像勤快的李大嘴的作风啊。

走出餐厅，回到楼道，北边是通向二楼的楼梯。他想上楼看看，又想起一楼还没查看完，就顺原路返回到大厅。

以大厅为中心，湖畔楼呈东西对称的格局，顺楼道一直向东走，尽头是一扇木门，打开也是一个凸起如将军肚皮般的大厅，不过不是餐厅，而是一个KTV包间——湖畔楼毕竟只是家小旅店，所以就这一个KTV包间，油乎乎的歌本翻来覆去就那么几首老掉牙的歌：《真的好想你》《心雨》《我悄悄蒙上你的眼睛》什么的。包间音响质量很差，稍微唱个高音就发出刺耳的吱吱声，麦克风要试过好几个才挑得出个能使的。

胡萝卜和陈少玲向楼道东头走去，依旧一路顺手拧着客房的门把手，也一律锁着。来到东头，在KTV包间门前站定，伸手推了一下门，没能推开。他竖起耳朵，听里面有没有动静，假如餐厅那六名客人此刻正在KTV包间里，他不可能听不到一点声音……

但就是一点声音也没有，只有手电筒灯泡传来的细微到不能再细微的咝咝声。

他有些烦躁，关上手电筒。光芒倏灭。他的心一沉，只觉得像被绑上巨石猛地沉到湖底，浑身沉浸在一片冰冷的黑暗中。

黑暗也过滤了一切嘈杂。

看来KTV包间里面没有人。

胡萝卜憋了半天的气，这时才放松地深深吸了一口……

一股气味瞬间钻进他的鼻腔！

他熟悉这种气味：乡屠宰厂的地上到处是鲜红的血污，麻绳、残肢，乳白色的脂肪，墙上被层层叠叠的污垢染成了黑黄色。一头头牲畜——猪也好、牛也好、羊也好——被铁链吊在半空，穿着橡皮衣的屠夫一刀一刀地给它们开喉，放血……

这是血的气味！只有黏稠的鲜血，气味才会如此浓烈！

出事了——这KTV包间里！

胡萝卜摸向腰间，想掏枪，不禁一愣，腰间空空如也。他才想起自己在安静少事的狐领子乡，已经很多年没有随身带过武器了。来不及再去找别的家伙了，现在必须冲进去！他又狠狠推了一下门，还是推不开。他急了，飞起一脚"哐"地踹在门上，只听"吭哧"一声，门却没被踹开。

他把手电筒交给身后的陈少玲，后退了几步，猛地冲上前，用尽全身的力气将膀子撞在门上——

"咔嚓！"

门应声撞开，他的身体也借着惯性扑了进去，差点跌倒。

站稳。

血腥气骤然加重几十倍，整个包间里漆黑一片。

"手电筒！"胡萝卜大喊，"少玲，打开手电筒！"

站在门口的陈少玲赶紧把手电筒打开，也就在这一刻，包间里的景象让胡萝卜呆若木鸡。

一具、两具、三具、四具……

人体——不对，是尸体！每一具都散发着幽幽的绿光，圆睁或紧闭的眼，没有一丝光芒和生气，已经永远定格在了死亡上。

陈少玲浑身发抖，手电筒也随之乱颤，光芒像锯子一般切割着每一具尸体。胡萝卜呆呆地站在原地，不知所措。从警三十多年来，他还从没遇到过这样大的案子。

死了这么多人……而且是一次！

"啊！"

陈少玲的尖叫让胡萝卜打了个哆嗦，蓦然惊醒。她手中的手电筒直直地指向位于包间最里侧的播放控制间①。胡萝卜循着光芒望去，只见从控制间的门后面伸出一只手。

他小心翼翼地上前几步，正要查看，突然听见楼道里传来一阵沉重而急促的脚步声。猛地回过头，只见一个巨大的黑影从后面覆盖住了陈少玲娇小的身躯……

陈少玲惊惶地转身，手电筒的光一扫，定格在一张宽阔的方脸上，是张大山。

"吓死我了！你跑哪去了？"陈少玲捂着胸口问。

张大山一副懵懵懂懂的模样。

---

① 老式的 KTV 包间，一般辟出独立的播放控制间，客人把歌本上歌曲的编号写在纸条上递进去，由里面的工作人员操作电脑点歌。

"一楼房间都锁着,我就上二楼了啊。刚才听见你叫唤,才赶紧跑下来,咋了,到底出——"

声音戛然而止,他的目光扫过包间里的一具具尸体,张着的嘴半天合不拢,很久,才从嗓子眼里发出一声呻吟:"我的妈呀……"

有这个虎背熊腰的张大山在场,胡萝卜觉得心里安稳了些。

他压低嗓子吩咐:"少玲,你找找这包间的电灯开关,把灯打着。大山子,你挨个查下,看还有没有活的——注意点,尽量不要碰什么东西,保护好现场。"说完他继续走向控制间。门后面那只手,像乞讨似的张开着。他轻轻推了一下控制间的门,没推动,使点劲又推了一下,门缝开大了许多,那只手也软软地向后缩了一缩,吓得他心惊肉跳。

他定了定神,透过控制间的玻璃窗,依稀看见一个蜷卧在门后的身体——控制间很小,点歌用的电脑、音响控制面板等都在右边,在左边的门向里推开,推到九十度就能顶到墙了,门和墙之间的空间非常狭小,而那具身体恰恰堵在门后,所以才推不开。

也不知是死是活……进去看看再说。

这么想着,胡萝卜用力推了推门,将门缝撑大了一点,才把圆滚滚的身体挤进了控制间,然后蹲下,把那个倒在地上的人扶起来。

这人十分瘦小,黑暗中看不清楚他的相貌,甚至分不清男女,但是明显可以感觉到身体已经冰凉。

一道红色光芒,倏地划过了死者的脸,犹如面皮爆裂、喷出了血,接着又是第二道,第三道,第四道……

一惊之下,胡萝卜用手去挡,手背也被"划"了一道,却不疼。回过头，原来是陈少玲不小心把屋顶正中的"满天星"打开了。闪摇中，彩色的光芒透过控制室的门缝划了进来。

霎时间，白炽灯照亮了整个包间，一目了然。

一共六具尸体。

一个头发雪白的老头儿倒在包间的大门旁边，双眼圆睁，金丝眼镜就碎在太阳穴旁边的地上。他双手捂着肚子，身子下面是一摊血，一把尖刀就浸泡在血泊里。

距他不远，一个体形丰满的中年女人背靠墙坐在地上，留着短发的头颅耷拉在肩膀上，手臂垂吊在身体两侧，眼睛紧闭，半张着嘴，嘴角挂着一缕已经凝固的血丝……

靠北墙的沙发上仰卧着一个衣着时尚的年轻女子，两条穿着黑色丝袜的大腿撑开。微张的嘴唇上覆满血沫，神情极其痛苦，一手握成拳，另一手则抠着自己高耸的胸脯，仿佛要将之抠破。

年轻女子身边的地板上躺着一个肥胖的中年男人，身穿做工极好的西服，短粗的脖子上系着彩色的丝巾。谢了顶的脑袋、肥厚的嘴唇和肿大的黑眼袋，都显示这是个被酒色掏空了身子的人。他闭着眼，双手蜷缩成了爪状，在白炽灯下，又可怖又可憎。

第五具尸体是蜷卧在控制间里的人，男性，三十岁上下，身材瘦小，脸型又尖又细，脸上是有点凸的眼球和龅牙。

第六具尸体死得最惨，男性，身材粗壮，俯卧在玻璃茶几旁。他的后脑被砸裂了，血液和脑浆淌了一地。在他的旁边，有一只摔成几瓣的玻璃烟灰缸，烟灰和几个烟头撒成纷乱的一摊。

5

　　陈少玲倚在门框上，目光呆滞。
　　已经探完了每个人鼻息的张大山，傻呆呆地站在包间的正中央，脸上挂着一副不知是哭还是笑的古怪神情。胡萝卜看着他俩，眼里却都是那一具具尸体……
　　在平安无事了几十年的狐领子乡，突然发生了一起谋杀——
　　不，是屠杀！血腥的集体大屠杀！他们的死因是什么？谁是凶手？为什么要一口气杀掉这么多人？下一步应该怎么办？
　　胡萝卜只觉得头皮阵阵发麻："这里发生了很严重的案子，你们俩现在必须配合我工作。"
　　声音有些沙哑，在这阴冷的包间里，显得那么空洞和孱弱，连他自己都没有听清楚。见陈少玲和张大山毫无反应，他一下子生气了，扯直了嗓子："这里发生了案子！你们俩按我说的办，听见没有？听见了就吱一声！"
　　两人吓了一跳，陈少玲僵硬地点了点头，张大山则立正，回了声："是！"
　　胡萝卜重重地喘了口气，说："现在咱们都离开这个包间，退出这个旅馆，到外面去。"
　　陈少玲和张大山紧紧地跟在他后面，走出包间，穿过楼道，走到前台，他想起什么似的，突然加快脚步，推开大门，冲到金杯车的车门前，哗啦啦拉开了车门——
　　还在！
　　骤然绷紧的心弦，又骤然松弛。
　　这个穿白衣的女子，应该是这起屠杀的目击者……或者，她在案件中扮演了其他的角色？所以，绝对不能让她逃走！

白衣女子依旧坐在车里，僵硬的上身直板板地挺立着，眼神空洞，苍白的脸上没有任何表情，仿佛一切都与她无关。

　　胡萝卜慢慢关上车门。"少玲。"他回头低声说道，"我记得……那个KTV包间的门，好像是从里面上锁的？"

　　陈少玲摇摇头："不知道，我没看那门锁是什么样子的。"

　　胡萝卜"嗯"了一声，自知这一问有点多余，因为他心里有数，那扇被他撞开的门确实是从里面锁上的。而朝南的三扇窗户，他也明明记得都是从里面关紧了的。那么，按常理判断，那包间里面既然发生了一起导致六人死亡的屠杀，当中，必定有一人是凶手！

　　否则……

　　他摇摇头，不可能出现什么"否则"，绝不可能！

6

　　这是个异常寒冷的早晨。

　　草原上浮动着一层霜似的白色，房檐、井栏、围墙、牲口棚，连同村口那几根早已废弃的木头桩子，都冻硬了似的泛着青光。小河沟里结着冰，一头瞎了一只眼的老牛在河沟边徘徊了半天，也没找到饮水的地方，抬起头来悲哀地"哞"了一声，脊背上的毛在熹微的晨光中瑟瑟发抖。

　　二秃子左手抱着个红色塑料盆，右手搂着口大铝锅，钻出了两名头戴钢盔、手持79式警用冲锋枪的特警把守的乡派出所的大门。

　　一株粗壮的大槐树后面，转出一个脑袋很大、个子却很矮的人——活像个洋葱头。只见这人一把拉住二秃子的胳膊说：

"家走，家走！"

迎面，胡萝卜匆匆走了过来，老远就和洋葱头打招呼："老杨，他们——都吃了吗？"

洋葱头本来是低着头思忖着什么，听了胡萝卜的声音，抬起头来时，嘴角已经挂上了笑："胡所啊，二秃子送进去的，他们铁定是吃了，拿出来的盆盆锅锅可干净着呢。"等走近了，又压低声音追问，"咋样，透露点消息，啥情况了？"

一夜没睡，胡萝卜眼里红红的全是血丝。

昨天夜里，他打电话给留在所里值班的协警小王，要他立即召集所里全体民警赶到湖畔楼，还要求每个人必须带上手枪。同时，他紧急向县公安局求援——这案子太大了，断不是一个小小的乡级派出所能应付的。县公安局值班的同志接到电话，火速报告给了县公安局局长李阔海。

刚到外地协办了一起交通逃逸案归来的李阔海，躺在床上睡眼惺忪地接过电话，才听见"死亡六人"，便一下子坐了起来，一边穿外套一边指示值班同志调集警力前往狐领子乡支援。挂上电话，他看看床头柜上的闹钟，已经凌晨一点多了。

犹豫片刻，他还是拨通了省公安厅主管刑事大案要案的王副厅长的电话……

凌晨四点，十几辆警车和数十名特警将湖畔楼围了个水泄不通。

警车车顶，警灯闪烁不停的红蓝色光芒，刺过茫茫的雾气，将整座楼照耀得活像一座舞台，在暗夜中有一种巨大的不真实感。

年轻的省公安厅刑侦处处长楚天瑛，在胡萝卜的带领下走进了湖畔楼的 KTV 包间。

包间里,只见膀大腰圆的李阔海正在指挥一群戴着乳白色塑胶手套、套着浅蓝色塑料鞋套的刑事鉴识人员拍照、提取各种痕迹和物证、用粉笔勾勒出尸体的倒伏位置……

并不宽敞的包间里,连带尸体在内,一下子挤进十几个人,顿时有些拥挤和混乱。不时传来低沉的议论声、粗重的喘息声和碰撞声,还有几名刑警堵在门口,好奇地往包间里张望——他们手里拎着黑色的殓尸袋,准备现场勘查结束后,就把尸体装进袋子搬走。

TWO 法则。

犹如春水的涟漪,她的声音,忽然闪现于楚天瑛的脑海。

还有她的倩影,即便身穿警服,即便是站在讲台上,也丝毫掩不住曼妙的身姿。只是,苍白的脸上永远挂着一层霜似的冰冷——

"所谓 TWO 法则,就是在勘查犯罪现场时存在着一种特殊的规律:对单一的凶杀案而言,两名刑事鉴识人员是最有效率的。单独一人可能遗漏一些东西,而三人以上漏掉的东西会更多……"

她的声音也总是这么冷冰冰的,没有一丝感情。

他高高地举起了手臂。

她看了他一眼,长长的睫毛无声地扑闪了一下,目光是透明的,仿佛完全没看到他的存在。

窗外,柳絮飘飘。

她用粉笔在讲台上轻轻点了点,意思是可以提问。

"刘老师……"

他站了起来,听得出自己的声音在颤抖。

她现在就是他的老师,正在讲授"寻找犯罪现场中的微量证据"。他和全班三十多名同学全都是全国各省级公安厅的青年才俊,被集中到中国警官大学接受为期三个月的培训,结业后他们将回到各自所在的公安部门,担任更重要的职位。

按照楚天瑛最初的想法,既然来到中国刑侦的最高学府,就不能只"镀镀金",总得学点真本事回去,提高本省的破案率,顺便和同学们搞好关系,希望在将来的工作中能够借力……但是,看到她走上讲台的一瞬,他的一切想法统统灰飞烟灭了。他只知道,自己这三个月的魂魄,将完全被另外一件事情所主宰。

教室里,突然爆发出一阵笑声。原来他站起来,却忘了自己要说什么,只是痴痴地望着她——在座的同学们都是刑侦一线上屡立战功的高手,当然不难看穿眼前这个"现行犯"的心思。

她站在讲台后面,等待他提问,没有任何表情。

即便是面对歹徒的枪口,也不会动动眼皮的楚天瑛,现在,胸腔里那颗心像刚刚跑完百米般狂跳不止。

"没问题,就坐下。"她说。

"有——"他焦急地喊,然后定了定神,"刘老师,您刚才说,对单一的凶杀案而言,两名刑事鉴识人员是最有效率的,但是如果在单一的犯罪现场发现了多名被害者呢?需要多少个刑事鉴识人员比较好?这其中有没有一个换算公式,比如勘查犯罪现场时,被害者和派出的刑事鉴识人员要成1∶2的比例……"

有人"扑哧"一声笑了出来,带着不屑。

"谁在笑？"

她严厉地问。

教室里静得能听见一朵柳絮从窗口飘进来的簌簌声。

"一名优秀的刑事鉴识人员，首先应该是一名科学家，就要有像这位同学一样严谨到数字化的思维方式。这没什么好笑的。"她说。

尽管说这番话的时候她根本没看他一眼，但他激动得脸涨得通红，不亚于上小学的第一天就得到了老师的表扬。

沉思了片刻，她徐徐开口："但是，无论犯罪现场有多大、被害者的人数有多少，决定刑侦效果的，永远不是刑事鉴识人员的数量，而是质量，所以并不存在你说的换算公式。有研究表明，导致一个犯罪现场被破坏的因素，主要有四种：气候、罪犯、受害人家属和案件第一发现人。可是在很多时候，警察比这四种因素都更善于破坏现场。他们在现场肆意走动、挪动尸体、触摸物品等行为，都会污染证据——特别是微量证据。所以，进入现场的刑侦人员绝不是越多越好；相反，由于进入现场的警察太多而导致的混乱，倒是最应该避免的。一般而言，指挥长应该根据犯罪现场的类型、受害者的死亡方式，迅速建立一个精干的、由处理现场所需的各种专业技术人员组成的小组——也就是说，警力资源的配备，应该由现场的具体状况来决定。"

讲台下面一片沙沙的笔记声。

也许是一种征服欲在作怪，楚天瑛的头脑瞬间热到了沸点，挑衅地问："那么刘老师，假如发生了一起案子，由您来担任指挥长，但是这个案子中，受害者的人数比较多，比如……比如在一个房间里就有六七名死者，您会派遣多少刑事鉴识人员进入现场勘查?"

她看着他,冷冰冰的目光有点好奇,又有点高傲。他不由得微微低下头。

"正确、规范地勘查一起谋杀案的犯罪现场,至少需要十到十二小时。"她一字一字地说,"考虑到受害人数量较多,为保证在有效时间内结束勘查,我会派两名痕迹专家、两名物证提取人员、两名摄像人员和一名法医病理学家,组成一个七人左右的刑事鉴识小组,由我带队进入犯罪现场,严格依照如下顺序展开工作——

"首先由摄像人员对现场进行整体的拍照和录像,然后痕迹专家用粉末法等刷显指纹、足迹;接下来我要亲自走格子,一寸寸地搜索物证,对每一个物证标号,标明其所在位置,再次照相后,由物证提取人员负责提取和记录;与此同时,法医病理学家要对区域内的血迹做血清测试,对尸体做初步尸检,分析每个受害人的死亡时间、死亡原因和死亡方式……"

她说话时,轻掐着雪白纤细的手指,仿佛当真置身于犯罪现场一般。阳光从窗外投射进来,在她的脸上漾起一片如梦似幻的明媚。

楚天瑛已如痴如醉。

"其实……这样人还是有点多了。"她那幽邃的目光忽然一凛,"如果有可能,我更愿意只带一名法医病理学家,甚至……甚至谁也不带,就我一个人进入犯罪现场。我要独自去观察、去触摸、去倾听、去感觉,甚至去想象,犯罪发生的那一刻,身在现场的每一个人,施害者与受害者,他们的动作、语言、心理、感觉……

"现场是有生命的,现场是会说话的,每个现场都像是布满划痕的光碟，只要你肯用心擦拭，用力去读取，或多或少，它总会将那些被隐藏的东西，慢慢地还原，告诉你当时发生了什么，告诉你发生的顺序，告诉你全部真相……"

"标记牌咋还是没带够？！"

李阔海一声怒斥，猛地将楚天瑛拉回了湖畔楼的KTV包间。

给尸体拍照前，必须用标记牌标出序号加以区分。这种标记牌一般是蓝底白字的塑料牌，平时到现场的刑警一般也就带两三块，但是今天，显然不够用了。

"谁知道会一下子死了这么多人啊……"一名刑警小声嘟囔。

没想到李阔海听力好，听了个正着，怒了，扯着大嗓门说："猪脑子啊——"还没说下去，胡萝卜就拉了他一把。

李阔海扭头一看，身后正站着楚天瑛，赶紧转身、立正、敬礼。

楚天瑛知道，辖区出了大案，搁谁身上谁都火大，于是拍拍他的肩膀，转头对那名挨骂的刑警说："还不赶紧再拿几块标记牌来。"

站在包间的正中央，楚天瑛的目光犹如摄像机平摇一般缓缓扫视，不堪入目的纷乱就这样——呈现在眼前——

那些被无意中踢到的尸体或者作为尸体一部分的肢体，那些不小心被踩踏而拖曳得深浅不一的血污，那些滚动的酒瓶或麦克风，那些为了方便拍照而肆意搬动的沙发和茶几……于是，她的话语不由得再次回响在他耳边：

"进入现场的刑侦人员绝不是越多越好；相反，由于进入现场的警察太多而导致的混乱，倒是最应该避免的。"

一名搜集物证的刑警，正用镊子夹起一个沾了血的啤酒瓶盖，要往一个收口塑料袋里塞。

楚天瑛实在忍不住了，上前拍了拍那名刑警的肩膀："你怎么用塑料袋装证物？"

刑警眨巴着眼睛，仿佛听不懂。

"要知道，血液中55%的成分是水，你把沾有血迹的物证放进一个封闭的塑料袋里，那些水分就不能被蒸发掉，它们会在密封的塑料袋中创造出一个非常潮湿的、利于微生物繁殖生长的环境，这会给将来血液证据的鉴证和保存增加困难。"楚天瑛说，"正确的做法是用纸袋，因为纸是透气的，有足够的空气可以透过纸张纤维间的缝隙进出纸袋。这样一来，纸袋中的湿气可以被蒸发掉——血液被晾干后，要比在潮湿的环境中稳定得多。"

刑警还在发愣，李阔海却已在旁边吼上了："楚处教你呢！记住没？"

刑警点了点头，拿着那把夹着啤酒瓶盖的镊子，仍然不知所措。

"楚处。"李阔海苦笑道，"县局条件差，证物袋没有纸的，只有塑料的。"

算了吧，以我国目前的犯罪现场勘查水平来看，要想有一个较大的提高，绝不是一朝一夕的事。

最后，他还是眼睁睁地看着那名刑警把啤酒瓶盖装进了塑料袋。

这时，楚天瑛的目光被玻璃茶几上的某样东西吸引住了。

那是一个扁扁的、圆形的东西，看上去很像是玉做成的饼，散发着乳白又微微泛青的光芒，上面镌刻着一些细细的纹路。

仔细看，才能看出是一幅八卦图：两条阴阳鱼交游着，头部各有一只鱼眼。但无论是鱼身还是鱼眼，都没有用黑色或白色标示，所以也分不清哪条是阴鱼哪条是阳鱼。在玉饼的边缘，有一排推钮。

"这是什么东西？"楚天瑛好奇地问。

李阔海上前瞥了一眼，马上回答："五行阴阳镜呗。"

"什么？"楚天瑛没听懂。

"咋的，您连这个都不知道？"李阔海一脸诧异，"五行阴阳镜，照照不生病——这广告每天在报纸上登、电视里播、广播里放，整得现在满大街的小孩子都当儿歌唱了。"

胡萝卜插话了："是啊，这东西现下火得不行。据说每天只要照一照，啥病都不得，啥病都能好。可就是贼贵，一个要五千多块钱呢，没办法，高科技啊！我们乡里也只有这湖畔楼的老板李大嘴给他娘买了一个。他娘是老胃病，照过一段日子，据说就没那么疼了。我前阵子胳膊老是发麻，李大嘴还拿来给我用过，我照了没见啥效果，就还给他了。"说着，他蹲下仔细看了看玻璃茶几上的五行阴阳镜，摇摇头，"这不是李大嘴给他娘买的那个，他那个摔过一次，边上有一道裂纹，这个没有，这个还蛮新的哩。"

KTV包间里怎么放着这么个东西？楚天瑛左思右想不得要领，不过现在还有许多比这个更需要解决的问题。他走出包间，把胡萝卜、李阔海等人叫到大厅的前台，召开了一次紧急的现场办公会。

"我布置几个任务，大家马上执行。"楚天瑛压下两道剑眉，口吻斩钉截铁，"第一，从现在开始，除了刑事鉴识人员和法医，其余刑警一律从湖畔楼里撤走，那么多人挤在包间里，不像话！我刚才看到，围着这栋楼挂的警戒线都快被风吹散了，这样不行，改用白石灰，围着楼画上一圈，任何人想进这个圈子，必须得到我的亲自批准——哪怕一只耗子也不能例外！"

"是！"一片齐刷刷的回应。

他接着说："第二，特警队分四路，按东南西北四个方向，追击可疑的犯罪嫌疑人，顺路抽调通往狐领子乡的国道和高速公路从昨晚八点到今天凌晨四点的监控录像，排查一切可疑车辆。

"第三，老李你组织预审员，立刻对那名白衣女子，还有第一发现人陈少玲和张大山进行突审。"他看了看腕上的手表，"现在是凌晨五点，三小时后，也就是早晨八点，我们召开第一次案情分析会，会议地点就设在乡派出所的会议室吧。到时候，初侦报告[①]以及对那三个人的初审报告都要在会上提交，供大家讨论。"

这时，口袋里的手机突然发出一阵嗡嗡的蜂鸣，楚天瑛拿出一接听，神情顿时变得更加严肃，先低声说了几句，又连着说了几个"是"。挂断电话，他对众人说："省厅王副厅长正在赶往这里的路上，早上八点整的案情分析会，他也要参加。"

王副厅长也来参会，足见对这桩案件的重视。每个人的神经都被绷紧了，赶紧按照分工各自忙各自的事情。

楚天瑛等湖畔楼"清场"完毕，只带了几名刑警和法医，进到包间里一点点地勘查犯罪现场。不知不觉肚子咕噜咕噜直叫，往蒙着一层白霜的窗户外面望了望，东方的天空一片伤口似的血红，抬起手腕看看表，快七点了，想起八点要开案情分

[①]对犯罪现场的第一遍勘验后形成的报告。

析会，王副厅长等人匆匆赶来，肯定没吃早饭，于是赶紧把胡萝卜叫了来："老胡，整点早餐，行不？"

胡萝卜搔了搔头皮，面有难色："咱们这里的早饭都是自家做的，像点儿样的馆子要晌午才开……对了，离这里不远还有个旅馆叫'草原旅店'，老板姓杨，我去找找他想想办法，保证领导们八点开会时能吃上热乎的。"

楚天瑛连连点头："那就麻烦你了，老胡。"

胡萝卜开着破吉普，"突突突"地绕过一座馒头似的山包，没五分钟就到了草原旅店。这家旅店比湖畔楼陈旧一些，砖红色的楼体懒懒地在一片洋灰地上摊开。破吉普一直开到门口，只见洋葱头的傻儿子二秃子正蹲在地上呼噜呼噜地喝着一碗棒碴子粥。

胡萝卜下了车就问："你爹呢？"

二秃子傻乐似的把脖子往门那边抻啊抻。胡萝卜推开大门走进去，见洋葱头正坐在柜台后面，一边哗啦哗啦地翻着账单，一边报仇似的敲着计算器，眼里挂满了血丝，像一夜没睡。

"老杨，整点儿早饭，中不？"胡萝卜大声说。

洋葱头抬眼一看："胡所来啦！"忙跟身边的伙计交代，"下面条，滚俩鸡子儿，多加葱花，赶紧的！"

胡萝卜拦住他："省里有大领导要来，没吃早饭，我寻思这么早咱们乡就你这儿开业，跟你合计弄点儿吃的。"

"出啥事儿了？"洋葱头一哆嗦。

"你瞧你，紧张个啥劲儿？"胡萝卜奇怪地瞪了他一眼，不能走漏风声是办案的规矩，但发生了这么大的案子，纸终究包不住火，事情很快就会传开，都是乡里乡亲的，瞒着他也不好，于是简单地说,"湖畔楼出事儿了。"

"啊?"洋葱头大吃一惊,脸色变得异常难看,"出啥事儿了?"

胡萝卜一瞬间竟有些感动。

早先,整个狐领子乡只有"草原旅店"一家旅店。那时国道刚刚从乡里通过,洋葱头多么会算计的一个人呀,立刻在进乡的路口盖起一排蓝色山墙、白色屋顶的简易房,竖了个老大老高的牌子——"司机旅店",供往来的司机歇脚。没几年他就成了乡里的第一富户,又把简易房拆掉盖起了这家草原旅店,还琢磨着这下子会有更大把的钞票进自己的腰包了。不料,没过几个月,同乡那个总是乐呵呵的李大嘴突然在眼泪湖边上盖了一栋湖畔楼。

起初洋葱头还笑他傻:哪有把旅馆盖得离国道那么远的?但没过多久,县政府发文,把眼泪湖定为县级风景名胜区,不少有钱人纷纷开车直奔眼泪湖,玩累了就在湖畔楼里住,"更大把的钞票"就这么进了李大嘴的腰包。这样一来,洋葱头可气坏了,每次只要看见李大嘴,那眼珠里的火苗啊,迎风能把柴火垛子燎着了!

听说湖畔楼出了事,洋葱头那担忧的表情可不是装出来的。

没想到这老小子还有些良心——胡萝卜这么想着,嘴上却说:"你先甭问那么多啦,赶紧起火,炸油条、熬豆浆。人多,你多整点,八点整送到派出所去,可别晚了。"

忙碌中,不知不觉就过了八点,胡萝卜一看手表,想起要召开案情分析会,这才匆匆忙忙往乡派出所赶,跟送饭归来的二秃子和洋葱头撞了个正着。

见洋葱头再次问起案情，要他"透露点消息"，胡萝卜有些不耐烦，"你老瞎问个啥，我要到所里开会了，别耽误我工夫……干吗哭丧个脸，饭钱一分也不少你的，乡里给报销！"

"不是，不是……"洋葱头直摆手，薄薄的嘴唇像被胶粘住了一样，哑吧着想说什么又说不出来，急得两只眼珠子滴溜乱转。

"你到底咋了？"胡萝卜有些疑惑，"有啥事就说！"

洋葱头的眉毛重重地压了一压，再抬起时，已经换上了一副旅店老板时常挂在脸上的殷勤笑容："没事儿！没事儿！"然后拉起在一旁傻乐的二秃子，快步走向远方，脚步踉踉跄跄的。

7

轻轻推开会议室的门，胡萝卜见满满一屋子警员，个个警衔都比自己大，赶紧找了把靠墙的椅子，还没坐定，坐在椭圆形会议桌中腰位置的省公安厅王副厅长一眼瞅见他，立刻招呼："老胡，前边坐！"说着拉开身边的一把椅子。

胡萝卜这时才发现墙上的省级和县级的两张地图都又黄又破，落了层土，早该换了；会议桌上净是被烟头烫出的小洞，还有往日开会时有人闲极无聊用圆珠笔画的画儿，两只底儿漏水的暖水瓶搁在上面，流了一摊像尿炕似的……

胡萝卜不好意思地解释："厅长，咱们这里条件简陋——"

王副厅长手一挥打断了他："先说案子。会刚刚起个头儿，既然你是第一个到现场的警察，就请你把经过详细地给大家介绍一下吧。"

会议室里，除了胡萝卜在讲述案情，只听见大家用笔在本子上记录的声音。只有两个人没动笔：一个是王副厅长，他是这里的最高领导，随行的秘书会记录下一切；另一个是楚天瑛，他握着笔，面前的桌上也摊开了本子，上面却一片空白。他目不转睛地盯着胡萝卜，专心得像一个读唇语的聋哑学校的老师。他身旁的李阔海想：这楚处还真胆大，啥也不记，就不怕王副厅长怪他？

但是王副厅长显然毫不在意，在偶尔向楚天瑛投去的目光中，反而还有一丝掩藏不住的欣赏。

省厅里的每一名警察都知道，这份欣赏来之不易。

一年前，楚天瑛还是省城刑警队的一名支队长。当时市郊发生了一起案子，一家四口睡在一张通铺上，半夜屋里突然着了大火，这家的男主人逃出来了，女主人却和两个孩子同时葬身火海。刑警勘查后，判断为一起意外事故。事件发生的地点不属于楚天瑛的辖区，但是，在每周五下午省公安厅举行的一周大案要案通报会上，楚天瑛听到这个案子，就跑到现场去了。

案发现场成了一片废墟，散发着一股浓重的焦味儿。附近的住户都比较贫穷，房挨着房不说，各个院落里还堆了许多易燃的破烂，所以起火后，救火的邻居们见火势越来越猛，生怕最后来个"火烧连营"，于是把房屋捣毁得差不多了，只留下了几块墙板。

楚天瑛到屋子里走了一圈，没有什么发现，来到院子里，看见院落一角有一个二十公升容量的塑料壶，拧开闻闻，里面还剩一点汽油。找来居委会主任一问，得知这家人的生活中并无任何需要用到汽油的地方，于是他的眉头锁得更紧了。

肩膀上有人拍了一把，楚天瑛一回头，是负责侦办这起案子的一名警长:"你怎么跑这儿来了?"

楚天瑛回答:"我觉得这个案子有疑点,过来看看。"

"疑点?"对方诧异地扬起眉毛,"什么疑点?"

"我怎么也想不明白,一家人都睡在屋子里,着火了怎么最后只逃出来一个?其他人就睡得那么死吗?当爹的怎么就不能顺手拉一个孩子出来?"

在办案过程中,只有核实每一个疑点,才能避免冤假错案的发生,所以在警察内部,对案子提出质疑是一件再平常不过的事情。但刚巧这名警长是王副厅长的外甥,一向作风张狂:"我觉得你是没事找事呢。尸检报告上写得明明白白的,被烧死的那女的和俩孩子的气管里都有吸入的烟灰,这说明火灾发生时三人都还有生命征兆,是火灾窒息死亡——'张举烧猪'的故事,你没听过?"

"张举烧猪"是宋代法医著作《折狱龟鉴》里记载的一则故事。说的是古时候浙江省句章县发生了一起火灾,丈夫被烧死,其弟认为是嫂子先杀了哥哥再放火的,于是一纸诉状告到县衙。县令张举为此做了一个实验:令人先杀死一头猪,再把一头活猪捆好四肢,然后把活猪与死猪同时扔进火堆里。大火熄灭后,张举让人查看这两头猪,被杀死的猪口中干干净净,而被活活烧死的那头猪,张着嘴巴,嘴里有很多烟灰。让仵作再去看那个"被烧死"的丈夫,口中也是干干净净的……最后,被害人的妻子不得不承认自己杀死丈夫后放火烧屋的罪行。

活人具有呼吸能力,在火灾现场,呼吸时不可避免会将火焰中的烟灰和炭末吸入呼吸道。因此,"张举烧猪"成为后人处理此类案件的一个重要参照:死者的口、鼻、咽喉、气管和支气管中如果发现有烟灰、炭末等附着物,就说明是被烧死或窒息而死的，否则就是先被杀死、再弃尸火场的。

这则故事相当有名，楚天瑛当然知道，但他从来不是个读死书的人。

"古书的记载不一定就是对的。"他毫不客气地说，"张举最可贵的，并不是通过烧猪发现了真相，而是那种对一切疑点寻根究底的精神。"

那名警长怒了，直接到王副厅长那里告了一状，控诉楚天瑛越职。王副厅长听了以后，立即把楚天瑛叫到办公室训话。

楚天瑛像白杨一样笔直地站着，一言不发，听王副厅长训完，他从兜里掏出一张纸条放在办公桌上："厅长，这是我这个月的工资单，一共两千六百四十八元——还不如我们刑警队门口卖煎饼果子的挣得多。您问我想干吗？我什么也不想干，就想当一名好警察，不为什么，就因为像卖煎饼果子那样的老百姓，起早贪黑，磨面摊饼，一分分地挣了钱给国家缴税，然后国家把他们的血汗钱拿出来给我发工资……"

王副厅长当时就愣住了，半晌没说出话来。

回到队里，楚天瑛心里还是很难受。自从在中国警官大学接受培训回来，他养成了一个习惯，每当心里不舒服，就翻阅那本包着书皮的《犯罪现场勘查程序》，以致同事们都开他玩笑："这书难不成是你的圣经啊？"

他们哪里知道这本书的来历啊——那是她写的书，他结业那天跟她要的。

"把您这本给我吧，不不不，我知道书店有卖的，可我就要您手里这本，也许将来就难得再见到您啦，给我留个纪念吧！"

于是，她把自己用来做教材的这本书给了他。

翻开第一页，立刻看到了她瘦金体的签名，还有一股淡淡的芳香沁人肺腑,他顿时如醉酒一般,忘掉了那些烦心的事情。

再翻,读到这么一段话:

> 一个优秀的刑事鉴识人员,永远不会把犯罪现场看成一个平面,尤其当案件发生在室内时,你其实是走进了一个六面体:天花板、地板和东南西北四面墙,你要把每个面的每一寸都勘查到,并想象着自己从天花板的角度往下俯视……

从天花板的角度往下俯视……

他把一张浅蓝色的书签塞进这一页,合上书沉思片刻,打开电脑,从省厅的内网上调出火灾发生后由警方拍摄的一组图片,其中有一张是刑警站在梯子上,从上往下拍摄的床铺上三具烧焦的尸体。

俯视,从天花板的角度往下看。

凶手虽然狡猾,但绝没有想到还有这一漏洞。

一缕微笑,泛起在了楚天瑛的嘴角。

> 尤其当案件发生在室内时,你其实是走进了一个六面体……

六面体……不行,还要再到犯罪现场去一趟。

楚天瑛再次赶到被烧成废墟的现场。这次,他走进那个已经没有了房顶的"屋子",不再是仅仅走一圈就出来了,而是拿着放大镜对着每寸墙板看了又看,终于发现了他想要的痕迹。接下来,他向省厅申请重新侦办这起案件,由他来主审犯罪嫌疑人——那个从火场死里逃生的丈夫。尽管王副厅长的外甥依旧阻挠，但谁也没料到，这回王副厅长不但批准了，并亲自到场旁听了楚天瑛的审讯。

事后，许多在场的刑警回忆，在那个狭小的审讯室里，受审者其实是两个人：一个是犯罪嫌疑人，另一个受审者则是楚天瑛本人，后者的"主审官"是以工作上要求严苛闻名全省的王副厅长——从某种意义上说，楚天瑛承受的心理压力丝毫不亚于犯罪嫌疑人。

但是楚天瑛神态轻松："请看这张在现场俯拍的照片，大家关注的往往是床铺和床铺上的尸体，可是我想请大家仔细看的，却是照片上每个人的头顶。"

包括王副厅长在内的一群警察纷纷低下了头，仔细查看卷宗里的照片。

"大家一定发现了吧？照片里救火的邻居们，头顶处的头发都有不同程度的卷曲，有的还呈斑秃状。那是救火时，天花板的火星落到头发上燃烧形成的，但是你——"楚天瑛手臂一横，指向背靠着墙坐在一张椅子上的犯罪嫌疑人，"照片上，你头顶上的头发毫无过火现象。同时，其他照片显示你前额的发梢和眉毛有火燎痕迹，这是怎么回事？什么情况能造成这种现象？恐怕只有一种——你把院落里早已准备好的汽油倒在自己妻子和孩子身上，然后将火柴扔进去，汽油被点燃的瞬间猛然蹿起火苗，从正面将猝不及防的你燎了一把！"

审讯室里立刻响起一片议论声。

犯罪嫌疑人提了提眼皮："警官，这只是您的推测，总不能光凭我眉毛被燎了，就定我个杀人罪吧？您得拿出让人信服的证据。"

骤然安静下来,所有的目光都集中在楚天瑛身上。

楚天瑛冷笑一声。

  尤其当案件发生在室内时,你其实是走进了一个六面体……

"室内的犯罪现场是一个六面体,包括天花板、地板和东南西北四面墙——这是我在中国警官大学进修时,国内著名刑事鉴识专家刘思缈老师反复告诫我们的。"提到她的名字时,他的心跳加快,不得不停顿一下,才继续说下去,"所以,当我对火灾现场进行第二次勘查时,特别留意查看了墙面,结果发现了一个奇怪的痕迹……不过,在提到这个痕迹之前,先请大家再看一下照片:火灾现场的床铺是一个通铺,东西延伸展开,都靠着墙。全家人睡觉时排列的次序从西往东数分别是:妻子、大女儿(脸朝东)、小女儿(脸朝东)和丈夫。"

"你们不觉得奇怪吗?"楚天瑛见众人一脸茫然,解释道,"睡觉时,做妈妈的往往会把最小的孩子安置在离自己最近的地方——尤其那个小女儿还不到两岁,正是最依恋母亲的年龄——而且孩子的睡姿往往是面朝妈妈侧卧。所以现场这张反映尸体位置的照片,让我觉得反常,于是我形成了一个大胆的设想:这家人睡觉时排列的次序从西往东数本来是:丈夫、大女儿(脸朝东)、小女儿(脸朝东)、妻子,但是,由于卧室的门开在东墙,一旦起火,睡觉位置离门最远的丈夫逃出去了,其他人却被烧死,容易引起警方的怀疑。所以,犯罪嫌疑人将妻子弄昏迷后,把她挪到紧靠西墙的位置。这样一来,不知情的人会以为丈夫才是睡在离门口最近的地方,由于离门近,他才成为唯一的幸存者，也就不奇怪了。

"我刚才说丈夫将妻子弄'昏迷'了——这就解释了为什么三名死者气管里都有大量吸入的烟灰。我熟知'张举烧猪'的故事，但也记得另外一个案例：有一年，法国巴黎东南部一座七层高的住宅发生火灾，造成十七人死亡，三十多人受伤。调查结果表明，罹难者的呼吸道中大多都有烟灰，说明他们是在睡眠中窒息致死，而不是被烧死的。所以我想，假如那个妻子和两个孩子在火灾发生时，虽然活着、能呼吸，但已经失去知觉和行动能力，那么，事后我们照样会在他们的呼吸道中发现烟灰。

"凶手决定一次杀死三个人，必然处心积虑，不会光指望她们睡着了，起火后就不会从火场逃生，事先致其昏迷才是更为妥当的办法。而让受害者昏迷又不易被尸检发现的办法，我想应该是用枕头之类的东西闷在头上，使之窒息，待受害者陷入昏迷后再拿走枕头，使其依然能呼吸，然后再放火。"楚天瑛剖析，"处于清醒状态中的妻子，当然不会任由凶手把自己挪到西墙后弄昏，所以我推测，妻子应该是像往常一样靠着东墙躺下，凶手将她就地弄昏，再挪到西墙。按照这个思路，我在东墙上找到了刚才说的那个——奇怪的痕迹。"

他拿出几张放大的照片："请看，这就是我在通铺的东墙上发现的几道抓痕。在抓痕深处我提取到了皮肤碎屑，经DNA分析和基底细胞测试表明，这是死去的女主人在火灾当晚留下的。"

犯罪嫌疑人抬起头，目光凶狠得像被逼到悬崖上的狼："你这证据，只能证明我老婆睡觉时曾经靠过东墙，曾经挠过墙皮，还能证明什么？"

霎时间，审讯室又陷入了死寂，一道道目光再次聚集到楚天瑛身上，其中以王副厅长的最为锐利。

楚天瑛笑了，他走到犯罪嫌疑人身前，弯下腰，目光威严地看着他，一个字一个字地说："我忘了告诉你，从抓痕的深处，除了提取到你妻子的皮肤碎屑，还提取到了一些血液成分。化验后表明，ＤＮＡ和你的完全吻合，我想，这大概是你用枕头死死捂住她的脸时，她用指甲抓伤了你，然后在挣扎中又挠到了墙皮留下的。你自以为一把火，就能将她指甲缝中残留的你的血液证据也烧光了，但是老天有眼，墙上没有被大火破坏的抓痕，铁一样地证明——你才是真正的杀人凶手！"

犯罪嫌疑人认输了——他在乡里有了姘头，想和她做长久夫妻，让她给自己生个男孩，所以才谋杀了"碍事"的妻子和两个女儿。

案子总算破了，楚天瑛松了口气，但一琢磨，自己算把王副厅长给彻底得罪了，将来没准儿要经常穿个小鞋，这身警服能不能穿得下去还两说。为此他专门找了在证券公司工作的大学同学，打算下岗后去他那里就业。没想到小鞋没等来，等来的却是一张盖着省厅红色大印的委任状，他被任命为省公安厅刑侦处处长。

接下来，听省厅的朋友说，王副厅长把他那张工资单压在办公桌的玻璃板下面了。楚天瑛就任刑侦处处长后，王副厅长除了工作以外，很少和他说话，纵使在电梯里碰上，也只是点点头，但只要有培训的机会，王副厅长第一个想到的准是楚天瑛，遇到难破的大案，也必然批示让他负责侦破，这一切都让楚天瑛感到非常非常温暖。

此时此刻，凝神听着胡萝卜讲述案情的楚天瑛，并不是懒得动笔，而是记得《犯罪现场勘查程序》中的话——

对第一位到达犯罪现场的警官，其他的警务人员应该用审讯的态度来询问：他是怎样发现现场的？他到达现场后做了些什么？他遇到了哪些人？在其他刑警赶到之前还发生了什么……这个阶段，重要的是倾听，对每一个字都充满质疑地倾听。

对每一个字都充满质疑地倾听。

坐在楚天瑛身边的李阔海不停地记录着，笔尖从始至终没离开本子，在上面留下蜘蛛爬过般的黑色痕迹：

10点14分，狐领子乡派出所值班协警小王接到张大山的报警电话；

10点15分，乡派出所所长胡卫东出警，赶往湖畔楼；

10点30分，胡卫东驱车到达湖畔楼，在门口见到陈少玲，进门后，在KTV包间内发现六具尸体，其后张大山赶到包间；

10点40分，胡卫东退出湖畔楼，打电话给值班协警小王，要他立即召集所里全体民警赶到湖畔楼，同时向县公安局求援……

"等一下。"楚天瑛忽然扬起手，示意有问题，把李阔海吓了一跳。胡萝卜也赶紧停了话，把脸转向楚天瑛。

"有个问题，10点14分，协警小王接到张大山的报警电话，电话的详细内容是什么?"

胡萝卜有点紧张,定了定神,把这个本来不需要深入思考的问题思考了几遍,答道:"张大山就说'湖畔楼出事了',让我们赶紧过去。那会儿他并没走进湖畔楼,只是因为路上险些撞到那个浑身鲜血的白衣女人,看她像个游客,开车把她带到湖畔楼,见里面黑咕隆咚的不对劲——湖畔楼的老板李大嘴从来是整夜不熄灯的——所以他才报了警。张大山和李大嘴的关系一向比较好,报警后他还是不放心,才让陈少玲留在外面等警察,自己进门去看看情况。一楼房门都锁着,他就上了二楼,逐间打开客房查看,直到我赶过来。"

楚天瑛点点头:"李大嘴的情况你简单介绍下,为什么在现场一直没发现这个人,也没发现湖畔楼的其他员工?"

"李大嘴,原来在咱们乡是个'能耐人'①,挺精明,也挺厚道,到外面跑了几年建材生意,回到乡里就开了这家湖畔楼,生意不错。平常日子,店里就他、他老婆和他外甥仨人打点,再忙不过来就临时从乡里找个后生打打短工。我前几天来过一次,抽查旅客的身份证登记情况,他说这几天风大,让我甭过来了。现在他和他老婆、外甥在哪里……我还真是不大清楚。"

在我国的公安系统中,派出所虽然芝麻大,却是整个公安工作的"底座"。侦查破案,首先要靠派出所的治安民警平时掌握的情况,就是所谓的"四知"②和"百熟悉"③。一旦发生案子,问区域内哪个家庭哪个对象比较可疑,派出所民警必须马上说出个三六九来。

---

①农活儿、木匠活儿、瓦工活儿都干得很好的人。
②对职责范围内的重点人口和边缘人口做到知姓名、知绰号、知住址、知体貌特征。
③对辖区内治安事故高发场所的熟悉率要做到百分之百。

眼下湖畔楼里躺着六具尸体，作为乡派出所所长的胡萝卜，居然对营业者的去向一问三不知，无论如何都是件很严重的事。李阔海有点坐不住了，毕竟狐领子乡派出所在他的管辖范围内，他正要起身做个检讨，楚天瑛却全无追究的意思，朝胡萝卜抬了抬手："老胡，你继续。"

其实胡萝卜心里是有块疙瘩的。昨晚走进湖畔楼，他站在大厅前台扯着嗓子喊过张大山两声，楼里死静死静的没人回答，直到撞开包间门、陈少玲一声惨叫后，张大山才出现，说自己一直在二楼——那阵子他在二楼摸黑干什么，胡萝卜心里有数，但是不想张扬。和眼前的案子相比，张大山犯的是小案子，胡萝卜可不想再因为个"小错"又把这孩子弄到牢里去。他想，回头等张大山接受完调查，单独找他骂一顿……

胡萝卜很快陈述完毕，大部分警官还要"消化消化"，没提出问题。楚天瑛望向王副厅长："我来做一下对犯罪现场的初侦报告。"

王副厅长点了点头。

会议室里一阵窸窣的响声。警官们都把身子挺了起来，有些耷拉的眼皮也都睁得老大。

听取初侦报告是刑侦初期最重要的工作之一，可以说是警方用群体智慧和犯罪分子进行的第一次较量。通过对犯罪现场的初步了解，对案件的性质做出判断、勾勒出犯罪过程、把大量的物证逐一分析，对犯罪嫌疑人做一个简单的剖绘，最重要的是最终形成一个决议：确定整个案件的侦查方向。

楚天瑛手里拿着两张正面是泳装美女的挂历纸，走到墙边，翻了过来，用图钉摁在墙上。只见挂历纸背面光滑的白底上，用黑色的碳素笔绘制了两张图：一张是湖畔楼两层的平面图；另一张是KTV包间的平面图，上面用绿色的"Y"标示了每个死者的位置，用红色标示了血迹，并用黄色标示了一些存在重要疑点的物证。

"没有幻灯片，只好将就一下了。"楚天瑛用一根从收音机上拆下的伸缩天线，一边在KTV包间的平面图上指点着，一边给大家讲述，"我们给死者做了编号：1号尸体，一位老人，死亡形态为倒卧在包间的大门旁边，死因系刀刺造成腹部主动脉破裂致失血性休克，在他的尸体旁边提取到尖刀一把，通过对刀刃和伤口的比对，可以确认，这把刀就是凶器，刀柄上留下了6号尸体的掌纹和指纹——6号尸体的详细情状，我待会儿再讲。

"2号尸体，女性，四十岁左右，死亡形态是背靠着墙坐在地上，死因不详……"

"嗯？"王副厅长皱起了眉头。

楚天瑛赶紧解释："她嘴角有血，但目前法医还无法确认死因，只怀疑是中毒。"

王副厅长点点头，示意他继续。

"3号尸体，女性，年龄二十多岁，死亡形态是仰卧在北墙的沙发上，嘴角出血，死因不详。

"4号尸体，男性，年龄估计在四十岁以上，死亡形态是仰卧在3号尸体附近的地板上，嘴角出血，死因不详。

"5号尸体，男性，年龄在三十岁上下，死亡形态是蜷卧在包间最里侧的播放控制间的门后，嘴角出血，死因不详。"

"怎么这么多死因不详的？"王副厅长嘟囔了一句。

县公安局的法医坐不住了，慢慢站起来，面带愧色："厅长,我们的技术还有待提高……"

王副厅长挥挥手,让他坐下,然后把目光再次投向楚天瑛。

"2、3、4、5这四具尸体,应该属于同一种死因,比如中毒,但还需要法医进一步鉴定才能确定。"楚天瑛说,"6号尸体,男性,死亡形态系四肢摊开俯卧在茶几边上。死因是钝器打击头部致重度颅脑开放性损伤死亡。在他旁边有一个被摔坏的玻璃烟灰缸,初步判断,这就是导致他死亡的凶器。但是在这个烟灰缸上,我们没有提取到任何指纹。"

接下来是对物证的分析。一般来说,即使最普通的一起凶杀案,包括凶器、头发、指纹、血迹在内的物证也要有几十件,而一起特大杀人案的物证可能会达到几百件。逐一分析其成分、是否包含微量证据等,是刑事鉴识人员的工作。而在初侦报告阶段,主报告人所要做的,是对一些重点物证进行介绍,指出哪些物证存在较大的疑点,或对案件的侦破有特殊的意义。

一名刑警把一个透明的收纳箱搬到桌子上。

楚天瑛戴上橡胶手套,一边从收纳箱里拿出用塑料袋或纸袋装好的证物,出示给大家,一边讲解、分析:"这是两个麦克风,麦克风上有多处凌乱的指纹,一个留在3号尸体仰卧的沙发上,另一个滚落在地板上;这是在现场发现的啤酒瓶之一,一共两箱二十四瓶,均为本省生产的'快活凉'牌,有十二瓶已经喝空,有四瓶喝到一半,还有八瓶没开;这个是'五行阴阳镜'……"

"什么东西?"王副厅长盯着他手里那个玉饼似的东西问道。

楚天瑛尴尬地说:"一种医疗器械,据说通过照射能治病……我也不大清楚。"

不知是谁问了一句:"这玩意儿会不会把人弄死啊,比如辐射之类的？"

会场上响起一片窃窃私语——

"这个怪玩意儿能害死人？"

"说不准，现在的医疗器械弄死、弄伤人的可不少呢。"

"这么说2、3、4、5号尸体的死因就清楚了……"

这时，一名胖墩墩的、戴着黑框眼镜的刑技人员清了清嗓子，大家知道他要说话，立刻安静下来。

"这还有待下一步的检测。"胖刑技的话很短，大家都眼巴巴地看着他，以为他还会说什么，但等了半天没有动静。人人脸上都露出失望的神色，像饿得半死的时候终于看到一道菜端上了餐桌，却马上被撤走了。

楚天瑛继续讲解和分析其他物证："这是在4号尸体的衣兜里发现的鳄鱼皮名片夹，里面的名片上，有'健一保健品公司董事长蒙健一'的字样，这很可能就是4号尸体的真实身份。"

"健一保健品公司？"王副厅长插话，"那可是大公司，上市企业啊。"

"是！"楚天瑛说，"我上网查了一下，它是目前省内最大的保健品公司。"

"'五行阴阳镜'就是他们公司生产的。"胡萝卜也插话了，"电视里的广告上，每次最后一句都是——健一产品，健康第一！"

"其他受害者的身份呢？"有人问。

"从5号尸体的身上，搜到了一盒名片，写有'健一保健品公司办公室主任宫敬'的字样。其他尸体的身份尚未确认，但估计也都和健一保健品公司有关。"楚天瑛说，"目前我们的勘查主要集中在一楼的包间，而案发前这些人都住在二楼的客房。要等对他们的住处进行全面检查后，才能确认每个人的身份。

但从着装上看，死者应该都不是狐领子乡的人。"

"这个我可以肯定。"胡萝卜重重地点了一下头。

在说到血液证据时，楚天瑛着重提到了在包间门内侧的把手上发现的几个血指纹："经鉴定，这是6号死者的指纹，血液却是属于1号死者的。可以理解成，6号在杀死1号后，用沾有1号血液的手拉了一下门把手造成的……"

"那么6号本人又是被谁杀死的呢？"有刑警问，"他肯定不是自杀的，因为他没法用烟灰缸砸自己的后脑勺啊。"

"他是被7号杀的！"李阔海粗声粗气地说。

从哪儿冒出个7号来？

会场上的人顿时一个个大眼瞪小眼。李阔海也知道自己话说得突兀了："7号——这是我给逃走的凶手取的代号。"

有人叹气。李阔海歪着脑袋一看，是胡萝卜。

"老胡，你叹啥气？我说得不对？"

胡萝卜苦笑："李局，刚才我讲述案发经过的时候，有个地方没有说清楚——那扇KTV包间的门，我推了一下没推开，才用力撞了进去，后来发现，那门从里面反锁着呢。"

"啊？"一片惊讶的声音响起。

楚天瑛的神情却十分平静："刑技！"他用食指轻轻叩了一下桌子，提示刑事技术人员发言。

那个胖墩墩的刑技人员正在看短信，赶紧合上手机，打开面前的本子，用和他的黑框眼镜一样刻板的声音说："KTV包间的门锁系插芯门锁，锁舌为单斜舌，经过细致的检查后，可以确认：门锁是被外力撞开的，在撞开前，锁舌保持了完好的插嵌状态。"

"你说重点：门是从里面反锁的，还是从外面锁上的？"楚天瑛追了一句。

"从里面反锁的，那个锁是单面锁，只能从里面打开，门的外面没有锁孔。"

"这怎么可能！你是不是搞错了？"李阔海瞪圆了眼，"那凶手是怎么离开包间的？包间的窗户都从里面反锁着，天花板上的换气通道，我们也掀开看过了，积着厚厚一层尘土，没有任何痕迹。"

"现场勘查结果表明，应当不存在你所说的什么7号。"楚天瑛慢慢说道，"我分析，案件的发生经过应该是这样的：屋子里的六个人中，有一个和6号是同谋，我暂时叫他X。一开始他们就反锁了包间门，露出杀意，1号想夺门而逃的时候，被6号杀死。后面有两种可能：一种是这个X先杀死了6号，然后逼剩下的三个人和他一块自杀；第二种可能是X和6号一起逼其他三人自杀，然后X趁6号不注意将其砸死，再自杀。"

"有没有可能是6号先给所有人下了毒，当1号发觉想逃跑时，被6号追上去杀死，然后其余几个人合力砸死6号，接着毒发身亡呢？"有人问。

楚天瑛想了想说："现场并没发现其他人联合起来与6号搏斗的痕迹，况且，毒性再强的毒药，也不会导致几个人瞬间同时死亡。求生的本能，总会使他们往门口的方向逃吧？但现场显示，他们死得比较分散，七零八落的——无论怎样，一切罪行的施与受，都是在这个房间里的六个人之间进行的，只有这样，才会呈现出现场的'密室状态'。"

假如真的是这样，那么剩下的刑侦工作可以暂时宣告结束了：反正凶手和受害者同归于尽，没有继续侦缉的必要了。会议室里竟有人发出了轻松的吁声。

李阔海像噎住了似的，愣了半晌，突然大声说："密室不密室的，我不知道！我敢说，确实有个7号，就是他杀死的6号，然后从那个满是死尸的包间里逃走了！"

在省公安系统里，李阔海素以一根筋闻名。追捕凶犯，他敢揣着刚刚做了支架的心脏追出五里地，办案子也是这种认准了就绝不拐弯的劲头，让人喜爱，让人尊敬，有时也不免让人头疼。所以会场上就有人拿他打趣道："那你说说看，这个从门窗反锁的包间里逃出去的7号，到底是何方神圣？"

一片笑声。

李阔海没笑。只见他的脸涨得通红，扯大嗓门喊道："我当然知道7号是谁！"

笑声戛然而止，会场上的警察们面面相觑。

"李局。"楚天瑛把两只手掌撑在桌子上，盯着他的双眼，严肃地问，"你所说的7号是谁？"

李阔海毫无惧色："就是那个浑身鲜血的白衣女人！"

8

有点儿冷。胡萝卜起了一身的鸡皮疙瘩。

窗外，天色阴沉。可能是开会的时间有些长，老坐着不动，血液循环放慢了吧？胡萝卜这么想着，把黑色的警用大衣在身上裹了裹，依然觉得从脖子根儿往下像泡在冰水里似的，冷得慌。

这是怎么回事呢？他想，也许是自己被李阔海的话吓到了，或者说，李阔海的话其实捅破了那层窗户纸。

要说那个白衣女人是凶手，胡萝卜自己也有同感，他相信在座的每个人——包括那位貌似矜持的楚处长在内，都有同感，只是别人觉得太荒诞而李阔海敢说出来罢了。而且，胡萝卜觉得，只有那个浑身鲜血的白衣女人才能干下这么血腥、这么诡异、这么匪夷所思、这么惨绝人寰的大屠杀！

他眼前甚至浮现出了一幕景象：门窗反锁的包间里，六具尸体横七竖八地摊在地板上，一个沾有脑浆的烟灰缸从一只瘦骨嶙峋的手上，慢慢地，慢慢地滑下，"啪"一声打碎在地板上！没表情更没血色的一张脸，飘啊飘地向门口飘去，拖曳的白色睡衣下摆上沾满了黏黏的鲜血……来到门口，她没有停止飘浮，而是穿越了紧闭的房门，继续向前，向前……

"按照你的说法，这是一起密室杀人案了？"楚天瑛的话打断了胡萝卜的想象，"凶手在门窗反锁的房间里大肆杀人，然后成功脱逃。只是出于偶然，才被张大山撞见——可问题在于：咱们这是在办案，不是拍侦探片或者写推理小说——在现实中，你见过几起密室杀人案？"

李阔海一下子成哑巴了。

这里，要说到一个所有刑侦人员都绕不过的话题：在现实生活中，到底有没有发生过真实的密室杀人案？

答案是——

有但远远没有约翰·迪克森·卡尔①的小说中描写的那么玄。

有史料记载的最早一起密室杀人案，发生在一七三三年的英格兰，一个凛冽的寒冬，两名老太太Lydia Dunnetbe和Betty与她们新雇用的年轻女佣Ann Price被发现惨死在住所里。两名老人被勒死于床上，女仆则倒毙在血泊中，喉咙被割开。房间

---

①美国著名推理小说作家，密室之王，著有《三口棺材》等。

位于四楼，门和窗都由内紧锁。

最后，在并未弄清犯罪手法的情况下，法庭仓促地判决一个名叫 Sarah Malcolm 的女孩有罪。然而直到被送上绞刑架的最后一刻，Sarah 仍坚称自己无罪。后来，不可能犯罪研究者们对此案进行了许多研究，并阐述了各自的见解，但无论孰对孰错，这个密室之案已经成了一个永远的谜。

此后，世界犯罪史上陆续出现了一些密室杀人案，但都被迅速侦破，而且犯罪手法毫无戏剧性：比如，原以为反锁的房间只有一把钥匙且放在室内，最后发现其实凶手还复制了一把；或者某个密闭的屋子里死了夫妻二人，最终有证据显示是丈夫先杀了妻子，然后自杀………

毕竟，一般凶手设置密室都不是为了"炫技"，也并非想引人注目，而是要制造不在场证明。相比之下，制造不在场证明的方法还有很多，哪一种都比设置密室省事。更何况，刑事侦查学中有一条铁律——犯罪分子在现场的活动量与证据遗留量成正比，也就是说，假如犯罪分子在现场"折腾"得越多，留下的犯罪证据也就越多。而随着现代科技的发展，微量证据提取的手段不断增强，只有愚蠢透顶的罪犯才会冒着留下指纹、工具、毛发、MO[①]等各种风险，去设置一个极端复杂、会引来无数刑侦专家关注的密室。

据记载，中国的密室犯罪记录更是少之又少，在册的只有一九九〇年前后发生的几起，大多发生在一些二线城市，原因说起来简直匪夷所思，完全"归功"于一九八九年上映的一部很卖座的国产恐怖片——《黑楼孤魂》。

---

① 典型犯罪手法。

《黑楼孤魂》说的是十年动乱时期，一名老人临终将女儿小菊和一笔存款托付给一个朋友，请朋友把小菊抚养大，谁知这朋友竟然谋财害命，将小菊吊死在一栋黑楼的地下室，独吞了那笔存款。十多年后，在黑楼即将拆除之际，小菊的冤魂向凶手索命……在电影的开头部分，凶手将小菊吊死后，擦掉了室内的指纹，清理了遗落的毛发，然后用一根细绳打了个小结，套在插销的一端，接着，凶手退到屋外，关上门，轻轻地拉动那根细绳，将门锁的插销插上，之后放开绳子，使绳套渐渐松弛并从插销上滑落，凶手通过门缝将细绳抽出，成功地制造出了小菊在密室内上吊自杀的假象……

电影热映后，一些为非作歹之徒或许是觉得"这招挺好用"，于是模仿电影中的情节，在杀人后伪造密室。一开始，警方还真没能勘破，于是以自杀案结案。后来，江西省公安厅的一名老公安在侦查一起案件时，无意中发现死者上吊用的凳子较矮——凭死者的身高，站在凳子上就算踮起脚，也不可能把脖子伸进绳套，老公安怀疑这是一起谋杀案。但是，毕竟房间的门是用插销反锁着的，凶手是如何离开的解释不通。他想了几天，想得昏头涨脑，于是回家睡午觉，一觉醒来发现儿子正坐在电视机前看录像带——《黑楼孤魂》……可以想象，发现了"谜底"的他是何等的激动！

此后，不仅此案成功告破，公安部还特地下令要求全国各地公安系统对一年之内发生的封闭式自杀案件（彼时推理小说还未在国内流行起来，尚无"密室"之说）全部复审，那名老公安因此荣立二等功。

那以后，虽然全国的刑事案件发生率逐年波动，但密室杀人案一直相当稀少，在公安系统内部，"密室"一词几成笑谈。

所以，楚天瑛一句"在现实中，你见过几起密室杀人案"的质问，让李阔海顿时哑口无言。

"你的意见是，此案的办案方向，应该定位为内讧造成的自相残杀？"王副厅长盯着楚天瑛问。

会议室里，所有人的目光齐刷刷对准楚天瑛。作为初侦报告的报告人，他这一工作的最终目的就是确定整个案件的侦查方向。而王副厅长的提问，正是督促他负责任地做出这个"确定"。

当然，大家心中有数，根据刚才对李阔海的驳斥，几乎可以肯定，楚天瑛正是把侦办方向定位在内讧引发的自相残杀上——受害者和凶手均已死亡——如此一来，重要的是确认哪些死者是受害者，哪些死者是凶手，犯罪动机何在，犯罪手法怎样，等等，还受害者家属一个"明白"……当然这也不是件容易的事，但总比去寻找什么7号凶手之类的轻松多了。

于是，所有警察只等楚天瑛点一下头，就去开展工作了。

但是，楚天瑛摇了摇头："我认为，侦办方向依然是凶杀案——犯罪分子在逃。"

楚天瑛把每个字都说得非常清晰。会议室登时成了被捅的马蜂窝，响起一片肆无忌惮的议论声，不少人还偷偷瞄向王副厅长，心想他恐怕要大发雷霆了吧！眼前发生的是何等大案，确定侦办方向又是何等严肃之事，你楚天瑛怎么能如此出尔反尔，信口开河？！

王副厅长只是神色凝重地看着楚天瑛。

"你刚刚不是说'一切罪行的施与受，都是在这个房间里的六个人之间进行的'吗？现在咋又出来个犯罪分子在逃？"李阔海喘着粗气,"楚处,咱们地方上的人不比你省城来的,脑子慢。你倒是给说个明白,到底咋回事?"

"如果没有你说的那个7号——白衣女子,我基本上可以确认:案子就是包间内的六个人之间展开的一场自相残杀。但是,多了这个7号,整个案件就完全不同了。"楚天瑛慢慢地说,"没错,我刚才是对案件的发生经过进行了几种猜测,但是想不明白,那个白衣女子是怎么回事……其他的猜测都合乎逻辑,可是,唯有这个白衣女子,她的出现、她的在场,都是一件很不合逻辑的事……"

会议室里,每个人都目不转睛地盯着他俊朗的面庞。

"虽然我还没有审过那个白衣女子,但我们可以推测一下:整栋湖畔楼,除了包间,其他地方并没有血迹,而根据法医的检查结果,白衣女子身上也没有伤口——就是说,她衣服上的血迹必然来自包间。包间里,两个人的体表有创伤,一个是1号,一个是6号。6号虽然后脑被砸裂,但是流出的血液并不多,倒是1号老人,腹部主动脉破裂,大量出血。所以,白衣女子应该是在救助这名老人时,衣服沾上血的。"

警察们频频点头。

"白衣女子是在什么时候离开了包间的呢?现场勘查表明:包间门内侧的拉手上只有6号带血的指纹,门又是从外往里推的,包间里的人想出去,非得拉动那个把手不可。所以,唯一的解释就是,1号被害之后,6号打开门,放白衣女子逃离包间。"楚天瑛的瞳孔发出幽幽的光芒,"那么其他人为什么没有同样逃离呢?难道他们真的已经死掉了?如果他们都死掉了,最后又是谁杀了6号呢?"

这时,有个警察说:"可不可以做这样的假设:当时包间里的1、2、3、4、5号意识到自己中毒后，有三个人立即毙命，还剩下两个人活着，其中1号想夺路而逃，没能成功逃掉，被6号杀死。白衣女子哀求6号放过自己，6号一时动了恻隐之心，放了她。这时，最后剩下的一个人虽然也中了毒，但坚持着用烟灰缸砸死了6号，自己也倒下毙命……"

"你这个分析，有几个不合逻辑的地方：第一，如果按你说的，白衣女子在1号被杀之后，哀求6号放过自己，那么6号为什么一开始给包间里的所有人下毒时，唯独没有给她下？难道白衣女子是6号的同谋？既然是同谋，6号为什么放她走？任她在寒风刺骨的草原上狂奔？第二，你说剩下最后一个人虽然中了毒，还是奋力用烟灰缸砸死6号，自己才死去，那么，你有没有注意到刚才我做的初侦报告中，有一件最最不可思议的事情——"

"什么事？"那个警察问。

"作为凶器的烟灰缸上——没有找到任何人的指纹。"楚天瑛说。

"啊！"人们发出一片恍然大悟又困惑不解的声音。

"一个中了剧毒、行将倒毙的人，为什么还要找个东西包在手上，然后才拿起烟灰缸砸向6号，以避免留下指纹？"楚天瑛摇摇头，"恐怕这太有悖常理了吧。"

"所以呢？"一声疑问，从王副厅长的口中发出。

楚天瑛转向他，直面着他锋利的目光："所以我认为砸死这个6号的不是包间里的六名死者之一，一定另有其人！"

"那这个凶手，是怎么从门窗反锁的房间里逃出来的？"李阔海眯起一只眼睛，现在，他问起了这个楚天瑛曾经用来问倒他的问题。

楚天瑛站在那里。所有的人都看着他，等着他给这个最难的问题，做出一个完美的解答。

沉默，良久。

目光像快要熄灭的火烛一般，渐渐微弱……终于，楚天瑛抬起头来，吐出清晰的四个字——

"我不知道。"

"嘁——"李阔海把头往后一仰，吐出一口不屑的长气。会议室里，一些警察脸上也不免露出嘲讽的神色。

"我确实不知道。"楚天瑛平静地说，"这回，真的是一起密室杀人案了。"

"要我说，还是那个白衣女子杀的人。她见6号杀了1号，就去救1号，弄了一身血。趁6号不注意，她戴上手套用烟灰缸砸死了他，然后不知道用什么办法从包间里逃出来，还把门反锁上了。"李阔海不耐烦地说，"至于门把手上那个带血的指纹嘛，也未必是6号放走她时留下的，没准是杀完人一不留神抹了一把……"

"不！"楚天瑛摇摇头，"那个白衣女子不像杀人犯。"

"不像？"李阔海鼻子喷着气，笑了出来，"杀人犯还有像不像的？"

"你没理解我的意思。"楚天瑛说，"杀人犯用烟灰缸砸死6号时，刻意避免留下指纹，这是一种很冷静的行为。这样的凶手，对一切——杀人也好，逃跑也罢，都会详细策划、思虑周详的，不至于穿着带血的睡衣，大半夜的站在国道上，这样，不被车撞死也要被冻死。那个白衣女子，刚才听胡所长说是个有点儿疯癫的女人。这样的女人，和这个案子的凶手，很难在个性剖绘上画等号。"

李阔海还想和他争辩，王副厅长一挥手打断了他们："这样，负责对那三个目击者初审的同志，来说说情况吧。"

负责初审的刑警翻开记录本，说起陈少玲和张大山陈述的案件目击经过，和胡萝卜说的基本一致："那个叫陈少玲的女孩情绪非常不稳定，带到派出所后，一开始根本说不出句完整的话，只是一边哆嗦一边哭，看样子是吓坏了。至于张大山，神情木讷，不是很配合，对我们的提问有一定的抵触情绪，我们后来查了一下，发现他是个刑满释放人员。"

"哦？"王副厅长一愣。

胡萝卜连忙把张大山当初犯案的经过讲了一遍："当年那件案子，判得也过重了。不就是砸个车窗玻璃吗？关了人家三年，所以他对我们公安人员有些抵触情绪，也是可以理解的。但我可以拍着胸脯保证，那孩子的本质并不坏。"

负责初审的刑警补充："后来我们给他讲了讲政策，他还算是问一句答一句，看样子，该说的也都倒了个干净。"

王副厅长点点头："关键是那个白衣女子的口供，问出什么没有？"

那个刑警的脸上顿时浮现出一种极其古怪的神情。

"怎么了？"楚天瑛也有些纳闷，"你倒是说啊。"

那个刑警好不容易才把扭曲的五官恢复原状："那白衣女子傻傻的，我们问她什么，她也不回答，嘴里就在反复地念叨个词儿，我们使劲听，才听清。听清了也不懂是什么意思……"

"什么词儿？"

楚天瑛有点紧张，浑身骨头像冷不丁被提了一把。

"湖水。"

一刹那，会议室里再次陷入沉寂。

每个人心里,都在反复地念叨、咀嚼着这个词——

湖水。

楚天瑛也不例外。他百思不得其解,如堕五里雾中。

"难道……她说的是眼泪湖?"胡萝卜说,"就是湖畔楼后面的那个小湖。"

"也许她是想告诉我们,在眼泪湖里,藏着这个案件最重要的证据,或者破案的关键线索。"楚天瑛说。

窗外,吹来一阵风,已经接近中午了,但室内无论是气温还是气氛,仍然冷得如冰窖一般。

王副厅长说话了——

"我来提几点要求。"他声音浑厚,用不容置疑的语气说,"第一,各级、各警种的警务人员要密切协作;第二,目前的侦查方向还是凶杀案,杀人犯在逃;第三,所有案件的核心都是人,湖畔楼的老板李大嘴一家去哪里了?包间里的那些死者为什么大老远聚到这个偏远的地方?这些都要查实;第四,这案子是特大刑事案件,新闻媒体肯定要一拥而上,到时都把嘴管严点儿;第五,我不给你们限期破案,但你们自己心里要有数——我现在马上要回省城,下午还有个全省的治安工作会议要开,这里的事情,就全权委托给楚天瑛同志了。他担任这一案件的指挥长,也就是第一负责人。"

在场的警察们,听得是一个个心服口服。

什么叫领导?领导就是那种在最关键的时刻能够一锤定音而不会走音的人。王副厅长的话看似套路,其实每一句都压到了点子上:要求大家团结协作,肯定了楚天瑛的刑侦思路,提示下一步的工作重点是搞清嫌疑人和涉案人的关系,强调保密意识,明是解压暗中加压……最后明确了楚天瑛在办案过程中的领导地位。

还有那句"所有案件的核心都是人",在大家都被诡异的密室、血腥的现场、莫名其妙的"湖水"等弄得精神恍惚的时候,这句话尤其耐人寻味。

王副厅长起身,秘书递上大衣,所有警察都起立。王副厅长一面往外走一面摆手:"同志们继续研究案子吧。"

楚天瑛说了句"大家先休息一下",然后紧跟在王副厅长的后面,将他送下楼。

楼下,王副厅长抬头看了看依旧阴郁的天空。秘书拉开汽车的后门,他刚要进去,一偏头,发现楚天瑛的双眼闪烁着欲说还休的光芒,便问:"还有什么事?"

"有件事情想跟您请示一下。"楚天瑛显然有些犹豫,"这个案子很大,又非常诡异。刚才您也说了,新闻媒体肯定要闻风而动,一拥而上,案子要是迟迟不能破,咱们就被动了。可是,我在初勘犯罪现场之后,觉得这案子肯定有非常复杂的内情……"

"别绕弯子!"王副厅长皱起眉头。

"是!"楚天瑛把胸脯一挺,"如果真的还存在一个脱逃的犯罪嫌疑人,那么这起案子就是非常罕见的密室杀人案!凶手的智商之高就不必说了,而破案的关键,在于对犯罪现场进行反复的、细致的、高水准的勘查——我担心咱们省厅的力量不够。"

王副厅长十分惊讶,他知道楚天瑛是个从来不认短的人,刑侦能力考核年年拿第一,就连散打比赛都要搏到个全省冠军才甘心:"你这话是什么意思?"

"正如您刚才说的,所有案件的核心都是人——破案也一样,最难的案子,就要由最好的警察来侦办。"楚天瑛说,"犯罪现场的勘查,固然需要勤奋扎实、一丝不苟、业务精良等素质,但除了这些还需要一种东西,那就是天赋。就像一幅三维立体画,有的人看半天才能看出来,有的人怎么都看不出来,而最高水准的刑事鉴识专家,不仅一眼就能看出来,还能重现绘画者的每一个笔触。"

"你到底想说什么?"王副厅长越听越糊涂了。

"我……"楚天瑛吞吞吐吐的,脖子上的血管像被攥了一把似的一蹿,抬起了头,"我想借调一个人过来协助我破案,但是需要省厅给北京方面发借调函。"

王副厅长把他上上下下仔细打量了一番:"借调谁?"

"刘思缈!"

"不行!"王副厅长断然否定了他的提议。

楚天瑛一愣,脸霎时间涨得通红:"厅长您别误会!我真的是觉得这起案子需要她出马。她给我上过课,带着我在犯罪现场里走过格子,我读过她的每一本著作,她的刑事鉴识技术在国内无人匹敌。"

"不行!"王副厅长一声怒吼,像钳工一样,生生掐断了楚天瑛没说完的话。

看着眼前这一幕,旁边的司机和秘书吓得一哆嗦。

楚天瑛却直视着王副厅长,目光充满哀伤。

"天瑛。"王副厅长换了副口吻——深沉而又严肃,像在管教自己的孩子,"我知道你的想法。的确,你是为侦破这个案子考虑,才请求借调刘思缈。但是你也不能否认,你的另外一个目的是想帮她摆脱困境。可是,她现在正处于停职审查阶段……你不能惹祸上身,懂吗?"

说完，他迅速转身钻进汽车里，秘书"嘭"一声为他关上车门。

车开走了。

从后视镜能看见楚天瑛呆呆地站在原地，一动不动，像一棵被遗忘在草原上的树。

9

胖刑技一墩一墩地下了楼梯，往外面走。胡萝卜扒着栏杆问他："你这是去哪儿？"

胖刑技回过头，扶了扶黑框眼镜："上个厕所，你们所里那厕所也忒脏了！"

胡萝卜不好意思地笑笑："外面的厕所更脏。这儿可是农村……你要是小便，就到外边随便找个地方解决吧。"

胖刑技走出大门，踏上满是裂缝的水泥道路，往西南方向走了好一会儿，才掏出手机瞄了一眼，再绕过一个堆得很高的灰黄色的柴火垛子，看到国道边有一堵废弃很久的土墙。土墙后面，停着一辆掉了漆的灰色捷达。

胖刑技背对着捷达，面朝土墙，拉开裤子上的拉链……

捷达的车窗慢慢摇下一道缝，缝隙太窄了，看不见里面的人。

胖刑技只低声说了一个字："有。"

静了一会儿，捷达里传出一个声音："墙后面。"

然后，呼隆隆一阵响，捷达绕过土墙，上了国道，一路向远方驶去。

蓝天，草原，灰色的车身犹如浮在绿波上滑动一般，渐渐变成了一个小点,终于消失不见。

胖胖的影子依旧印在地上,很久很久,终于动了一动,一道长长的水线浇在了土墙上,墙体腾起一股不知道是土烟还是水烟的东西,还有些枯枝断裂时发出的清脆的噼啪声。

水线越来越短,终于停止。

影子抖了一下,嘶啦一声,拉上了拉链。

胖刑技绕过土墙,在墙根下那片荒草中摸索了半天,摸出一个信封,掸了掸上面的土,打开扫了一眼,迅速塞进上衣的内兜里。

一个字一万元。说到做到。

值!

第二章　极度恐怖

寻找罪行的受益者。

——赫尔克里·波洛

1

北京。

十月二十七日中午,汉诺酒店。

巧克力色的玻璃窗旁,一排深红色的橡木餐桌,大都是空的。只有一个留着披肩鬈发的漂亮女孩,坐在一张餐桌前,一边用精钢小勺一勺一勺地舀着红豆冰吃,一边用手指在笔记本电脑的屏幕上滑动。屏幕上,是关于"10·24特大密室杀人案"的专题网页。

琴声潺潺,在酒店一楼这家"冷酷甜点坊"里低回着,似乎是马克西姆的 Still Water。

"事情闹大了!"郭小芬想,就连平时最爱的红豆冰,此刻也有些食不知味。

此案的最早一篇报道,是发表在十月二十五日《北方都市报》上的,记者署名"郝文章"——这个名字颇有特点,所以郭小芬一下子就记住了。《北方都市报》是一家在北方地区发行量很大的晚报，稿子又发在二版头条，所以引发了强烈关注。

作为《法制时报》的著名记者，郭小芬看新闻比普通读者自然多了一分专业的眼光，所以从一开始就看出了些蹊跷。

一般而言，案件类报道——尤其是涉及命案的报道，为避免犯罪分子掌握警方的刑侦动态，警方在侦破前都会封锁信息。以"10·24大案"为例，在十月二十五日中午初侦报告结束后，面对大批涌到狐领子乡派出所的记者，楚天瑛仅仅以书面形式公布了两点：一，命案发生地点在狐领子乡；二，死亡六人。此外，其他细节一个字都没有提，所以，各家媒体的报道自然也到此为止。然而，令人惊讶的是，郝文章那篇报道，除楚天瑛提供的内容外，还多了至关重要的两点——

"据知情人证实，该案发生在一个门窗反锁的房间里，系一起极其罕见的特大密室惨案！"

"在封闭的犯罪现场内，警方发现了一面国内知名保健品生产厂家——健一保健品公司生产的五行阴阳镜。众所周知，该公司一向宣称：用其定期照射人体可以治疗多种慢性病、疑难病。那么，这一惨案中诸多死者的死因是否与该镜的辐射有关，目前尚不得而知……"

经警方内部详细核查，没人承认向媒体透露过这两点消息，至于本案的两名知情人——陈少玲和张大山，他们尚在警方的严密监控中，绝无外泄消息的可能。

楚天瑛看到报道后勃然大怒，当即给《北方都市报》打了电话，要求郝文章说明是从哪个渠道得到这两条消息的，报社方面很客气却也很冷漠地予以拒绝。

郝文章的这篇"好文章"，引起了全国各大媒体发疯一样跟进。十月二十六日全天，狐领子乡派出所的座机、李阔海和楚天瑛的手机都险些被打爆了，记者们只求证实两件事：案件到底是不是真的发生在密室，密室里是不是真的有一面五行阴阳镜。对此，楚天瑛等人只能一概以"无可奉告"作答。

一时之间，舆论甚嚣尘上，但"10·24特大杀人案"专案组却保持了惊人的冷静与克制，不再发表任何与案件有关的消息，并严禁外来人员接近湖畔楼。因此，尽管各大主流网站都做了和此案相关的专题网页，但真正有价值的信息乏善可陈。

郭小芬今年二十四岁，参加工作虽只两年，在圈内却已经小有名气。她不仅独自报道过多起重大刑事犯罪案件，而且凭借敏锐的观察力，经常在稿件中加入自己的一些分析和推理，有几次居然给走进死胡同的办案刑警"指点迷津"，使案件顺利侦破。可以想象，她对"10·24特大杀人案"的兴趣比其他记者要更加浓厚。因此，《法制时报》生活版的主编接到健一保健品公司今天中午召开记者招待会的邀请短信后，便直接转发给了她。

记者招待会的地点设在汉诺酒店三楼的会议厅，她来得早，就在一楼的冷酷甜点坊里点了份红豆冰。

目光穿过落地窗，她忽然发现街对面的健一大厦——健一保健品公司总部所在地——门前，聚集了很多头发花白的老年人。他们一个个神情激动，似乎吵着要往楼里闯。十几个身穿灰色制服的健一保健品公司的保安排成一条线，防洪堤似的拦着他们。双方你进我堵地纠缠在一起很长时间，最后胶着成一团。

那些老人要干什么？郭小芬不解。她看看手机上的时间，记者招待会就要开始，便赶紧把笔记本电脑收进挎包，匆匆走向电梯。

三楼的会议室。

招待会虽然还没有开始，但已经聚集了大批的记者：有的把笔记本电脑放在膝盖上，正在浏览网页；有的调试着录音笔；还有的摆弄着相机。他们的脸上毫无紧张或期待的神色，相反倒很懒散，有两个女记者还一边耳语一边嬉笑着，活像是来参加冬季时装新品发布会。放眼望去，郭小芬觉得都很陌生，没有发现自己相熟的那些跑法制口的记者。

仔细一想，她明白过来，健一保健品公司今天邀请的应该都是医药卫生领域的记者，而到场的法制新闻记者恐怕只有自己一个。

这时，几个身穿黑西服的人鱼贯着走进会议室，到前排桌子后坐下，面对记者席。会议室里顿时"噼里啪啦"地亮起闪光灯。其中一个女人站起身来，低垂着眼，用沙哑而沉重的声音说："诸位，记者招待会现在开始。我是健一保健品公司的公关事务部主任王慧。首先，请允许我代表健一保健品公司的全体员工，对包括总裁蒙健一先生在内的'10·24特大杀人案'中的六名罹难者，表示最深切的哀悼！"

说完，和她并排的几个人都站了起来，垂首默哀。这种情形下，记者们不知道是该和他们一起默哀呢，还是自便，所以有的站了起来，有的从椅子上半欠起身子，场面一时有点凌乱。

几乎没有人注意到，就在这时，一个身穿棕色灯芯绒外套的男子悄悄走进了会议室，在记者席的最后一排找了个偏僻的角落坐下。男子戴着一副变色镜，唇上留着两撇八字胡。

默哀完毕，大家落座。王慧拿出一张纸，对着麦克风刻板地念了起来。内容大致是说十月二十四日,健一保健品公司总裁蒙健一携部分公司员工一行七人,前往狐领子乡考察,其中六人不幸遇难,目前公司正在积极配合警方,争取早日查明案件真相。另外,经董事会研究决定,公司事务暂时由副总裁蒙康一全权处理——说到这里时,王慧停顿了一下,目光投向坐在主席台正中央的一个中年男子。

中年男子留着板寸,脸孔黑瘦,粗重的眉毛下面,一双小眼睛放出锋利如刀尖的光芒。听到王慧介绍,他猛地站起来,对着记者席鞠了一躬,然后迅速坐下。郭小芬注意到,他衣领间隙有黄灿灿的光一闪而过,那应该是一条很粗的金链子,另外,他的手腕和手指上也戴满了各种俗不可耐的金玉首饰。

这人哪儿像个公司总裁啊,说他是黑帮老大还差不多。郭小芬想。

更耐人寻味的是他的神情。

如果说在座的其他人,无论真假,还多少有那么一点哀痛的表情的话,这个蒙康一的脸上,丝毫悲伤也不见。他只是皱着眉头,毫不掩饰地表现出他的烦躁,似乎是在抱怨这个记者招待会怎么还没结束。

这时,王慧突然提高了声音——

"对于一些不负责任的媒体,恶意攻击本公司的保健器械导致了此次惨案,本公司在此严正声明,我们生产的任何一款保健食品、医疗器械,都是经过国家有关部门鉴定的,安全、有效、无毒副作用,因此请广大消费者放心购买、使用。对于制造谣言、导致本公司的经济利益和声誉受损的媒体和个人,公司都将追究其法律责任!"

说到这里,王慧喘了几口粗气,仿佛卸下了一个沉重的包祎:"诸位媒体朋友还有什么问题,可以开始提问。"

这些记者大都是健一保健品公司的老关系户了,每次来参加这种招待会,走的时候都是左手文件袋、右手礼品袋,背包里还揣着一个厚厚的信封——里面装着不菲的车马费——所以此时此刻,他们自然不会提什么刁难的问题,于是纷纷沉默不语。

就在王慧准备宣布记者招待会结束的时候,一个声音响了起来:"我有个问题!"

所有的目光都集中到这个站起来的女记者身上。

王慧觉得这名女记者有些面生,有点慌张:"您……请讲。"

女记者优雅地伸出右手,王慧有些发愣,半晌才意识到人家是跟她要话筒,赶紧让工作人员把话筒递了过去。

"刚刚,您提到贵公司赶赴狐领子乡是一行七人,但警方提供的死亡名单上只公布了六人,请问那名幸存者是谁?什么身份?"

王慧摇摇头:"很抱歉,这个人的身份,警方也没提供给我们。"

"这名幸存者不是和蒙健一先生一起去考察的吗?"

"是……但她应该是中途参与的。"王慧有些尴尬,"根据总裁办公室提供的行程计划表,她原本不在这次考察团之列。所以我们并不知道她是谁。"

"有传言说贵公司生产的五行阴阳镜导致了这次密室惨案,您刚才驳斥了这一说法。请问,您根据什么确认致死原因与五行阴阳镜无关?"

王慧提高了声音:"我刚才说了,五行阴阳镜是经过国家有关部门安全鉴定的……"

"国家哪个部门做的安全鉴定?"女记者追问。

"中国养生科学研究院!"

"据我了解,中国养生科学研究院实为贵公司的下属机构,办公地点就在对面的健一大厦,专家全是贵公司员工,鉴定器材和相关经费也均由贵公司提供——这样自己给自己做的安全鉴定,可信吗?"

王慧顿时哑口无言。

记者席上一阵骚动。大家今天来这儿,与其说是参加记者招待会,不如说是参加健一保健品公司的追悼会,就图个和和气气,顶多回头发篇澄清谣言的稿子完事。可这个素未谋面的漂亮女记者一通机关枪似的提问,完全破坏了会场上和谐的气氛……

一只手伸过来,夺走了王慧面前的麦克风。

是蒙康一。只见他坐直身子,不紧不慢地说:"我来回答这个问题吧。五行阴阳镜是我们公司主打的一款保健器械,是传统中医养生术与现代理疗方法相结合的高科技产品,辅助治疗各种慢性病,迄今已经销售了几十万台,没有接到过一起不良反应报告。试想,它怎么可能一下子造成六人死亡——而且死亡的恰恰是本公司的总裁呢?至于你说的中国养生科学研究院,确系本公司协办,但它是一个科研机构,不仅给本公司的保健器械做鉴定,也给其他保健品厂家的产品做鉴定,一向坚持科学、严谨、一丝不苟、一视同仁的态度。我可以负责地说,中国养生科学研究院也好,五行阴阳镜也好,都是经得起考验的。"说到这里,他的声音忽然一沉,"家兄匆匆辞世,没有留下遗言,但是他提出的'健一产品,健康第一'的理念,我们会坚持下去,把我们的产品,打造成永远造福国人的第一健康品牌！"

记者席上爆发出一片热烈的掌声。

包括王慧在内的健一保健品公司的工作人员，都向蒙康一投以讶异的目光。

女记者完全没料到，这个看似黑帮老大的蒙康一思路如此清晰，口才如此之好。正当她不知所措的时候，蒙康一突然又发话了，目光紧盯着她："这位记者以前好像从没见过，能否提供一下你的姓名和所在报社？"

女记者定了定神，把脸微微一昂："《法制时报》记者，郭小芬。"

别人没什么反应，唯有坐在最后一排的那个留着八字胡的男子，听到后身子不禁微微一颤。等王慧一宣布记者招待会结束，他立刻起身，瞄了郭小芬的背影一眼，迅速退出了会议室。

记者们三三两两地结伴散去，健一保健品公司的人也纷纷下楼，回到街对面的健一大厦去了。郭小芬站在一堆空椅子的会议室当中，有些惘然。凡是采访，要想挖到有价值的内容，只有两种手段：如果是熟人，缠着他；如果是生人，激怒他。但是今天，自己点的一把火却被蒙康一轻而易举地熄灭了，最后没有任何收获，只能空手而归了。

她挎起包，绕过几个打扫卫生的女工，去了洗手间。

出来时，会议室的门大开着，里面却无一人。整个三楼也静悄悄的，洁白的大理石地面上只有自己的足音"踢踏踢踏"地回响着。

她心里有点发毛，快步走到电梯间，按了下行键。电梯门缓缓打开，里面也是空荡荡的。她走进去，按上关门键，电梯门慢慢合拢——

"哐!"

一个人在电梯门即将合拢的瞬间,突然扒住了门,吓得郭小芬险些尖叫起来!

然后他就钻了进来,电梯门在他身后"咔"一声合上了。

"你是郭小芬?"

这个戴着变色眼镜、留着两撇八字胡的男人开口问道。

郭小芬把挎包慢慢挪到了身前:"你是谁?"

八字胡笑了,从兜里掏出一个浅灰色的名片夹,抽出一张名片,双手递给她,郭小芬定睛一看,上面是三个赫然大字——郝文章。

2

"你吓死我了!"走出电梯,郭小芬还在捂着胸口。

"哈哈哈哈,对不起啦!"郝文章摘下变色镜,露出一双笑意盈盈的眯缝眼,"没办法,我今天可是混进这个记者招待会的。本来想探听健一公司有啥新动静,结果虾没逮到,倒捞上条大鱼,碰上了仰慕已久的小郭姑娘,不敢马上跟你打招呼,只好躲起来等待单独会面的机会了。"

郭小芬觉得这个人挺有趣:"我请你喝点东西吧。"

两个人来到冷酷甜点坊,找了个靠窗的椅子面对面坐下。郝文章要了杯咖啡,郭小芬刚才吃红豆冰没解馋,就又点了一份。

"我在省会城市长期跑法制口,对你是久仰大名了。最近半年我转到健康口,也是做负面新闻报道。"郝文章在椅子上伸了伸懒腰,"这回'10·24特大杀人案'一报出来,嚯!找我的人不计其数,老总说你去北京躲躲吧,我想正好来摸摸健一公司总部的情况,所以一听说他们开记者招待会,就过来了。哈哈,你听那个姓王的公关事务部主任说了吧?还要追究我的法律责任呢!"

"做法制新闻报道,最重要的是言之有据。"郭小芬不客气地说,"我觉得你那篇文章中,对于五行阴阳镜导致六人死亡的猜测,有点儿太主观了。"

郝文章冷笑道:"小郭姑娘,你别怨我说话直,你知道今天在会场上你为什么会败给蒙康一吗?"

郭小芬摇摇头。

"那是因为,你根本不了解他们是一群什么货色!"郝文章把身子往前探了探,"你听蒙康一回答你那番话,算铿锵有力、掷地有声吧?可是我告诉你——全他妈扯淡!"

郭小芬扬起眉毛。

"不信是吧?"郝文章说,"他说那个狗屁阴阳镜没接到过一起不良反应报告,这不假,可是从今年年初到现在,十个月,狗屁阴阳镜因为违法发布广告、夸大疗效、严重欺骗和误导消费者,被全国二十二个省、区、市的药监部门查处了上百次,他怎么不提?他说那个什么研究院也给其他保健品厂家的产品做鉴定,更是放他娘的狗屁!从我掌握的资料看,那个研究院从成立就做过三次鉴定,而且都是给健一公司的产品做的!说什么打造国人幸福,他怎么只字不提今年春天组织一群老年人听讲座,讲座结束后逼着老人们买他们的产品,不买不让走,结果导致一个老太太心梗猝死的事情!"

他越说越激动,唾沫直喷到红豆冰上,郭小芬心疼地看着——不能下嘴了。

"如果按照你说的,他撒的是弥天大谎,为什么现场那么多记者都不出声?"郭小芬问。

"那些记者都是托儿,和健一公司一起蒙老百姓的!"郝文章又顿了一下咖啡杯,"你跑法制口,采访受害者家属也好,从刑警和法医那里套话也好,参加公安局的新闻发布会也好,没人会给你红包,不给你张冷脸就算客气了——可是你不知道跑健康口的记者,尤其是跑保健品这块的有多肥吧?车马费起价五百元,还有大小提溜(礼品),他们都被那些天良丧尽的商家豢养起来,和商家一起给消费者洗脑!就像一只只细腰蜂,用毒刺刺中青虫的中枢神经,使它们麻痹成一具具活着的尸体,任由细腰蜂吸干它们的血肉和骨髓,最后只剩下一层空壳……"

大白天的,郭小芬身上一阵发冷,把粉色短外套往身上紧了紧:"有你说的那么邪乎吗?我倒对另外一件事更感兴趣,你是怎么挖到那些人死于密室,以及密室里有一面五行阴阳镜这些消息的——别的媒体可是削尖了脑袋也没挖出来呢。"

"哈哈!"郝文章笑着把后背往椅背上一靠,狡黠地眨眨眼,"那可是我花了一万块钱挖出来的!以前跑法制口建立的老关系——具体是谁不能告诉你。总之,我现在可以百分之百地认定,就是那面狗屁阴阳镜的辐射造成六个人死亡的,否则没法解释现场怎么会是一个密室——"

"你知道什么叫推理吗?"郭小芬突然打断他。

郝文章一愣。

"推理就是从一个或几个已知的判断中推出一个新判断的思维形式。"郭小芬将精钢小勺在手指间旋转着,"你说阴阳镜造成那六人死亡,就是一个推理——但这是一个错误的推理。"

郝文章不禁笑了:"愿闻其详。"

"正确推理的基本前提是：用于推理的已知判断必须为真。你的推理用了下面两个已知判断：一、所有密室中的死亡必定是辐射造成；二、五行阴阳镜的辐射能杀人。你由此推断'10·24大案'的凶手就是那面阴阳镜。"郭小芬边说边用精钢小勺的勺柄在桌上轻轻划拉着，"问题是你的这两个已知判断都是假的、错的、不靠谱的。第一，密室中六个死者的死因还不明确，有可能是集体自杀，有可能是互相残杀；第二，阴阳镜的辐射会不会置人于死地，目前尚无科学研究做出定论。两个假的已知判断推理出的结论必然为假，所以，你那'百分之百地认定'，其实是一个百分之百的错误。"

郝文章两眼放光，"砰"一声把咖啡杯往桌子上一顿，吓得郭小芬以为他要挥拳揍人了，不料他接着说："小郭姑娘果然名不虚传，快人快语，而且推理严密！"然后摸摸自己的小胡子，"不过，我的推理有其他的证据支持，只是现在还不能告诉你。"

郭小芬又好气又好笑，向街道对面的健一大厦努了努嘴："不过有一点可以肯定，你这篇稿子捅出的马蜂窝可够大的——看见门口聚集的那些老人了吗？估计他们都是看了你的稿子以后来找健一公司算账的。"

郝文章抻着脖子看了一眼："你咋知道？"

"好多人手上不都拿着五行阴阳镜的包装盒吗？"郭小芬白了他一眼，"你这记者咋当的，观察力！"

这会儿，健一大厦门口的老人越聚越多，肩并着肩，背压着背，颤颤巍巍地往里面拥，一大丛灰白色的后脑勺无序地晃动着。

一个瘦小的、满脸皱纹的老太太，从人群里慢慢挤出，扶着路边一株小树，一边痛苦地咧着嘴，一边用手捶着后腰，好半天才直起身来。

她的身影和小树的影子交驳在一起，说不上谁比谁更加脆弱。

离得很远，郭小芬还是看到：她那干瘪的眼眶里是空的。

也许是白内障，或者患上了别的什么眼病？但看了又看，郭小芬还是觉得老太太的眼珠子像是被剜掉了，因为那两只凹陷很深的眼眶里，没有任何神采。

老太太就那么傻呆呆地站着，蜡像似的，任由花白的头发被风撕成了一缕一缕。

使他们麻痹成一具具活着的尸体……

郭小芬起了一身鸡皮疙瘩。

这时，大厦前的那排保安终于有点撑不住了，纵使对手只是一群老人，集合在一起也是不小的力量。就在这时，从楼里又杀出七八名保安，为首的一个身材粗壮，攥着一根黑色橡胶棍子就往老人们的头上砸去，虽然只是做做样子，但那凶狠的气势，还是吓得不少老人哆哆嗦嗦地直往后退。

人群里，有个老人腿一软，坐倒在地上，咧开嘴呜呜地哭开了。

突然，从街道上开来一辆老旧的警用普桑，呼啸着冲上人行道，直朝那名粗壮的保安撞去！那保安吓得噌噌噌直往后退，不料普桑像红了眼的公牛死死追着他，没得退了，背后就是墙！保安后背贴着墙，闭上了眼。

"嘎吱"一声，车头稳稳地停在距离他的膝盖半寸前——只要再往前一点点，没准会把他的小腿生生切下！

所有的人——保安也好，老人也好，都被眼前这一幕惊得目瞪口呆。背靠着墙的保安,嘴里发出恐惧的咝咝声。

普桑的车门打开,一个身材又矮又胖的司机跳下车,看着保安哈哈大笑起来,有点歪的大嘴几乎咧到了右耳的耳根。

"马、马所长……"面前的保安挤出苦笑,"您想吓死我啊!"

"给你个教训!"被称为马所长的矮胖子龇着牙说,"这帮老头儿老太太比你爹妈年岁还大,你真下得去手!还有你们——"他一指其他保安,"都给我靠墙站着去,站一排!快点儿!手里的棍子,扔地下!"

保安们马上把棍子扔了,老老实实地靠墙站好,一个个低眉顺眼,谁也不敢说个"不"字。他们太了解这位大名马笑中的派出所所长了!此人本来只是一名普通的警察,工作能力极强,从来不指望"以正压邪",而是"你邪我比你还邪、你狠我比你更狠",对付起那些为非作歹之徒,净用些阴损招数,所以立功多,挨的处分更多,每次提干都没他的份儿,快三十岁了还是低级警员。后来不知怎么跟市政法委副主任李三多成了忘年交,这才当上了派出所的所长。

人群里有个老头儿认得他,连忙上来拉住他的袖子,一把鼻涕一把泪地诉说:"马所长,您可要替我们做主啊!这黑了心的健一公司,可把我们坑死了!"

"慢慢说,慢慢说。"虽然有点不耐烦,马笑中还是和颜悦色的,"老大爷,他们怎么坑您啦?"

见状,又有几个老人纷纷聚拢上来,手里都举着五行阴阳镜的包装盒,"您看这个阴阳镜,健一公司天天在电视上做广告,说高血压、糖尿病什么的都能治,吹得那个玄乎啊!年纪大了,谁身上没点小毛病啊,可是又怕上医院,咬咬牙就买了一个,整整五千块钱哪!我们的退休金本来就不多,平日里节衣缩食、省吃俭用的，一下子拿出这么多钱来，真是心疼死了……天天往身上照，结果啥毛病也不见好，心里还纳闷这咋回事呢，就看见报纸上给报出来了，六个人在一间屋子里照这个，居然都被照死了——这不是坑人吗？！让他们给退货，他们就往外赶我们，还拿棍子打人……"

"嗨，我看得清楚，他们就是吓唬吓唬，不是没打着您老吗？"马笑中皱着眉头说。

这时，警用普桑的车门打开了，一个英俊的年轻人从副驾座位上下来，走到人群前，温和地对老人们说："大爷大妈们，你们说的'10·24特大杀人案'，我们警方正在侦办，死者的死因尚在调查中，对于健一公司生产的五行阴阳镜是否会对人体造成伤害，目前有关部门也还在鉴定中，没有正式下结论……"

"警察和健一公司是一伙儿的，合起来蒙骗咱们老百姓！"人群里突然响起一个恶狠狠的声音，"上啊！冲进大楼里揍扁他们！"

年轻警察的目光一扫，立刻捕捉到了声音的源头：那是一个四十开外、长着一张瘦长黄脸的男人，正躲在人群里撺掇。

人群顿时向前涌动。

右臂伸出，掌心如铁！

众人都怔住了。

是那名年轻警察。他严肃地说："鉴定的最终结果一出来，我们就会通过媒体告知大家，如果阴阳镜确实会导致人体受到伤害，我们一定会依法敦促健一公司对你们受到的损失予以赔偿。但是，现在请你们先回家吧，不然万一有个磕磕碰碰，医药费又是一大笔花销。"

这一番话击中了老人们的心坎。他们虽不情愿，仍渐渐散去了。

年轻警察抬起眼,搜索着刚才那个瘦长脸:报刊亭、楼角、街道,还有街道两侧苍翠的冬青丛……却再也找不见其踪影。这个人是谁?他明显和其他的老人不是一个年龄层的,他的手里既没有拿着阴阳镜的袋子,身边也没有跟着父母,那么他为什么要煽动这些老人冲击健一公司?

正在这时,马笑中走了过来,拿胳膊肘捅捅他:"楚处,走吧,咱们先办正事去。"

这两天,楚天瑛组织警力对湖畔楼的犯罪现场进行了第二轮勘查,依旧没有什么新的发现。

他向王副厅长请示,要到健一保健品公司总部了解六名死者的基本情况,得到了批准,于是今天上午驱车几个小时赶到北京。按照区域划定原则,由健一公司所在区的公安局负责接待,这里的副局长恰好是他在中国警官大学进修时的同学,一个电话就把马笑中召了过来:"健一大厦在你的管片儿,我下午忙,你陪楚处去一趟。"马笑中自然满口答应。就在两人快要走出办公楼的时候,一名女警察突然追下来,交给楚天瑛几页纸,然后转身跑了。

马笑中好奇了:"这么快就有人给你递情书了?"

楚天瑛瞪了他一眼,低头仔细一看,是传真件——省厅的法医给六名死者死因出具的鉴定报告,1号和6号死者确系暴力致死,其余四个人的死因,却大出楚天瑛的意料。从坐上马笑中的警用普桑,直到车停在健一大厦门口,他的眉头就没有展开过。

两扇茶色的自动门无声地打开,又在他们身后悄然合上。

一名身着正装的漂亮小姐，从前台后探出半个身子，脸上挂着职业性的笑容："请问二位找谁？"

马笑中说："蒙康一。"

"蒙总正在开会，请问你们有预约吗？"

马笑中把警官证一亮："预什么约，快带我们上去！"

此刻，蒙康一正在六楼的第二会议室里召开董事会。秘书轻轻推开门走进来，弯下腰在他耳畔低语几句，他脸色一变，站起来，走到嘉宾接待室，只见公关事务部主任王慧正在给两个客人斟茶。见他进来，王慧连忙介绍："这位是我们蒙总，这二位是楚警官和马警官。"

双方握了握手，一齐坐下。王慧刚要退出去，蒙康一吩咐："小王，你也坐下。"

"我是侦办'10·24特大杀人案'的第一负责人。"楚天瑛说，"前天您到省厅去确认死者身份的时候，我正在犯罪现场，没有碰面。请允许我代表警方再次向您家人的不幸遇难表示哀悼。"

蒙康一点了点头，黑瘦的脸上毫无表情。

"今天我来，是想跟您了解一下死者的一些基本信息，希望得到您的配合。"楚天瑛说。

"请原谅。"蒙康一声音低沉，"配合警方工作，我责无旁贷。但是家兄的去世，对公司、对我个人都是非常沉重的打击，所以我现在心情很不好……"

楚天瑛点点头，拿出一张纸铺在蒙康一面前："首先我想请您再次确认一下这张表格，看看上面的信息有无错误。"

\"10.24特大杀人案\"死者状况简表					
编号	姓名	性别	年龄	死亡状态	身份
1	李家良	男	64岁	倒卧在包间大门旁边,死因系刀刺造成腹部主动脉破裂致失血性休克	特聘广告演员
2	佟大丽	女	41岁	背靠着墙坐在地上,死因不详	企划部主任
3	焦 艳	女	26岁	仰卧在北墙的沙发上,嘴角出血,死因不详	总裁秘书
4	蒙健一	男	49岁	仰卧在焦艳旁边的地板上,嘴角出血,死因不详	总裁
5	宫 敬	男	32岁	蜷卧在整个包间最里侧的播放控制间门后,嘴角出血,死因不详	总裁办公室主任
6	蒙如虎	男	30岁	四肢摊开俯卧在茶几边。死因是钝器打击头部致重度颅脑开放性损伤	总裁贴身保镖

蒙康一瞥了一眼,说:"没有错。"

"那么,我想问的第一个问题是:他们这一行人为什么大老远地跑到狐领子乡去?"

"很抱歉。"蒙康一说,"商业机密,恕不详告……"

马笑中扬扬下巴颏,用城管教训不法商贩的口吻说,"给你丫脸了是不是?我们这儿查案子呢,什么机密不机密的!问你什么就说什么!"

王慧立刻板起面孔:"马警官,请您对我们蒙总放尊重点儿,他可是——"

"你给我闭嘴!"马笑中一拍茶几,"什么蒙总,现在这是警方办案,别给脸不要脸,客气当运气!"

王慧气得柳眉倒竖,谁知马笑中还不算完,又指着她的鼻子喝道:"你给我外面候着去,不叫不许进来!"

王慧看看蒙康一,怨愤的眼神似乎是希望他给自己做主。但蒙康一只对她做了个"你先出去"的手势,她只好恨恨地走了出去。

门关上了。

蒙康一往前挪了挪身子,黑黢黢的脸上挤出一丝笑意:"二位请多包涵,我的心情确实不大好,并没有不配合警方的意思……何况你们要知道,长期以来一直是家兄独揽公司的大小事务,我不过是个挂职的闲人,很多事务都还不了解。据我所知,家兄这次带着公司一批中层去狐领子乡,好像是因为佟大丽和李家良提出了一项关于五行阴阳镜的改良方案……"

"什么方案?"楚天瑛问。

"二位想必也知道,五行阴阳镜是敝公司主打的高科技产品,主要是通过镜内装置的五种宝石,形成和人体气血循环相近的磁场,治疗各种慢性病。"蒙康一慢悠悠地说,"这几年,各种功能水成为保健品市场一个新的热点。我们了解到,狐领子乡有一潭名叫'额仁查干诺尔'的湖水,富含各种矿物质,具有神奇的保健功效。佟大丽和李家良提议,如果能在五行阴阳镜中安装一个极小的'净瓶',瓶中注入这种神水,就能使阴阳镜的疗效成倍增加——家兄就是去考察这一方案可行性的。"

楚天瑛听得一头雾水:"五行阴阳镜本身就铁饼那么大,'净瓶'会更小吧?里面的水够病人喝几次的?"

"不是喝的。阴阳镜在加热时,会将水中的有效成分蒸发析出,通过阴阳镜上的鱼眼,从皮肤渗透到人体的毛细血管里起效。"蒙康一耐心地解释。

"我到过额仁查干诺尔。"楚天瑛说,"那个湖并不大。往净瓶里装湖水,净瓶再小,装在那么多的阴阳镜里,每天患者拿去蒸发一点,那湖水还不得几天就被抽干了啊?"

蒙康一微微一笑:"是这样——那湖水效力奇大,所以我们必须把它稀释后再提供给消费者。另外,阴阳镜不是烧开水,一般理疗时也就加热到60摄氏度左右,所以净瓶里的水没有那么容易蒸发完。平时不用时注意密封,防止挥发,如果用完了还可以到敝公司的专卖店续水……"

楚天瑛又问:"蒙健一在去狐领子乡之前,正在做哪些工作?有没有什么异常表现,比如和人发生争执之类的?"

"家兄临走前,手上的工作主要有两项:一是积极争取今年中国健康科普论坛的承办权,二是和《保健周报》谈判,打算注资并控股这家报纸。至于和人发生争执嘛……他和我侄子——也就是他的儿子——蒙冲大吵了一场,具体原因我不是很清楚。还有……对了!"蒙康一眼睛一亮,"有个叫黄克强的,最近老来闹事,指名道姓地说要家兄的性命,被保安轰出去过好几次了。上周有天晚上,他躲在家兄的公寓外面,身上还揣着凶器,幸亏被保镖发现,夺走了凶器,又把他狠狠揍了一顿才放走。"

"这个黄克强是谁?他为什么要威胁蒙健一?"楚天瑛问。

"今年春天,公司组织一群老年人听健康讲座,有个老太太心脏病发作猝死,黄克强就是这个老太太的儿子。他非说他妈是被我们公司害死的,向我们索要一大笔赔偿金。公司本着人道主义的精神,给了他两万元,谁知他非但不领情,还继续纠缠不休。"

楚天瑛在笔记本上写下"黄克强"三个字，又在下面画了两道粗粗的线，然后抬头："这次和蒙健一一起遇难的五个人，你能逐一向我们介绍一下他们的基本情况吗？"

蒙康一指着茶几上楚天瑛刚才拿出的那张表格："我就顺着这表格挨个说吧。李家良是个老演员，退休后被我们公司聘作形象代言人，经常在我们的广告片中出演角色，他老伴前两年去世，没孩子，就他一个人生活；佟大丽是公司企划部主任，以前当过医生，在公司主要负责策划各种营销方案和公益活动；焦艳是家兄的秘书，宫敬是总裁办公室主任——他俩是家兄的左膀右臂；还有一个蒙如虎，是我们家远房亲戚，原来在武术队学过散打，拿过奖，被家兄招来做贴身保镖。"

"他们几个人之间的关系怎么样？特别是，和蒙健一的关系怎么样？有没有闹过什么不和？"楚天瑛问。

"没有！"蒙康一回答得毫不犹豫，"我们公司的企业文化，是倡导领导和员工之间团结友爱，亲如一家。"

楚天瑛看了他一眼："我想大概你也听说了，蒙健一等人是死在一个门窗反锁的房间里，房间里还有一面五行阴阳镜，媒体盛传他们六人是被五行阴阳镜的辐射致死的，你对此事怎么看？"

"胡说八道！我要追究造谣者的法律责任！"蒙康一气愤地说，"五行阴阳镜绝对是安全的！家兄他们肯定是被外来的犯罪分子杀害的！"

楚天瑛摇摇头："我可以告诉你，蒙健一、佟大丽、焦艳和宫敬这四个人的身上毫无外伤。"

"难……难道是中毒？"蒙康一睁圆了眼。

"最新的尸检报告已经出来了，我刚刚拿到。"楚天瑛平静地说,"在他们四个人的体内,也没有发现任何毒药。"

刹那间,蒙康一的小眼中流露出惊恐之色:"那……那他们是怎么……等一下,我知道怎么回事了!一定是那个和他们一起去狐领子乡的女孩!一定是她,用什么诡异的方法害死了他们——"

"砰"的一声,门被撞开了。一个魁梧的小伙子站在门口,细微的络腮胡子让他显得虎头虎脑的:"你别诬陷好人!"

小伙子身后,是一脸无奈的王慧。她用眼神告诉蒙康一:"我拦了,但没拦住他。"

"我诬陷好人?哼!"蒙康一冷冷地说,"要不是你引狼入室——"

"你才是真正的狼!"小伙子指着他的鼻子破口大骂,"你处心积虑,天天想着怎么坐上总裁的宝座!以为我不知道?我爸他们就是被你害死的!我告诉你,我爸虽然没了,可是健一公司还没改名'康一公司',所以这总裁的位置,你想都别想!"

"公司的事务暂时由我全权处理——这是董事会研究决定的,不是你想改就能改的!"蒙康一冷笑,"更何况,前几天你和你爸吵架,差点把他气得心脏病发作,那又是怎么回事?这次去狐领子乡,你本来也要去的,还死活非拉上那个女孩一块儿。可是最后你自己没去,她又是唯一幸存的,这又怎么解释?"

"你!"小伙子气得全身发抖,把牙一咬,"咱们走着瞧!"转身出了门,楼道里顿时传来"嗵嗵嗵"的脚步声,每一步都像是踏破了一面鼓。

蒙康一恶狠狠地骂了一句什么,偏过头看见楚天瑛和马笑中,一声长叹,"蒙冲,我侄子,娇生惯养的不懂事,两位别见怪。"

楚天瑛问:"刚才你们说的那个女孩——'10·24特大杀人案'的幸存者,是蒙冲拉着一起去的?"

蒙康一点点头:"这小子去日本旅游的时候,救过那女孩一命,就爱上了她,死缠烂打着要追人家。女孩不答应,这小子却越陷越深,迷得跟什么似的。这次去狐领子乡,家兄要带他同行,他就约了那个女孩。结果人家女孩答应了,他倒临时有事没去成……"

"临时有什么事?"楚天瑛追问。

"这个……我就不大清楚了。"蒙康一眼中闪过一丝狡黠。

楚天瑛站起来:"今天先到这儿吧,我们遇到什么问题的话,随时再来找你。"

电梯门合拢,电梯无声地下降。

"鬼还真不少。"马笑中笑道,"这个蒙康一,一边说自己是个挂职的闲人,一边又对公司的事情了如指掌,而且句句都把咱们的怀疑往他侄子身上引。"

"这可是只老狐狸。不知你注意到没有,我问的其他问题,他都是经过深思熟虑才回答的。只有问他哥哥和那几个死去的手下有没有矛盾时,他回答得很迅速。这么反常的举动,只能说明他哥哥和另外几个死者有着不可告人的恩怨——蒙康一肚子里的货一定还有很多,只是今天还挖不出来。"楚天瑛说,"咱们现在就去找蒙冲,我想那个年轻气盛的小伙子应该知道不少内幕。"

到了一楼大厅,楚天瑛向前台小姐询问蒙冲的办公室在几楼,回答是:"蒙少开车刚走,他在公司里没有职位,也没有办公室……"

"哦?"楚天瑛问,"他是做什么工作的?"

"他没有工作。"前台小姐回答,"蒙少一向只喜欢玩,蒙总——刚刚去世的老总,就给他钱让他尽情地玩。"

"你们蒙总有几个孩子?"

"就蒙少一个。"

追出健一大厦,一地雪白的阳光,只依稀看到一辆黑色保时捷的尾巴,转眼消失在街角。

马笑中眯起眼睛:"这爷儿俩矛盾很深哪,这么大份家业,居然不让儿子碰。"

他们走到普桑旁边,刚要上车,突然听见背后传来一阵脚步声。

回头一看,是一男一女跑了过来。这俩人楚天瑛都不认识,马笑中却高兴得咧开大嘴,张开双臂扑向那个女孩:"小郭!好久不见。快,拥抱一下!"

3

"你好,我叫郭小芬。"

楚天瑛紧紧握住那只白皙的小手:"久仰郭记者的大名,我叫楚天瑛……这位是?"

"我姓侯。"

握手的一刹那,楚天瑛的左手闪电般从后腰拔出一个银光闪闪的东西,"哐啷"一声套在郝文章的手腕上,一个反拧,疼得郝文章"哎哟"一声,身子像弦一样向后一躬。楚天瑛早已擒住他另一只手腕,"咔"的一下,冰凉的手铐就这样锁定了。

天蓝色的凉棚下，饮料店的老板目瞪口呆地看着这一幕。

"你不姓侯，你姓郝。"楚天瑛拉过一把白色塑料椅子，悠闲地坐下，"郝文章记者，我没抓错人吧？"

"浑蛋！"郝文章挣扎了几下，见毫无挣脱的可能，于是从牙缝里蹦出这两个字。

"你的确是个浑蛋。"楚天瑛眉峰一沉，"你一篇报道就泄露了重要案情，让警方的工作陷入被动！现在你老实交代，是谁告诉你那六个人死在密室里，密室里还有一面阴阳镜的？"

郝文章把头一扬："楚处，你小看姓郝的了！我虽然是个小记者，但还有几分尿性。保护采访对象，这是当记者最基本的道德和素质，所以你休想从我嘴里套出半个字！"

"窝藏罪，你听说过吗？"楚天瑛说，"处三年以上十年以下有期徒刑！"

"楚处，您这是拿我当三岁娃娃吓呢？《刑法》第三百一十条说得明明白白，窝藏罪是指：明知是犯罪分子而为其提供隐藏处所、财物，帮助其逃匿或者作假证明包庇的——你倒说说，这些哪一条和我沾边儿？"

楚天瑛正要说话，突然，耳畔传来"咔嚓"一声，转头一看，郭小芬掌中端着一部数码相机。

"你干吗？"他惊讶地问。

"楚警官，郝文章是新闻记者，他的采访自由是受到法律保护的，他保护受访对象也是合乎职业道德的。"郭小芬不紧不慢地说，"所以，麻烦您给他解开手铐，不然《法制时报》头版今晚一定会刊发一张'10·24特大杀人案'真相披露者被捕的照片。"

"你？！"楚天瑛勃然大怒，"信不信我连你一块抓了？"

"我当然信。"郭小芬满不在乎,"警察跨省抓捕,还一下抓了俩记者——新闻混搭,咱们试试舆论会有啥反应?"

楚天瑛盯着她,终于点了点头,用不容置疑的口气道:"马所长,把你的手铐借我。"

"我才不随身带那玩意儿呢。"马笑中咧嘴一笑,然后走近楚天瑛,低声道,"楚处,算了吧,这姓郭的在圈子里名气大,咱们得罪不起,再说这是京城……"

最后这句提醒了楚天瑛。是啊,毕竟这里是京城,不是外省,真惹出什么乱子,会给王副厅长等省厅官员添很大的麻烦。这么想着,他用力咽下一口恶气,掏出钥匙,给郝文章打开了手铐。

郝文章捏了捏被勒出红印的手腕,走到郭小芬身边说:"多谢了,咱们后会有期。"然后有意无意地撩了撩她的挎包,扬长而去。

楚天瑛依旧瞪着郭小芬,郭小芬也目含嘲讽地回瞪着他。

两人就这样对峙着。

马笑中一手牵了一个摁在椅子上:"看我面子,都不许再记仇了啊!"然后打了个响指,"老板,三杯可乐!"见楚天瑛依然神情僵硬,又捅了他一把,"小郭是我的老朋友了,推理能力可是杠杠的。你与其为放掉那个郝文章生气,倒不如坐下来探讨一下案情,也许小郭能给你一些启发。"

"我怎么知道她会不会跟那个姓郝的一样,把仅限内部交流的东西写出去、登上报?"楚天瑛冷冰冰地说。

郭小芬摇摇头:"只要你提前说好哪些内容不能登,我一定不写。"

"那么,你先把相机里的那张照片删掉。"楚天瑛说。

郭小芬微微一笑，转过相机的LCD屏幕对准他，让他看着她删除："楚处，你也许不知道，现在的技术，可以恢复任何已经删除了的硬盘数据，所以，你真正应该信任的，是我的人品。"

这坦诚的一句话，倒让楚天瑛心生敬意，面色和缓了许多。

三个人边喝边聊，楚天瑛把案情大致陈述了一番，郭小芬也将刚刚开记者招待会的情形详细说了一遍。

"我和郝文章坐在甜点坊靠窗的桌子边，看见马笑中和你进了健一大厦，等你们出来之后，就追了上去，本来是想了解一些情况的，没想到你不由分说就把郝文章给铐了。"

"这个案子迷雾重重，实在搞得我焦头烂额。"楚天瑛眉头紧锁，"六个人为什么一夜横死？不知道。犯罪现场为什么是个密室？不知道。幸存者说的'湖水'是个什么意思？不知道……你们再看看这个，现在连其中四人的死因也成了谜！"说着，他把省厅法医的鉴定报告传真件拍在桌子上。

马笑中低头看了一眼："上面不是说'直接死因系心脏破裂'吗？"

"您一当警察的，好歹也学点儿法医知识。"郭小芬白了他一眼，"死因分为根本死因和直接死因，根本死因指的是对死亡主要负责的过程；直接死因是指来自根本死因的、致命性的并发症。心脏破裂只是直接死因，但到底是什么原因导致的心脏破裂？你看看传真件上，写得很清楚——'根本死因不明'！"

楚天瑛点点头："没错，我原以为既然这四个人体表上没有创伤，那么必然是死于中毒，可现在这个猜想完全错了！凶手是用什么方法杀死这四个人的呢？"

"心脏破裂、心脏破裂……"郭小芬喃喃自语，"哪些原因会导致心脏破裂？子弹或凶器刺穿胸壁伤及心脏？不会，因为体表没有创伤。暴力撞击前胸？法医鉴定报告上也没说胸骨受伤或断裂。那就剩下一个原因了，急性心梗导致的心脏破裂，可是四个人同时心梗——"

"同时心梗，扯呗！这怎么可能？"马笑中不屑一顾。

楚天瑛神色忽然一震！

霎时间，郭小芬的眼睛也瞪得溜圆！

望着对方，两人都明白：想到一块儿去了！

"有可能……"郭小芬从牙缝里挤出了三个字。

"是啊，确实有可能，但只有一种可能……"楚天瑛顿了顿，慢慢地说，"他们四个人同时看到了一个极度恐怖——恐怖到足以让他们突发心梗的场面……"

马笑中目瞪口呆。

长长的街道上，没有车，也没有行人，空荡荡、静悄悄的，犹如白夜。

沉默不语。三个人不约而同地想：那个深夜，那片湖水，那间小旅馆，那个门窗紧闭的 KTV 包间里，究竟发生了什么？

"我当刑警这些年，还从来没有像现在这样手足无措过。"楚天瑛神情酸楚，"按理说，犯罪现场死者越多，留下的犯罪证据也就越多，侦破理应更容易。可现在……半点头绪都没有。"

"小郭。"马笑中对郭小芬说，"你听楚处说了这么多，有啥灵感没有？"

郭小芬嘟着嘴想了想道："没有亲眼看到现场，我很难说出什么有价值的东西。但有一些可供参考的意见……比如，我不认为那个白衣女人衣服上的血液是在救 1 号时沾上的。"

楚天瑛十分惊讶："为什么？"

"很简单。"郭小芬托着下巴,"除了包间里,湖畔楼其他地方都没发现血迹。如果真的是救人时沾上的血,那么她离开包间跌跌撞撞地往湖畔楼外面跑去时,墙上和地板上怎么可能不沾到一点血迹?应该是处处留痕才对。"

楚天瑛惊讶地看着马笑中,马笑中得意地朝他挤挤眼,意思是——这姑娘神吧?

沉思片刻,楚天瑛抬起头:"小郭姑娘,谢谢你,我觉得受到了一些启发。这次我来北京,除了要到健一公司了解受害者的基本信息,还打算请两个人帮我共同侦破这件奇案:一个是市法医鉴定中心副主任蕾蓉,我们省厅法医虽然能力很强,但出了这么个死因不明的鉴定,我只好请她出山了;还有一个……"

"我知道是谁。"郭小芬眼睛亮闪闪的。

楚天瑛一惊:"哦?"

"刘思缈!"郭小芬十分有把握,"市局刑事技术处副处长,目前国内顶级刑事鉴识专家。你这个案子,侦破的突破口就在于通过对犯罪现场的严密勘查,找到证据,分析其中内在的逻辑关系。所以刘思缈是你独一无二的、最佳的人选!"

"对啊!"马笑中猛地一拍桌子,"说起来,我也已经很久没有见到思缈了,还真有些想她呢!"

楚天瑛的喉咙里咕噜了一声:"你错了。"

"啊?"郭小芬很惊讶,"那你要请的第二个人是谁?"

楚天瑛费劲地站起身,活像肩膀上压着一座山——

"爱新觉罗·凝。"

中国推理界有所谓"四大"之说,指的是四家顶级推理咨询机构。

为首的是公安部下属的"课一组"。由于严格保密，没有人了解其内部情况，只知道他们极少出动，但一旦出手，必然是那种引起国际关注、极难侦破的大案。

排名第二的是无锡的"溪香舍"。这是江南推理精英创办的民间组织，以"灵动如蝉翼、细腻如烟雨"的"会诊式推理"而闻名。

第三是重庆的"九十九"。到底"九十九"是一个人还是九十九个人，外人无从知晓，只知道这是一个由N个魔术大师组成的推理沙龙，专攻不可能犯罪。

排名第四的正是"名茗馆"。最初是中国警官大学的一个推理小说爱好者团体。其第五任馆主林香茗组织会员研究《每周重大刑事案件案情汇总报告》，通过犯罪现场勘查报告、证物鉴定、法医报告，推理出真凶——接二连三地先于警方侦破了几起大案，使名茗馆一跃成为国内最有影响力的推理咨询机构之一，其现任馆主就是以研究犯罪心理学闻名的爱新觉罗·凝。

"10·24特大杀人案"固然血腥，但还谈不上变态，为什么要请个犯罪心理学家？

郭小芬百思不得其解："楚处，也许你有自己的侦办思路，但我还是推荐刘思缈——"

"我知道了。"楚天瑛一脸无奈地打断她，"我先告辞，要去一趟中国警官大学。马所长一起走吗？"

马笑中说自己还有别的事，不能送他，让他打车去。

见楚天瑛走远了，郭小芬问马笑中："你还有什么事？"

马笑中拿着装有可乐的白色纸杯，两只胳膊肘拄在膝盖上，一改平日里的痞气，神色像他的动作一样沉甸甸的。良久，他低声问:"小郭,老实说,你跟楚天瑛推荐思缈,是不是想帮她?"

郭小芬没有说话。

不远处,几只麻雀聚集在草丛里叽叽喳喳地叫着。

"香茗出事后,思缈不顾一切地满世界找他。市局领导关心她,让她休假,可她还是闹……这才被停职。"马笑中非常无奈,"我知道你想让她赶紧出来工作,忙起来能忘掉一点痛苦,可是我不知道有没有用。听市局的哥们儿说,她现在变得疯疯癫癫……"

几只麻雀忽然飞走了,那些小小的灰色身影牵着郭小芬的视线,直到它们消失在树叶间。

"试试吧。"她说。

马笑中喝完可乐,开着普桑走了。

街道顿时又冷清起来。树木也好,电线杆也罢,都无精打采地拖着长长的影子,仿佛晌午的舌苔。

郭小芬拿出手机,拨了刘思缈的电话——这两天来她已经拨了无数次,但话筒里传来的声音,永远是那么礼貌而冰冷——"您所拨打的号码已关机,请稍后再拨。"

这次也一样。

她长长地叹了口气,低着头,慢慢往公交车站走。

突然,路边的小树林里蹿出一个人来,"喂"地大叫一声,吓得郭小芬蹦得双脚离地十厘米。定睛一看,原来是郝文章,气得给了他一拳。

郝文章哈哈大笑起来。

"你怎么还没走?"郭小芬说,"就不怕楚天瑛把你抓了去?"

郝文章狡黠地一笑:"初来乍到就给你添麻烦,不好意思,要真被他抓了去,这牢饭我还真咽不下去。"然后拉过她的挎包,往里面塞东西,边塞边说,"我也不知道咋谢你,天冷,就到旁边的商场给你买了条围巾,纯羊毛的,一定收下。"

郭小芬推了半天推不掉,只好收下,然后相约有情况随时沟通。

然后,转身,各自踏上归程。

见她走出很远,郝文章才把攥得紧紧的右手收回胸前,慢慢摊开手,嘴角滑过一抹得意的微笑。

掌心里,是一支黑色的录音笔。

4

榕树依旧,只是没有开花……

那年夏天,这一树榕花真的是怒放啊!巨大的树冠仿佛成了花冠,站在树下仰头,整个天空都是粉盈盈的,每一朵都像美丽的睫毛,有阵风经过,就一起柔情万种地眨啊眨的,将沁人肺腑的芳香,细雨般洒落在身上。

就在这棵榕树下,下课后,楚天瑛追上了她。

"什么事?"她问。

"刘老师……"他嗫嚅道,"今晚您有时间吗?我想请您……请您看场电影。"说完偷偷看了她一眼。

她雪白的脸上没有表情,既不高兴,也不反感,就像只是听到有人请她代课一样:"恐怕不行,今晚还有课。"

他努力争取:"我看了课表,今晚那堂是选修课,林香茗老师讲的'行为科学在现代刑侦工作中的作用',我听不听都行……"

"你可以不听，但我要听。"她说，然后转身离去。

晚上，他来到大教室，座位早已被占满了——以女同学居多。没有看到她。他只好站在过道上。

林香茗走上讲台的一刻，整个教室顿时被热烈的掌声撑满！

看着林香茗，他有生以来第一次自惭形秽。

在林香茗的身上，他发现了一种从未在其他人身上见过的气质——那是一种宿命般的哀而不伤。

就在他感到自己渐渐被林香茗的魅力折服时，他看到了她。

心，就在这一秒寒彻了。

她站在最后一排的角落里，凝视着林香茗的双眸，闪烁着炽热的目光，就连一向雪白的脸庞也蒸腾出淡淡的红晕。

他知道自己没有可能了——绝对没有！

心脏的每一下跳动都像是痉挛，引出前所未有的疼痛。

坚持到了培训结束。结业那天，师生合影之后，她悄然离去，但他的目光一直没有离开她的身影。

再一次，在这棵榕树下，他追上了她。

"我要走了，回省里去，不知道还有没有机会再见到您……"

简简单单一句话，他却用尽了力气，才不让泪水涌上眼眶。

她点了点头，很难得地绽放了一缕微笑："如果工作中有什么需要的地方，随时给我电话。"

"刘老师……"他非常非常想叫她一声思缈，可是不敢，"您手里拿的那本书，是您写的《犯罪现场勘查程序》吧，送给我做个纪念好吗？"

"这本是我用来做教材的，书店里有卖啊。"

"把您的这本给我吧，我知道书店有卖的，可我就要您手里这本，也许将来就难得再见到您啦，给我留个纪念吧！"他执拗地说。

她淡淡一笑,在那本书上签了名,然后递给他,道别。

她转身离去。

他目送她的背影。

没有风,一阵粉色的雨却从榕树上飘飘扬扬地洒落,一枝红白相间的花蕊落在她肩膀上。他的视线在这一刻定格,存储,并永远不能抹去⋯⋯

一阵轻轻的嬉笑声,将他唤醒。不远处的喷泉后面,走过几个打打闹闹的女生。楚天瑛想到自己沉湎在回忆中,竟然把来中国警官大学要办的正事忘在了脑后,不禁苦笑了一下,又看了那棵在秋风中枝叶凋零的榕树一眼,推开玻璃门,走进图书馆。

一个女管理员坐在登记台后面,正专心致志地读着一本杰夫里·迪弗的《人骨拼图》。他走上前问道:"请问爱新觉罗·凝在吗?我叫楚天瑛,是'10·24特大杀人案'专案组组长,有些事情想当面向她求教。"

女管理员看也不看他,拿起手边的电话拨通后低语了两句,放下电话,对楚天瑛只说了两个字:"三楼。"

登上三楼,抬眼只见门上悬着一块黑色横匾,题有金色漆底的三个笔力遒劲、气势雄浑的颜体大字——名茗馆,落款是"补树书斋主人"。楚天瑛一边想着这个补树书斋主人是何许人也,一边推开了那两扇镂花玻璃门。

一个肤色白净,嘴唇很薄的女生上前道:"楚处长,您好,我叫张燚。我们名茗馆一直在关注'10·24特大杀人案',您能来,我们十分欢迎。但是我们也想提醒您,如果您想尽快侦破此案,那么有一个人无疑比我们更加合适,她就是国内首屈一指的刑事鉴识专家、市局刑事技术处副处长刘思缈。虽然她目前被停职审查,但如有需要,相信有关领导一定会允许她出山,协助您工作的。"

听到刘思缈的名字,楚天瑛的心中一痛,但还是平静地回答:"谢谢你,我今天来,主要的目的是想见贵馆馆主一面。"

张燚点点头,朝旁边通向二层的铁梯做了个"请"的手势。

楚天瑛抬起头,看着二层,他知道爱新觉罗·凝就在上面。但此刻,那里寂静无声,潜伏着无尽的未知。

他心中默默地说:"思缈,我这样做都是为了你啊。"然后迈步噔噔噔踏上了铁梯。

就在同一时刻,丰台区大红门,一家快捷酒店的客房里,郝文章打开了那支录音笔。

音质出奇的好。

没有我在旁边,也好,他们聊了这么多的内幕。

点上一根烟,慢慢听。

你别说,郭小芬还真有两下子,她说白衣女人衣服上的血液不是在救人时沾上的,这个推理是很合理的,那么,白衣女人身上的血是谁的呢?先不管她了,我倒觉得她可能根本没有进那个包间,比如,她在包间隔壁的房间里待着,五行阴阳镜的辐射透过木门,照得她也精神错乱,所以她才穿着一件睡衣跑进了草原……

没有被冻死,也没有在国道上被车撞死,真是她的运气。

不过,如果我是那个叫张大山的司机,深更半夜在茫茫草原上开着车,突然看见有个浑身是血的女人站在车前,非吓死不可!

楚天瑛说打算请两个人出山协助他破案，一个是蕾蓉，还有一个叫爱新觉罗·凝，但是郭小芬一再推荐刘思缈。直到楚天瑛走后，马笑中问她是不是想通过这种方式帮她……蕾蓉我听说过，过去跑法制口新闻时，省厅法医鉴定中心的那帮专家一说起蕾蓉，那叫一个神往。爱新觉罗·凝不大了解。刘思缈，刘思缈……这个名字很耳熟，让我上网查查——

啊！

百度的搜索结果，显示出一千三百多篇和刘思缈相关的网页。

我的天啊！

原来是屡破大案的国内一流刑事鉴识专家；原来是年纪轻轻就出版了三部专著的中国警官大学特聘教授；原来是在犯罪现场勘查时，举手投足犹如几何绘图般精美，而在警界享有盛誉的"犯罪现场的芭蕾舞者"的女警！

郭小芬说得没错，"10·24特大杀人案"侦破的突破口就在于通过对犯罪现场的严密勘查，找到微量证据，分析其中内在的逻辑关系，所以刘思缈是最佳的、独一无二的人选！

为什么不让她参与这一大案的勘查工作，却将她停职审查？

网上说，因为她深爱的一名姓林的警官出了事，而她却无论如何也不肯相信，疯了一样地找上级领导申冤，结果严重干扰司法机关的正常工作，所以才……

可是眼下：一间密室，六具尸体，可谓诡异莫名，举国震惊——难道就不能通融一下，让她出来工作吗？警方何以这样不懂变通？

虽然在我看来，这个案子简单得像"1"一样，与其找这么多高手，还不如把那面五行阴阳镜拿到中国科学院物理研究所鉴定一下，一切就会真相大白……但是，好的新闻永远是策划出来的，就应该像电影大片一样，越多明星上场，才越能吸引观众。

如果我的一篇稿子能把刘思缈逼出山，岂不是会给"10·24特大杀人案"更刷上一层浓墨重彩，成为新闻干预刑侦的一个经典案例？

刘思缈，你注定是这场大戏中最最耀眼的一颗明星！

岂容你缺席！

郝文章把烟头掐灭在烟灰缸里，又点上一根烟，叼在嘴里，打开台灯，双手在笔记本电脑的键盘上噼里啪啦地敲打起来……

一篇稿子写完，才发现窗外的暮色已浓如墨染，肚子咕噜咕噜地叫了起来。

他扯开一盒康师傅红烧牛肉面，泡上开水，焖了三分钟，哧溜哧溜吃了起来，一边吃一边给报社打电话，找夜班编辑。《北方都市报》尽管是一份晚报，但其主办方——北方出版传媒总公司还有一份《北方晨报》，两家报纸的采编资源共享。所以为了抢新闻，郝文章把刚刚写成的稿子给夜班编辑传了过去，这样就可以明天一早刊登在《北方晨报》上了。

伸了个长长的懒腰，他坐在冰凉的窗台上，看着楼下的小街。这家快捷酒店的位置比较偏僻，郝文章选择住在这里的唯一理由就是价格便宜。附近都是破旧不堪的平房和被推土机推平后又无所事事的空地，空气中散发着一股腥臭味，唯一一盏路灯像咽气似的抽搐着光芒，把整个街道照得如同被剖开的猪大肠。

鬼地方，他想。

电话铃响了，他跳下窗台，拿起话筒，里面传出一个女人腻腻的声音："先生，要按摩吗？"

"没钱！"他"哐"一声摔了电话。

电话放下了，突然听见有人敲门。他很惊讶，这么晚了会是谁呢？旅店的服务人员不会打扰客人休息的，自己在这里的住址又只给过郭小芬。他有点警觉，穿着拖鞋小心翼翼地走到门边，顺着猫眼往外看去，只见一个穿着黑色吊带裙的年轻女人站在外面，那歪着的脑袋和空虚的眼神，一看就是……

真他妈烦人！他想，不是都告诉她没钱了，怎么还往上黏啊？！赶紧轰走了事！

这么想着，他打开了房门。

5

楚天瑛是被没完没了的手机铃声吵醒的。

当了这些年刑警，出警是随时的事儿，手机要二十四小时开机，渐渐地锻炼出了一种很有意思的"特异功能"，光听电话铃声，就能听出事情急不急，能听出这个电话要接还是不要接——说出来好多人都不会相信，但楚天瑛真有这本事。

但今天的铃声，他有点拿不准，似乎是不急，似乎又很急。昨晚离开名茗馆，他心中烦乱，就找了两个在中国警官大学进修时要好的同学，在路边一家烤翅店喝酒，不知不觉竟灌了十几瓶啤酒，回到市局招待所，一头栽在床上呼呼大睡，睡得昏天黑地。手机铃响时，他也不知道睡到什么时候了，脑子里混混沌沌跟打着豆浆似的，很不愿意接。但那铃声没完没了，所以他还是伸出胳膊，摸了两摸终于抓在手里，刚刚接通，还没来得及说话，就听电话那头晴天霹雳一般："楚天瑛！你为什么不接电话？！"

犹如迎头一盆冰水泼来，他在零点一秒的时间里骤然清醒，几乎是从床上蹦到了地上："厅长，我，我睡过头了……"

"你睡得好觉！"王副厅长怒吼，"你现在打开电脑上网看看，都乱成了什么样子？！"

电话"咔"一声挂断。

楚天瑛赶紧打开笔记本电脑，上网一看，脑袋"嗡"的一下，各大新闻网站的首页都挂出了醒目的标题——《"10·24特大杀人案"：内幕深深深几许？！》

点击一看，那些文字像辣椒水一样灌进了他的五脏六腑——

在很多人看来，密室奇案很难侦破，其实这是一个误解：在现实生活中，杀人犯也许会用各种方法掩盖罪行，但制造密室实在是太费劲的事情。"10·24特大杀人案"，在密室里真的死亡六人，最有可能的就是集体自杀，可是，在死者体内没有检测出毒物，只发现他们心脏破裂，那么，他们死于五行阴阳镜的辐射这一推论，就越来越可信。要知道电磁辐射能够引起严重的心律不齐、中枢神经紊乱……室内两人的自相残杀，幸存者浑身是血地跑在深夜的草原上——这一切疯狂的行径，不都证明了真正的杀人凶手就是犯罪现场的那面五行阴阳镜吗？！

作为一家上市企业，健一公司拥有不可小觑的经济实力，尽管其违法广告一年被查处上百次，还能屡屡获得"最受消费者信赖品牌""最具公信力企业"的称号，其幕后的运作手段可想而知。而此次，警方的表现也难免让公众质疑：为什么省厅法医鉴定中心最后下了一个"死因不明"的结论，却只字不提五行阴阳镜的辐射？为什么警方迟迟不肯派出最精锐的刑侦力量，还公众一个真相？是这一大案真的万难破解，还是背后订下了什么不可告人的契约？

据记者在健一公司附近观察发现，"10·24大案"发生后，无数消费者前往该公司要求退货、赔偿，但不是被保安野蛮拦阻，就是被警方好言劝回——野蛮也罢，好言也罢，一个事实是显而易见的：警方对健一公司是尽职尽责地保护！

稍微关注过我国近些年刑侦报道的，都会注意到"刘思缈"这个名字。这位年仅26岁的女警，不仅以第一名的总成绩毕业于纽黑文大学法医学"李昌钰法医学研究所"，而且归国后，凭借卓越的刑事鉴识能力，破获了一个又一个大案要案。同行们都叫她"犯罪现场的芭蕾舞者"。

"尽管在警界内部，让刘思缈侦办这一密室奇案的呼声越来越高，但警方却依然排斥她参与调查工作。个中原因不得而知，但对于渴望隐瞒真相的健一公司而言，刘思缈的"被雪藏"无疑是一则好消息……

新闻来源均是《北方晨报》，记者署名：郝文章。

现在是上午十点，早晨到现在不过两小时，各大门户网站上，该新闻的点击量都已突破千万，网友上千条留言，条条如鞭——

"分析得很有道理，赞！"

"健一公司就是个大骗子！五行阴阳镜杀人，必须赔偿消费者全部损失！"

"强烈要求刘思缈警官参与这一案件的调查!"
……

楚天瑛气得浑身发抖。

他真后悔昨天放了郝文章这个王八蛋!

强压下心头的怒火,他把这篇稿件从头到尾又仔细看了一遍:怪事,文章中提到的很多内幕,是昨天自己和郭小芬、马笑中在聊天时提及的。马笑中从警多年,应该懂得保密纪律,也就是说——郝文章的这篇稿子,很多内容都是郭小芬提供的!

他拨通了郭小芬的手机:"郭记者,你也太不像话了!"

"郝文章的稿子你看到了吧?我一直在等你打来这个电话。"郭小芬的口吻出奇地镇定,"我向你发誓,这篇稿件中,凡是涉及昨天咱们谈话的内容的,绝对不是我提供给他的。我给你一个地址,是他住的快捷酒店的名称、位置和房间号。咱们可以一起去找他,来证明我是不是无辜的!"

在一家快捷酒店的门口,他撞见了同样刚刚赶到的郭小芬。

她把昨天分手后,郝文章突然出现、又送她一条围巾的事情告诉了他:"我现在怀疑,他应该是被你解开手铐时,将打开的录音笔放在了我的挎包里,后来又借送围巾之名,把录音笔从我的挎包里拿走了——所以才录下了我们的对话——恕我直言,他的行为,让我也感到非常生气,我有一种被愚弄的感觉。"

楚天瑛不说话,冲进快捷酒店,站在二楼二一六号房门口,"砰砰砰"地拍门:"郝文章!郝文章!"

没有人应声,一个身穿白色工作服的清洁女工走过来说:"二一六退房了,我刚刚清理过房间。"

"啊?"楚天瑛一愣,"什么时候退的?"

"这个我就不知道了,你得问一下前台。"清洁女工说。

"你先把这个房间的房门打开,然后把你们酒店的负责人叫上来。"楚天瑛严肃地说,并亮出了警官证。

清洁女工赶紧打开门,然后下楼去了。

楚天瑛和郭小芬一起走进房间:白色的床单铺得整整齐齐的,已经找不到一丝郝文章住过的痕迹了。

正在这时,大堂经理进来了,很客气地说:"您贵姓……哦,楚警官,失敬失敬,您是要找昨晚住在这里的房客吗?他昨晚十一点突然有事,把房退掉就匆匆离开了,我亲自给他办的手续。"

"这王八蛋跑了!"楚天瑛咬牙切齿。

"出了什么迫不及待的事,要大晚上十一点退房?"郭小芬想了想,拨打了郝文章的手机,关机。她问大堂经理:"他是一个人离开的吗?"

大堂经理摇摇头:"是被他的两个朋友搀扶着离开的,其中一个帮他结的账,说他喝醉了……"

郭小芬立刻用手机再次拨打了一个电话:"是《北方晨报》编辑部吗,老陈?我是郭小芬,还记得我吧。有个事请你帮帮忙,你能帮我找一下昨晚要闻版的夜班编辑吗?好,你让他接一下电话……喂,您好,请问昨晚郝文章是几点把那篇关于'10·24大案'的稿子传给你的?十点五十五分?多谢!"

放下电话,郭小芬面色凝重:"楚处,郝文章可能是被绑架了,那篇稿子思路清晰,不可能是醉鬼写出来的。如果说他是传完稿子才喝的酒,五分钟的时间,除非他是把整瓶二锅头给一口闷了,否则不至于醉到要人搀扶。"

楚天瑛也意识到问题的严重性,问大堂经理:"你把昨晚郝文章离开时的细节,具体讲一讲。"

大堂经理说:"十一点整的时候,他被两个人搀着下的楼,好像喝了很多酒,脚在地上拖拉着,耷拉着脑袋。搀他的两个人还替他拿着包,其中一个个子高高的疤瘌眼来前台结的账,说他是客人的朋友,有点急事,先不在这里住了。"

"也许,郝文章从我们这里得到了许多他想要的东西,但是他还有许多秘密,并没有告诉我们。"郭小芬说。

楚天瑛背靠着墙,仰头望着灰色的天花板,眼神呆呆的。这时,口袋中的手机响了,他赶紧接听,又是王副厅长打来的:"我已经赶到北京,你马上来市局,市局的许瑞龙局长要见咱们,商讨'10·24特大杀人案'的案情。"

楚天瑛放下电话,对郭小芬冷冷地说:"你和我一起去市局吧,有些问题你必须替我向上级解释清楚。"

天色阴沉,犹如雪后泥泞的地面。出租车路过健一大厦的时候,楚天瑛让司机放慢了速度:只见大厦门前黑压压地挤满了头发花白的老人,人数是昨天的十倍都不止,手中摇动着五行阴阳镜的包装盒,不断向前涌动。两排保安像铁链子一样横在大门口,马笑中领着几个警察也在一旁维持秩序,有几个老头子围着他怒骂着什么。马笑中苦笑着,时不时用手背擦一下脸。

"你看看,这就是郝文章煽动的结果!"楚天瑛用手指狠狠地凿着车窗,"一场离奇的大案已经让我们精疲力竭了,而公众的压力更会使我们焦头烂额!破案,破案,破案,没有一个警察不想尽快破案!但是照这个样子下去,我们最终会屈从于舆论的压力,做出不客观不理性的结论!"

郭小芬沉默不语。

出租车在市局南门停下,一下车,几十名记者像洪水一样裹住楚天瑛,因为天阴,设置成自动状态的闪光灯像喀秋莎火箭炮一样在他脸上不停地炸亮,他闭上了眼睛。

"请问刘思缈警官何时能参与调查这一大案?"

"警方为什么要庇护健一公司?"

"郝文章记者在他的稿件中说,他的采访自由受到侵害,险些遭到拘捕,请问您对此作何看法?"

楚天瑛不回答,拼命向前挤着,艰难地剖开人群,终于冲进市局大门,除了郭小芬,其他的记者都被武警拦在了门外。

王副厅长正在办公楼一层的大厅等他,一见面就问:"怎么样?"

"郝文章可能被绑架了……一旦消息传出去,肯定会有谣言说是我们为了隐瞒真相拘捕了他!"楚天瑛痛苦地摇着头。

王副厅长怔住了,眉头紧蹙。

上千万的点击量,几千条跟帖,还有健一保健品公司门口黑压压的人群……

郝文章的失踪也许是一根导火索,一场大火迫在眉睫。

郭小芬胸中陡然生出一股勇气,她大声说:"王副厅长、楚处,请你们马上向上级申请,调刘思缈出来工作!"

"你是什么人?"王副厅长问。

楚天瑛连忙说:"她叫郭小芬,《法制时报》的记者,和市局的关系很好。"

"刘思缈的手机关机,我找不到她,但是我知道你们能!"郭小芬焦急得几乎要大叫起来,"时间一分一秒地过去,不能再拖延了，公众的忍耐是有限的，一定要抓紧破案，而刘思缈是你们唯一的机会！"

楚天瑛站住了。

他回过头，脸上写满了悲伤和无奈。

郭小芬有些不忍，但是……

"刘思缈是你们唯一的机会。"她重复了一遍。

狭窄的楼道里，时间在一瞬间凝固住了。

就在这时，一阵沉重的脚步声传来，是市局新闻处处长李弥赶了过来："哎呀，王副厅长、楚处，你们还在这里干什么？许局都等急了，你们马上和我一起上去见他——郭小芬！怎么是你？太好了，许局正让我找你呢。一起上去吧。"

郭小芬大吃一惊，指了指自己的鼻头："我？"

"对！你！"李弥说。

王副厅长和楚天瑛眼中的震惊丝毫不亚于郭小芬。

一行人坐电梯上到六楼，走进局长办公室，许瑞龙正坐在沙发上和一个女孩子谈话，见他们来了，两个人都站了起来。

许瑞龙和王副厅长是老相识了，两人紧紧地握了握手。

那个身材苗条的女孩子看上去不到二十岁，身穿一件白色吊带裙，外套一件藏青色的开衫，虽然是单眼皮，但一双眼睛极有神采，光芒四溢，仿佛在瞳仁里各嵌了一轮明月，微微有点上翘的嘴角显出卓尔不群的傲气。

李弥指着女孩子介绍道："这位就是名茗馆馆主爱新觉罗·凝。"

啊！原来她就是向来只闻其名罕见其人的爱新觉罗·凝，没想到是这么个一脸稚气的小女生。

郭小芬和她握了握手，她的手软软的，没有骨头似的。

大家在沙发上落座，许瑞龙神色严峻："我不多废话。健一公司生产的保健品，很多领导也在使用，'10·24大案'发生后，健一公司的股票一跌再跌。今天因为郝文章那篇稿子，早晨刚刚开盘就再次暴跌，所以健一公司通过特殊渠道向有关领导反映警方侦办不力。现在是舆论对我们不利，上面又给我们压力——所以，这个案子必须尽快告破！"

房间里鸦雀无声。

尽快告破……说得容易，可是现在连一点头绪都没有。

郭小芬鼓足勇气说："许局，我提个小小的建议，只要这个建议能够得到您的批准，我担保'10·24特大杀人案'一定能在最短的时间内告破。"

"说！"

"中断刘思缈的停职审查。"郭小芬说，"让她出来参与这起案件的调查工作。"

许瑞龙看了李弥一眼，把办公桌上的一个牛皮纸档案袋递给他。

李弥赶紧起身接过，对郭小芬说："好吧，小郭，接下来你要看到的，已经被列为市公安局最高机密。"

他说着把牛皮纸档案袋递了给她。

郭小芬接过，看了看身边的其他人：许瑞龙、王副厅长、楚天瑛、爱新觉罗·凝、李弥……人人都神情紧张地看着她，仿佛她即将打开一个潘多拉盒子。

搞什么？

郭小芬心里嘀嚷着，把档案袋打开，抽出一个文件夹卷宗，上面写着"'10·24特大杀人案'受害者档案"，并在右上角斜盖了一枚清晰如血的红色大印——"机密"。

她翻开第一页，不禁闭了一下眼：那是1号死者李家良的遗照，毕竟是死于刺杀，尸体的面目龇牙咧嘴的，痛苦得有几分狰狞。

接下来是2号死者佟大丽，3号死者焦艳，4号死者蒙健一，5号死者宫敬，6号死者蒙如虎——每一页都标明了死者的姓名、身份、直接死因，还附有遗照，其中尤以头骨被打裂的蒙如虎死状最惨。

看完了。

这有什么可大惊小怪的，值得这些人紧张成这个样子？

等等，还有一页……

她刚要掀页，一只手覆盖了上来，阻止了她的动作。

是李弥，这个一向笑容满面、八面玲珑的市局新闻处处长，此时此刻，目光从未有过的森严。他低声道："小郭，我要再次提醒你，这一级别的机密如果外泄，你将被处三年以上七年以下有期徒刑！"

郭小芬满不在乎地掀开了这一页——

眼前一黑！

那一秒，她以为自己的头骨也像蒙如虎一样被敲裂。

"这怎么可能？这怎么可能？"她大口大口地喘息着，仿佛胸口被压上了一块巨大的石头，泪水不知不觉溢满脸颊，她一面抽泣着一面说道："这不可能！这不可能！"

这不可能！

这怎么可能？这怎么可能？

偌大的办公室里，沉寂如死，每一个人仿佛都在用沉默告诉她：我也经历了和你一样的震惊。

鼓足勇气,她慢慢地重新打开卷宗的最后一页。

泪眼蒙眬中,那张照片分解成了一个个细小的颗粒,飘移,飘移,又慢慢地重新聚拢在一起……没错的,是她,就是她——那个"10·24特大杀人案"的唯一幸存者,那个站在国道上险些被张大山开车撞死的白衣女子,那个浑身是血、任凭一头长发在风中狂舞的幽灵——

正是被所有人千呼万唤的刘思缈!

第三章　海鸟之死

> 一个活了几十年的人，一旦决定撒手离开人世，必定有她的苦衷。多说又有什么用呢！渴望得到世人的理解和同情吗？这个世界上默默死去的人太多了……
>
> ——岛田庄司《占星术杀人魔法》

1

刘思缈决定自杀，是在看到那只殉情海鸟的一刻。

日本，神户。

一只，两只，三只，四只……在蔚蓝色的大海上鸣叫着，盘旋着，那些白色的精灵。

她站在岸边，凝视大海。

没有太阳，天空散发出一种阴沉沉、又灰又亮的光芒。起伏的海面，波涛汹涌间，像是无数张嘴在一吞一咽。在极辽远、极辽远的地方，海和天融为一体，不分彼此，也没有界线。

海风扑面，又咸又腥，化为一道绵绵不绝的苦意。

香茗，你在哪里？

她抓住胸前的衣襟，紧紧抓住，仿佛要抠出自己的心。

往事历历在目——

大桥上,她抱着香茗,泪水无声地滑过面颊。

林香茗的下巴贴在她的额角上,轻轻抚摩着她的长发,秀发上的水珠,沿着他的指尖滴落,犹如珠帘线断。

她闭上眼睛,长长的睫毛颤抖着。

"思缈,和大家一起下桥去吧,好吗?"香茗温柔地说。

她从来没有听过他如此温柔的声音,纵使他们曾就读于同一个中学、同一所大学,甚至留学时也在同一座城市,归国后又在同一个单位工作;纵使他们曾一起看过电影,逛过公园,甚至肩并肩坐在纽约公共图书馆的阅览长桌前,摊开一本本棕色书皮的《北美刑事犯罪年鉴》阅读,她总忍不住偷看他映在铜台灯上的身影;纵使他们曾傍晚一起走到宽阔的前庭,坐在绿色咖啡桌的两边,低声讨论着今天的收获,偶尔仰起头,看一只晚归的飞鸟优雅地滑过巨伞般的树冠……

直到此时此刻,她才想起,他从来也没有这么紧地抱过自己。

她松开了抓着他的手,一根一根手指地松开,每一次指尖的流连,都像剜心般的疼痛。

"记得我……"

风雨中,她留下了最后一句话,头也不回地走下了大桥。

她大病了一场,越发形销骨立。以前,她很少在言谈中提到香茗,故意淡化这个人在她心目中的位置,但是病愈后的她,开始每天去全市各个公检法机构,打探香茗的消息。

起初,人们还热情而客气地接待她,告诉她"这个事情暂时保密""我们也不知道",等等,但是她每天都去,每天都问同样的问题,被问烦了的人们把她当成失去了阿毛的祥林嫂,回报以冷漠,甚至是嘲讽。以前那么高傲、凛然不可侵犯的她却沉默着,装作没听见似的,只求他们能告诉她关于香茗的消息,哪怕只有一点点……

终于,有一天,市公安局局长许瑞龙找她谈话了。老头子苦口婆心地告诉她:林香茗的罪行十分严重,鉴于他的身份,不好公开审判。

"他已经受到了法律的严惩,你就不要再找他了,开始你的新生活,好吗?"

她沉默了,像坐在黄昏的院落中一般,随着时间的推移,雪白的面庞渐渐黯淡下去。

就在许瑞龙长吁了一口气,以为终于说服了她的时候,她突然抬起头来:"我就问一句话,香茗现在,是死是活?"

她那早已经干涸的双眼中,闪烁出一点希冀的光芒,犹如泉眼涌出了最后的泉水。

许瑞龙是看着这姑娘长大的,不禁鼻子一酸:"你就当他死了吧。"

"也就是说,他还活着……"刘思绦喃喃地说,继而缓缓站起,向外走去。

第二天,她继续着寻找香茗的旅程,一个个派出所、一个个看守所、一个个监狱、一个个分局地打听,像是因为失去双腿、一旦落地就要死去的鸟儿。但是,她毕竟是市局刑事技术处的副处长,一旦发生重大刑事案件,必须亲自到犯罪现场进行勘查指导,尽管为了香茗四处奔波,可是她对本职工作仍是一丝不苟。

心已经破碎,身还要疲惫,就算是铁打的人也撑不住的。

所以终于出了事故。

一个女大学生恋上了她的老师，而那老师是个有妇之夫，不过是想玩玩。不久之后，老师突然单方面提出分手。这个女大学生中学时就凭单人舞《火烈鸟》获得市舞蹈大赛第一名，学艺术之人，一旦痴情起来，就是得之生、失之死。她留下一封遗书后，竟在两个人曾经约会的旅馆里割腕自杀了。

尸体被发现后，警方迅速赶到并封锁了现场，刘思緲被请来进行勘查。

遗书写在薄薄的一页信纸上，用粉红色的手机压在写字台上。刘思緲用戴着塑胶手套的手拿起来，才看一眼，竟不禁泪如泉涌——

"假如有来生，我只祈求，你的放手不要这样快、这样决绝，慢一点，再慢一点，给我一点时间，让我找到一个活下去的理由……"

顷刻，整个世界一片模糊，为了不让滚滚的泪水污染犯罪现场，刘思緲赶紧退出了房间。警察们莫名其妙地看着她匆匆离去，不知道她何以哭成泪人。

纯粹无意，她将那封遗书带离了现场。

办案的警官接手犯罪现场的勘查之后，没有发现死者留下的遗书，于是认定这是一起伪装成自杀的谋杀案，遂将那名老师逮捕。

直到检察机关以故意杀人罪将这一案件向法院提起诉讼，精神恍惚的刘思緲在《每周重大案情通报》上看到了消息，才赶紧将遗书呈交上去。

警察隐匿物证，无论出于什么动机和理由，都是严重的渎职和犯罪行为。有人提出要追究此事，多亏许瑞龙压了下来，只是让她停职接受审查——其实就是让她暂时回家休息。

一个人的家，就是一个没有下载音乐的iPod。在这样死寂的空屋子里，刘思缈不吃不喝，枯坐了整整两天。她呆呆地望着窗外，双眸中交换着简单的蓝与黑，此外，再无一丝光彩。

"假如有来生，我只祈求，你的放手不要这样快、这样决绝，慢一点，再慢一点，给我一点时间，让我找到一个活下去的理由……"

第三天，市法医鉴定中心副主任蕾蓉来了。

蕾蓉今年才二十八岁，却以精湛的业务能力和屡破大案积累出的声望，成为国内法医学界的新秀。她永远梳着齐耳的短发，目光安详，举止从容，端庄的面庞上浮动着一层成熟女子特有的柔和光芒，嘴角总是挂着一缕沉静的微笑。

心高气傲的刘思缈几乎没有朋友，但她和蕾蓉从学生时代就认识，又多次合作破案，很钦佩蕾蓉的才干，所以私下里叫她"姐姐"。

进了门，看到她那副形容枯槁的样子，蕾蓉什么也没说，一边用毛巾蘸了热水，给她细细地擦了脸和手，一边下厨煮了粥，盛在一只碗里，用勺子一口一口地喂她。思缈也不抗拒。蕾蓉待她喝完了粥，又给她擦净了嘴，洗了碗勺，然后坐在她身边，和她一起静静地看那蓝得一丝云彩也没有的天空。

"好多忘了的事情，都想起来了……"

静寂了不知多久，屋子里突然响起了刘思缈的声音。

"嗯？"蕾蓉转过头，看着她。

思缈依然望着窗外的蓝天，目光纯净："真的，以前已经忘记的很多东西，这几天都回忆起来了，点点滴滴都那么清晰……中学的那个夏天，我被坏人绑架，关在黑咕隆咚的地窖里，整整三天，没吃没喝，我以为自己要死了。头顶上的铁门一下子被拉开了，光芒射进来，好刺眼啊，有个男孩子向我伸出了手。我看不清他的脸，但我刚刚把手递给他，他一把就把我拉上去了，又给我的眼睛蒙上一块毛巾，说在黑暗的地方待久了，不能马上见光，不然会瞎掉的。后来警察和医生都来了，把我接走了，我再也没有见过他，但是现在我想起来了，那就是香茗，是香茗救了我啊……考上中国警官大学，我和香茗同班，开学那天多可笑啊，他留了一头长发，飘逸地来报到注册了。老师跟他说必须剪发，他老大不愿意的，结果当天就收到了其他男生送的红玫瑰——人家以为他是女生呢。吓得他赶紧把头发剪了，可是姐姐你不知道，有个秘密我没有告诉任何人，香茗把那束红玫瑰转送给我了。我接到的时候，心跳得像要飞起来一样，那是我长那么大第一次接到别人送的红玫瑰啊……

"大三那年，越野十五公里考试的时候，我在路上把脚崴了。他硬是背着我跑到了终点，一路颠簸着，我伏在他后背上，看着他额头上的汗珠，又甜蜜又心疼……后来，那个笨蛋计算机考级没过，拿不到毕业证，我们都替他难过。可是他完全不在乎，拉了我们全班同学去唱歌。我们都没想到，他唱张震岳的《再见》，唱得那么好听，居然也唱出了那种痞痞的可爱劲儿。我一直以为，他只会坐在傍晚的窗台上，拿把吉他很随性地弹着，弹着，渐渐开始吟唱那首他最喜欢的《坏掉的Radio》……最后，他唱了一首张学友的《祝福》，我永远也忘不了他唱到'若有缘有缘就能期待明天，你和我重逢在灿烂的季节'时，凝视着我的眼神，我知道他在告诉我，让我等着他……"

刘思缈看着空荡荡的窗台，仿佛香茗刚刚从上面跳下、离开，眸子里闪烁着月光般的温柔："以前我怕受到伤害，总是冷冷地待他，直到……直到他离开后，他看我时的每一道目光，他对我说的每一句话，都在脑海中回忆起来，清晰到每一丝、每一缕……我才懂得，他其实一直都爱我，爱得很深很深，可能就是因为我对他的爱总是回报以冰冷，所以他才……"

话音中断了，取而代之的，是一声声哽咽。

蕾蓉惊讶地看着刘思缈，神色变得越来越凝重。她慢慢地伸出手，把思缈那双苍白而冰凉的手裹在自己掌心里。

"思缈，你是不是一直都没有好好休息？"蕾蓉轻轻地说，"你躺下，安安静静地睡一觉，好吗？"

蕾蓉坐在床边，直到听见她的呼吸声变得均匀，才起身离开。

回到市局，蕾蓉直接去局长办公室汇报工作——因为探望刘思缈，就是许瑞龙给她安排的一项任务。

"她怎么样了？"许瑞龙一见面就问。

"我给她做了碗粥喝，现在睡下了。"蕾蓉犹豫了一下，说，"局长，我觉得思缈的病情加重了。"

"哦？"许瑞龙眉头一紧，"怎么回事，你详细说说！"

"思缈和香茗比我低一届。他俩在我们警官大学，一向被认为是金童玉女。思缈对男生向来冷冰冰的，因为她心里只有香茗一个。而香茗很小的时候，父母就离异了，他对男女之情有很大的心理阴影。因此，尽管追他的女孩无数，但是他一律采取拒绝态度——包括思缈在内。"蕾蓉停顿一下，接着说，"但是，我刚才去探望思缈的时候，她说了些奇怪的话……的确，她回忆起很多很多的往事……她认为香茗一直很爱她。可是我曾经问过香茗爱不爱思缈，他说，对思缈他只有友情。"

许瑞龙越听越糊涂了："那么，思缈怎么会认为香茗爱她呢？"

"所以我才说思缈是患上了妄想症。"蕾蓉说，"香茗出事，给她的打击实在是太大了。她一直把香茗当成神一样爱着，但这座神像却在顷刻之间倒塌了。而倒塌那一刻她才发现，香茗的心中原来根本没有她，对此她想不通、受不了、不敢也不能接受这一事实，心理上渐渐出现了扭曲，代偿效应①开始起作用。她把自己想象成驱使香茗犯罪的原始动机，认为是自己一直拒绝他的爱，才使他伤心、绝望，走上了不归路，这样的负罪感，看起来好像很沉重，但能让痛苦到几欲窒息的她，有瞬间的解脱和宽慰……"

"你的意思是说，思缈因为知道香茗不爱她，所以才编造了一个谎言来欺骗自己？"许瑞龙惊讶地问。

蕾蓉点了点头："在这个谎言中，香茗只属于她一个，只爱她一个，为了爱她而犯罪，她也给自己寻找香茗下落的行为，找到一个合理的缘由——'他的罪行因我而起，我就要负责到底'。"

"这怎么可能？这怎么可能？"许瑞龙摊开手。

"思缈太痴情了……"蕾蓉喃喃地说，"痴情女人的心态，您是很难理解的……

许瑞龙这个年近六十的老头子，一辈子破案无数，但对爱

---

① 心理或生理某一部分的缺失，会在其他部分得到加强。

情的理解还停留在二十世纪五六十年代的"一切听组织安排"的阶段，因此不免听得目瞪口呆。良久，他才徐徐问道："蕾蓉，你说，现在该怎么办？"

蕾蓉定了定神，说："给她放一个长假，让她去旅游，去哪儿都行。"

就这样，九月中旬，刘思缈接到了市局"勒令"她度假的命令，无奈地踏上了旅程。

她在欧洲一逛就是半个月。长路迢迢，犹如抽丝，对香茗的思念由一座山生生被抽成了一缕纱，越发绵绵不绝。

旅途中，她总是向右侧着头，将波浪般的秀发枕在一扇又一扇舷窗或车窗上，疲倦地看着异国的景色。心中累积的爱实在太沉了，她像一条航行了很久，又在每一个码头只装货不卸货的小舟，有点载不动了。但她舍不得放下，什么都舍不得。窗外那不断变换的美景，在她的脑海中也无非是供香茗流连的背景——在巴黎，她看着塞纳河两岸无穷的霓虹，每当游船穿过石桥的桥洞时，里面雕刻的人像，都被她想象成香茗跨越时空的追逐；在慕尼黑，正赶上啤酒节，人们在巴伐利亚铜管乐队的演奏下翩翩起舞，她坐在街角的一个橙色帐篷里，用单耳大杯将自己灌醉，只为寻找一片可以幻想自己和香茗手牵手跳起舞蹈、融入幸福人潮的酩酊；在罗马，她背对着特莱维喷泉闭上眼睛，从右肩往后扔出三枚硬币，许下了让香茗回到她身边的愿望，当她睁开双眼的一刹那，她仿佛看到香茗站在面前，对着她微笑……这样一路到了奥地利，萨尔茨堡广场的地面棋盘上难分究竟的黑白棋子，让她在莫扎特的故乡，却想起了那么平凡的一首通俗歌曲：

我像是一颗棋子,
来去全不由自己。
举手无悔你从不曾犹豫,
我却受控在你手里……

跌跌撞撞,她发疯一样逃离了这里。

现在,她来到了日本。

海风,掀动着她的衣襟,她缓缓闭上眼睛。海浪声声,澎湃耳鼓,仿佛忧伤的波涛涌上海岸,没过她的脚趾、脚腕、小腿、膝盖……浸透了她的每一寸肌肤。她伸出手臂抱紧了自己战栗的身躯——倘若没有爱人的手臂,唯有自己抱紧自己。

她的睫毛颤抖着,她的嘴唇没有动,她的心却在喊:香茗,你到底在哪里?我找了那么多地方,我像勘查犯罪现场一般,寻觅你的每一点踪迹,一丝不苟,竭尽全力,可是我从来没有如此失败过:没有足迹,没有指纹,没有任何证明你存在的物证……过去的很多年,我一直在远离你、逃避你,那只是因为我害怕受到伤害,难道你不能理解爱一个人爱到不敢走近他,是怎样的怆痛吗?难道你为了报复我曾经的冷漠,此刻宁可眼睁睁地看着我被悲伤吞没,也不肯现身救救我吗!

一声海鸟的哀鸣,将她惊醒。

睁开眼睛,海浪上跳跃着星星点点的光芒。

什么?

她抬起头。那些白色翅膀的海鸟还在乌蒙蒙的天空盘旋,像被扯下的一块块阴云。其中一只飞得特别低,在她身后的一处海岸边盘旋着，盘旋着，格外凄厉的叫声，就从它细长的喙中不绝地发出。

叫得太惨了，泣血似的。

出什么事了？

她拖曳着脚步，来到岸边的一处"大地震遗址"。

脚下的神户港，在一九九五年一月十七日发生的阪神大地震中变成了一片废墟，六千多人在地震中丧生。"大地震遗址"就是将其中一块地方用铁栏圈起，完整地保存起来。那只海鸟，就围绕着这片遗址盘旋着，哀鸣着。

断裂的路面、倾斜的路灯、扭曲的铁轨……遗址上的一切，在海水的拍打下皆已锈迹斑斑，令人触目惊心。

铁轨中间，躺着一只似乎是刚刚死去的海鸟，它斜着身子，身上没有弹孔或血迹，白色的羽毛有点发灰，爪子弯曲着，看不出死因，也许是飞行的途中，累了，倦了，想停歇一下，却降落到这么一片被巨大的自然力扭曲变形的地方，于是再也扬不起飞翔的翅膀。

思纱弯下腰，困惑地看着这只死去的海鸟——

一道光芒，箭一般射过眼帘！

"啪！"

犹如一捧雪狠狠地砸在了断裂的地面上！

雪花般溅起的白色羽毛。

一个扒着栏杆看海的小女孩，吓得哇哇大哭起来。

缤纷的雪花慢慢飘落，覆盖起坟包似的一个白色小堆，小堆的下面，鲜红的血液，汩汩地流出。

那只一直盘旋悲鸣的海鸟，竟撞在死于铁轨间的海鸟的不远处！

断掉的脖子奇怪地拧成一个直角，小小的灰色眼珠停止了转动，红色的爪子轻轻抽搐了几下，也永远停止了动弹。

一阵海风，异常苦腥。

思缈浑身发抖，抖得像筛糠一样。

她回过头，远方的广场上有几根青黑色的桅杆，那是一只木结构的大船，旁边塑有一尊铜像：夫妇二人牵着孩子的手，昂首凝视着远方，目光中充满了对未来的向往，铜像的下面镌刻着一行字——

"希望の船"。

也许是凝视殉情海鸟流出的鲜血，凝视得太久，红色滞留在眼眸中，与那字迹重合一处。

骗人的，

根本没有……希望。

她想。

2

回到宾馆，已是傍晚，窗外飘起了小雨。

思缈坐在日式客房的榻榻米上，撕开一包抹茶，倒在茶碗中，用水冲开，一股茶香扑鼻而来。她一面小口啜着，一面呆呆地看着庭院里一棵被淅淅沥沥的雨水浇成柏油色的老树。

噼噼扑扑。低矮的、布满青苔的山墙后面，一盏纸灯笼在夜幕中放出昏黄的光芒，灯光犹如要被雨打熄似的，怵怵地晃动。

等吗？

等什么呢？

等待希望？

根本没有希望。

比如，那盏纸灯笼，注定要熄灭，还在雨中挣扎着，等待着，犹如我的命运，最后等来的，除了残破不堪，还能是什么？

还不如那只海鸟，一纵殒身，何等壮烈和淋漓！

不等了……

她站起身，揉了揉发麻的双腿，走进狭小的洗手间，拧开了白色浴缸的水龙头，哗啦啦，没多久，水就注满了半个浴缸。

摸了摸，水是温暖的，正好。

一抬头，看见了镜子中的自己。垂肩的秀发，有些纷乱，掩映出苍白的面庞。她端详着镜子中的那个刘思纱。

她从来没有发现，自己的睫毛这样长，瞳仁这样黑，双颊这样清秀，鼻梁这样挺拔，双唇这样温润……被死神拥抱前，原来每个人都会如上过妆一般，焕发出前所未有的美丽。

她把一块白色的浴巾垫在地上，坐到上面，左肩靠着浴缸，从兜里掏出事先买来的吉列刀片，剥开包装纸，扔进纸篓里。然后右手的拇指和食指捏着刀片，对准自己左臂前端那条青色的动脉血管，笑了一笑，然后狠狠地一划！

在鲜血从伤口迸射出的一刹那，她将左臂插进了浴缸的温水中。

极轻，极轻的滋一声，原本无色透明的水里，瞬间绽放开了一朵鲜艳的红玫瑰，巨大的花瓣不断地舒展着，舒展着，随着波纹的悸动，渐渐铺展成了晚霞似的一片……

她闭上眼睛，身体疲倦地倚在浴缸洁白的瓷壁上，窗外的雨声，烟一样徐徐地飘入耳鼓，不知那盏纸灯笼，残破了没有？

香茗。

假如有来生，我只祈求，你的放手不要这样快、这样决绝，慢一点，再慢一点，给我一点时间，让我找到一个活下去的理由……

陷入昏迷前的最后一刻，她听到楼道里传来一个男人的狂笑声，还有一个女人的尖叫："你喝醉了，你走错了！……不是那个房间！"

醉了？错了？现在，已经，不重要了……

3

睫毛颤抖了一下。

沉重的眼皮，犹如压着石头，但已经苏醒了的意识用力地撑开它，撑开它……

终于睁开了，然而一片漆黑。一瞬间，她以为自己已经彻底沉入了死亡的泥沼，但一股消毒水的味道，通过鼻腔刺激了她的感知力，让她渐渐感受到后颈在枕头上压出的一片酸胀，身上的被子那令她窒息的裹挟，以及输液针头在手背上扎出的一段冰凉。

还有，左手手腕上的隐隐作痛。

没有死成，获救了，躺在医院里了。她想。

脑海中一片空白，没有庆幸，也没有惋惜，生和死对她而言，都是一块盐碱地，没有什么分别。

门开了，医院楼道的灯光，在病房地板上铺下一片矩形的淡黄。

接着,淡黄如退潮般隐去,门被重新关上了。

一个人轻轻地走到了她的身边,坐在椅子上,打开了床头灯,光芒均匀地洒在来人那张圆润的面庞上。

思缈望着她,嘴唇翕动,没有出声,但是能分辨出是在叫"姐姐"。

蕾蓉把被角往她的肩膀上拉了一拉,轻轻地说:"好好休息……我陪着你。"

什么都没有问,没有同情的劝慰,也没有冷峻的责备,然而思缈的心中却感到一丝暖意。

几天后,她痊愈了,从神户市立中央市民医院出院那天,蕾蓉订好了车,直接送她到机场,路上对她说:"回国后,不必说什么,除了许局和我,别人什么也不知道。"

刘思缈点点头。自己出事后,日本警方通过证件获知她的身份,一定马上通知了北京市公安局,许瑞龙立刻封锁了消息,并派蕾蓉赶过来了。

她把头靠在椅背上,慢慢地闭上眼,失血过多的身体还是感到疲惫。住院的那几天,她头脑空空的,有很长一段时间甚至忘记了自己为什么割腕。

现在,香茗的面容又浮现于脑海。

痛感袭来,犹如锯齿,在手腕那道刚刚愈合的伤口上嘶啦嘶啦地来回切割。她咬住下唇,尽可能地摊开手掌,让手腕松弛一些,再松弛一些……

掌心一热。她睁开眼睛,看到蕾蓉两道温暖的目光。

蕾蓉抓着她的手,微笑道:"救你的那个小伙子,真的很不错,你住院后,他先是买了大捧的鲜花要送给你,可是医院为了防止患者花粉过敏,不让他把鲜花带进病房,他就天天来看你。直到昨天，他家里有事情需要处理，才匆匆回国。"

救我？小伙子？刘思缈讶然望着蕾蓉，她一直以为自己是被宾馆的人发现并施救的呢。

"看来你还不知道，救你的那个小伙子叫蒙冲，是国内一家保健品龙头企业老总的公子。他和朋友到日本来玩，跟你住在同一家宾馆。那天晚上他喝多了酒，误闯进你的房间，才把你救了……你也真的是命大。"

刘思缈依旧一脸茫然，她的记忆从割腕到病床上醒来这一段，宛如被整体删除一般，一片空白。

回到北京的转天，她到局里上班，早晨八点半到的，九点整传达室打来电话："刘处，有个叫蒙冲的来找您，让他上去还是您下来？"

市公安局是准军事机关，来客不仅要登记，还要经过层层检查，麻烦得很。思缈索性下了楼，走到大门口，便看见一个虎背熊腰的小伙子——靠着一辆黑色保时捷站着，圆圆的红脸膛下面有一圈细细的络腮胡子，神情有些拘谨，像孩子似的抠着手。一见思缈，他像弹簧一样"砰"地站直了，傻呵呵地笑着，右手的食指不停地挠着鼻翼。

刘思缈走到他面前，淡然一笑，伸出手来："你好，真不好意思给你添了那么大的麻烦，谢谢你救了我。"

这一笑，却把蒙冲看呆了，足足有五秒，才伸出厚实如熊掌的双手，一把握住思缈的右手，又如触电般松开，说道："必须的，必须的……你身体彻底好了吧？"

"彻底好了。"刘思缈又是歉意地一笑，"本来应该是我去谢谢你的，可是也没有你的联系方式……"

"没关系，没关系。"蒙冲摇摇手，"今天中午有空吗？我请你吃个饭,好吗?"

"这个……对不起。"刘思绵歉意地说,"我出国将近一个月,好多公务堆积着,必须抓紧处理,所以,还是改天吧,好吗?"

"好!"蒙冲很痛快地答应着,打开车门,从副驾座位上拿起一大捧鲜花,呈给思绵,"送给你的,请一定收下。"

思绵接过,花香沁人心脾。她看了一看,从白百合环绕的最中心,将三朵红玫瑰抽出来,递给蒙冲。

"其他的我收下,这三朵还给你。"

"为什么?"蒙冲有点尴尬。

刘思绵没有回答,摆摆手,转身离去了。

没有为什么,这个世界上,我只能接受一个人的红玫瑰。

蒙冲望着那个美丽的背影,如痴如醉。

接下来的日子里,蒙冲向她发起猛烈的"攻势":短信不断地发,电话不停地打,鲜花一天一捧(红玫瑰依旧镶嵌在中心),不管思绵的回应多么冷淡,不管思绵怎样处理他那些炽热的鲜花,总之他仍是一副不追到手誓不罢休的架势。

但是,一无所获。仿佛就是把心剖出来给她,她也不为所动。

愁苦万状的蒙冲,找到了在市局工作的老同学,打探刘思绵这个"堡垒"为何如此难攻。老同学一听就笑了,拍拍他的肩膀:"我说哥们儿,你就死了这条心吧,她心里有人了,你就是拿金山银山堆在她面前,她都不会眨一下眼皮。"

蒙冲愣住了:"她心里有什么人?比我条件还好?"

老同学眯起眼:"那人是个犯人。"

"这……这到底是怎么一回事啊?"

老同学给他讲了林香茗的故事,讲完后对他说:"回家拿冷水洗把脸,晚上去三里屯喝两杯,睡一觉就算了。你小子有福气,能救她一命,多少人想和她说句话都找不到机会呢!"

那以后,蒙冲沉寂了好一阵子,没和思缈联系。

也就是在这段时间,刘思缈的旧伤复发了。

以前,她看过很多小说和电影,讲痴恋中的人,如果用自戕来摆脱痛苦,却获救了,那么那份不死不休的爱就会被擦肩而过的死神一并带走,从此踏上新的人生旅程……

全是假的。

死亡,不过是一块墓地,而爱,是在墓地上开得尤其鲜艳的花。

不死不休……死而不休。

千疮百孔的心,终于被日复一日的思念,折磨得血肉模糊。

她不忍再次自杀,不愿再给蕾蓉和许局长他们添麻烦。自杀是一种权利,但这种权利,人一辈子只能用一次——至少她是这样认为的。

于是,她变成了一只想殉情却找不到石板的水鸟,举目四望,只有苍茫的大海,没有海岸。

她开始酗酒。

家中的酒柜里,有的是上好的红酒。每天晚上,她都坐在银灰色的S形高脚吧凳上,左手扶着一瓶酒,右手拿着一只水晶杯,自斟自饮。房间里不开灯,也没有音乐,唯一的声音就是泪水落在吧台上的嘀答声……当这声音休止的时候,一瓶红酒也就见了底。

黑暗中,依稀能看到她伏在臂弯里沉沉醉去的身影,蒙了层水光似的,有一点点发亮。

日复一日。

一天，依旧是黑夜，依旧是红酒、流泪，依旧是酩酊大醉。当她正沉睡于酒精制造的混沌之中时，手机在吧台上"嗡嗡"地振动起来。她的脑仁像被放在打浆机里搅动一般，疼痛不已，抓起手机，看也不看来电显示就接听了。

"思缈？"一个很浑厚的男声。

"哪位？"她问，气若游丝。

"你病了吗？"那边的声音十分关切，"我是蒙冲。"

"哦……什么事？"

"我在你家楼下，想找你说几句话，可以吗？"

"已经很晚了……"

"我知道，就几句，就几句……"蒙冲的声音几近哀求。

再怎么说人家也救过自己一命。思缈无奈地同意了。她下了楼，走出小区，看见蒙冲站在路灯下面，还是靠着他的黑色保时捷，神情拘谨得像做错事的孩子。

"什么事？"思缈走上前问，竭力使自己的声音不那么冰冷，可是听上去依然像在审讯犯罪嫌疑人。

蒙冲望着她酒醉未消的一缕腮红，又两眼发直，半晌才回过神来说："思缈……我想约你一起出去旅游一趟——"

话音未落，就被思缈打断了："蒙冲，谢谢你在日本救了我，但是也希望你理解我的心境，我只想独自一个人静一静……"

"我知道，我知道。"蒙冲赶紧说，右脚往前探了一步，又缩了回去，"不是咱们两个人去，而是我爸爸的公司组织去内蒙古的一个湖泊去考察，你权当去散散心吧！"

思缈摇摇头，转身就走。

"那个湖名叫'额仁查干诺尔'，翻译成汉语就是'梦幻的白色湖泊'，但当地的牧民们叫它'眼泪湖'。"蒙冲快步跟在后面，边走边说，"传说那本来是一片甘甜的湖水，后来有两只鸟儿迁徙时飞过，一只飞不动了，落进湖中死去，另一只绕着湖哀鸣了三天，然后一头栽进湖水中。从此以后，这湖就变成了苦涩的咸水湖，人们说湖水是那殉情的鸟儿的眼泪幻化的，所以叫它'眼泪湖'。有生病的牧民喝上一口，立刻就能恢复健康，所以在当地人心中成了一片圣湖……"

仰起头，闭上眼，想象着自己有一对越来越沉重的翅膀。

额仁查干诺尔，梦幻的白色湖泊，眼泪湖……殉情的飞鸟。

也许，那就是我的湖泊吧？

她转过身对蒙冲说："把出发的时间和地点发个短信给我。"

4

白色的依维柯在国道上奔驰着，刘思缈坐在右边的单座上，将窗户打开了一道缝隙，风从外面涌入，吹拂着她的长发，也把她的目光吹得更加纷乱了。

也许是聚集了太多云团的缘故，天空有些阴沉。那些云团把巨大的影子投射在草原上，原本就起伏跌宕的草原，仿佛凸起了一个个灰色的丘陵，当风吹动云团的时候，这些灰色的丘陵也无声地涌动着。

只有两种景象：一种是一掠而过的，比如路边一丛枯萎的沙棘，几盏衰败的金莲花，一条弯弯的小河，以及河滩上几棵歪曲的旱柳；一种是绵绵不绝的，比如远方暗黄色的大地的曲线，比如无限延伸而往前往后都看不到尽头的国道，还有她那些沉甸甸的思念……

为什么就是不能忘记呢？

"嘿，美女，笑一个嘛！"耳畔传来一个女人的声音。

她一偏头，眼角刚刚感受到闪光灯的闪烁，就厌恶地把脸又转向了窗外。

"唉……又没拍上。"那女人遗憾地嘟囔着。

她叫什么来着……哦，对了，佟大丽。

一车古怪的人。这个旅程的开端就很古怪。中午，她按照蒙冲发的短信中写的时间和地点，来到了健一大厦的门口。她身穿藏青色的牛仔服，脚踩一双黑色的休闲鞋，既然只住一个晚上，她就随随便便背了一个单肩挎包。

时间快到了。

几个人簇拥着一个肥胖的中年男人走了过来。那男人已经谢顶，嘴唇已经够肥厚了，可眼袋比嘴唇还要肥厚。他穿着高档的黑色西服，不知道为什么，脖子上却系了一条金环蛇似的彩色丝巾，显得既富贵，又庸俗。思缈厌恶地发现，他的眼睛一刻不停地朝着自己身上瞟。

"蒙总，您看是不是我们坐依维柯，您还是单独坐一辆车……"一个脸像柴犬一样狭长，身材又瘦又小的男人刚说了一句，就被那个戴丝巾的胖子打断了，"节约！节约！我说过多少遍了，怎么就记不住？难道都要像我那个败家子似的，买盒烟也要开着车去？！"

柴犬脸的男人一脸尴尬地笑着。

这时，旁边一个身材异常丰满的四十岁左右的女人似乎感觉到了什么，从裤兜里掏出手机看了一看，立刻左顾右盼，然后将目光锁定在思缈的身上。

她走过来，满脸堆笑："刘小姐？"

被习惯称为"警官"而不是"小姐"的思缈,冷冷地看了她一眼,点了点头。

"哎呀,可真是个超级大美女啊!"丰满的女人伸出手来,"我叫佟大丽,健一公司的企划部主任。刚刚接到我们蒙少的短信,说他临时有事来不了了,给你打手机你没有接,他很着急,让我告诉你,并向你道歉。还有,请你继续和我们一起去眼泪湖散心。"见刘思缈毫无和她相握之意,又把手缩了回去。

刘思缈这才想起,自己的手机不仅调成了振动,还放在了包里,拿出一看,六个未接来电,都是蒙冲打的,最后有一条短信:"思缈,我临时有事,不能陪你去眼泪湖了,十分抱歉,请你原谅。祝你旅途愉快,玩得开心。"

不知道是什么事,竟缠住了这个一直追着自己的小伙子的脚步……不过也好,这段旅途不用面对那么多根本不想面对的温情了。

佟大丽给她逐一介绍。戴丝巾的胖子是健一保健品公司的总裁蒙健一,蒙冲的父亲;柴犬脸的男人叫宫敬,是公司的总裁办公室主任;那个穿着黑色吊带裙、戴着墨镜、腿上裹着性感黑丝袜的漂亮女人叫焦艳,是蒙健一的秘书,不过一看她和蒙健一说话时的轻佻和始终保持在半米内的距离,就知道"秘书"这个词还有更深一层含义。

最后和思缈握手的是个头发雪白的老人——李家良。他戴着一副金丝眼镜,总是温和地笑着,看上去很慈祥,但不知道身份。

这时,一辆依维柯从街角开过来,稳稳地停在了众人的面前,车门打开,他们依次走了上去。

思缈在右边靠窗的一个单座上坐下,佟大丽坐在自己左边的双人排上，蒙健一和焦艳坐在她前面一排，宫敬貌似到最后一排去了。不知什么缘故，李家良这个老头子径直坐到副驾驶的位置上，连司机都很惊讶地问他："你怎么坐这儿来了？"

他笑笑说："视线好，而且，我认识路。"

那个司机回头清点人数，目光一下子定在思缈身上。

他长得十分粗壮，两只小眼睛像狼牙一样凶恶，满脸的横肉，笑一笑就像被切烂了似的绽开。

现在，这张狰狞的面孔像噩梦一般陡然笼罩住了刘思缈。

思缈毫不犹豫，立刻向他射去两道阴寒的目光。

从警数年，她有一条重要的原则：对付任何挑衅的恶狼，你要第一时间告诉它——我敢宰了你！这样，它就会乖乖夹起尾巴滚开。

现在也不例外，那个司机讪讪地把头扭了过去。

车门关上，车子开动了。

起先，焦艳还嗲声嗲气地和蒙健一说着什么；坐在他们后面的佟大丽透过双排座之间的凹口，恶狠狠地盯着那两个后脑勺；宫敬跟上了发条似的，一会儿跑过来一趟问每个人要不要喝矿泉水；李家良则很沉静地直视着正前方；而那个叫蒙如虎的司机——思缈能感觉到他一直在通过后视镜窥视着自己。

开了半小时后，出了市区。车厢里面的人们大多靠着车座，半张着嘴巴酣睡起来。思缈也有些疲倦地闭上了眼睛……

很久很久。

身子向前大幅度地倾了一下，她醒了。

车停在一个简陋的高速公路服务区。

放眼望去，仿佛一面挂了很久的壁画被撕掉了：那些熟悉的高楼大厦、公路桥梁，或者并不熟悉的茅屋砖房，乡间小径，统统不见了，所余唯有一片广漠无垠的草原……

苍黄。

冬天快到了，这里已经没有绿色。

这时，焦艳踮着脚、提着吊带裙的下摆，一脸怨气地从服务区后面出来，一上车就尖叫着："那个厕所你们可千万别去，脏死啦！"

落座的时候，她偏了一下头，恶毒地盯了思缈一眼。

她这是什么意思？思缈想。

西边一轮夕阳，像一团烧了很久却总不开的水，放出病恹恹的白光。

草原渐渐地被暮色笼罩了。

"还要多久啊？"焦艳突然发出一声娇嗔，"累死我了。"

"快了快了……"一直沉默的李家良忙不迭地说。

这个"快了快了"其实不确切，车子至少又开了一个小时，车窗外已经是漆黑一片。

思缈觉得有点冷，紧了紧衣领。

几乎就在同一时间，她听到了一阵噼噼啪啪的声音。

虽然什么也看不见，但她还是清楚地知道，起风了！只是没有想到风会起得这样急，这样猛，这样烈！仿佛一秒之前还是平静的海滩，一秒之后就沉入了翻滚的海底。

"操！"蒙如虎大声骂着。

车前窗被狂风席卷起的沙砾打出了上千道细小的磨痕。

"快到了，快到了……"李家良絮叨着。

"老李，你不是总说自己在这儿插队过五六年吗？怎么连个道儿都弄不清楚？"蒙健一烦躁地说。

"好多年没来了……"李家良结结巴巴的,思缈觉得这老头子怪可怜的。

"等一下!"李家良突然喊了一声。

车子"嘎"一声停下,蒙如虎瞪起眼睛,"怎么了?"

"后退,后退,再往后……对,右边那条小路,看到没有,一直开下去就是了。"李家良说。

借着车灯的光芒,思缈看到草原上有一条很浅很浅的小径。

狂风从车门车窗的间隙涌入,发出犀利的吱吱声,仿佛无数颗尖利的牙齿在啃噬着铁皮。

"快开车!"焦艳大叫起来。

蒙如虎猛地打了一下方向盘,离开了国道,沿着小径一直向草原的腹地开去。

车子剧烈地颠簸着,每个人的臀部都像安了弹簧似的,在座椅上一刻不停地弹跳。

李家良手指着前面,嘴里不停地念叨着"这边,这边",蒙如虎开了好一阵子,还是没有见到目的地,不禁恶狠狠地说:"你指的这什么破路,一直在打转转——"

话音未落,就听见李家良大喊一声:"就是那儿!"

车子停住了。

一栋黑黢黢的二层小楼,阴森森地矗立在夜幕下。

好像……

思缈琢磨了半天,不知道用什么词比喻才好。

"我们先进去看看。"说着,蒙如虎把车熄了火,下了车,李家良跟在他后面,走进了小楼。

风似乎小了一点。车里异常安静,焦艳不由得把身体向蒙健一贴得更近了些。

楼哆嗦了一下似的，前厅的灯亮了。蒙如虎从楼里走出来，跑上驾驶位，一边拔着车钥匙一边骂骂咧咧地说："不知道咋搞的，楼里居然一个人都没有。老李推开小卖部的门，发现吃的倒不少，咱们今晚只能吃泡面喽……走吧走吧，客房还是挺干净的。"

众人下了车，向楼里走去。

思缈走在最后，一边揉捏着酸麻的胳膊和腿，一边极目远眺。风将夜色吹得淡了一点儿，不远处，有一片如磷火般发亮的椭圆……

那是什么？

"眼泪湖。"耳畔，突然响起了一个苍老的声音。

她吓了一跳。

是李家良。

这个一路上表现得温和慈善，甚至有些唯唯诺诺的老人，此时此刻，凝视着那片湖泊，双眼放射出两道冰冷、决绝、镇定而又充满归宿意味的光芒。

然后，他就走进了楼里。

诡异的人，诡异的楼，诡异的湖泊，诡异的旅程……

思缈不禁倒退了两步，重新看着眼前这栋两层小楼，突然找到了那个一直没想出来的比喻，没错，这个比喻既适合这栋楼的形状、色泽，更适合它周身散发出的气质：

像一口棺材——

她确定。

第四章　名茗馆主

　　对在调查一件十分神秘的案件的人们而言，他们绝不能放过任何所看见的和听见的事，一定要从所见所闻中找出其中隐藏的意义。

　　　　　　　　　——加斯东·勒鲁《黄屋奇案》

1

"枪。"

年轻的武警战士伸出手，面无表情。

楚天瑛无奈地将腰间那把92式手枪摘下，交到对方手中。年轻的武警战士立刻将枪塞进身后的一个齐腰高的窗口，窗口里传来一声锁响，递出一个刻有磁性密纹的"铜纽扣"，武警战士接过交给楚天瑛。

楚天瑛这才走过那扇金属探测门。郭小芬、凝和市刑侦总队一处二科科长林凤冲已经在楼道里等他了。

"防卫森严啊！"楚天瑛不由得感慨了一句。

这里是市局下属的精神卫生鉴定中心，坐落在西郊。从外表看，不过是挂着铁丝网的围墙里围了三栋乡镇招待所似的灰楼,其实玄机在后院,那里有一座白得发蓝的三层小楼,专门用来羁留患有精神病的犯罪嫌疑人。其中,第三层的防卫最为严密,寸铁不可带入,按照林凤冲的话说"比照着机场来"——因为这一层羁押的都是重大刑事案件的相关人员。

"有点黑呢。"郭小芬皱着眉头说,很远的楼道尽头有一扇用铁栅栏封住的窗。

啪嗒,啪嗒,啪嗒,啪嗒。

计时器般准确而枯燥的脚步声。一个穿白大褂的女医生站在他们面前,由于她背对着窗户,看不清脸,只能感觉到她的颧骨很高。

林凤冲敬了个礼,然后给楚天瑛他们介绍:"这位沙俪医生,是思缈的主治医师……"

楚天瑛刚刚伸出手要与她相握,她已经转身向前走去。

林凤冲连忙跟上,小心翼翼地问:"思缈现在的情况怎么样?还是什么都记不起来?"

沙俪边走边说:"上午刚刚给她做过PET扫描,额叶和颞叶系统的活动都明显放慢,但是否存在创伤,还有待观察……"

"额叶?颞叶?"楚天瑛听得一头雾水。

沙俪有点不耐烦地解释:"大脑半球的每一侧皮质都包含四个主要的脑叶,即额叶、颞叶、顶叶和枕叶,这些皮质区域与大脑内部的若干皮层下结构密切合作,使我们对发生过的事情加以记忆——特别是额叶和颞叶,与记忆的关系最密切,它们的活动放慢有可能是受伤,从而产生失忆……"

"会不会是海马体受到损伤?"

声音虽然轻,楼道里的气氛却为之一变,仿佛有只小猫对着阴沉的天空挠了一小爪。

说话的是凝。

当所有人把目光投向她的时候，她娇羞地笑了，用雪白的上牙齿咬住鲜红的下嘴唇，显得十分可爱。

沙俪站定，回过头，看着这个女孩，阴冷的目光里流露出一丝警觉："你学过认知神经科学？"

"嗯……看过一点书，我记得近期事件的记忆主要依赖于大脑海马。人如果惊恐或紧张，造成心脏搏动受阻，就会引起大脑暂时性缺氧，导致某一根动脉管破裂，发生局部性缺血。在海马中有一个特殊的部位叫CA1，对局部性缺血特别敏感。这是失忆综合征最常见的原因之一。"

"课本背得不错。"沙俪冷笑了一声，"那么，你有没有考虑单纯型疱疹脑炎呢？有没有考虑科萨科夫综合征呢？有没有考虑心因性失忆症呢？"

一连串的诘问，让凝满脸飞红。

"没有见到患者之前，不要妄下结论。"沙俪用教训的口吻说。说完，她在一扇银灰色铁门前站定，铁门两侧各肃立着一名荷枪实弹的武警。她轻轻推开门上方的一个小窗，透过有机玻璃往里面看了看，然后掏出一张卡，在门把手右侧一个凹槽里刷了一下，林凤冲马上也掏出一张卡，再一刷，只听咔嗒一声，门锁打开了，几个人一起走进了这间活像是牢房的病房。

门在他们的身后自动上了锁。

洋灰地面，白色围墙，高高的天花板。一张低矮的铁床贴墙放置，床脚焊死在地面上，旁边有一张掉了漆的床头柜，上面摆着一个搪瓷缸子。

一阵清风吹来，拂动白色窗帘的一角。

刘思缈穿着蓝白相间的病号服，抱着膝盖坐在床上，一双白嫩的脚丫就那么光着。她透过被风撩拨的窗帘,遥望着忽隐忽现的一角天空——即便只有这么一点点天空,还被粗大而生锈的铁栅栏切割成了几份。

郭小芬慢慢走到刘思缈身前,蹲下,凝视着她的眼睛。那双在无数个犯罪现场都能敏锐地觉察到蛛丝马迹,不放过一点微量证据的眼睛,此时此刻,仿佛两口干枯的井,空洞而呆滞。郭小芬的鼻子有些发酸,轻轻抓住思缈的手。刘思缈像惊醒一般,哆嗦了一下,低下头看着她,神情有些茫然,完全不认识似的,很久很久,嘴角终于绽开淡淡的微笑:"小郭……"

"啊!"郭小芬十分欣喜,回头对沙俪说,"她记得我!她记得我!"

"她只是对近期事件失忆,其他的事情可没忘。"沙俪从兜里掏出一个药瓶,旋开瓶盖,倒出两粒药在右手掌心,然后迅速收起药瓶,把手掌往刘思缈面前一摊,命令道:"吃药!"

刘思缈仿佛被什么困扰着,有些犹豫。

沙俪马上呵斥道:"吃药,听见没有?"

"喂!"郭小芬猛地站起身,对着沙俪嚷道,"你态度好点行不行?她是个病人!"

沙俪一愣。

林凤冲赶紧打圆场:"小郭,沙医生是要给思缈治病,咱们要积极配合。"

刘思缈好像有些害怕,赶紧从沙俪的掌心里捏起药片,放进了嘴里,然后就着搪瓷缸子里的水"咕噜"一声冲服了下去。

"沙医生。"林凤冲介绍道,"刘思缈警官涉及的案件十分重大,必须从速侦破,所以,上级特别指派中国警官大学的爱新觉罗·凝同学作为你的助手,和你一起研究怎样尽快恢复她的记忆。"

沙俪睁大了眼睛,看着那个刚才被自己训斥过的女孩:"你就是名茗馆的那个……"

凝甜甜地一笑,点了点头。

半晌,沙俪的眼皮才耷拉下来:"我记得你是研究犯罪心理学的,这个案子请你来做什么?"

"是这样的,"林凤冲说,"凝同学虽然年纪还小,但在催眠术领域已经有很高的造诣。"

"催眠术?"沙俪不屑地一笑,"那你现在就开始治疗吗?对不起啊,我们这里条件简陋,可没有催眠椅让人躺。"

对于她的讥讽,凝毫不在意。她拖来一张圆椅,坐到刘思缈身前,左右看了看,从床头拿起一床薄被,覆在思缈光着的脚丫上,然后卷成一个团,思缈觉得很暖和,脚还往里面蜷了蜷。凝望着她的眼睛说:"思缈姐,我叫爱新觉罗·凝,是中国警官大学的学生,所以也是你的小师妹了。我知道你现在正被一些事情困扰着,回忆不起来,那种感觉就像……就像开车上了西直门桥,发现走错了,可是怎么也绕不回去,越来越焦急。现在,你先把车停在应急车道,放松一下,由我来掌握方向盘,你坐在副驾驶的位置上,回忆来时的路程,咱们一起下桥,好不好?"

刘思缈没有点头,也没有摇头,呆呆地看着她。

"那我就当你答应啦。"凝接着说,"我现在先要找到你失忆的起始点,这就好像电脑坏了,需要一键还原时,要先设置还原点一样。下面,我来说几个词,你凭感觉回忆一下这几个词和它代表的意义,什么也不用说,什么也不用做。"

楚天瑛等人好奇地看着这一幕。

凝停顿了片刻,清晰地说出了第一个词:"犯罪现场。"

刘思缈眨了眨眼睛。

"爱德蒙·洛卡德①。"

刘思缈的神情顿时充满了敬慕。

"神户。"

刘思缈眉头一紧,目光黯淡了下来。

"吉列。"

刘思缈受过伤的左手手腕看似不经意地一蜷,又慢慢地放松。

"健一公司。"

刘思缈表情无变化。

"湖畔楼。"

刘思缈一怔,但是再没有其他反应。

凝看着她,沉默了约半分钟,才缓缓说出最后一个词来——

"林香茗。"

起初,刘思缈双眸里泛起了雾,雾很浓,散不去,散不去……不知不觉就凝结成了泪花,在两只眼眶里亮汪汪的。

楚天瑛扭过了头。

早就知道了,不是吗?在狐领子乡派出所亲自审讯幸存者时,第一眼看到思缈,他震惊得浑身的血液都凝固了:天啊!你怎么会在这里?你怎么会成为特大凶杀案的犯罪嫌疑人?你怎么会浑身是血地站在荒原上?!

当李阔海让一名警察给思缈戴上手铐时,楚天瑛愤怒得差

---

① 刑事鉴识科学的鼻祖。他创建了里昂大学刑事鉴证研究所,并在一九二〇年提出了"只要罪犯出现在犯罪现场,总会留下一些痕迹,并带走一些证据"的罪案调查原则——即"洛卡德法则"。

点挥起了拳头。你们统统给我滚！谁也不许碰她一下！

他像一座山一样矗立在瑟瑟发抖的思缈面前。李阔海以为他疯了，赶紧给王副厅长打电话，愣是把王副厅长叫了回来。楚天瑛一番语无伦次之后，王副厅长终于明白，楚天瑛要求借调刘思缈协助侦破，成了全世界最最匪夷所思的提议——为了捕鼠而借猫，谁知猫就在鼠洞里！

全国顶级刑事鉴识专家，竟成了密室谋杀案的犯罪嫌疑人，而且，还失去了记忆。

立刻封锁消息，除了楚天瑛和王副厅长，谁也不知道刘思缈的身份。他们紧急调来省武警总队的直升机，陪同刘思缈一起回到北京。

才下飞机，一辆警车就直接将刘思缈送到了这里。

从再看到思缈的那一刻起，楚天瑛就已经下定决心，要尽一切办法侦破此案，给她洗清冤屈。但是案子太大了，他可以借助的力量却并不多："溪香舍"和"九十九"远在江南和重庆，"课一组"他连大门在哪里都不知道，"四大"里仅剩下"名茗馆"了，当他打听到馆主爱新觉罗·凝在催眠术上造诣极高时，高兴极了。在警官大学培训时他就知道，催眠术对唤起记忆有着独特的作用——这也正是他亲自登门，去名茗馆请凝出山的原因。

他坚信，只要思缈想起那天晚上在湖畔楼里究竟发生了什么，一切就可以迎刃而解。

他有过小小的幻想：也许，他的拯救会让思缈感动……不不不，有目的的爱，对思缈、对他自己都是一种亵渎！他宁愿默默付出一切而不求回报，但是……就残存一点小小的奢望，不可以吗？不可能吗？

现在，他知道，不可能了。

即便那个寒风咆哮的草原之夜将刘思缈的记忆冻僵，"林香茗"三个字依然如甘露，让她在顷刻间融化那么多……

这时，凝站起身，说："从思缈姐对词汇的情感反应来看，她失忆的起始点还是在去湖畔楼之前。让她先休息一会儿，咱们去商量一下她康复的具体方案吧。"

林凤冲点点头，掏出门卡，在门内侧的刷卡机上一刷。而后，沙俪掏出她的门卡再一刷。

黄灯和绿灯同时亮起，门"咔嗒"一声开了。

众人跟随沙俪来到三层东侧的总控制室。与简陋的病房相比，这里是另一番天地：玻璃幕墙隔开几个工作间，工作人员正在整洁的办公平台上忙碌着，整整一面液晶显示墙上，每个病房的情况都由摄像头传输到相对应的屏幕上，每个时段都有两名值班人员监视着。

"毕竟是涉及重大刑事案件的犯罪嫌疑人，这样严密监控也是为了保证我们能及时发现他们的逃跑或自残行为。刚才你们也看到了，所有病房都是双门禁，必须由两个执卡人同时刷卡，门才能打开。"沙俪解释道。

"上面特别命令在思缈病房门口加了二十四小时双岗——就是那两名武警，既是为了监视，也是为了保护她。这两天一直是我和沙医生执有双卡，就连吃饭喝水也要我俩一起才能给她送进病房。现在好了，奉许局长的命令，我就把这个责任移交给凝同学了。"林凤冲一边说一边将门卡递给凝。

凝看了一眼液晶显示墙最中央的那个屏幕：刘思缈还坐在铁床上，望着窗外，脚上裹着自己给她包好的小薄被……摄像头安置得很好，整个病房一览无余。

凝轻轻地叹了口气，双手接过那张门卡。

"那我们是不是不能见到思缈了？"郭小芬有点焦急。

凝安慰她道："小郭姐姐，我和沙医生的工作是帮助思缈姐姐恢复记忆，一旦有了什么进展，肯定会马上通知局里。在此期间，如果您要想来看望她，随时都可以——"

"患者在治疗期间，还是少会客为妙。"沙俪打断了她，"另外，我们两个人的治疗手段可能完全不一样，万一发生意见冲突，到底听谁的？"

林凤冲说："以你的意见为主。"

"那就好。"沙俪说。

凝轻轻地耸了耸肩膀，一副无所谓的样子。

"我要提示一点。"林凤冲的口吻突然变得严厉，"此案案情重大，已经引起舆论的强烈关注。思缈的涉案程度到底有多深，目前还是个未知数。一旦泄露她的身份，很可能引起公众的猜疑，认为我们警方包庇她。所以，关于她的一切都要严格保密，不管是谁，如果泄露出一星半点，都要按照相关法律予以处理！"

大家都点了点头。

"那么……思缈就交给你们了。"楚天瑛说，口吻有些凄凉，"我要带蕾蓉回省里，请她帮助复核尸检。有什么情况我随时和你们联系。"说完便走出总控制室，来到安检门外，用"铜纽扣"换了手枪塞进枪套，和林凤冲一起慢慢朝楼下走去。

郭小芬走在后面，无意间听见凝问沙俪："你刚才给思缈吃的是什么药啊？"

沙俪很不情愿地回答："心得安——β受体阻断剂。"

凝的目光一凛，仿佛在蚊帐里看到了一只嗜血的蚊子。

2

在一个路口，林凤冲把郭小芬放下，开车载着楚天瑛去机场了。

郭小芬看着熙熙攘攘的车流，心中一片迷茫。从前，不管发生多大的案子，她总能以新闻记者特有的敏锐发现一个疑点、一点头绪，然后坚持不懈地寻访下去。记者没有刑侦和审讯的权力，只能靠着长期工作积累出的人脉，找到知情者，打探到内幕和真相。问题是这个案子所涉及的保健品产业，以前她从未接触过。犹如逮到了一只蜷缩的刺猬，却根本不知道从哪里下嘴。

犯罪现场太远了，不可能去；物证都被警方封存；犯罪嫌疑人只有一个刘思纱，失忆中；死者是不能开口说话了，尸检又没有发现根本死因……

头疼。

等一下！死者不能开口说话，尸检没有发现根本死因，但这并不代表遗属完全不知情啊。

郭小芬拿出手机，先找林凤冲要了几名死者家中的电话号码，然后开始拨打——当然，蒙健一的家是不必打了。其他几个：佟大丽、焦艳、宫敬、蒙如虎的家人仿佛商量好了一般，都拒绝回答郭小芬提出的任何问题，匆匆挂了电话。

郭小芬仔细一想就明白了，这几个死者都是健一公司的职员，恐怕公司早打了招呼，比如"想要抚恤金就乖乖闭上嘴"。

只剩下一个李家良了。

对这个人，郭小芬也没抱什么希望，谁知道电话被接听后，对方说欢迎她来家里坐坐。郭小芬喜出望外，赶紧打了个车直奔而去。

一进李家,便见到客厅里摆了个小小的灵堂:原来搁电视的矮柜子上,摆了李家良一幅遗像,用黑幔饰着边沿。遗像两旁各燃有一根香烛,前面放着的几个白瓷盘子上盛着果品等祭物。客厅两侧歪歪斜斜地立着几个花圈,看上去十分冷清。

郭小芬把事先买好的一束白百合放在李家良的遗像前,恭恭敬敬地鞠了三个躬。不知道为什么,她总觉得这个去世的老人看上去有些面熟。

接待她的是李家良的侄女,絮絮叨叨地说,因为她叔叔只是特聘的广告演员,不算公司的员工,所以"一样的死",给别人的抚恤金比她叔叔的多十倍:"您说这公平吗?!"

"李老先生这次去旅行之前,没有和你说什么吗?"

李家良的侄女摇摇头:"叔叔没有子女,婶子前几年病死之后,他的性格越来越孤僻了,就是逢年过节也很少和亲戚们走动,这次他出门,根本就没有和我们打招呼。"

郭小芬想了想:"那么,他的遗产如何分配呢?"

"叔叔把这套房子留给我了,其他就没什么了。"

房子的装修、家具、电器都十分简陋。一个广告公司的特聘演员,怎么会窘困至此?

"我想随便看一看,可以吗?"

郭小芬得到同意,逐个房间地看,厨房厕所阳台也不放过。整体的印象是比较乱,物品的放置很随意,十足一个老单身汉的家居模样。相比之下,略显整洁的是卧室:门后挂着一幅干净的挂历;一张老式席梦思双人床,旁边立着一面嵌镜子的大衣柜;贴墙摆着一张布满坑洼的实木桌子,上面有台历和笔架什么的。郭小芬拉开右边的抽屉,发现一个斑驳的铁盒子,里面有毛主席像章、红宝书、上海牌手表什么的，俱是二十世纪七十年代的物什，垫底的一个小本本里，抄着一些诗词，读不大懂，还夹着一张发黄的黑白照片。

照片上有两个人，肩并肩站在一棵松树下，右边是个高大英俊的年轻男子，左边是个说不上漂亮，但眉目非常端庄的女孩。

看相貌，年轻男子应该就是昔日的李家良。两个人虽然并肩站在一起，但神情都有些拘谨，特别是那女孩，十分羞涩。

她，应该就是李家良已经去世的老伴吧？郭小芬想。

抬起头，只见墙上挂着一个玻璃相框，里面有各个时期李家良和家人的照片，其中他和老伴的合影占了大部分，但怎么也看不出他的老伴和那女孩相貌的相似处。

那么，那个女孩是谁？李家良为什么如此珍重地把和她的照片封存在那个陈旧的铁盒子里？

还有一个明显反常的地方，那就是——

突然，一个洪亮的声音打断了她的思索："你这个老东西！不听我的劝！你这个浑蛋！"

她一愣，走出卧室，只见一个瘦小的、留着山羊胡的老头子站在客厅里，指着李家良的遗照不住地破口大骂，脸上却是老泪纵横。

旁边，李家良的侄女呆呆地看着，一句话也不敢多说。

"你这个老东西，你这个浑蛋……"骂声渐渐化成呜咽，又渐渐沉静下来。山羊胡用一对有些浑浊的眼珠子盯着李家良的遗像，很久很久，才长长地出了一口气，弯下腰坐在地上，声音沙哑，"你从来不听我的劝……不过，也挺好，你们都走了，我知道你早晚会去找她的，早去，比晚去好……"

又是沉默,又是久久的凝视,客厅里,下午的阳光像一条昏黄的河,流淌过老人的背脊。

他打了个寒战,仿佛从梦中醒来,右手撑着地慢慢地站起,拍了拍身上的土,然后对着遗像,深深地鞠了三个躬,转身走出了大门。

郭小芬赶忙追下了楼。只见临街的槐树下有一张长椅,山羊胡就坐在那里,仰着头眯缝着眼,望着深秋已经稀疏的树冠,仿佛曲终人散之后犹在回味一缕余韵。

郭小芬不敢打扰,只是静静地站在他身边,直到老头子垂下头,目光与她相对,才很恭敬地说:"老先生,您好。"

山羊胡好奇地看着她。

郭小芬说:"我是《法制时报》的记者,对李老先生的罹难,我们感到十分难过,了解事件之后,觉得李老先生的去世有许多疑点,想采访一下他的亲友,请问您是——"

山羊胡不耐烦地摆了摆手:"我不接受记者采访。"

郭小芬正要再说话,一辆黑色保时捷停在了路边,一个虎背熊腰的小伙子下车走到山羊胡身前,轻轻一躬身道:"雷伯伯您好。"

"是蒙冲啊,"山羊胡睨了他一眼,"有事儿?"

"我准备去李伯伯家吊唁一下,看见您在这里,就先来和您打个招呼。"蒙冲说,他看了一眼郭小芬,不认得她,犹豫了一下说,"今天上午在电话中和您说的那件事……"

山羊胡站了起来,从头到脚仔细打量了他一番。

"蒙冲,我和你老子干了十几年的仗,现在他死了,我也就不说他的什么不是了。你要改革公司的想法很好,我倒要看看你能改成什么样子,但你要找我帮忙,就想都别想了。"说完扬长而去。

蒙冲望着他的背影,一脸的怅惘。

他刚刚回到保时捷旁边,拉开车门,便见郭小芬走了上来。

"您是蒙健一先生的公子蒙冲?我是《法制时报》记者郭小芬,昨天参加过贵公司的记者招待会,这是我的名片。"

蒙冲接过名片:"郭记者,请原谅,我不会回答你的任何问题。"

郭小芬淡淡一笑:"刚才那位姓雷的老先生是谁?您总可以告诉我吧?"

"哦,你问雷抗美先生啊,他是中西医结合领域的著名医生,德高望重啊。"

蒙冲说完便上了保时捷,开车驶进了小区。

郭小芬的目光不由得顺着车移动,无意中发现远处一个人影倏地闪到了墙后。

这个人是谁?在盯我的梢吗?

郭小芬想起被绑架后下落不明的郝文章,一阵紧张,沿着街道向前快步走去,走了很远还是没找到公交车站,也不见有出租车经过,第六感却觉得身后有人在朝自己渐渐逼近。

她一咬牙钻进胡同,疾风般小跑起来,七转八转竟转进一条死胡同,尽头是一面长了青苔的墙,墙虽不高,墙头却砌了一排防盗用的碎玻璃。

郭小芬急了,立刻往回退,来不及了,一阵密集的脚步声正从拐弯处传来——

不好!

她立刻将钥匙串捏在右手,攥成一个拳头,几根钥匙从拳缝突出——这样就成了一个简易的手刺,如果那歹徒胆敢侵袭自己，定要打得他口鼻流血！

那人的半个身子刚一露出，郭小芬就一拳打了过去，最尖一根钥匙，离那人的面颊只有几毫米远的地方，突然停下了！

"马笑中？"她不由得一声惊叫。

3

"以热爱警察为荣，以袭击警察为耻——你没学过？"马笑中怒气冲冲地说，不断摸着自己那张险些挨揍的脸。

"少来！"郭小芬说，"谁让你跟踪我的，色狼！"

"狗咬吕洞宾，不识好人心！"马笑中说，"我这两天在健一公司门口'抗洪'，严防死守的累个半死，好不容易才回家休息，看你走得急，把车停在路边就来追你，反倒被说成色狼！"

"这么说，在李家良家门口跟踪我的不是你……"郭小芬自言自语，"那么他是谁？又有什么企图呢？"

"你去李家良家里了？那老爷子以前是个电影演员，后来年纪大了，接不到什么好角色了，就给不少药品、保健品当广告演员，最近这两年成了健一公司的特聘演员，健一降糖南瓜含片、健一骨刺消神贴、健一离子水饮水器，还有这次要人命的五行阴阳镜，他都在广告片里出演专家角色呢。"马笑中说。

"我说怎么那么眼熟呢。"郭小芬说，"好多广告里，他都是穿着白大褂讲慢性病防治什么的，原来他根本不是个医生啊？"

马笑中说："怎么样，去他家里发现什么没有？"

"他老伴前几年去世了。一个老单身汉，家里很简陋，东西摆得乱七八糟，这都很正常，引起我注意的是，有一点显得十分反常。"

马笑中一怔:"什么?"

"没有记事的字迹。"郭小芬说,"台历也好,挂历也好,上面都空空如也。桌子上也没有用来记事的本子或便笺纸——要知道李家良六十多岁,这个年纪的老人往往记忆力已经开始衰退,忘性大,逛个超市之前还得写张字条记下要买什么呢,李家良的社会活动又多,他难道就不怕忘记重要的事情?"

"也许,他当演员的出身,经常背台词,练出了一副好记性呢?"马笑中说。

"哟!"郭小芬笑了,"难得你聪明一回。"

马笑中大怒:"和谐社会了,不带这么骂人的!"

"我也想过,李家良是演员,记忆力比普通人好……"郭小芬的声音骤然低沉,"但是,你明白吗?那个家给我的感觉是:他记录过,但是也注意小心翼翼地清除掉了每一点记录过的痕迹。"

"为什么啊?"

郭小芬摇摇头,"这次的受害者,大都是健一公司的人,唯独李家良是一个外人,也可以看成一个异类。有物证显示:他是被蒙健一的保镖蒙如虎用刀杀死的,所以,我怀疑他在整个事件中,扮演了一个特殊的角色……可惜他和亲友疏于联系,他的侄女也是一问三不知。倒是有个叫雷抗美的老医生来吊唁过他,像是他很好的朋友,可又在灵堂上大骂他是个浑蛋……"

"老雷?那可是个牛人!"马笑中大叫了一声,吓了郭小芬一跳。"你认得他?"

马笑中说:"这几年虚假保健品的事儿多了,消费者和商家打架,经常闹得我们警察出来维持秩序,渐渐就听说了老雷的大名……天不早了,咱俩找个地方,边吃边聊。"

正好路边有家沙县小吃，二人进去依窗落座，要了柳叶蒸饺、老鸭汤馄饨什么的。

马笑中拿起筷子说："老雷是搞中西医结合研究的——他可不是那种把中西医结合起来忽悠人的骗子，正经的科学家，腕儿很大，脾气更大，专门和那些虚假保健品过不去，拆他们的幌子，揭他们的老底。不过，要说我真正了解他，还是因为咱妈得了糖尿病——"

郭小芬一愣："我妈几时得了糖尿病？"

马笑中连忙解释："我说的是我妈，这不显得咱俩亲热吗？"

"你妈就说你妈，别跟我瞎套近乎！"

"好吧好吧，将来是咱妈，现在还是我妈……"马笑中一副哄女朋友的口吻，"我妈天生就是个爱吃的人，年龄大了嘴更馋了，自打得了糖尿病，这也不能吃那也不能喝，还得按时吃降糖药，见天价跟我嚷嚷要寻死……后来她看了报纸上的广告，健一降糖南瓜含片，说是保健品，根据《本草纲目》里的宫廷秘方研制而成，无毒副作用，服用半年可以彻底治愈糖尿病，就买了几个疗程的，天天吃，把药也停了。后来她老觉得腿脚肿胀，我带她到医院挂了个专家号，刚好是雷大夫接的诊，说是血糖控制不好导致的并发症——糖尿病足早期，多亏来得及时，不然就得截肢了，再一听她停药了改吃保健品，劈头盖脸的一顿臭骂，说我妈老糊涂了……那话别提多难听了，但是马上给她做了个小手术，术后我妈腿脚立刻就松快了。"

喝了两口汤，矮胖子接着说："我妈那人，典型的北京老太太，说好听点儿是热心，说不好听就是事儿多，治好了病不就完了，嘿，非跟老雷掰扯，说满街都传吃南瓜保健品能治好糖尿病，你们当医生的既然知道是骗子，为啥不言声儿呢？老雷就留了心,花了两个月收集各种南瓜保健品的宣传材料,厚厚的一大摞,然后开了个新闻发布会,当众总结了这些宣传中的三大骗局——"

"三大骗局?"郭小芬很好奇。

"是啊。这第一骗嘛,不是所有的南瓜降糖保健品都说是根据《本草纲目》里的宫廷秘方研制的吗?老雷把《本草纲目》翻了个遍,根本就没找到,倒是找到一句说吃南瓜多了容易发脚气的。"

郭小芬扑哧一笑:"糖尿病在中国古代叫消渴症,《本草纲目》是李时珍的个人著述,哪里扯得上什么宫廷秘方?这一听就是假的。"

"第二骗。南瓜保健品的宣传中,说日本北海道有个夕张村,盛产南瓜,每个村民都经常吃,所以那村里没人得糖尿病。老雷为此专门去了趟夕张,发现那里就是个煤城,盛产甜瓜而不是南瓜,当地的糖尿病患者也并不比其他地方少。"

郭小芬点点头:"老雷还挺认真……不过,关键还是要检测南瓜到底有没有降血糖的功效。"

"对啦!这就是老雷揭发的第三个骗局。一种食物,糖尿病人能不能吃,关键要看一个叫血糖生成指数的——我那会儿都成专家了,天天拿着个对照表,算餐桌上哪盘菜哪碗饭超标了,让我妈忌口,算得她直想抽我——如果生成指数在55以下,糖尿病人基本都能吃。如果为55到75,就得控制了,75以上的,对不起,您就得少吃甚至不吃。老雷检测了南瓜的血糖生成指数,你猜猜是多少?"

郭小芬想了想:"55到75吧?得控制食用。"

"75以上!"马笑中一拍桌子,"那帮黑了心的王八蛋奸商!"

郭小芬大吃一惊："啊？这不等于给糖尿病人输葡萄糖吗？会害死人的！"

"关键是吃南瓜能降糖的说法传了十几年啊！中国糖尿病患者数量接近一个亿，不知多少人受了商家的忽悠，停药改吃保健品，结果导致双目失明、截肢……"马笑中气愤地说，"老雷开完新闻发布会，全国电视、报纸都疯了一样报道，有个什么南瓜保健品联合会还到法院告他，说他弄垮了整个行业，给国家GDP造成了重大损失。老雷更牛，接受记者采访时说，骗出来的GDP，英文缩写是PGDP，也就是'屁GDP'！哈哈！"

郭小芬也不禁莞尔，又叹道："可惜他不肯接受我的采访，我相信他对李家良、对健一公司——甚至对这次事件，都有相当的了解。"

马笑中将那碗老鸭汤馄饨灌进肚皮，打了几个饱嗝说："老雷那人不喜欢和记者打交道，但对患者好得出奇，改天我带我妈去医院复查的时候，你也跟上，就说是我女朋友，想问啥就问，说不定他能松松口。"

这倒是个主意。

"别改天了，就明天吧！"郭小芬说。

"这么急啊，是急着采访还是急着做我女朋友啊？"

郭小芬瞪了马笑中一眼："现在这个案子搞得一团乱麻，你还有闲心扯那些没用的……我问你：找到郝文章的下落没有？"

马笑中说："我们下了很大力气找他，就是找不到一点踪影……你自己这段时间也要注意安全。对了，后来你和思缈联系上没？"

为了保密，即便是对马笑中，郭小芬也不能透露刘思缈的半点消息，只是慢慢地摇了摇头。

"我打她的手机了,还是关机。"马笑中叹了口气,"要是能请她出山,让她到湖畔楼的那个犯罪现场去看一圈,也许就什么都能搞明白了。"他眼睛突然一亮,"小郭,我们真笨!"

"怎么了?"

"还有呼延云啊!你给他打个电话,让他帮帮忙吧,让那小子给推理推理!"

"笨的是你,不是我。"郭小芬冷冷地说,"别看这案子千头万绪,有价值的线索其实并不多。呼延云只是一个推理者,他必须要在掌握足够的证据和线索之后,才能运用逻辑力和想象力,推导出事情的真相。如果说他是个厨师,思缈就是采购的,现在连菜都买不齐,你让厨师怎么做饭?我们现在还是得等——"

"等,等,等,这得等到什么时候啊?"马笑中急躁地说。

郭小芬没有说话,她也不知道要等到什么时候。眼下,她唯一能做的就是采访到雷抗美;马笑中唯一能做的就是找到郝文章;楚天瑛唯一能做的就是在案发地搜集线索;凝唯一能做的就是唤醒刘思缈的记忆;而刘思缈唯一能做的就是——

思缈现在什么也不能做,她才是真正的等,等,等……

郭小芬看着小吃店外黄澄澄的街灯,天色已晚,一轮残月在鱼鳞状的云朵里穿行。

她并不知道,就在此时此刻,回到省城的楚天瑛顾不得歇息,正驱车赶往狐领子乡,因为湖畔楼的老板李大嘴及其家人已经被押解到了乡派出所,正在等待他的审讯。

第五章 七窍流血

凡定致命痕，虽小当微广其分寸。

——宋慈《洗冤录》

1

李大嘴被拘押，是这天早晨发生的事情。

他和老婆在洛阳的一个旅馆里睡得正香，几个荷枪实弹的特警撞开门冲进来，把他摁在被窝里，反拧着胳膊戴上了手铐，疼得他"哎哟"直叫，然后连着他老婆以及住在隔壁房间的外甥被一起带上飞机。到了省城，几辆警车开进机场，把人往车上一扔，又往狐领子乡送。

王副厅长在电话里下了两条指示：一是马上让楚天瑛回来主持审讯；二是一路上不让李大嘴三人有时间思考对策或串供，在飞机上也好，坐车也好，都把他们隔开，几个预审员车轮战一般进行反复突审。

所以，当楚天瑛走进乡派出所的审讯室时，看见李大嘴坐在一张没有靠背的木头椅子上，耷拉个脑袋，肥厚的大嘴唇下垂着，一副疲惫不堪的模样。

副审员、书记官都已经在一张桌子后面就座，楚天瑛走到他们俩之间，把桌子上那盏台灯猛地一提，刺眼的光芒正好打在李大嘴的脸上，他一激灵，抬起头，手挡着光，嘴角痛苦地撕拧着。

看他身子不再佝偻着了，楚天瑛把台灯一收，坐下，把那份早已烂熟于心的预审材料翻了又翻，突然问："姓名？"

"李……李存福。"

"籍贯？"

"我都交代好几遍了啊……"

"让你说就说！哪儿那么多废话？！"

李大嘴只好老老实实地回答了自己的籍贯、住址、职业、家庭成员等问题。副审员说："李存福，你很不老实，从洛阳到这里的一路上，我们给你做了大量的思想工作，政策也给你反复地讲，可是你仍然不肯如实交代问题，我看你是不见棺材不掉泪！"

"政府……我可是冤枉啊，我可真的是什么都没做啊！"李大嘴知道对面的三个刑警中，楚天瑛的官儿最大，所以对着他哀告，"我从小到大，没偷，没抢，没放火，没杀人，顶多做生意的时候把算盘珠子往自己这边多扒拉两下，也犯不着就把我像小鸡子一样抓来抓去吧！"

副审员怒气冲冲地来了一句："你没做坏事你跑什么？！"

楚天瑛立刻在桌子底下踢了他一脚。审讯如打牌，警方抓的牌好，嫌疑人抓的牌烂，但抓一把烂牌并不一定会输，关键看你对对方的底牌了解多少。所以警方要避免嫌疑人知道己方对案情了解多少，以及掌握了什么证据，等到关键时刻再甩出好牌，起到一两定千钧的作用。

从把李大嘴拘押到现在，审讯是一刻也没有停止，但主要是让他自己讲，关于湖畔楼的案子，警方一个字也没有说。而李大嘴甚至把上小学时偷看女生上厕所之类的丑事都倒出来了，却只字未提湖畔楼凶杀案，他要么是清白无辜，要么就是老奸巨猾。这种情况下更要注意保密，所以副审员刚才那一句话有泄底之嫌。

不过，李大嘴好像完全没有注意到这一点，摊开手苦哈哈地说："我没跑啊，我就是带老婆、外甥一起去河南旅游，这也犯法？"

"去河南玩得还好吗？"

楚天瑛冷不丁冒出这么一句。

审讯室里的人全都愣住了，尤其是李大嘴，眨巴着小眼睛，不知道这位当官的到底想说什么。

楚天瑛头一偏，对副审员说："去，给老李倒杯水喝。"

副审员一百个不愿意地倒了杯水给李大嘴，李大嘴这时才感到喉咙里像着了火一样，三两口就喝光了，还想再要一杯时，楚天瑛说话了："老李，说说，去河南玩得咋样？"

李大嘴从十月二十三日早晨带着家人离开狐领子乡说起，先到安阳看了殷墟和红旗渠，然后到郑州歇了一天，又去开封看铁塔、大相国寺，最后到的洛阳，昨天去龙门石窟玩儿了一天，回到旅馆累得倒头就睡，"结果大清早的就被你们给逮回来了"。

"你本来不是要去山西吗？咋后来改去河南了呢？"楚天瑛问。

这个问题曾经给警方造成了很大的困扰。案发后，李大嘴的母亲接受了调查，说她儿子和媳妇去山西旅行了。但通过身份证购票系统调取的记录证明,李大嘴一家人坐上的是开往河南的火车。为了防止李大嘴使声东击西之计,这阵子山西警方一直在严密布控和盘查可疑人等,生怕大鱼漏网。

李大嘴不好意思地说:"嗨,我就好占个小便宜,这不是有人给钱让咱出去旅行吗?一大笔钱呢,说去哪里都行,又说如果超支了也没关系,回来拿着火车票、公园门票报销。我和老婆一合计,干脆去远点,就改成去河南了。"

"哦?"楚天瑛眼睛一亮,"谁给你钱让你出去旅行了?"

"健一公司啊!"李大嘴说,"他们派人来说要在眼泪湖边上开年会,商量改进五行阴阳镜的事,把湖畔楼包下了,十天。给了我一大笔钱让我带全家出去玩——我妈用过他们的产品,挺不错的,所以我也放心。咋了,出啥问题了吗?"

这番话听在楚天瑛耳朵里真可谓堂堂正正、底气十足,一点儿可挑的地方都没。他想了想,又问:"那么,他们派来的是个啥样的人?"

"姓蒙,没说具体名字,留一把络腮胡子,戴副挺大的墨镜,头上还戴着顶帽子。十月二十日晚上来的,交了一万的定金,十月二十二日晚上又来了一趟,给了我三万,说还有一万等我回来后再给——现在是旅游淡季,一下子能挣五万块,我心里可就乐开花了,人家说什么就是什么了呗。"

姓蒙?难道是蒙如虎?反正大老远一个人跑来这穷乡僻壤的,总不会是蒙健一吧,要不就是他的弟弟蒙康一?不过,最大的可能,还是此人报了个假姓来迷惑警方的视线。楚天瑛又问:"他给你的钱,是转账、支票还是付现金?"

"现金。"李大嘴说。

现金就不好办了,要是转账或支票还能到银行追查开户人。

"他有没有提什么特殊的要求？"楚天瑛问。

"他就说十天之内不要回来，还让我保密，把停业的招牌挂出来，说是怕商业竞争对手知道后来破坏……"

楚天瑛索性把椅子拎到了李大嘴前面，膝盖离得很近地坐下："老李，你再想想，当时有啥觉得奇怪的地方没有。"

李大嘴想了想说："奇怪的地方……你说这开会总要有个会议室吧，总得有客房和餐厅吧？但他整个湖畔楼上上下下走了一遍，压根儿就没问会议室，客房、餐厅看得比较随便，KTV包间倒是看得特别仔细，还特别试了音响和麦克风，电箱也看了半天。临走的时候，我问了一句要不要准备些食物，他含含糊糊地说没关系，他们会自己带吃的。我还想，人家大公司可能就是挑拣，不爱吃咱们小地方的东西，自己带了食材来现做……"

沙沙沙沙……书记员的笔在本子上记个不停。

楚天瑛的思考也一刻都没有停。从不要食物的事情上可以看出，这个大胡子从一开始就打算让健一公司的人当夜毙命，而KTV包间是他早就选定的杀人现场。楚天瑛拿出命案发生时在湖畔楼的七个人的照片（包括刘思缈）给李大嘴，让他认认有没有那个大胡子。

李大嘴看了又看，摇摇头说："我只能确认那人是个男的，真正长什么样子，就搞不准了，他那胡子、墨镜和帽子把脸遮挡得太多了。"到了这个时候，饶是李大嘴再迟钝再疲惫，也琢磨出个味道来了，"是不是湖畔楼出事了？"

楚天瑛拍拍他的肩膀："老李，确实出了点事，所以你先别急着回家，配合我们做些调查工作，这几天你就在派出所里住着，好不好？"

李大嘴眼睛眨巴半天，无奈地说："好吧，我现在只想睡一觉。"

楚天瑛对副审员说："你带老李去休息一下吧。"

李大嘴走到门口，回过头又补了一句："警官，有个人您可得调查调查。"

"谁？"

"杨聪，外号叫洋葱头的，他是进乡的路口那家草原旅店的老板，恨我抢他的生意，过去老是给我捣乱。"李大嘴说，"我那湖畔楼要是出了什么事，铁定是他干的！"

楚天瑛点点头："你先休息，你要相信我们会查清的。"

副审员和李大嘴离开后，书记员也出了审讯室。楚天瑛站在窗户边，望着窗外沉沉的夜色开始了思考。他之所以在审判中途突然将话题转到旅游上，一来是反复审了李大嘴一天，一直采用的是逼压法，需要松松弦，不过更重要的原因是，他仔细研究了预审材料之后，有一个强烈的直觉——李大嘴不是凶手。

这一点，有许多地方都可以证明，比如李大嘴有问必答，而且答得很痛快，不含糊，关键问题上都有据可查，例如坐火车、逛公园，根据他提供的时间，一调监控录像就一清二楚。而真正的犯罪分子在受审中往往选择式地回答问题，避重就轻，在面对"案发时你在干什么"这样的问题时，总爱给一些无法求证的内容。而且，李大嘴的老婆和外甥在预审中的回答，也可以互相佐证，最终证明一点——血案发生时，李大嘴一家远在河南，根本没有作案的时间。

当然，还有一种可能也要考虑到：那就是李大嘴预先找了杀手，在他出游时杀人，以逃避嫌疑，并提前和老婆、外甥做了串供的准备。但有两点说不通：第一，从李大嘴的人生经历来看，他只是个小旅店的老板，除了买过一面五行阴阳镜，跟健一公司没有任何交集；第二，请杀手总要付钱吧，更何况是杀六个人，但从银行调取的资料可以看出，李大嘴的个人存款最近根本没有支取。

从李大嘴的证词可以得出的另外一个结论，那个大胡子非常狡猾，他不仅安排了李大嘴一家的出游，制造了良好的犯罪空间，并事先查看了犯罪现场。他还抓住了李大嘴爱占小便宜的心理，让他放开来花销，"回来拿着火车票、公园门票报销"，这样一来，李大嘴一家就势必要往远处去，要多玩几个景点，给了他更充裕的作案时间。此外，他一直小心翼翼地不暴露自己的真实身份，从胡子到帽子再到墨镜，都在遮掩自己的容颜，所以，他才应该是真正的犯罪嫌疑人……

正思忖间，副审员和县公安局局长李阔海、乡派出所所长胡萝卜进来了。

"咋样？"李阔海问。

楚天瑛摇摇头："完全不像。"

胡萝卜说："我早就说嘛，李大嘴那个人，小精明是有的，杀人的胆子却是没有的。"

"上次你说，出事前两天，你去湖畔楼查旅客的身份证登记情况，李大嘴说风大劝你少过来，看来也是答应了那个大胡子，在健一公司召开年会期间要保密，不让人打扰。要不是那天晚上刘……那个白衣女子侥幸脱逃，也许惨案被发现还要延后几天，那时尸体早已腐烂，侦破起来难度会更大——这个大胡子真的是工于谋划。"楚天瑛说。

副审员说："楚处，李大嘴提到的那个什么洋葱头，是不是要提过来审一审？"

"洋葱头？他咋了？"胡萝卜问。

副审员把刚才李大嘴临离开时的话说了一遍。胡萝卜两只眼睛登时有点发直。

楚天瑛注意到了："老胡，有啥问题？"

胡萝卜说："李大嘴这么一提醒，我还真的想起来，出事的第二天，咱们不是开案情分析会吗，洋葱头老缠着我打听消息，我当时就觉得怪怪的。这几天在路上遇到他，他又净躲着我……"

屋子里的几个人互相对视了一下，楚天瑛狠狠地吐了一个字："抓！"

2

没出十分钟，头发蓬乱的洋葱头就坐到了刚才李大嘴坐的那张椅子上，把身上的灰色羽绒服紧了又紧。

胡萝卜先说话了："老杨，都是乡里乡亲的，我也不和你扯那些没用的了。湖畔楼的案子整太大了，这几位同志都是省里下来的，一定要查个水落石出。所以，你知道什么就早点说，争取个主动。"

"我……我啥也没干，啥也不知道啊。"洋葱头眨巴着小眯缝眼。

胡萝卜还要说话，楚天瑛把他的胳膊一扯。

此后的十分钟，整个审讯室鸦雀无声，所有的目光都盯在洋葱头的身上，像是一群猫看着一只缩到墙角无处可逃的耗子。

洋葱头低着头，就感到脖子越来越沉，额头上沁出豆大的汗珠来。终于，他翻了一下眼皮，看到那些警官依旧目不斜视地逼视着自己，不由得低声挤出一句："我真的啥也不知道啊……"

"啪！"

楚天瑛狠狠一拍桌子，吼道："撤了他的凳子！"

霎时间，洋葱头屁股底下的凳子就被踢掉了。几个刑警把他像面口袋一样贴到了墙上，吓得他大叫起来："我交代！我交代！"

"十月二十四日那天晚上八点左右吧，我估摸着应该没有什么客人了，正准备关了店门，早点睡觉。谁知有个看上去四十多岁的中年人进来了，说要住宿。他长着一张又瘦又长的黄脸，看着挺凶的，问他吃不吃饭，住多久，他都爱答不理的。向他要身份证，他说出来得急忘了带，可以加倍给住宿费，我就答应了。给他开了间房，他在里面关着门不让人打扰。到九点多的时候，他突然换了身黑色的大衣，拎着个帆布包往外走……按照开店的老规矩，有客人在外，这门厅的大灯一夜都不能熄的，我心疼电费啊，就不停地看着表。大约十点半吧，他回来了，一张黄脸变得煞白，冲上楼像是拿了什么，然后又冲下楼，连押金都没拿就走了。"洋葱头说，"第二天一早，听说湖畔楼出了事，我就想没准就是这人犯的事儿……"

李阔海怒气冲冲地说："你当时怎么不马上向我们汇报？！"

"我……我本来想跟胡所长唠唠的，可是又不敢。都怪我，我要是坚持要那人身份证，不给就不让住，也许这里就没我啥事了。"洋葱头哭丧着脸。

"那人的房间，你后来收拾了没有？"楚天瑛问。

"没有……我看了一下，他也没有留下啥东西。"

楚天瑛立刻下令道："老李，你带上几个刑技，立刻跟杨聪赶到那个房间，除寻找物证外，特别注意提取指纹、毛发等证据。然后，带他去做犯罪嫌疑人拼图，做好之后加上大胡子，让李大嘴辨认一下，看是不是包下湖畔楼的那个人！"

李阔海等人带着洋葱头出去了，胡萝卜看楚天瑛用食指和拇指不停地挤压着睛明穴，知道他疲累了，便给他找了间有单人床的屋子，让他进去休息。

楚天瑛脑袋一碰枕头，就呼呼地睡着了。

睡得正酣，突然裤兜里的手机"嗡嗡嗡"地振动，拿起一看，是蕾蓉打来的，赶紧接听。

"蕾主任。"楚天瑛有些歉意，"这么晚了还没休息啊。"

话筒那头，蕾蓉淡淡一笑："刚出了验尸室，连夜把湖畔楼的尸体的复检做了，明天还要回北京，有另一个案子要处理。"

"什么结果？"楚天瑛问道。

"李家良和蒙如虎的根本死因比较明确，都是暴力导致的。但是我注意到，蒙如虎的后脑勺除了遭受过烟灰缸的猛烈敲击外，还有一道基底伤。"

"什么叫基底伤？"

"简单地说，就是被烟灰缸的砸伤掩盖住的之前一道伤口。"

"我明白了。"楚天瑛说，"你的意思是，在被烟灰缸砸伤之前，蒙如虎已经受过一次打击？"

"是的。"蕾蓉说，"这道伤口相当重，应该是用铁棍、铁钳式的东西打击，导致了枕骨破裂，我认为这次打击已经杀死了蒙如虎，而那个烟灰缸的砸击，很可能是凶手为了遮掩基底伤而故意制造的。"

黑暗的屋子里，楚天瑛身上掠过一阵寒意，凶手是谁？为什么要如此残忍？为什么要掩盖那第一次打击呢？

蕾蓉在话筒那边接着说："其余四个死者都有很明显的内耳出血。这是比较奇怪的事，因为他们的直接死因应该都是心梗，心梗发作很少会带来耳损害。此外，蒙如虎和李家良也出现了内耳水肿的现象。"

"难道是中毒？中毒的人不都会七窍流血吗？"

"那是小说中才有的。"蕾蓉很认真地说，"所谓毒死，其实就是化学性损伤，大部分毒药都是作用于血液循环或神经系统，引起机体功能性或器质性病变导致死亡，常见的症状是恶心、昏迷、呕吐、抽搐，很少有什么七窍出血的。"

"那会是什么原因导致他们的耳损害呢？"楚天瑛更加不解了。

"一般来说，耳鼓膜穿孔或颅底骨折容易导致耳出血，掏耳朵不当、拳击受伤时也比较常见。"蕾蓉说，"但是那四具尸体的耳出血显然不是上述原因造成的，具体是什么原因，我现在还说不出来。不过我已经对相关器官组织做了切片，待回京后再用组织切片机和显微镜做进一步的检查。"

耳损害，耳损害，耳损害……

但他整个湖畔楼上上下下走了一遍，压根儿就没问会议室，客房、餐厅看得比较随便，KTV包间倒是看得特别仔细，还特别试了音响和麦克风，电箱也看了半天。

李大嘴的话突然浮现在脑海中。

"我明白了！我明白了！"楚天瑛激动地喊了出来，"蕾主任，你看会不会是噪声造成的？比如，凶手把那些人锁在密闭的KTV包间里，用遥控装置打开音响，音响里放出巨大的音量，把这些人的耳膜刺穿，导致他们心梗突发死亡。"

"理论上，你说的是可行的，一百九十分贝的噪声足以杀死一个人。可是，人在遭受高分贝噪声的情况下，一般都会有堵塞耳朵或躲避声源的行为。比如在那个包间里，至少可以打碎窗户逃出吧，但是他们没有。况且，真的有那么大的声音，整个狐领子乡难道没人听见？要知道一百五十分贝就已经是火炮的声音了。"

楚天瑛在黑暗中呆呆地站了很久，才说出话来："蕾主任，我还有一个想法，你也许会觉得很荒谬……"

"在探讨科学问题时，没有想法才是最荒谬的。"蕾蓉温言道，"你讲吧。"

楚天瑛说："现在，社会舆论给了健一公司巨大的压力，有传言说，湖畔楼惨案是那六个人在包间里操作过一面五行阴阳镜，因为辐射导致的死亡，听起来似乎荒诞不经……你认为，这有可能吗？"

蕾蓉沉思了片刻："我没有进行试验，不能妄下结论，但从经验上看，我认为不可能。辐射致死的根本原因，是在人体组织内释放能量，引发细胞死亡或损伤，导致机体病变甚至癌变。如果辐射是中等强度的，比如引起白血病，受照至发病的潜伏期为两年，肿瘤的潜伏期为五年。如果是急性照射，也就是在很短的时间内受到大剂量的照射，会引起急性放射病，表现为大面积出血、细菌感染等，在几天内死亡——我不知道你明白了没有，像湖畔楼那种在几个小时之间发生的死亡，如果是辐射导致的，除非在KTV包间里放个核反应堆。"

此路不通。

楚天瑛又问:"这六个人的死亡时间,你能否做一个排序?"

"以目前的法医学检查水平来说,对死亡时间的推定,最多只能精确到小时。但是从尸检的结果来看,我有这样一个推断:首先,六个人都被某种武器所攻击,因为他们的尸检都呈现不同程度的耳损害,其中四个人当即毙命,另外两人,李家良和蒙如虎则可能由于体质差别,没有立即毙命,由于某种原因,他们搏斗起来——"

"蕾主任,通过刀柄上提取的掌纹和指纹,已证明李家良确系被蒙如虎所杀。那么,有没有这种可能,李家良在搏斗时也抄起什么家伙,当蒙如虎一刀刺中他时,他也给了蒙如虎一下,而后怕蒙如虎不死,又拿起烟灰缸再砸向他的后脑,然后李家良才倒卧在大门旁死去?"

蕾蓉说:"我有三点证明你这个猜测不成立:第一,李家良被刺那一刀,当即导致腹部主动脉破裂,腹腔大出血,他绝对没有力量再去拿个什么东西砸蒙如虎的后脑勺;第二,你说李家良操起了什么凶器,然而在犯罪现场报告中,没有提及任何其他凶器;第三,李家良的尸体和蒙如虎的尸体在现场相距很远,假如真像你说的那种情况,应该是两个人的尸体呈扭打在一起的状态——以他俩的致命伤,都是一击毙命,没有再多走半步的可能。"

"那么,蕾主任,我下面这个设想可否成立?"楚天瑛粗粗地喘了一口气,"那四个人毙命之后,蒙如虎杀死了李家良。正当他呆呆地看着倒在血泊里的李家良时,却没有注意到,KTV包间里其实还有一个人,站在他的身后,举起了一根铁棍——"

"天瑛。"蕾蓉的声音有些颤抖,"现在是凌晨四点,我一个人站在验尸室外面的过道上,饶是我当了多年的法医,你也不用这么试验我的胆量吧。"

楚天瑛低沉地说了句："对不起。"

蕾蓉静了一静，说："我不知道你这个设想是否成立。因为从尸检结果和犯罪现场勘查结果来看，KTV包间里肯定还有第七个人，是他亲手杀死了蒙如虎，但他用了什么方法，才没有像其他六个人一样立刻死亡？他杀死蒙如虎之后，又是怎样从门窗反锁的包间里逃走的，这些我想不通。"

楚天瑛挂断电话，在床边坐了很久，很久。

夜浓如墨，他分明觉得自己也被锁在了一个密室里。

四周都是墙。

怎么走都碰壁……

3

陈少玲抱着两沓黄色的纸钱，来到坟前，先压了两张坟头纸，然后用打火机点燃了纸钱的一角。

这是一个异常凄冷的早晨，天空被冻成了铁青色，太阳在极辽远的地方探出苍白的一张脸，风呼呼地刮着，没有一根草能直立起来。火舌借着风势，迅速将那些纸钱吞噬干净，残留的余烬，随着风在那些掉光了叶子的白桦林间盘旋着，久久不落。

陈少玲呆呆地坐在坟前，她只穿了件绛红色的羽绒服，没有戴帽子，脸蛋和耳朵都被冻得通红，两道泪痕像冰凌一般挂在眼角。即便是听到身后有人走过来、在身边坐下，她也没有回头。

"真冷啊！"楚天瑛搓着手，"老在城里待着，想不到草原的秋天是这幅景象——你这是给谁烧纸？"

"我娘。"

楚天瑛"哦"了一声，没有再说话。

跟蕾蓉通过电话，他再也没睡着，瞪着眼睛看窗外撩过一道鱼肚白的时候，决定出去走走。

街道上空无一人，所有的房子都像冻豆腐般灰灰的一坨，刺骨的寒风在墙根底下打着旋儿。楚天瑛正不知道该往哪里去，看到陈少玲独自一个人往村子外面走，不由得跟了上去，直到看见她上坟，才过去搭讪。

两个人就这么坐了很久很久，远处有人喊："楚处，楚处……"

楚天瑛回头一看，是胡萝卜抱着个绿色的军大衣气喘吁吁地跑了过来。

"楚处，你咋这么愣呢，也不多穿点就往外跑，这草原上有三不惹：白毛的雪，秋早的风，夏晚的蚊子要人命！"他说着把军大衣披到天瑛身上，又转头对陈少玲说，"你这孩子也是，大清早的上哪门子坟？"

陈少玲缓缓站起："我们医院接下来几天要培训，可能没空回来，所以才想来看看我娘，告个别……"

"看你这孩子，整得跟要出国似的……"胡萝卜笑着说，但陈少玲已经走远了。

望着她的背影，楚天瑛说："这姑娘那天可被吓得不轻。"

"可不是。"胡萝卜叹了口气，"门一撞开，躺着六具尸体，连我都差点吓得坐地上，更别说她一个姑娘家家的。这妮子命苦呢，生下来就不知道爹妈是谁……"

楚天瑛一愣，指着坟头说："这不是她妈妈的坟吗？"

"不是亲生的。"胡萝卜说，"她妈也是个怪人，年轻时是村子里的一枝花，恋上个插队的知青，人家后来回京了，再也没消息，她傻乎乎的一直等着，谁也不嫁。后来到县医院去当杂工，晚上在医院门口捡到个包袱，打开一看是个女婴——好端端的被爹妈抛弃了，估计是人家还想要个男娃——她觉得既然自己捡到了，就说明命里该有这个女婴，便收养下了，一把屎一把尿地把女婴拉扯大了。谁知，还没过几天好日子呢，就病死了……"

两个人并肩往回走，楚天瑛随口问道："少玲的妈得什么病死的？"

胡萝卜没吭声。

"嗯？"楚天瑛有点惊讶，"老胡你咋不说话呢？"

胡萝卜叹道："这真的是说来话长了。少玲虽说被她妈带大，但她妈也要干活儿，难免对她有照顾不到的地方。咱农村人实在，甭管什么时候，看少玲碗里空了，哪家的大爷大娘都会给添一勺子，所以她可以说是吃百家饭长大的。这孩子也有心，学习特别刻苦，大学在省里上的，学个叫啥养老的专业，毕业了也不在省里找工作，直接回乡里来开了家养老院。"

"养老院？"楚天瑛很惊讶，"我看你们这乡里民风挺古朴啊，各家子女有不养老人的吗？"

胡萝卜苦笑了一下："嗨，这不是时代变了吗，姑娘小伙儿都想到外面去闯一闯，留了一大群白头发的在家没人管。平时还好，赶上个头疼脑热的，连端水送药的都没有。少玲就回来租了几院房子，用她上学时打工攒下的钱重新装修了一下，把几户日子过得最艰难的老人接来照顾，象征性地收一点钱，主要是征个'实物费'……"

"什么叫'实物费'？"楚天瑛好奇地问。

"就是大家一起凑东西过日子，张家种苞米就多出苞米，李家菜园大就多出青菜，少玲她妈病恹恹的，也过来帮她的忙。没多久，这养老院就办得兴兴旺旺的了，县里电视台还来报道过，老龄委拨出一笔款子给了少玲，让她搞个试点……这不都挺好的吗，谁知道突然就出了事。"胡萝卜皱着眉头说，"咱们乡往西三十里有个热电厂，私企老板承包的，不舍得花钱雇男工，专招女工，尤其是输煤系统，工资压得很低。咱们乡里好多女人都去了，干一天活儿挣得满脸的灰。少玲她妈也去了，几年后回来，成天咳嗽，去医院检查得了个啥尘肺病，还挺重的。养老院的另外一个老人也在那工厂做过工，也得了这个病。少玲看着难受啊，让县医院给治，一打听，这病治不好，只能靠洗肺、常年用药控制着，少玲算了算，根本花不起那个钱。出了省医院的大门，站在路边不知该咋整，看到马路对面有一家保健品专卖店在搞活动，推销新出的一种排毒仪。她上去咨询，售货员说，这仪器通过洗脚来排毒——尤其是排肺里的毒，安全无毒副作用，两千多块钱一台，等于给家里请个保健医生，然后拿出一堆专家、医学院的鉴定证书来。看少玲犹犹豫豫的，售货员就说你可以先交个定金，我们的医生跟着你回家试用。少玲就带他们回了家，把那个脚盆一样的排毒仪里倒上热水，撒上他们公司特制的'析毒粉'，让她妈一洗，嘿，还真洗出一堆棕绿色的东西来，棉絮似的在水里漂啊漂。售货员说这就是肺里的粉尘被洗出来了。少玲高兴极了，把老龄委拨给她的那笔钱买了这个排毒仪，让她妈和另外那个得病的老人每天洗脚……"

"我只听说过洗脚能催眠，没听说过洗脚能排毒啊？"楚天瑛问。

胡萝卜走得有点累了，在背风的一堵墙后面站定，掏出一根烟来用打火机点燃了，深深地吸了一口，接着说："谁知道怎么搞的啊，反正没到半年，她妈就死了，死得特惨，喘不上气来，等于活活给憋死的……拉到医院做尸检，医生说那肺硬得跟石头似的，一个劲儿地责备少玲把她妈的病情给拖延了。你想少玲听了这话得什么样子？眼睛差点没给哭瞎了。黄鼠狼专咬病鸭子，养老院里另外那一个得尘肺病的，也很快死了，乡里有人到上面反映情况，少玲的这个养老院就彻底关了门……她大病一场，病好了之后就到县医院去当了一名护士。"

楚天瑛突然想起了什么："老胡，你说，少玲买的那台排毒仪……会不会是健一公司生产的？"

胡萝卜怔住了，夹着烟的手在嘴边停了半晌，突然"扑哧"一笑："楚处，你怀疑那案子是少玲干的？"

楚天瑛仔细想了一想，拍拍脑门："折腾了一夜，看谁手上都像沾着血似的。"

这时，一辆破破烂烂的小巴从乡里开了出来，在他们二人面前停下，玻璃窗摇下，探出了张大山那张红而粗糙的大脸："老胡叔，楚处，你们要去县城吗？"

"不去，不去。"胡萝卜摇着手，"我们在这说会儿话。我说大山子，你看看你那手，都冻皱裂了，该戴棉手套子就戴啊，不然连方向盘都把不住。"

看着这个因为眼睛小而格外像一头熊的憨实小伙子，楚天瑛不由得想笑。

湖畔楼惨案发生后，他亲自审讯了陈少玲和张大山。陈少玲显然被吓坏了，问一句哆哆嗦嗦地说三句；张大山却有很强的抵触情绪，问三句说不了一句。直到胡萝卜把他坐过牢的事情告诉楚天瑛，楚天瑛才明白这小伙子三年大牢坐得冤，于是耐下心慢慢与他沟通，让他明白天下的公检法并不是只替富人和当官的说话，张大山才把那天晚上发生的一切如实说了。最难得的是，当楚天瑛问他"胡所长在楼下叫你，你为啥不答应，过了很久才下来"时，他脸涨得通红："我在二楼的客房里踅摸，看有没有啥值钱的东西，但是我保证我什么都没有拿……"

这点和胡萝卜的判断是一致的。

楚天瑛拍拍他的肩膀："大山子，你说实话，说明你信任我，拿我当朋友，那你这个朋友我交定了！"

自己这个曾经的囚犯，竟然和省公安厅刑侦处处长交上朋友？！张大山惊讶得张大了嘴巴，半天说不出话来……

所以，这会儿见了楚天瑛，张大山也憨憨地笑了："楚处，我那金杯车啥时候能还给我啊？你看我现在只能开着这辆跟人借的破车拉客了。"

"那辆车作为物证，暂时扣留在派出所的后院里，放心吧，案子一破就还给你。"楚天瑛说。

"大山子，别光顾着挣钱，找媳妇也要抓紧。"胡萝卜摆出一副长辈的教训姿态，"上学那会儿你不是追着少玲屁股后面不放吗？现在这本事哪儿去了。"

张大山的神情一下子黯淡下来："老胡叔，我配不上她……我先走了。"然后一踩油门，车子轰隆隆地朝远处开去。

"挺好的一孩子……"胡萝卜的脑海中不禁浮现出当年撵他去城里学手艺的情景。

两个人刚回到派出所，李阔海就过来报告，说对草原旅店的搜检工作已经完毕，在那个黄脸客人住过的房间里发现了大量属于同一人的指纹，在排除了洋葱头等旅店经营人员的指纹之后，将该组指纹输入全国指纹数据库系统，没有找到对应人。

"也就是说，这个人从前没有留下过案底。"李阔海说。

一个从来没有犯罪经验的人，竟一下子杀了六个人，还设计了如此不可思议的密室，这可能吗？楚天瑛眉头蹙成一团。

李阔海接着说："还有，我们根据洋葱头的描述，对黄脸客人做了相貌拼图，加上各种类型的大胡子，找了李大嘴来辨认，他都很肯定地说：这不是那个包下湖畔楼的人。"

又走进死胡同了。

> 对犯罪现场的目击者，刑侦人员第一要做的不是盘问，而是保护，使其确认不会受到生命威胁后，才会做出更加准确、客观的证词……研究表明，心率与证词的真实性成反比，一个人的心跳越快，情绪越紧张，他的证词的可信度就越低。

他想起了刘思缈在《犯罪现场勘查程序》中写的一段话。

思缈，你还在因为过度的惊吓而陷在失忆的泥沼中吗？现在，你的清醒不仅关乎案子能否迅速侦破，也关乎你个人的安危和前途啊！我多么需要你的一句证词，哪怕……哪怕是一句虚假的证词。当陷入迷宫的时候，可怕的不是走错路，而是无路可走啊！

"上面特别命令在思缈的病房门口加了二十四小时双岗……思缈的涉案程度到底有多深，目前还是未知数……"林凤冲的话言犹在耳。

事实上，这就是一种变相的拘押。

这么想着,楚天瑛有些焦躁起来,拿出手机拨打了凝的号码,一连拨了六七遍,话筒中最后传出的始终是那礼貌而又冰冷的声音——

　　"您拨打的电话暂时无人接听,请稍后再拨。"

第六章　群体催眠

  组长,你说得不错,但事实上——使我惊讶的是,本案的所有线索,就几何图形来说,不论是点、弧、抛物线、正弦、双曲线……似乎都绝望地沉到水面下了。

——范·达因《格林家命案》

1

"吃药。"

一只手掌摊开在眼前,掌心有两粒白色的药片。

刘思缈盯着那药片,神情困惑地看了很久,才伸出手指捻起,放入口中,用搪瓷杯子里的水冲服。

一旁的凝忽然说:"沙医生,您看是不是可以把思缈姐的药适当减量,比如,每次只吃一片?"

沙俪用冰冷的目光盯了她一眼:"该你治疗了。"

碰了个软钉子,凝有些尴尬,调整了一下呼吸,让心境平复下来——开始催眠治疗前,催眠师的情绪绝不能波动。

凝把枕头和被子叠在一起,让刘思缈很舒服地靠着,然后非常温和地说:"思缈姐,上次你对我说,你对湖畔楼发生的事情，只记得走进大门，然后就是一片黑暗了，是这样吗？"

"是。"刘思缈轻声说，"还有个词，老在我脑海里浮浮沉沉……"

"湖水？"凝试探着问。

刘思缈点了点头。

"你觉得在脑海中浮现的，仅仅是'湖水'这个词本身呢，还是一些模糊的景象让你联想到这个词呢？"

刘思缈咬着嘴唇，皱着眉头，很烦恼的样子。

"想不出来就先不要想了。"凝拉上窗帘，房间里顿时变成了充满暖意的鹅黄色，然后她坐在刘思缈的身边说，"放松，你先放松，躺下，均匀地呼吸……好，很好。现在，你跟着我描述的情境来想象……蓝色的天空，辽阔无边，一丝微风拂过你的鬓角，你累了，倦了，躺在草坪上，仰望着一朵洁白的云，云在轻轻地流动，宛若海面上的一朵浪花，荡起波纹……"

这时，凝将雪白的左手放在距离刘思缈的眼皮大约十厘米处，大拇指保持直立状态，剩下的四根纤长的手指，依次舒展，蜷起，再舒展，再蜷起，一开始很快，发出极细微的沙沙声，渐渐地放慢，放慢，既如波浪翻卷，又似长睫慢眨。刘思缈的眼皮一点点，一点点地垂下，最后半闭上，显然是沉入了恍惚状态。

"草地柔软吗？"凝轻轻地问。

"柔软……"刘思缈呢喃般回应了一句。

这表明完成了导入阶段，凝松了一口气："好，你躺在柔软的草地上，你感到全身都非常舒适，我在你身边呵护着你，为你铺垫一个甜甜的好梦，我从10倒数到0的时候，你就会进入梦乡……10，9，8，7，6，5，4，3，2，1，0……外面的一切都没有了,都不存在了,只剩下我和我的声音在陪伴着你。下面,你将像爱人一样无条件地听我的指令,按照我的指令去行动。"

刘思缈的身体轻轻颤抖了一下,然后彻底地松弛了下来。

"这……这就被催眠了?"沙俪非常惊讶地问,猛地意识到自己的声音破坏了房间里静谧的气氛,赶紧捂住了嘴。

"没关系的,你现在就是放摇滚乐她也听不到了。"凝微笑道,"她已经进入深度催眠,任何其他的神经噪声都无济于事。下面我来尝试着慢慢唤醒她的记忆……麻烦你做一下记录好吗?"

沙俪很不情愿地拿起了纸笔。

凝轻轻弯下腰,脸离思缈近了些,声音很低,但非常清晰地说:"思缈,我就是你,你就是我——重复一遍。"

"我就是你,你就是我……"刘思缈梦呓般地说。

凝继续说:"我走进了湖畔楼的大门,除了我和健一公司的六个人,整个旅店是空的,没有其他人。"

"没有其他人……"刘思缈重复着。

"我们先准备吃饭……"凝刚刚说到这里,发现思缈的眉头一蹙,立刻知道自己的猜测出现了错误,刘思缈的潜意识在产生拮抗,马上转换暗示,"但是我们都不饿,我被分配到了一个房间,住下了,这时我的感觉是——"凝戛然止住。

刘思缈接着说:"有些冷,我发烧了,受了风寒……"

凝马上接下去:"我在床上躺着,过了一会儿,有人来叫我吃饭——"声音再次戛然止住。

刘思缈跟着说:"是佟大丽,她来叫我吃饭。但是我很难受,我不下楼吃饭了,你们先吃吧,我想睡一会儿……冷……"

凝接着说:"于是,我盖上被子睡了一觉,醒来觉得身体舒服了一些……"

刘思缈的眉头又是一蹙,拮抗反应。

凝赶紧转换暗示:"我想睡一觉,但睡不着,就看了会儿——"正犹豫是说看书还是看电视,发现刘思缈的眼皮在颤抖,拮抗反应加剧了!

糟糕!这证明又猜错了!凝再次转换暗示:"我还是尝试着躺下睡觉,睡醒的时候觉得身体还是发冷——"

这回,不光是眼皮了,刘思缈的整个身体犹如电击一般剧烈地抽搐起来!

"怎么回事?"沙俪也了解一点催眠术,"接下来到底发生了什么?她怎么显得这样痛苦?!"

凝全神贯注地思考着,她凝视着刘思缈的面庞,犹如放大镜将阳光聚焦到了一个点上……必须要尽快给出准确的暗示,否则刘思缈随时有可能猝醒——这在催眠术中是大忌,将导致受术者在生理上和心理上的严重不适,犹如在睡梦中被人拎着头发从床上薅起,必然对催眠师产生极大的不信任,影响接下来的治疗。

女人,女人,什么原因会导致一个女人产生如此巨大的痛苦和反抗?

难道是……

凝下定了决心,这回要赌一赌看了。

她盯着刘思缈,一个字一个字地说:"我睡着的时候,有个男人突然闯进了我的房间……"

沙俪不由得倒吸了一口冷气!

对吗?

刘思缈的身体依然在抽搐,但眼皮不再颤抖了,面庞像覆了层雪一样惨白,微微地向一侧倾斜,仿佛不愿面对什么似的。

对位反应！说明凝的暗示猜对了。

"那个人是谁？"凝的声音有些急促,"那个人是谁？"

刘思缈的脸又倾斜向了另一侧,犹在痛苦地逃避着。

"香茗,香茗……"她的口中发出了轻轻的呼唤。

"林香茗？"沙俪一愣,"这怎么可能？"

凝仔细观察着,摇摇头说："她不是说闯进房间的那个人是香茗,而是在向最爱的人求救——不能再逼她了,我先促醒她吧。"然后对刘思缈慢慢地说："我就是你,你就是我,我要牢牢记住下面的话：无论发生了什么,我都不能逃避,否则痛苦将永无休止,我要努力回忆,罪行才能破解。"

"才能破解"四个字,凝说得格外沉重。

"重复一遍。"凝抓住刘思缈的手说。

刘思缈依旧犹如梦呓一般重复着："无论发生了什么,我都不能逃避,否则痛苦将永无休止,我要努力回忆,罪行才能破解。"

"很好,现在,我已经睡了很长时间了,我要从0数到10,然后慢慢睁开眼睛,一只白色翅膀的蝴蝶在眼前飞舞,我将随着它慢慢醒来……"凝说着开始报数。0,1,2,3,4,5,6,7,8,9,10——在"10"出口时,她的左手四根手指又如幻花一般在刘思缈的眼皮前蜷缩,舒展,蜷缩,舒展……

刘思缈终于醒来了。

醒来后的第一个动作,竟是用双臂抱紧了自己,瑟瑟发抖。

"思缈姐,你怎么了？"凝有些莫名其妙。

"冷。"刘思缈说。

"剥离不完全反应。"凝说,"催眠时的记忆碎片,她脑海中还有一定残存。不要紧的,有暖水袋没有?给她一个。"

"热水,我要喝热水。"

"我看得给她一个暖水壶了。"沙俪讥讽地笑道。

回到医务室,沙俪说:"看来,刘思缈在到达湖畔楼以后,身体不是很舒服,就躺下睡了,然后有个男人进了她的房间,凌辱了她……"

凝皱了皱眉头:"沙医生,思缈姐并没有说那个男人凌辱了她,这样的猜测是很不负责任的。我看,还是把咱们今天的诊疗情况做一份笔录存档吧。"

"轮不到你教我怎么做!"沙俪瞪了她一眼。

凝没理她,看了一下刚才在治疗中调成静音的手机,八个未接来电,其中有七个是楚天瑛打来的,还有一个是郭小芬打的。她赶紧先给楚天瑛回拨过去,楚天瑛一个劲地道歉说没有什么大事,只是想问问刘思缈这边的情况。基于治疗还在进行中,凝没有透露太多的消息。然后她又打给郭小芬,郭小芬说她就在医院楼下,是来探望刘思缈的。

"探什么望,这里又不是动物园,有什么好看的!"沙俪听说郭小芬来了,气哼哼地说。

凝没办法,只好独自下楼去找郭小芬。

郭小芬正在楼门口踱着步想心事,见凝下来了,眼前不由得一亮:这姑娘只施了淡淡的脂粉,单眼皮下的一双杏目,黑色的瞳仁里放出幽幽的光芒。她上身着一件学院派风格的绿色毛呢外套,下身一条黑色高腰裤,整个人显得既庄重又雅致。

这里位于郊区,附近别说咖啡厅、茶座,连个像样的餐馆也没有。看看快中午了，凝索性拉着郭小芬到精神卫生鉴定中心的食堂吃饭。

"年轻真好。"两个人相对而坐之后，郭小芬夸奖凝，"看你，穿得这么正式，还是掩不住漂亮。"

"纯粹是为了催眠需要，不能穿得太花哨。"凝淡淡一笑，"小郭姐姐，你可是京城记者圈里出了名的美女哦，不是要激我夸奖你吧？"

"哪里啊，天天熬夜，你看我眼圈老是黑黑的。"郭小芬笑道。

"碧欧泉新推出了一款透活净化眼霜，除黑眼圈效果特别好，价格也便宜，才四百多一瓶，你可以试试。赫莲娜的极致之美菁华眼霜也不错，功能比较多，但是适合年龄再大一些的人用。"凝如数家珍。

"不知道还以为你是推销化妆品的呢。"郭小芬一笑，然后换上一副庄重的神情，"思缈的情况怎么样了？"

"还在恢复中。"然后，凝把上午的治疗情况详细地讲述了一遍。

郭小芬听完十分吃惊："难道说，真的像沙俪猜测的那样，有人趁着思缈生病，凌辱了她……"

凝沉默不语，很久才抬起头来问："小郭姐姐，以你对思缈姐的了解，假如真的发生那种事，思缈会怎么样？"

"思缈会杀人的！"郭小芬脱口而出。

声音太大，以至于食堂里的人纷纷侧头往这边观望。郭小芬觉得一颗心在胸腔里狂跳不止，不得不偏头看着窗外，冷静一下情绪。清冷的庭院中间有一个白色水泥池子，一汪池水上漂浮着无数片枯黄的落叶，恰似倒映着一片断壁颓垣，"思缈性子刚烈极了,她怎么受得了啊……"

凝安慰道:"小郭姐姐,思缈姐现在只回忆到有个男人闯进了她的房间,接下来究竟发生了什么,我们并不知道,所以你不要着急,我还要想办法尽快促醒她下一阶段的回忆。"

这话让郭小芬安心了许多,然而,就在一瞬间,她看到凝的神色中闪过一道沉重和犹疑,当即问道:"怎么了?"

"嗯?"凝一愣,"没怎么啊……"

"别瞒我,更别小看我的眼力,别忘了我是个记者。"郭小芬盯着她,"是不是思缈的治疗上有什么问题?"

"也许根本就不是什么问题。"凝脸涨得有点红,"我已经和沙俪医生提出过几次,适当减少给思缈姐服用心得安——也就是β受体阻断剂,可是她完全不听。"

"就是沙俪逼思缈吃的那种白色小药片?"郭小芬立刻回忆了起来,"那种药……有什么问题吗?"

"没有问题,只是完全不对症。"凝说,"一般来说,去甲肾上腺素的水平如果升高,会触发侵扰性回忆,根据这个原理,如果通过某种药物降低去甲肾上腺素的水平,就可以使沉浸在恐惧的回忆中不能自拔的人,恢复稳定的情绪——心得安就是这样一种药物。"

郭小芬有点茫然:"那这个药的具体作用是干什么的呢?"

"这么说吧,这种药物在西方国家,主要用于两种情况:一种是当救灾人员即将进入事故地点之前,服用心得安,可以防止他们对恐怖场面产生长时间的记忆;还有一种就是遭遇过巨大创伤的人,比如从战场返回的老兵,从火灾现场抢救出的幸存者,给他们服用心得安,可以使他们避免遭受痛苦回忆的纠缠……"

"等一下。"郭小芬这回懂了,"你的意思是,心得安这个药不但无助于恢复记忆,相反,倒会使思缈想不起在湖畔楼发生的惨剧?"

凝点了点头:"你回头可以上网查一查心得安的相关资料,就知道我说的是真是假了。"

郭小芬一时间两眼发直:"沙俪为什么要这样?"

凝沉默着,这个时候多言无益。过了很久,郭小芬狠狠地咬了一下嘴唇,站起身说:"凝,我下午还有点事呢,先走了……思缈就拜托你了,其余的事情我去查清。"

2

郭小芬所谓的"下午还有点事",其实就是跟马笑中和他妈妈一起去医院找雷抗美医生,名义上是给患有糖尿病的老太太复查,实际上是找机会采访。

马笑中是个矮胖子,他妈也是同一类体形,一张圆脸,一笑就浮现出两个小酒窝。

老太太一见郭小芬就喜滋滋的满脸笑容,抓着她的手,一边从头到脚地细细打量,一边问她多大啦、做什么工作、住在哪里等一大堆问题,听说她是福建女孩时,还忙不迭地说:"太好了,福建菜口味甜,我就好吃个甜的,将来咱俩准能吃到一块儿去……"

郭小芬料到马笑中肯定跟他妈说自己是他女朋友之类的话了,没办法,只能苦笑着和老太太搭话,抽空狠狠地瞪了马笑中一眼。

马笑中满脸不在乎,跟他妈说:"还想吃甜的,您老命不要了？今天就找雷大夫给您调调食谱，看不再减掉您几道甜食！"

这么聊着，就到了雷抗美的诊室前面，楼道里挤满了患者，还有人扒着门缝偷偷往里面看。

就听见诊室里传来一声训斥："那个什么保健品，马上给我扔了！"

马笑中回头就给他妈一句："老雷又打雷了，肯定又遇到个跟您一样，吃保健品把药停了的。"

诊室里，传出患者有些委屈的声音："没听您老的，我后悔死了，白花了那么多钱……可是，当初那帮推销的人说了，他们这个保健品是美国FDA认证的啊。"

"放他娘……"雷抗美的声音猛地刹住，大概是不好当着患者说脏话，停了停又说，"美国FDA就是美国食品与药物管理局，主要工作是帮助安全有效的食品和药物尽快进入市场，并追踪其安全性，以保护公众健康。FDA从来就没有给任何保健品做过什么认证！所以，无论是哪种保健品，只要胆敢宣传自己是FDA认证过的，就一定是骗子！"

声音渐渐低了下去，似乎是雷抗美在给患者讲治疗方案，过了一会儿，患者走出诊室，口里不停地说："谢谢雷大夫，谢谢雷大夫……"

站在分诊台的护士叫下一位患者进去。

郭小芬注意到，有三个大汉气势汹汹地闯进了雷抗美的诊室。

片刻，里面传来了"啪"的一声，有人狠狠地拍了一下桌子，然后是雷抗美的怒吼："你们都给我滚出去！"

许多候诊的患者都拥了过来，不由得冲开了诊室的门，只见里面那三条大汉，一个叉腰，一个抱臂，另一个坐在雷抗美对面的椅子上，一脸无赖相："雷大夫，您别生气啊，我就是想找您问问，我妈吃您开的药，老也不见效，为啥吃了健一降糖胶囊，血糖马上就恢复正常了呢？"

"因为你妈贱呗！"候诊的人群中发出一个声音，顿时满楼道都哄堂大笑。

坐在椅子上的那个无赖勃然大怒，站起来问："哪个王八蛋说的？"

马笑中挤到前面，大拇指一指鼻子："你爷爷我！"

还没等那无赖反应过来，马笑中上去一把薅住他头发，扯到地上就往楼道拖拉，疼得那人杀猪一样大叫，另外两个同伙不知道马笑中什么来历，竟被他的气势吓得一动不敢动，听凭马笑中把那无赖一直拖拉到洗手间。那无赖腿脚一蹬，刚想站起来，马笑中将他的脸往墙上一撞，顿时撞了个五花彩，然后找了个没冲大便的马桶，将那无赖的脑袋往里一塞，脚踩着他的脖梗子，一拉冲水的绳子，只听哗啦啦一声，屎汤子糊得那无赖满脸都是！

外面围观的人看得都呆了！

"妈的，老子天天昧着良心给你们这帮保健品贩子当防洪堤，今天总算出了口恶气！"马笑中狞笑道。

这时医院的保安赶来了，一见是他，都点头哈腰赔着笑脸。马笑中道："这医院别的诊室我不管，老雷那屋我罩着，今后只要他出诊，你们给我派两个人在旁边盯着，再有闹事的一律参照我这样处理！"

雷抗美这时已经在给下一名患者看病了。

为了能多有一些时间采访，郭小芬特地向分诊台护士请求，把他们的号排到最后一个。所以，等马笑中带着他妈进诊室的时候，窗外已经被暮色笼罩了，诊室里点亮了日光灯。灯光下，雷抗美两道花白的剑眉和有点凹的眼窝被镀上了一层阴影，更显得凛然。他详细地问了马笑中妈妈最近的身体情况，把她的药调了调，还特地提醒她要做好食物交换的计算，然后捻着山羊胡子对马笑中说："你小子也忒鲁莽了，不知道的以为你是个黑社会老大呢！"

"流氓不怕警察，只怕大流氓。"马笑中嬉皮笑脸的，"对付那种人，甭跟丫废话，大耳刮子上去一顿招呼，丫就老实了……今天这帮货尤其该打，不但砸您的场子，还冒充健一公司的人破坏医疗秩序，小人书上的金箍棒——两头黑！"

听着马笑中这派出所所长满口黑话，尤其最后那一句更让雷抗美一愣："你怎么知道他们是冒充健一公司的？"

马笑中笑道："健一公司现在焦头烂额的，躲事儿都躲不及，哪儿还有工夫在您这儿制造新闻？还怕老百姓骂它不够啊！今天这伙摆明了是竞争对手，打着健一的旗号，给健一公司脸上抹屎呢！"

"难得。"站在他身后的郭小芬说，"又聪明一回。"

"这都谁啊？！老在后面嚼我的舌头！"马笑中气冲冲地回头瞪了郭小芬一眼。

雷抗美没有理会年轻人的吵闹，他来到窗边，看着下面的街道，喃喃自语道："也许这就是报应吧……"

"健一公司的日子越来越难过了，除了消费者的退货狂潮之外，股价更是狂跌，整个企业濒临破产……这样的结果，相信您一定很高兴吧？"郭小芬突然说。

雷抗美惊讶地回过头："你是谁？"

"我是马笑中的朋友，也是《法制时报》的记者，这是我的名片。"说着，郭小芬将自己的名片双手呈给他。

雷抗美接也不接："我想起来了，昨天咱们见过面，我已经拒绝你的采访了，你还来做什么？"

"因为您昨天在灵堂上辱骂了一位死者，因为您拒绝了蒙冲的恳求，因为您面对健一公司的遭遇幸灾乐祸！"郭小芬毫不畏惧地大声说，最后一句显得尤为沉重，"也因为您对中国的保健品行业充满了偏见！"

雷抗美盯着郭小芬，许久，突然捻着胡须笑了起来："有意思……"然后踱到她面前，"小丫头，我明天不出诊，带你去做个暗访如何？"

"什么暗访？"

"看看中国保健品行业的现状，一个上午就够了。"雷抗美在纸条上写了一个地址，"这是本市有名的保健品一条街，明早八点，咱们就在那里见。"

"一言为定！"郭小芬接过纸条。

"一言为定。"雷抗美笑着说。

离开医院，马笑中对郭小芬说："你可真鬼，用激将法把老头子哄骗得上了套……明天用不用我陪你一起去，给你们当保镖？"

"不用了，你要真想帮我，就帮我去查查这个人。"她给了他一个名字，"要查出这个人的底细，特别是最近与谁通过话、见过面……"

3

"0。"

当凝数出这个数字的时候，刘思缈的眼皮再一次微微合拢。

"我就是你，你就是我——重复一遍。"

"我就是你，你就是我。"

旁边的沙俪松了口气，把那个暖壶从刘思缈的怀中取了出来："看来她在湖畔楼被冻得不轻，要不然也不至于抱着这个不放，喝了一下午热水了，身上还没暖——你是要继续用催眠术给她恢复记忆吗？我看今天上午她的那个模样，像要疯了似的……"

"所以，我要先给她植入一些记忆扭曲编码……"

沙俪问："什么是记忆扭曲编码？"

凝有点不知该怎么解释，就随手拿了张纸，在上面边写边说："我写下十个词，你迅速看一遍，不要刻意去记忆。"然后递给沙俪。

沙俪看时，只见那张纸上写着——

糖果、蜂蜜、滋味、可乐、白糖、蜂王浆、木糖醇、甜点、蜜汁、怡口莲。

见沙俪扫过一遍，凝将纸抽走，在背面又写了三个词："你再挑出，哪些词在前面没有出现过。"

沙俪再一看，纸上的三个词是：滋味、甜蜜、黄连。

她立刻指出："黄连这个词没有出现过。"

凝笑了一笑："其实，甜蜜这个词我在前面也没有写过。"

"啊？"沙俪十分惊讶，一面念叨着"我记得有啊"一面翻过纸来看，果然没有"甜蜜"一词。

"这就是著名的罗蒂格尔－麦克德莫特试验。九成人都会漏挑。"凝说，"由于我给你的前十个词中包含大量与'甜蜜'相关联的暗示，所以你会在回忆时仿佛看到过这个词。记忆是很脆弱的东西，很容易扭曲，尤其是痛苦的记忆，更容易被我们选择性遗忘。所以我要给思缈植入一些语言，让她牢牢记住，这些语言犹如麻醉药，使她在进一步回忆时，即便遇到痛苦的东西，痛苦感也会大大减轻。"

说完，凝坐在思缈身边，想了想，低声缓慢地说："我是受害者，香茗一定会原谅我——重复一遍。"

"我是受害者，香茗一定会原谅我。"思缈喃喃地重复道。

凝长舒了一口气，接着开始了上午中断的治疗。

此时，已经是晚上十点，整个精神卫生鉴定中心被夜色笼罩。病房外面那两位武警森严地持枪兀立，仿佛把守着地狱的入口，而病房里面，为了保证治疗效果，凝特别要求用一条黄色纱巾罩住了头顶那盏四十瓦的灯泡，以至于四壁一片昏黄如沙尘暴的光芒。

凝说："我有点冷。"

刘思缈跟着说："我有点冷。"

"我发烧了，躺在床上睡着了，突然感觉有人在掀我的被角……"

刘思缈一如上午，身体微微抽搐着，脸倾斜到一边，不愿面对似的。

现在无论如何不能减压。凝咬咬牙，继续说道："我奋力挣扎着，我看到那个人是蒙——"

这是凝一下午研究案情的结果。

目前已知湖畔楼的六个死者为：李家良、佟大丽、焦艳、蒙健一、宫敬和蒙如虎。两个女人可以排除，剩下四个男人，李家良年纪一大把了，有那色心也没那力气，宫敬这个办公室主任断然没胆量强奸一名女警官，那么剩下的只有蒙健一和蒙如虎。这两个人会是谁？也许是身强力壮的蒙如虎，也有可能是贪婪好色的蒙健一,但凝拿不准,拿不准的事情就只能点个捻儿,让刘思缈接下去说。

刘思缈身体抽搐得有些厉害,脸还是倾斜着。

"我奋力挣扎着,我看到那个人是蒙——"

凝铁着心又重复了一遍。然而,刘思缈说出了一个让她和沙俪都毛骨悚然的名字——

"蒙冲……"

两人面面相觑,据警方的调查,当天蒙冲因事没有参加湖畔楼的活动啊!已经有太多的不可能了,怎么又添了一个!

这时刘思缈接着发出梦呓:"蒙冲……你害我!"

凝这才明白,刘思缈是在怨恨蒙冲将她引到了湖畔楼,而不是说非礼她的人是蒙冲,不由得长出了一口气。

"你们这些畜生!这些禽兽!"紧闭双眼的刘思缈咬牙切齿地说。

沙俪凑过来盯着她说:"那么,她说的禽兽究竟是谁呢?"

"她用的是复数人称——你们。"凝冷静地判断着,然后试探着向刘思缈暗示,"蒙健一和蒙如虎,你们这两个禽兽!"

"你们这两个禽兽!"刘思缈跟了一句,牙齿咬得咯吱作响。

原来趁着刘思缈生病卧床,闯进她房间的竟是两个人!沙俪不禁惊呆了,狠狠地骂了一句:"这两个王八蛋,该杀!"

"他们不一定能得手。"凝在沙俪耳边低声说,"别忘了刘思缈是个警察,不至于连点防身术都不会。"

沙俪摇摇头:"可是,当时她正在生病发烧。"

"畜生!畜生!"刘思缈兀自漫骂着,额头上沁出一层细密的汗珠来,"我要杀了你们!我要杀了你们!"

凝一面用纸巾给她轻轻擦汗,一面低声说:"我是受害者,香茗一定会原谅我——重复一遍。"

然而刘思缈说出的却是："我是受害者，香茗一定……他不会原谅我的！我要杀了你们！"

"她受的打击太大了。"沙俪看着刘思缈惨白的脸孔，一种巨大的恐惧感涌上心头，不由得她倒退了半步，仿佛害怕思缈在昏迷中会把自己和凝当成"你们"给杀掉！

但是凝十分镇定。她紧紧抓住刘思缈一只手，任思缈的手指甲将她的手背抠出血，不停地说："我是受害者，香茗一定会原谅我；我是受害者，香茗一定会原谅我；我是受害者，香茗一定会原谅我……"

终于，刘思缈的呼吸平稳下来，慢慢地说出一句——

"我是受害者，香茗一定会原谅我。"

两行清泪滑下她的面颊。

凝又用纸巾为她拭去泪水，轻轻地说："我很累了，我要休息了，我从0数到10的时候，我就会再一次进入梦乡……"

等刘思缈睡熟了，凝和沙俪走出病房，在楼道里并肩走了几步，凝捏了一捏被思缈的泪水和汗水浸透的那张纸巾，仿佛下了决心般一抬头，对沙俪说："心得安那个药，我觉得必须减量！"

"为什么？"沙俪一愣。

凝望着她说："很明显，思缈姐现在是被往事纠缠着，你不让她释放内心的痛苦，只给她服用心得安，这不利于她的康复。"

沙俪冷笑一声："这个我自有主张，不要忘了，在对思缈的治疗上，我是主，你是辅！"言罢扬长而去。

沙俪回到医务室，看了一下手机，有一条短信。她迅速浏览了一下，回拨过去，声音低沉地说："我下午查了银行卡，你说的那笔钱，还没有打到我的卡上……"

4

这是一个深秋的早晨，枯黄的落叶铺了整整一条街，风起时，落叶与花花绿绿的废纸或半透明的塑料袋一起打着旋儿。郭小芬穿着一件粉色的收腰呢子大衣，她以为这么早不会有什么人，然而人行道上却挤满了头发花白的老人，翘首望着远处。

"他们这是在干吗？"郭小芬低声问身边的雷抗美。

老头子戴了墨镜，拄了根拐杖，捋着山羊胡子说："等着保健品公司来接他们参加活动。"

"活动？"郭小芬问，"什么活动？"

"你们社区的宣传栏上也肯定会有贴的，大多是组织免费上山采摘、免费听健康讲座什么的，活动中有大量赠品——利用老年人爱占小便宜的心理，引诱他们上钩。"

"然后呢？"

"然后——然后就要你自己看了。"

不一会儿，三辆白色大巴停在了路边，车上下来好几个穿正装的姑娘小伙子，上前满脸堆笑地对着这些老人一口一个"叔叔阿姨"，叫得格外亲热，搀扶着他们往车上走，有的还唠着家常。一个领头的正要搀雷抗美，雷抗美拦住他，用拐杖指指郭小芬道："我孙女怕我身体不好，陪我一起去。"

那人一愣："咱们那广告上说了，谢绝三十岁以下的人参加，主要是怕报名的人多，占用咱们中老年人听讲座的名额。"

雷抗美摇摇手说:"算了,我不去了!"

那人连忙说:"叔叔您别生气,咱们一切为了您的健康,就特殊一次,您和这小妹妹上车吧!"

在车子的最后一排坐定后,郭小芬有些好奇:"健康讲座,为什么谢绝三十岁以下的人听?"

"防着你这样的年轻记者来暗访。"雷抗美说。

郭小芬吐了吐舌头:"还说呢,那些人看上去比我还年轻呢,居然管您叫叔叔,又管我叫小妹妹,这辈分都乱到哪儿去了?"

"这是行规,把老年人往年轻里叫,讨他们的欢心呢。"雷抗美把头往椅背上一靠,开始闭目养神。

但是那领头的似乎成心不让他睡,车刚一开,就站到最前面,拿着麦克风说:"叔叔阿姨们,你们大清早就来参加我们的健康讲座,我们十分感动。你们年轻时代就为祖国建设事业奉献过青春和热血,现在一项更重要的工作等着你们去完成,那就是给我们这些晚辈树立健康长寿的榜样!在这里,我唱一首歌敬献给叔叔阿姨们,歌名就叫——《革命人永远是年轻》。我唱得不好,叔叔阿姨们可以和我合唱!"

说完在他的带领下,车厢里响起了由南腔北调汇成的歌声——

"革命人永远是年轻,他好比大松树冬夏常青……"

不一会儿,车子开到了四环外的一家宾馆,老人们下了车,在工作人员的引导下鱼贯走进了一层的会议厅。一片稀里哗啦的桌椅响动之后,老人们在座位上落座了。

一名主持人站到前台,先说了一堆欢迎词,才道:"今天我们十分荣幸地请到了清华大学基因科学研究院朱辰旦教授、中华医学会生命科学分会宋学富会长、北京协和医院慢性病防治科主任许继红这三位医学泰斗,给在座的中老年朋友做讲座!"说完便鼓起掌来,带动得满厅响起一片掌声。掌声中,两个穿着中山装的老头和一个穿着白大褂的老太太先后走上了主席台落座,接着有三个戴着红领巾的小学生上去给他们献花,花朵映得三位专家的笑容都格外灿烂。

这时,几名工作人员开始给每个座位上的老人发笔和本子,主持人解释说,笔和本子都免费送给大家,为了方便大家记录专家的讲座。得了这意外的小礼物,许多老人都很欣喜。

讲座正式开始了。

首先,许继红主任讲慢性病对中老年人健康的危害,讲了大约二十分钟后,她略带歉意地说:"上午我还要给一位中央领导同志做保健,所以只能先结束讲座了,十分抱歉。在临走之前,我还是要强调:所有的慢性病,归根结底都是由于基因受损造成的。所以,只要能及时修复受损的基因,就可以保证健康长寿,不然,因为高血压导致的猝死,因为高血脂导致的中风,因为糖尿病导致的截肢,就在前面不远处等待着你!这不是危言耸听,这是我从医四十年看到的一个个事实。请大家及时修复自己的受损基因,不要再让悲剧重演!"

然后是宋学富的讲座。他在半小时里反复强调了基因治疗的重要性和辉煌前景:"我们知道,每个细胞都含有基因,那么,构成基因的主要成分是什么呢?我来告诉大家,那就是核酸。因此,多吃核酸对中老年人健康有着重要的意义,可以及时修补受损基因,治愈糖尿病、高血压、冠心病甚至肿瘤……有些同志可能会说,我得了慢性病坚持吃降压药、降糖药不就行了?同志们,是药三分毒啊!长期吃药,本身就在损害我们的基因,而核酸是纯天然成分,无任何毒副作用。"

接下来是朱辰旦，他一上台就笑着说："今天，活动的主办方请我来，我提出一个条件，那就是我做的讲座要绝对是公益的，不能推销任何保健品——即便是我们清华大学基因科学研究院监制的保健品也不可以，不然我成了什么？我的学术地位、我的专家名誉，都换成钞票了？这可不行啊！"

台下响起了一片笑声。

朱辰旦讲了足足一小时，特别讲了"美国科学院院士本杰明·弗兰克医生"用核酸代谢疗法治好了大量慢性病和癌症患者的故事。最后，他语重心长地说："随着年龄的增长，基因受损和缺失是一件很自然的事情，所以大家不要害怕。现代科学研究证明，食补核酸能增强自我修复能力，促进新陈代谢和细胞分裂，提高免疫力，我以清华大学基因研究院监制的'肽白基因'牌核酸为例，经中国国家医学实验室检测得出结论：其对糖尿病患者的治愈率达到97.5%，对冠心病、脑血栓等心脑血管疾病的治愈率更是达到了99.2%……"

坐在第一排的几个老太太大声地问："朱教授，您说那'太白金星'在哪儿买啊？多少钱一支啊？"

"生命无价！健康无价！"朱辰旦一脸严肃，"我已经讲过了，我今天是做公益讲座的，不卖保健品——今天就讲到这里，祝愿在座的诸位健康长寿！"说完径自下了主席台，从边门出了会议厅。

正在一群听众不知所措时，主持人笑容可掬地重新登台："告诉大家一个大好消息：今天我们公司特别带来了一批'肽白基因'牌核酸口服液，每盒原价五百元。但是刚才朱教授说得好，生命无价，健康无价！所以公司本着不求赢利，只愿回报社会、促进中老年人健康长寿的目的，以八折优惠奉献给今天的现场听众,由于数量有限,每人限购四盒,请叔叔阿姨们不要拥挤,在入口处排好队,先登记,再购买……"

大巴回到早晨出发的那条街道时,已经是中午11点了。

几乎每个老人手里都抱着几盒"肽白基因",慢吞吞地往各自的家中走去——雷抗美也买了一盒。

"怎么?您也想补充一下核酸吗?"郭小芬问道。

雷抗美没有回答她,反问道:"你听完今天的讲座,有什么感受?"

郭小芬歪着脑袋想了想说:"我觉得三位专家的观点都挺正确的,听完也想给爸爸妈妈买几盒核酸补一补身体,他们年龄大了,身体不好,一定存在着基因受损……"

"哈哈哈哈!"雷抗美仰天大笑起来。

"您笑什么?"郭小芬红着脸问。

雷抗美没有回答,默默地向前走去,一边走一边从地上捡了不少花花绿绿的纸片,郭小芬很纳闷:这老头子挺高的声望,又是名医,绝不至于缺钱花,难道还要捡废纸卖吗?

在街道的尽头,有一张绿漆都掉光了的破旧长椅,老头子坐下了,两只手搭在直立的拐杖上,看着来时路上的一地落叶,沉默不语。

时值中午,街道上格外寂寥。

"讲座时发的笔和本,你还带着吗?"雷抗美忽然说,"要是带了,就记下我说的话。"

尽管不明就里,但看着老头子一副权威的样子,郭小芬无奈,把讲座上发的纸笔拿了出来,"您说吧。"

"好!第一,清华大学根本就没有什么基因科学研究院。"

"啊？"郭小芬大吃一惊。

老头子看了她一眼："我往下说，你往下记。我只说要点，就一遍。"

郭小芬连忙点头。

老头子继续说："第二，中华医学会现有八十四个专科分会，可是根本就没有什么生命科学分会。

"第三，北京协和医院根本就没有慢性病防治科。

"第四，那三位医学界的泰斗级人物我闻所未闻。

"第五，慢性病的种类很多，每一种的发病原因也都非常复杂，并不见得和基因受损有什么关系。

"第六，核酸是基因的构成物质，这不假，但它只是携带遗传信息的物质，每个人的遗传信息都是独特的、唯一的，所以根本不存在什么'补充核酸'的可能，人体内的所有核酸都是靠自我合成的。

"第七，目前已知的人类医学水平根本无法治愈高血压和糖尿病。

"第八，吃核酸没有营养价值和医疗价值，口服后，核酸会在消化道中被分解。

"第九，本杰明·弗兰克根本不是什么美国科学院院士，只是纽约的一名普通医生，根本没有用核酸代谢疗法治好过什么慢性病和癌症患者，自己倒是因为相信江湖医术，五十八岁就死于糖尿病。

"第十，也是最后一条，那位姓朱的教授说他的什么'肽白基因'牌核酸经过中国国家医学实验室的多次测试，治愈了糖尿病、冠心病、脑血栓什么的——问题是，中国根本就没有什么'国家医学实验室'，他那个检测是跟鬼做的吗？！"老头子说得怒火万丈，拿拐杖"哐哐哐"地顿地，吓得一个走过的路人一激灵。

郭小芬看着自己记录的这十条，不禁目瞪口呆："我的天啊，照您老这么说，一上午听的竟全都是谎话！简直不敢相信——敢情那都是一群骗子？！"

雷抗美冷笑道："我让你记录，就是你回头可以去找各个机构核实——清华大学教务处、中华医学会、北京协和医院院办、中国科学院生命科学研究所、美国科学院、中国实验室国家认可委员会——让他们看看我说的这十条，有一条说错的没有！"

郭小芬还是觉得不可思议："那我怎么会觉得那些专家都是真的，那些讲座都是可信的呢？"

"因为你从一开始就被催眠了！"

郭小芬打了个寒战……

催眠？我被催眠了？我怎么会不知不觉地就被催眠了呢？

"看来，你还不明白这是怎么回事，其实在保健品业界，今天的这一套做法已经是最常见、最标准的一次会议营销了。"雷抗美说，"一切都是刻意营造出的催眠效果——从社区宣传栏上贴出的广告开始，公益、专家、礼物这三个主题词就牢牢吸引住了老年人，何况讲座的题目还是他们最关心的健康。然后是今天早晨你见到的景象，那些年轻的营销人员刻意和老年人攀亲情、唠家常，无疑迎合了害怕孤独——特别是子女常年不在身边的'空巢老人'的心理，使他们对营销人员产生了信任感；接下来是车上主动领唱红色歌曲，更是在某种程度上抹平了'代沟'，使这一车的老年人在不知不觉中放松了警惕。"

雷抗美停了一停，接着说："讲座开始前，红领巾的献花再一次使听众们仿佛回到了红色年代。你别小看那赠送的笔和本子,这就给听众埋下了'超值'的潜意识;而三名假专家的'权威感'则贯穿讲座始终。你看,主持人介绍也好,许继红中途退场的理由也好,朱辰旦撇清自己与保健品的关系也好,事实上都在强化听众对他们以及他们推介的核酸食品的信任。而最后的那个限购,简直就是明着跟听众们喊:所剩不多,赶紧抢购啦……再加上假专家们呈逐级递进关系的、充满医学术语的、胡扯八连又耸人听闻的讲座,下面听讲座的老人还有哪个会不买点核酸保命呢——什么是催眠,催眠就是通过设置某种场景或情境,使人进入恍惚状态之后加以控制和操纵啊!"

一切都是有预谋的,每个细节……

"每个细节——"雷抗美好像猜到了郭小芬的想法,盯着她说,"每个细节都是有预谋的,都是经过精确计算的,比如许继红穿白大褂,另外两个人没穿,为什么?因为许继红的身份是大夫……其实她也就骗骗不知情的老百姓,卫生部早就有明文规定:医生的白大褂不许穿出医院——冲这点她就是个骗子!还有坐在第一排的那几个托儿,大概你也注意到了,她们上来就问朱辰旦'肽白基因'多少钱一支,她们为什么不问多少钱一片?因为她们事先就知道那是个口服液,瓶装的!"

郭小芬听得一身冷汗。

"你再来看这些,我给你挨个说。"老头子把刚刚在路上捡的花花绿绿的纸片摊开,因为激愤,手都有些抖,"这个是增高营养液的广告,说是喝了能增高,骗子!世界上唯一能增高的药品是生长激素,还必须通过注射才有效;这个是碱性离子饮水机,说喝了它制出的水能调节酸性体质,骗子!人体内酸和碱永远处于动态平衡的状态,根本就不存在什么酸性体质,又哪里需要喝什么水来调节!这个是玉石床的广告,说是能消除骨质增生，骗子！骨质增生是人体骨骼正常的退行性病变，正规治疗也仅仅是消除症状，根本不可能做到什么'消除'；还有这个……唉！这个南瓜降糖含片怎么还是阴魂不散？！"

郭小芬困惑不解："既然都是这么显而易见的骗局，为什么就没有人识破呢？"

"哼！"老头子冷笑一声，"不用问别人，就说说你自己吧，面对今天上午的讲座内容，在我没有提示之前，你质疑了吗？你考证了吗？你实验了吗？你一个新闻记者都尚且如此，全中国又能有几个人质疑，几个人考证，几个人是实验之后才相信的？！骗局！骗局！一个接一个的骗局，稍微有一点——哪怕是芝麻粒那么大一点的科学素养，都会看出其中的破绽，可是整整一个会场的人，却没有一个哪怕是稍微问一句：'你说的是真的吗？'"

"那么我就怀疑您一句吧。"郭小芬说，"中国的保健品都是坏的吗？真的一点作用也没有吗？"

"客观地说，中国还是有为消费者利益着想的保健品企业的，但是也有相当多的无良商家。"老头子喘了口气，"保健品当然不是全无作用，经过双盲对照试验有明显效果的营养补充剂、健身器械、保健食品，可以在医生的指导下正确使用。我所声讨的，是那些用劣质原料生产出毫无营养价值的产品，通过虚假宣传，从消费者手中攫取暴利的企业。它们的危害非常大，具体说来有三点：第一，像高血压、糖尿病这样的慢性病患者，必须坚持服药，患者一旦听了骗子的话，把药停了改吃保健品，会导致出现生命危险；第二，患者手里就那几个钱，如果把有限的资金用来购买无用的虚假保健品，真正治疗和用药时可能就没钱用了；第三，也是危害最大的一点——"

郭小芬望着他问:"是什么?"

"大肆宣扬伪科学,大肆鼓吹非理性的思维方式,会使我们这个多灾多难的民族,一步步再次踏入万劫不复的愚昧深渊!"

望着这个小老头儿,郭小芬心中油然生出一股敬意。

她一直在想,这个小老头儿为什么要冒着危险和那么多保健品企业为敌,他不缺名,做这事也无利可图……现在她终于明白了,他为的是所有在天安门广场上看升旗的人。

"那么,对那些无良企业的虚假宣传,有关部门不管吗?"她问。

"管不管都一个样子。"雷抗美冷笑道,"不良商家靠虚假广告一年赚两千万元,你罚他两万元,他会怕吗?那两万元倒成了保护费了。你查查全国各地的工商局和药监局网站,哪个月不得公布几十次处罚通知,甚至现如今不少医生也被重金收买,给他们开保健品鉴定会,替他们鼓吹保健功效——更多的医生则保持沉默,仿佛一切与己无关。所以,他们的保护伞越来越大,质疑和反对的声音却已经寥寥无几了……"

郭小芬一时间竟无话可说。

"得了,姑娘。"老头子掸掉落在腿上的一片黄彻了的枫叶,站起身说,"马笑中昨晚给我打了个电话,说你是个非常优秀、有良知和热情的记者,我才给你讲这些……奔波了一上午,想必你也饿了,我带你吃点东西去,边吃边聊。"

郭小芬迈着沉重的脚步,跟他来到一家"宏状元",一人点了一碗粥,又点了一份小黄鱼炖豆腐和一份米豆腐烧鸡块。郭小芬边吃边问:"您明明知道这个核酸是假的,干吗还要买一盒啊?"

"不买的话,咱俩今天未必能离开会场。"雷抗美喝了一口粥说，"保健品营销人员有个口诀：一笑二磨三逼迫。先笑着向你推荐产品，你不买，他就磨在你身边讲效果算折扣，老年人脸皮薄，一般到这一关也就掏腰包了，赶上那脾气犟的还不买，他们几个大小伙子就敢跟到你家去，直接翻箱倒柜找存折，更嚣张的干脆在会场上就围着你谩骂。今年春天，健一公司搞个讲座，推销他们的那个五行阴阳镜，一位老太太坚决不上他们的当，结果被锁进一间小屋子里，老太太本来就有心脏病，愣是活活被吓死了……"

郭小芬很气愤："警察没有把那些坏蛋都抓起来吗？"

"那些人勾结在一起作伪证，说老太太是因为其他原因心脏病突发，他们什么责任都没有。"

郭小芬正想接着话茬问健一公司和李家良的事情，突然感到兜里的手机在振动，拿出来一接听，是马笑中打来的，火急火燎的口气："你在哪儿呢？"

"和雷教授在一起啊。"郭小芬说，"出了什么事情？"

"你身边有电视没有？"

郭小芬一抬头，看到饭店里有个壁挂电视，于是"嗯"了一声。

"你打开看看，健一公司那帮傻逼是不是疯了？召开记者招待会，满嘴喷他娘的大粪呢！"马笑中骂道。

郭小芬立刻让服务员拿来遥控器，调到新闻频道，只见电视里一个女记者拿着话筒在做现场直播：

"众所周知，湖畔楼惨案发生后，公众强烈质疑是五行阴阳镜的辐射造成了六人死亡的惨剧，生产商健一公司面临着一片退货呼声，股市也一路暴跌。然而在刚刚结束的新闻发布会上，健一公司宣称，他们已经得到可靠消息，在湖畔楼特大凶杀案中的唯一幸存者,正是市公安局刑事技术处副处长刘思缈,她有重大的犯罪嫌疑。本台记者在第一时间与市公安局新闻办公室取得联系,工作人员表示,他们对此毫不知情,因此对健一公司的单方面发言,不予证实。"

郭小芬的脑袋"嗡"的一下!

"思缈完了……"她喃喃地道。

她深知:健一公司势力可以"通天",这下绝对会调动一切力量,给市局加压,逼他们将刘思缈正式拘捕。

她更明白:那些一直视刘思缈为救火者的公众,一旦知道她才是纵火者,说不定会撕碎了她的!

她顾不得马笑中在电话那头不停地"喂喂喂",脑海里唯一回荡的一个问号是——

到底是谁,向健一公司泄露了刘思缈的消息?!

5

下午四点,刘思缈突然困倦起来。

凝和沙俪看她睡着了,才一起刷卡走出病房。她们回到医务室,不约而同地吃了一惊,只见林凤冲带着几名警员正在搜查沙俪办公桌上的电脑和文件,精神卫生鉴定中心的主任满面阴云地站在一旁。

"喂!"沙俪不由得大吼一声,"你们在干什么?!"

林凤冲瞥了她一眼,不紧不慢地说:"沙大夫,何必明知故问。"

"我做什么了?"沙俪上去拉一个警员的胳膊,"不许乱翻我的东西!"

那个警员毫不客气地一把将她甩开:"你给我老实点儿!"

林凤冲走上前:"沙大夫,若要人不知,除非己莫为——你出卖刘思缈的信息得到的好处不少啊。"

沙俪瞪圆了眼睛:"你在说什么啊?什么出卖刘思缈的信息?"

林凤冲冷笑一声:"那么,昨天晚上,健一公司为什么给你的银行卡里打入十万元人民币,请你解释一下。"

沙俪一愣:"健一公司前天找我写篇稿子,关于保健品在精神病患者康复中的作用,我写完了,他们说马上把稿费打过来,不过哪儿有那么多,只说了一千元啊。"

林凤冲拿出一张银行出示的单据:"看看这上面的卡号,是不是你的?如果是你的,那么上面显示昨晚十点,健一公司通过电子银行给你的卡里打入了十万元。"

沙俪接过来一看,顿时目瞪口呆:"他们……他们干吗给我打这么多钱?"

"是啊,我也好奇呢。你说他们怎么不给我打这么多钱,偏偏给你打呢?哦,对了,还有这个——"说着他拿出一张照片递给她,"今天早晨刚拍的,看看上面的这两个人你认识不认识?"

沙俪一看,照片上有两个女人正坐在一间茶餐厅里聊着什么,一个是健一保健品公司公关事务部主任王慧,另一个是自己。"这又怎么了?"她不解地问,"今早她到我家楼下找我说稿子的事情,还请我喝早茶……"

"然后呢?"林凤冲冷冷地问。

"然后?"沙俪还是一副懵懵懂懂的样子,"什么然后?"

林凤冲实在按捺不住胸中的怒火,把桌子一拍:"然后,今天中午这个叫王慧的女人就在记者招待会上说，刘思缈是幸存者！刘思缈被警方庇护！知道思缈在这里接受治疗的只有几个人，我们逐一核查，他们都和健一公司没有任何往来，只有你又收他们的钱又吃他们的饭，不是你，还能是谁出卖了思缈？！"

沙俪呆若木鸡，口里只喃喃地道："不是我，真的不是我……"

"是不是你，一查即知！"精神卫生鉴定中心的主任走上来，表情十分严肃地说，"你暂时停止工作，配合林警官做好调查。"

林凤冲一挥手，两个警员挟着沙俪就往外面走，走到门口时，林凤冲突然喊了一声："等一下。"然后走过去，"你手中那张刘思缈病房的门卡，交给我！"

沙俪恶狠狠地把门卡摔在地上，走出了门。

林凤冲弯下腰捡门卡时，见一道阴影像斗篷似的笼罩在自己的影子上，他直起腰，看着一个嘴巴活像猿人般凸出的男人站在面前，恭敬而无奈地叫了一声："桑专员。"

桑专员一直在这间办公室的角落里坐着，不知是由于身体太瘦削，还是肤色太阴暗的缘故，凝竟然一直没有看见他。此刻见了，只觉得这人周身散发着一股寒气，像从冰窖里出来的。只见他看也不看林凤冲，直截了当地说："刘思缈呢？"

"刘思缈还在治疗中。"林凤冲的口吻和刚才判若两人，低声下气地道，"专员，现在没有确切证据证明刘思缈是湖畔楼案件的凶手，能不能再拖延几天，等到她恢复了记忆再慢慢讯问她……"

"把人带来。"桑专员的脸上毫无表情，"我带走。"

"桑专员。"林凤冲的口吻已经近乎哀求，"您看能不能……"

"把人带来。"桑专员还是面无表情地说，"我带走。"

"刘思缈不能跟你走，也不会跟你走。"

一个声音在房间里平静地响起。

桑专员死死盯住了说话的那个小女生,简直不敢相信自己的耳朵:"放肆!你是什么人!"

"爱新觉罗·凝。"

桑专员一怔:"名茗馆馆主?"

凝轻轻地点了点头。

桑专员的脖子缩了一缩,他知道名茗馆馆员从中国警官大学毕业后,不仅仕途坦荡,而且互相照应,在警界已经有"名茗系"之称,万万不可得罪,但还是嘴硬道:"我是奉命行事……"

"她是我的患者,我是她的医生,在没有治好她的病以前,我不能把她交给你。"凝从容不迫地说,"我想你缉捕刘思缈,虽然是奉命行事,但奉的'命'里未必说今天几点几分几秒以前务必将她捉拿归案,所以,劳烦你通融一点时间,可不可以?"

桑专员很无奈:"通融可以,也要有个截止时间,总不能无限期地通融下去吧!"

"一天半,你给我一天半的时间。"凝说,"后天一早你来这里,唤不醒思缈的记忆,你把人带走;唤醒思缈的记忆,就一起听她讲讲事情的真相——如何?"

桑专员思忖再三,只好点点头:"好吧,一言为定,后天早上,我会再过来。"

桑专员走后,林凤冲给郭小芬打了个电话:"沙俪被停职审查了。"

"这要感谢马笑中!"郭小芬长出了一口气。

正是凝的提醒,使她怀疑沙俪图谋不轨,因此拜托马笑中找几个便衣跟踪沙俪,看看她的动向。健一公司召开记者招待会以后,马笑中马上与那几个便衣联络,拿到了沙俪与王慧会面的照片，并通过查询银行系统，发现健一公司昨天晚上往沙俪的卡里打入了十万元，于是断定她就是向健一公司泄露刘思缈消息的人。

"不过，思缈现在还是有危险。"林凤冲把桑专员的事情讲了一遍，"凝设法拖延了一天半的时间。"

郭小芬沉吟道："凝在你旁边吗？请她接一下电话……凝，我是郭小芬，实在是太感谢你了。"

"不要客气。现在思缈姐已回忆起许多东西，我只要再下下功夫，相信到后天早晨之前，一定可以使她恢复对湖畔楼事件的记忆！"

6

郭小芬挂了电话，发了会儿呆。旁边的马笑中埋怨道："你也真是，思缈的消息怎么一点儿风都不给我透……"

此时此刻，他们正坐在雷抗美的办公室里。

老爷子今天本来是不出诊的，但有几个关系户托他看病，他又不愿占用挂号患者看病的时间，就把这几个人统一安排到今天就诊。他去门诊楼的诊室了，留郭小芬在这里喝茶，不久马笑中也赶了过来。

"你不能怨我。"郭小芬很委屈，"当时我答应许局长要保密的。"

"答应个屁！现在全世界都知道思缈是杀人嫌疑犯了，咱得想想使个什么招儿把她给救出来！"马笑中直眉瞪眼地说。

郭小芬瞪他一眼："你《越狱》看多了？那边有凝呢，用得着你？"

两人正在拌嘴，雷抗美一脸阴沉地回来了。今天来的三个患者得的都不是什么大病，他开了点儿药就让他们走了。

"我本来还能回来得更早点儿，谁知健一公司的那个什么公关事务部主任王慧来找我了。"

"她找您什么事啊？"郭小芬问。

"先问我看没看中午的新闻，我说看了，她说健一公司终于清白了，事情都是那个姓刘的警官干的，然后让我开个价，健一公司想承办今年的中国健康科普论坛。"

郭小芬问："他们为什么要承办这个论坛？"

"中国健康科普论坛是每年一度的、围绕科学地进行健康科普教育而召开的盛会。一般来说，承办方都是健康领域的著名药企、三甲医院，当然也有优秀的保健品企业，但是健一公司由于劣迹斑斑，一向被我们排斥在承办方之外。"雷抗美说，"马上要召开的本届论坛由我任主席，我确定的主题是'杜绝虚假宣传，倡导科学宣教'。如果由健一公司承办的话，他们作为出资方就有很大的权利，肯定要改变这一主题。况且，现在湖畔楼的事情有所转机，他们肯定想利用承办这个论坛，彻底洗白……"

"那您是怎么回复他们的？"郭小芬问。

雷抗美冷笑着："我跟她说，只要你们公司连续三年不要有虚假广告被工商局曝光，我肯定支持你们当承办方，否则，休想！"沉默片刻，他又问："小郭啊，中午新闻里说的那个姓刘的警官，和你很熟吗？今天中午你看电视的时候，脸上煞白煞白的。"

"她是我很好的朋友，也是个优秀的警官，更是个痴情的女孩……"

郭小芬把刘思缈的故事给雷抗美大致讲了一遍。老头子边听边在办公室里踱着步，故事讲完时他站在窗边，望着秋日湛蓝且高远的天空，久久不语。

"雷教授。"郭小芬问，"您想什么呢？"

"我想起了曾经见过的一个也这么痴情的女孩，三十多年过去了，也不知道她怎么样了……"雷抗美叹了口气，"还是知青插队那会儿，我和李家良一起被分派到狐领子乡，乡里有个叫乌云其格的女孩，爱上了李家良，可是后来……唉！"

"狐领子乡？"郭小芬几乎跳了起来，"是出事的那个狐领子乡？！"

"嗯！"雷抗美点点头，"那可真是个好姑娘啊，心灵手巧，洗衣做饭挑水拾粪就不必说了，还会用牛骨纺锤纺驼毛，会给小羊羔接生。她煮的骨头汤味道那个鲜美，到现在我都忘不了……在我们公社那群年轻人心中，她简直就是最美丽的金莲花。可她眼里、心里只有一个李家良，天冷了给他的羊皮袍子打补丁，天热了用酸奶豆腐泡茶给他喝。那年大暴雪，雪片有瓦片那么大，砸在脸上都疼，棚子塌了，马跑了，李家良去截马却一直没回来，别人都说他死定了，只有乌云其格骑着马在河边找到了他，把他背进一个小泥屋里，解开衣服将他抱在怀中，直到我们找到他们……我这么说着，又看到了她的笑脸，仿佛她就在我眼前走啊，唱啊的……"

郭小芬注意到，老人的眼里分明闪烁着亮晶晶的东西。

"李家良在我们当中年龄最大，干活儿时比谁都下力气，盖房、打井、编笆子，样样都是好手。别人闲下来喝酒打牌，他就捧本书在墙角看，不爱说话，可一张嘴就比别人都站得高、想得远。'文化大革命'结束，他回北京当了演员，演了几部电影,但观众反响都平平。后来他结婚了,新娘当然不是乌云其格。我偶尔和他一起喝顿酒,可从来也没听他提过乌云其格,也不许我提……退休后,他被健一公司聘用当了广告片演员,天天在电视上扯那些骗人的话,为此我找上门和他大吵了一架。我说人要有一点骨气,你那点退休金养老足够用了,你这样骗人,对得起咱们年轻时代的理想吗?可是他不听,他就是不听啊……"

沉默片刻,雷抗美一声叹息。

"唉,你看我和你们讲这些做什么,'文化大革命'结束的时候你们还没出生呢,你们不能理解的。"

郭小芬又问:"那么,在湖畔楼出事之前,李家良找过您吗?"

雷抗美摇了摇头,又想了想说:"你这么一问,我倒想起来了,他与我最后一次见面,是两个月前。那天我出诊完了正要回家呢,他来了,看上去一下子苍老了许多,头发白得跟落了霜似的,眼珠子也特别浑浊,手里拎着一个大纸箱子,打开一看,是个洗脚盆。他说这是健一公司的产品,叫健一排毒仪,通过洗脚能把体内的毒素从脚心排出去……我很厌烦地说:我看你做过这个产品的广告,你咋还推销到我的头上了?!他说不是,就想让我研究研究,为啥洗脚能洗出绿色的'毒素'来。我一听也挺好奇的,就拿回家按照使用说明书试了试,当天晚上就给他打了个电话——"

"洗脚能洗出毒素来。"马笑中睁圆了眼,"真的假的?"

"当然是假的!"雷抗美说,"按照使用说明书,洗脚盆里装上水之后,先要撒'析毒粉',我化验了一下,其实就是普通的盐,盐溶于水之后,变成了电解质溶液。然后把脚放进去,启动排毒仪的按钮,这时其实就是通电了,两个电极上发生了氧化还原反应,所谓深绿色的絮状物体,不过就是氢氧化亚铁。你就是不泡脚,把盐放进水里,然后让仪器空转,过一会儿同样会出现'毒素'的。"

马笑中很惊讶:"啊?这么简单怎么会没人发现呢?"

雷抗美说:"伪科学大多是利用一些很简单的物理、化学知识骗人的,咱们国家的民众科学素质普遍偏低,所以骗子容易得手。不信你就试试,比如过去农村盛行的那一套,巫师刀砍神符,神符上出现血迹,说是杀妖斩鬼了。其实神符是用姜黄染料染的,刀上提前蘸过碱水,二者一碰就发生化学反应——你现在拿这一套出来,照样会有很多人相信你真的是个大仙。"

"那么,李家良听完怎么讲?"郭小芬问。

雷抗美说:"他静静地听我讲完,什么都没说就把电话挂了。我再打过去,他也没有再接听……谁想他这一下竟是永别了,唉!"

看着老头子眉宇间两道刀刻一样的竖纹久久没有松开,郭小芬知道他心里正在为老友的猝然离世而难过,一时间不忍说话,任凭时光在这间狭小的办公室里流淌。

忽然,雷抗美深深地叹了一口气说:"小郭、小马,你们对湖畔楼的案子到底了解多少,给我说说吧,我只听说我那老哥死得很惨,就一直不忍再了解下去。"

于是,郭小芬把她所知道的案情给雷抗美大致讲述了一遍,老头子听得一时震惊、一时困惑、一时哀伤、一时惆怅,叹息不已:"怎么会这样?他怎么会被人给杀了呢?"

郭小芬说:"蒙如虎为什么要杀死李家良,警方现在还搞不清楚原因,不过现在更加令警方困惑的,是那间密室是怎么造成的,以及蒙健一等四名死者的死因。健一公司急于撇清的,就是社会上关于五行阴阳镜辐射杀死那四个人的传闻。"

"辐射杀人不是想象的那么简单。前几天有个叫郝文章的记者电话采访我，说早就知道我对虚假保健品的态度，希望我谈一谈五行阴阳镜的危害，我就对他说：我没有做过实验，不能下任何结论。"

郭小芬听到郝文章的名字，吃了一惊："这个姓郝的记者在报道中暗指五行阴阳镜能杀人呢……可是他现在失踪好几天了。"

雷抗美皱着眉头："你们这些当记者的啊，为了吸引读者，有时候什么话都敢说。这样吧，我让我带的那几个博士生买个五行阴阳镜分析一下里面的成分。"说完拿起电话就给学生布置任务，然后又对郭、马二人说："天色不早了，咱们走吧。"

电梯里，马笑中问："雷教授，您估计那五行阴阳镜到底是个什么玩意儿？"

"这我不知道，但据我对健一公司的了解，他们生产的总是那种对人体健康既无害也无用的东西。这样一来，消费者用了觉得管用，往往是心理作用；用了没用，也不至于因为闹出人命打官司。"

"要是检测结果证明五行阴阳镜确实无害呢？"郭小芬突然问。

雷抗美看了她一眼："那么如果有记者采访我，我会说：实验证明，五行阴阳镜不会杀死人。"

电梯停在了一楼，马笑中去停车场取车。郭小芬和雷抗美走出医院的小门，站在道边一棵大槐树下等他。这里是一条小街，昏黄的路灯照得一切都恍恍惚惚的。郭小芬犹豫了一下，还是说了："雷教授，我要是您，我就不那样说。"

"嗯?"雷抗美有些不明白。

"您如果对记者说五行阴阳镜无害,那可就是帮了健一公司的大忙了!"郭小芬说,"我要是您,我就含含混混,让公众继续猜疑去。"

雷抗美一下子沉默了,良久才再次开口:"小郭,我突然想起我那老哥了。"

郭小芬一怔:"李家良?"

"我想起他说过的一段话,他说翻来覆去,取代者和被取代者其实是一样的……"

郭小芬没听明白:"什么……取代者和被取代者啊?"

"如果你仔细观察,就会发现一个很有意思的现象:在咱们国家,什么能战胜迷信?得是更高一级的迷信。比如说,谁能取代街头算卦?是电脑算命。谁能取代十二属相婚配表?是星座般配指数。谁能取代清宫秘方?是'中央领导保健医生'提供的'养生食谱'。谁能取代打鸡血?是核酸口服液。谁能取代甩手疗法?是各种神功……"雷抗美掰着指头,"你看,翻来覆去,取代者和被取代者其实是一样的。怎样打击一个谎言?撒一个更大的谎!一种愚昧到头了,就由另一种更愚昧的东西取代它。如此周而复始,螺旋上升,原地不动——"

"砰!"

老人的表情,瞬间凝结着痛苦的沉重。

一辆开着窗的小面包车呼地从他们身旁驶过,从车窗里伸出的一根粗大的棒球棒闪电般缩了回去!

雷抗美踉跄了一下,仰面向后倒去。

郭小芬抢到他身旁,在他与地面接触的一刹那,抱住了他的头,顿时觉得满手都是黏糊糊的东西,然后,她看到鲜红的血从自己掌心流淌到手腕……

"救命啊！救命啊！"

她疯了一般大喊起来，喊声在凄清的小街上，一点儿回音都没有。

7

"我这张卡，也交给你吧！"

林凤冲带着一队警员在沙俪的办公桌上搜检了一个下午，准备撤了，于是把沙俪交出的那张门卡，递给了凝。凝看了他一眼，接了过来。

"你只有一天半的——"林凤冲看了看窗外的沉沉暮色，苦笑了一下，改口道，"你只有不到一天半的时间了。"

凝平静地说："足够了。"

她送林凤冲下楼，经过刘思缈的病房时，发现门口除了原来的两名值班武警，又多了两名武警。林凤冲很惊讶，问他们是哪里的，他们说是桑专员带来的，让留下来看守刘思缈，严防她脱逃。林凤冲想发火又找不到借口，只能和凝重重地握了握手："拜托了！"

看林凤冲的背影消失，凝回到刘思缈的病房前，依次刷了两张卡，打开了那道沉重的铁门。

刘思缈正坐在墙角冰凉的地板上，抱着那只打开了软木塞的暖壶，两眼发直，呆呆地看着从壶嘴里氤氲而出的热气。

凝蹲下身问："思缈姐，你还是觉得冷？"

刘思缈轻轻地点了点头："我想回家……"

凝叹了口气，扶她坐回到病床上，慢慢从她的手中拿走暖壶，放在床头柜上。然后叫护士拿来晚饭，用一个小勺子一口一口地喂她吃完，再拿一块白色的小毛巾给她擦干净嘴。等她稍微休息了一会儿，才对她说："思缈姐，事情出了一些变化，现在我必须抓紧治疗，尽快恢复你的记忆……如果顺利的话，也许后天你就能回家了。你今天下午到现在，又想到点什么了吗？"

刘思缈蹙着眉头，仿佛是在午夜走进了一片没有路的森林，既焦灼又恐惧，很久才喃喃地道："冷……湖水。"

凝露出失望的神色，不过还是照老样子，将枕头和被子叠在一起，让刘思缈靠着："思缈姐，你放松，我们开始治疗。"她本来习惯地要拉上窗帘，一阵夜风吹进室内，虽然有点凉，但格外宜人，于是她没有起身，对刘思缈说："思缈姐，你按照我要求的节奏呼吸：呼——吸，呼——吸，呼——吸……很好，你已经放松了，下面按照我的描述想象这样一个情境：你坐在童年的大树下，头顶是深蓝色的夜空，微风轻轻拂过你的脸庞，带来阵阵泥土的芳香，很安静，很安静。你抬起头，一颗颗小星星在眨着眼睛，啊，天边飘来了白莲花似的云，一朵，两朵，三朵，四朵……"

凝的手指幻化着，仿佛是云的丝丝缕缕。

"我从10倒数到0的时候，你就会进入梦乡……10，9，8，7，6，5，4，3，2，1，0……万籁俱寂，只剩下我和我的声音在陪伴你——"凝说。

刘思缈闭上了眼，嘴唇一张一翕的，没有发出声音，但分明是在念："我就是你，你就是我……"

"对，我就是你，你就是我。"凝微笑道，"下面，我要念一句话，这句话我将牢牢记住，永不忘记——重复一遍。"

"我要念一句话,这句话我将牢牢记住,永不忘记。"刘思缈重复道。

植入一些记忆扭曲编码,这些语言犹如麻醉药,使她在进一步回忆时,即便遇到痛苦的东西,痛苦感也会大大减轻。

凝轻轻地说:"我是受害者,香茗一定会原谅我——"

刘思缈刚要重复,凝提起纤细的左手食指,抚住了她的嘴唇,示意还没有说完。

凝瞥了一眼窗外。

黑暗犹如骨髓,浓得不能再浓。凝的嘴角滑过一抹异常阴毒的冷笑:"即便是我杀了人——重复一遍。"

犹如躺在摇篮里的孩子,刘思缈一字不差地复述道——

"我是受害者,香茗一定会原谅我——即便是我杀了人。"

第七章　神秘短信

> 黑暗中那唧唧嗡嗡的声音重又响了起来,和这声音混杂在一起的还有这微小的声音:劳作的在劳作,杀的在杀。
> ——托马斯·哈里斯《沉默的羔羊》

1

凝下了楼,看了看表,已是晚上十一点了,她先给林凤冲打了个电话,要他明天中午把湖畔楼案件迄今为止的所有资料都复印一份,用警方的特密加急快递送过来,然后到停车场开了自己那辆红色的Mini Cooper,一直往市里驶去。进了二环之后开到了地安门,在一个胡同前把车靠边停下,走路进去。七转八转,进了一扇上面题有"隐庐"二字的月亮门,绕过假山,穿过一个紫藤盘绕的石廊之后,迎面是一个古香古色的大房,朱栏雕栋,大玻璃窗里张着蝉翼纱帷,里面分成几十个包间,俱以青砖砌成的石墙相隔,十分隐秘。

这里堪称京城最有特色的餐厅之一,菜是私房菜,酒乃自家酿。由于店家的特殊背景,所以这里绝无摄像头等监视器材,也恪守为客人保密的店规,客人进了包间把门一关,简直比铁屋子还要严密，所以达官贵人、明星政要们私聊或幽会都爱来此处。

凝在侍应生的引导下走进了一个隔间。里面有一面西番莲纹半圆桌，上面摆着个玻璃鱼缸，里面有一盏荷叶、几尾金鱼，旁边的椅子上坐着一个女人，正端着茶杯喝茶，正是健一保健品公司公关事务部主任王慧。

王慧赶紧起身，刚要问好，却被凝凌厉的目光一瞪，吓得赶紧闭上了嘴。

侍应生出去后，把门带上了。

王慧这才恭恭敬敬地叫了一声："凝姑娘，你好。"

凝冷冷地看着她，没有说话。

王慧知道她是担心自己带了录音笔或微型摄像机，于是拿出笔记本电脑，噼里啪啦输入了几个字："老总让我务必当面拜谢。"然后把屏幕转给她看。

凝根本不看电脑屏幕，只管盯着她。

王慧心知：凝聪慧到了极点，也谨慎到了极点，来了只为办事，多一句废话都不想说。于是将一张卡递给凝，把密码用短信发到凝的手机上。凝用手机的网上银行一查，卡里面已经存有一百万元。她改了密码之后，将卡往衣兜里一塞，看都不看王慧一眼，起身离开了隐庐。

王慧回到健一大厦，蒙康一还在总裁办公室里等她，劈头便问："顺利吗？"

"还算顺利，不过……您不觉得有点贵吗？"王慧有点心痛地说。

蒙康一转着手上的羊脂玉扳指说："这一百万元花得值，今天股市收盘时我们上升了好几个点！这几天感觉公司要垮了似的，那些往日收了我们大大小小多少红包的媒体，也跟着瞎起哄，一副墙倒众人推，鼓破万人捶的架势。凝把刘思缈这个消息透露给我们，不亚于教了咱们一招乾坤大挪移，这下打在咱们身上的那些拳头，可要打在警方身上了……"

"是一百一十万元！"王慧更正他，"还要算上咱们给沙俪打进的那十万元——不过，恐怕她无论如何也不明白，一千元怎么变成了十万元。"

蒙康一长长地出了口气，黑瘦的脸上绽出一丝笑意，"你跟各大媒体的负责人联系，新闻稿要尽快见报，不仅要说明五行阴阳镜无害，还要夸一下公司其他产品的保健效果，痛痛快快地打他一个翻身仗。你就跟他们讲，时间所限，来不及开记者招待会了，把卡号发过来，车马费直接打进账上，每人一万元！"

"这么多？！"王慧不由得倒吸一口冷气。

"钱要花在刀刃上！"蒙康一冷笑道，"我哥哥生前，很多事情我都看不惯，唯独他善于笼络媒体这一点，咱们要继承，还要发扬。你喂一条狗，它见了你还咬，别怨它，怨你自己，你下次多喂点，撑死它，看它还咬不咬！"

王慧点点头准备出去办事，蒙康一叫住了她："有个事情我一直没搞明白，你说这个凝……她为什么要帮我们？"

王慧摇了摇头："我也不知道，反正我托关系找到她，见面的时候她一直没说话，听我讲完了，就说了一个字：行。我今天看她那意思，不会收手，非要把刘思缈置于死地不可！"

"不管她了！现在的年轻人，爱一个人、恨一个人都他妈的没理由！"蒙康一悠闲地伸了个懒腰，"对了，有个事情你要抓紧办，雷抗美那个老家伙估计离挂掉不远了，你明天就和中国健康科普论坛联系一下，看看本届论坛的副主席是谁，该打点的赶紧打点，一定要拿下承办方资格，这年头石头少鸡蛋多，我就不信还有用钱砸不开的壳！"

王慧刚刚离开，新任命的安保部经理就来汇报工作。还没说上几句，蒙冲就闯了进来。只见他身穿一件黑色皮衣，络腮胡子根根都乍着，眉目间跟攒着火似的："是不是你派人打的雷教授？！"

蒙康一从头到脚打量了他一番："我有时候都不知道你是不是姓蒙的，成天胳膊肘往外拐。那个姓雷的老家伙过去没少找我们的麻烦，你爸在世的时候最恨的就是他。现如今你一口一个雷教授叫得倒挺亲切。当初你爸就是担心你把公司引上歧途，才不让你插手公司管理的，现在看来他真是英明，不然你还不跟姓雷的联手把公司拆吧拆吧当废品给卖了？！"

"歧途，你们走的这才叫歧途呢！"蒙冲说，"就咱们脚底下这栋大厦，从地基到砖头，哪一块是实实在在的——都是空心的！今天想一出把戏骗钱，明天想一出把戏坑人，能有好结果吗？！"

"我的好侄子，不怕告诉你，当初你老爸打天下的时候，有一句话说得特别好：给我一个亿的广告费，我能把杨树叶子说成是抗癌药！"蒙康一冷笑道，"这就是一个坑蒙拐骗的世道，我们只不过是适者生存。"

"倒下去的还能站起来，浮在上面的早晚要沉下去！"蒙冲说完，大步走出了这间办公室。

"少他妈跟老子玩大义凛然！"蒙康一冲着侄子的背影恶狠狠道。

一直站在墙角的安保部经理，这时才走上前低声道："蒙总，那俩人已经逃脱了，不过比较麻烦的是，慌乱中，他们把车扔到离西黄庄不远的地方了。"

2

医院的墙被分成两层，上半层是白的，下半层是绿的，所以灯光一照，整个楼道闪动着一层铁锈似的光，在午夜时分显得异常阴森。

蒙冲按照护士指示的方向，一直向前走，到墙角要拐弯的时候，忽然听到一阵哭声，心里不由得一紧，脚步放慢了下来。他不敢拐过去，探出半个头往那边看，只见几个人正站在手术室门口苦苦央求着一位大夫："一定要想办法治好他！"发出哭声的是一个老太太，坐在靠墙的长椅上老泪纵横，想必是雷抗美的老伴。

"既然来了，怎么不过去呢？"身后突然传来一个声音，"打探情况，还是良心不安？"

蒙冲吓了一跳，一回头，看见一个有些眼熟的女孩子，仔细一想，想起这是在李家良家门口遇到的那个姓郭的记者。他苦笑了一下道："我听说雷教授遇袭了，赶过来看看他好些了没有。"

"我眼看他受袭的。"郭小芬声音有些沙哑，"那么粗的一根棍子，打在后脑勺上，我托着他的脑袋，满手都是血，到现在都洗不干净，指甲缝里还是红的！抬到手术室抢救到现在才刚结束，说暂时脱离生命危险了，但还在昏迷中，愈后效果怎么样还不好说……"

蒙冲像被突然抽去了脊椎，后背"哐"地靠在墙上，慢慢地滑下，滑下，最后坐在了长椅上，两只眼睛里放出的光都是散乱的。

郭小芬咬着牙，压低了声音说，"你们怎么能对一个老人下这样的毒手？！"

"我不知道，我真的不知道，不关我的事……"蒙冲喃喃地道。

"我知道不关你的事。"郭小芬在他身边坐下，沉默了片刻后说，"雷教授跟我说过，在健一公司你是个异类，留学回国后一直想让公司走上正规化，不再靠着虚假宣传和伪劣产品赚消费者的钱。你不仅寻求和国际知名保健品公司合作，引进他们的先进技术和管理模式，还多次请求雷教授做公司的医学顾问，把好科学关，为此受到全公司上上下下的反对……雷教授说你走的路是对的，但是不适合中国的土壤，所以注定是要失败的。但是无论怎样，他都觉得，健一公司有你这样一个人，就证明这个公司还有前途！"

蒙冲低着头，使劲抹了一把脸，抬起头时，眼睛里一片泪光。

"可是我什么都做不了，什么都做不了……"他站起身，脚步沉重地向医院外面走去。

郭小芬望着他的背影，当他快要消失在楼道尽头的时候，忽然想起什么，追了上去。

蒙冲听见脚步声，回过头等她来到了面前。

"大概你也知道刘思缈的消息了，现在她已经被列为重大犯罪嫌疑人。我是思缈的朋友，想帮她解脱困境，唯一的办法就是尽快破案、抓到真凶。"郭小芬诚恳地说，"所以，我有一个问题想问你,这对破案十分重要,那就是:本来是你约她去湖畔楼的,为什么后来你没有去?湖畔楼发生惨案的那个晚上,你在哪里?"

蒙冲苦笑了一下:"就在这里。"

"嗯?"郭小芬一愣,"什么意思?"

"我是说,我就在这间医院里。"蒙冲说,"我的前任女友是公司公关事务部的一个女孩,我嫌她太势利,就和她分手了。但她一直纠缠着我,要和我重归于好,动不动就拿自杀威胁我……去湖畔楼那天,她不知道从哪里听说我要带着'新女友'一同前往,竟真的在家里上吊了,结果绳子断了没有死,被送到这里。出了这种事我总不能撇下她不管吧,只好在医院里陪她了。"

这是个一查就能查清的事情,也就是说惨案发生时,蒙冲有充分的不在场证明。郭小芬点了点头:"好吧,谢谢你。"

"思缈……她现在的情况怎么样?"蒙冲问,"出事后,我二叔他们一直认为是'那个幸存的女孩'干的,但他们既不知道思缈的名字,也不知道她的身份。后来不知道他们从哪里得知了思缈的身份,今天中午看到电视上的那个记者招待会,我浑身的血都凉了……"

"那么,你觉得会是思缈杀的人吗?"郭小芬问。

蒙冲叹了口气,痛楚地说:"自从在日本救了她,我一直觉得她的精神……不是很稳定,而且为什么我爸爸他们六个人都死在湖畔楼,只有她逃了出来,还浑身是血……我不知道,我真的不知道!"

蒙冲走后,郭小芬坐在长椅上,将案情又梳理了一遍,依然毫无头绪,心头烦闷,便走到门诊楼的外面,在洒满月光的庭院里慢慢地散步。突然觉得周围暗了下来，仰头一望，原来是一片流云笼罩了明月。

她的脑海里闪过一个念头，便拿出手机拨打了一个号码，却久久没有人接。

"难道是睡了？"郭小芬看看表，不知不觉已经过了午夜十二点，他肯定是睡了，不过……此时此刻，实在是太需要他的帮助了，于是她重新拨打了那个号码。

依然是久久没有人接，正当她准备挂掉时，话筒里突然传来一句："喂？小郭，找我啥事？"

在这清寂的院子里，那声音特别大，吓得小郭一哆嗦，再一听，话筒里传来嘈杂的、结合着音乐、笑声和酒杯碰撞声的背景音，她不由得皱皱眉头："你在哪儿呢？"

嘈杂的背景音忽然都消失了，话筒里再次传来声音："小郭，我参加同学聚会，刚才在包间里，现在出来了。这么晚了，你找我什么事啊？"

"呼延，湖畔楼的案子你听说了没有？"

呼延云愣了一下："什么湖畔楼？我这几天受溪香舍的邀请，去上海协助警方查一个案子，今天下午才刚刚回来。"

郭小芬于是把案件的经过大致说了一遍，最后说："思缈现在被认为有重大犯罪嫌疑，咱们可要救救她啊。"

"小郭，我酒喝得多了一点，脑子里混混沌沌的，也想不出个头绪。"呼延云大着舌头说，"不过，听你讲完这个案子，我觉得最奇怪的一点是：凶手为什么要设置那个密室？"

郭小芬听完这话，脑子里也混混沌沌的："是啊，为什么要设置那个密室呢？"

"推理小说中，凶手设置密室的原因，往往千奇百怪。但是现实的案件中,凶手设置密室的原因只有一个:让警方认为死者是自杀的。"呼延云说,"但是这个案子一下子死了六个人,而且明显都不是自杀的,那么凶手设置这个密室,目的只有一个——"

郭小芬竖起了耳朵、睁圆了眼睛,想着呼延云要说的这句话,应该是对案件侦破有着重大意义的见血一针!

然而,呼延云说的是——

"凶手想让警方认为那就是一个密室。"

啪!

郭小芬气得一下子把手机盖上了。这个浑蛋真的是喝多了,竟说了一句天下再没有比这更废的废话!

这时,手机在振动,郭小芬以为是呼延云打来的,刚想接听之后痛痛快快骂他一顿,谁知翻盖一看,竟是马笑中发来一条短信——

"速到武警总医院,郝文章获救了!"

3

郝文章的获救,说起来还要感谢郭小芬。

就在雷抗美倒地的一瞬间,郭小芬透过面包车的车窗,看清了袭击者的面容。坐在里面拿着棒球棒的是一个长着疤瘌眼的男人。她猛地记起,郝文章被绑架后,那间快捷酒店的大堂经理曾经说过,是一个个子高高的疤瘌眼来前台结的账。

于是当马笑中驱车赶来时,她说自己负责叫人来救雷抗美,让他只管追那辆面包车。马笑中开车一向狂野,野到同事们经常开玩笑说他应该代表市局参加 F1 锦标赛去。于是一阵风驰电掣之后，他死死地咬住了那辆面包车，要不是过火车道时晚了一步，让猎物抢在一列火车的车头前面过去了，他百分之百能抓到他们。

饶是这样，在他的穷追猛打之下，面包车慌不择路，在西黄庄撞到了一棵树上，司机和凶手弃车逃跑。马笑中立刻组织警力对西黄庄一带进行搜索，人没逮到，却意外地在一间挂着铁锁的废弃仓库里发现了奄奄一息的郝文章……

郭小芬赶到武警总医院时，郝文章还在抢救中。

"情况怎么样？"郭小芬见马笑中脸色铁青，有一种不祥的预感。

马笑中重重地叹了口气说："太惨了，脚筋被挑了，肋骨被打断了，嘴巴、鼻子、耳朵里都淤着厚厚一层血，全身上下没有一处好地方……刚才医生说未必能救活。"

郭小芬听得呆若木鸡，好一阵子才说："他没有说什么吗？"

"来医院的路上，他含含混混地说，绑架他的那几个人反复问他，谁在第一时间告诉他湖畔楼出事的？谁让他写六个人的死因是五行阴阳镜的辐射？不说就打。然后他笑着告诉我，他硬是没说——你要看到他脸上血肉模糊还笑着说话的那个样子，能掉下眼泪来。"马笑中说，"我已经派人去接他老婆了，从这里到省城，来回最快也要六七个小时，不知道他能不能撑得到见他老婆最后一面。"

"这一定是健一公司下的毒手！"郭小芬叫了起来，"你们为什么没有去抓那些坏蛋？！"

马笑中知道她是在极度愤怒之下，情绪失控，连忙拉着她的胳膊说："小郭，你冷静一点。现在没有任何证据说明绑架并殴打郝文章的是健一公司的人啊，警方还在继续抓那个面包车司机和疤瘌眼，只要能抓到他们，咱们一定能把幕后最大的那个王八蛋给揪出来！"

郭小芬喃喃地道："老马，其实我之前一直怀疑郝文章才是湖畔楼命案的真凶呢……"

"啊？"这下马笑中傻眼了，"怎么会？"

"你没有在媒体待过，不知道报纸是怎么印出来的。一般来说，像《北方都市报》这种晚报，截稿时间应该是在出报当天的中午十二点，据我的了解，楚天瑛在狐领子乡召开新闻发布会的时间是十月二十五日的中午十二点整，所以，平面媒体即便是想在当天发布这一消息，也不可能，他们的稿件的见报时间，大都是在十月二十六日的早报上——那么，郝文章是怎么做到把他的千字大稿登在十月二十五日的《北方都市报》二版上的？"

"这个，这个……"马笑中想了想道，"郝文章不是跟你说，是他跑法制口的老关系户，正好参加了现场勘查，给他透露的消息。"

"时间，依然是时间上存在问题。"郭小芬摇着头说，"从郝文章那篇稿子的内容来看，很多属于结论性的东西——勘查期间，刑技、法医各忙一摊，谁也来不及总结什么，所以可以推断，这个稿子中的内容，即便真是什么'老关系'透露给他的，也是在案情分析会期间或会后。我问过楚天瑛，案情分析会的结束时间是十一点四十分，然后召开记者招待会，这其间只有二十分钟，郝文章手再快，想在二十分钟内采访、成稿也是不可能的事。"

"我明白了！"马笑中说，"那个'老关系'肯定是在案情分析会开始前偷偷打通了郝文章的手机，在会议期间与他一直保持通话状态，这样一来，郝文章就有充分的时间写那篇稿子了。"

"那是案情分析会，不是记者招待会。"郭小芬依然摇头，"要是记者招待会，拿到新闻稿就可以发稿了。案情分析会是什么？是一大群警察群策群力、琢磨案子的各种疑点，换成你是记者，假如你真有个窃听的机会，你是听完才动笔，还是听到一半就写出来发稿？"

马笑中瞠目结舌："那……那是怎么回事啊？"

郭小芬说："我后来找到《北方晨报》的编辑老陈——《北方晨报》和《北方都市报》是一套采编班子办的两份报纸——请他帮忙调查了一下，得出的结果更加诡异。据说是十月二十五日上午十点，郝文章就把那篇稿子发给了编辑部主任，主任一看是重大新闻，立刻就要头版出大导读，文章放在二版头条位置。但是郝文章说消息的真伪还有待核实，他给一个正在湖畔楼现场勘查的老关系发了个短信问是否有这事，老关系要求一手交钱一手交'货'，所以他马上驱车赶往狐领子乡。保证在十二点报纸付印之前给出准确消息，如果是真的，稿子正常上版；如果是假的，就用其他稿件填补二版的空缺位置。这样，到了十二点付印前的最后一刻，编辑部主任收到了郝文章的短信，四个字：消息属实！"

"啊？！"马笑中不禁目瞪口呆，"这，这就是说……"

郭小芬点点头："我按照一篇一千字的稿子用一小时写完的正常速度算，刨除上网、修改等零碎时间，这等于郝文章在十月二十五日上午八点多就开始写那篇稿子了，而那时，案情分析会才刚刚开始……"

马笑中彻底傻眼了。

郭小芬犹在自言自语："谁在那个时间就能把案子知道得这

么详尽？什么门窗反锁的密室，什么五行阴阳镜——除了凶手本人，绝无第二个人！所以，我一直在怀疑郝文章才是这个重大新闻的真正'作者'，这几天我甚至想他是假失踪，找个地方躲了起来……现在看来，我想错了……"

"不！一码归一码。他被绑架是健一公司想拷问出真相，这并不能说明他不是本案的凶手。"马笑中说，"你这么一分析，我倒觉得有一点是肯定的：郝文章就算不是本案的凶手，也知道本案的凶手是谁，甚至和他有过直接联系！"

郭小芬揉着太阳穴："我真的是累了，好像在山里迷路了似的，翻来绕去，总是走不出去……"

"要不，你给呼延打个电话吧。"马笑中说。

"你当我没有给他打？"郭小芬把刚才和呼延云的对话讲了一遍，"你说，他说的是不是一句超级废话！"

马笑中搔着后脑勺："凶手设置密室的唯一目的，是想让警方认为那就是一个密室——啥意思啊？"他看一看表，已经凌晨两点，再看郭小芬一向粉盈盈的小脸黄得跟晚秋的柿子似的，便找来护士给开一间有病床的单间，让她去休息一下。

郭小芬身心俱疲，脑袋一挨枕头就睡着了。

4

一觉醒来，掀开窗帘，虽然太阳已经升起，却只病恹恹地占着天空的一角，树梢像冰凌一般闪着苍白的光。

昨晚睡前，郭小芬把手机调成静音，现在一看，竟显示有十几个呼延云打来的未接电话，还有一条短信："小郭，打你的手机老不接，请把湖畔楼案件的全部资料发我一份。"

想起昨天那句废话，郭小芬真想不搭理他，但此时此刻不是耍性子的时候，便给林凤冲拨了个电话。

林凤冲答应得很痛快："正好，凝也向我要一份资料，我复印两份，给你们一人一份，中午之前递到。"

"不用给我递。"郭小芬把呼延云的地址给了他。

她呆呆地在床上坐了一会儿，突然想起应该问问雷抗美的情况，便打电话给他的学生，听到的消息依旧很沉重："老师凌晨醒了一会儿，问你有没有挨打，听说没有就放心了，叫我们继续回来检测五行阴阳镜，一旦出了结果马上告诉你，然后又陷入了昏迷状态。"

挂断电话，郭小芬觉得胸口憋闷极了。她很想马上写一篇稿子，题目就叫《雷抗美教授受袭目击记》，但又不知道具体能写些什么。的确，她目睹到了惨剧，老人被鲜血染红的白发，即便在睡梦中也清晰可见——除此之外呢？没有抓到凶手，不知道幕后指使者是谁，即便猜个八九不离十也拿不出证据。

罪恶就在眼前发生，罪恶却又无迹可寻。她不禁想起雷抗美说的那个被健一公司推销员吓得猝死的老人——这种杀人的方式，和慢性病患者停药吃虚假保健品后的死亡，本质不是完全一样的吗？都是无迹可寻的，都是基于谎言的，都是不会受到任何法律制裁的……随便在街上买一份报纸，上面刊登的广告有多少是那些吹得天花乱坠的虚假保健品！又有几篇曾经批评过它们的虚假宣传，揭发过它们的骗人伎俩？！参加过那次记者招待会，她就明白了，那些健康媒体的记者早已与健一公司沆瀣一气，对于那样惨痛的一起杀戮，他们竟不提出任何质疑，只想拿着车马费走人。

还有，"不少医生也被重金收买，给他们开保健品鉴定会，替他们鼓吹保健功效——更多的医生则保持沉默，仿佛一切与己无关"，想起雷老爷子脸上经常流露出的落寞，郭小芬感到鼻子阵阵发酸。

不知道呆坐了多久，楼道里突然传来一阵悲痛的哭声。她愣了一愣，下了地，推开门一看，只见几个警察搀着一个三十多岁的短发女人正站在ICU门口，那女人粗红的面孔，一双被泪水泡肿的眼睛显得有点憨。郭小芬走上前去，马笑中给她介绍："这位是郝文章的爱人，刚刚接过来，进去看了一眼……"

那女人还在哭着，哭得郭小芬心里发慌，便拉她到旁边一间诊室里坐下，说了些劝慰的话。好一会儿，女人终于由哭泣变成抽泣，慢慢地说："他离开家以前，换了个手机，把原来的手机留在家里了，说万一他要是出了什么事情，让我把这个交给警方。报社的总编一直瞒着我他失踪的事情，不然我早就交给你们了……"

马笑中接过手机，开机之后，起先没有看出什么端倪，后来发现，在短信收件箱里，有一个陌生的号码发来的许多短信，首先是十月二十三日发的：

20:00：郝记者，久仰你的大名，你原来做批评报道，现在做健康报道，有个大新闻不知道你关注不关注？

20:30：不必问我姓名，我只是一个爆料人，知道你的手机号码而已，我不会接听你的电话，只会短信和你联系。

21:00：请你在网上检索一下健一公司的相关材料，尤其是他们的虚假广告，这和我的报料有密切关系。

然后是十月二十四日发的：

18:00：郝记者，做好报道准备了吗？

18:30：早就听说你为弱势群体仗义执言，所以才找到你，请相信我。

19:00：哦，今天草原上的风好大啊，天气很冷，跟要下雪似的，真令人怀念。

20:00：一会儿我将给你发最后一条短信，会写明事情发生的地点，你不要赶过来，可能会有危险。明早你来证实一下，就知道我说的是真是假了。

21:30：某某县狐领子乡有个湖畔楼旅馆，今天晚上，健一公司高层在KTV包间里研究他们的主打产品——五行阴阳镜的改进方略，由于该阴阳镜含有多种矿物质，因此具有强烈的辐射作用，由于操作不当，导致射线泄露，造成了门窗反锁的包间里的所有人全部死亡……

最后一条短信非常详细地写明了事件发生的情形。

马笑中交代手下一个警察去查查这个陌生的号码，然后对郭小芬说："看来这些短信是凶手发给郝文章的，最后一条，他很可能是发完之后就动了手。你瞧，发出时间是在晚上九点三十分，这与法医判定的那六个人死于九点半到十点之间相一致。"

郭小芬把那些短信抄在一个小本子上，看了又看，忽然说："我关心的倒是这一条：'今天草原上的风好大啊，天气很冷，跟要下雪似的，真令人怀念。'这个发信人看来以前有过在草原上生活的经历啊。"

脑海中猛地闪出一个名字。

难道是他？但是他为什么要给郝文章报料？他又为什么要和那些人同归于尽？他的死亡方式又为什么和其他人明显不同？

如果是他，那么蒙如虎又是被谁杀死的？

密室又是怎么形成的？

依然解释不通。

郝文章的妻子在一旁和马笑中念叨："我们家老郝是农村长大的，那村子邻着狐领子乡。小时候他日子过得特别苦，中学没毕业就到城里当建筑工人，后来自学成才，到报社当了记者。由于出身苦，特别看不得穷人受欺负，报社领导让他写批评报道，他可上心了，每天早起晚归的采访，没日没夜地写稿子，一说起又把哪个坏蛋送进了大牢，就高兴得不行，家里墙上不挂别的，就挂人家送他的锦旗，什么'铁肩担道义，妙手著文章'，什么'写良心稿件，替人民说话'。人家给他几句好听的，他就美得不知道自己姓什么，结果胆子越来越大，心也越来越粗，一个不留神，写了篇证据不足的稿子，被人家告到法院，报社给了他个处分，换他跑健康口。结果，这半年他睡觉都不踏实，唉声叹气的，总说要写篇好稿子打个翻身仗，谁想竟然搞成这样。警察同志，你们可要抓到打老郝的那些坏人啊……"说着说着又呜呜地哭了起来。

这时，一个医生推门而入："哪位是郝文章的家属？郝文章想见你，快点跟我进去！"

听口气就知道情况不好，郝文章的妻子吓得腿都软了，站都站不起来，马笑中和医生一边一个搀着她往外面走去。

门关上了。

又只剩我一个人了。

一种巨大的恐惧感突然笼罩住郭小芬。不知为何，她的腿也有点发软。她想了很久很久，才终于明白自己是害怕孤独。在上海的男友好久没有主动和自己联系了，家里养的小猫贝贝这两天不知道跑到哪里去了。一尘不染的诊室，两面是灰白的墙壁，另外两面，一面开了门，一面开了窗，门也好，窗外的天空也好，俱是和墙壁一样的灰白。

和每次案件的报道不同，这一次她牵涉得很深，但是除了偶尔出现的马笑中，她几乎是一个人在面对一切，不对，正确的说法是她的同伴都倒下了，郝文章、雷抗美，他们都曾经为她指明过一点方向，或者带着她走了一小段路，现在他们都已经躺在医院里了。

这就是个关于孤独和绝望的案子，她知道……

不，她不知道。

那个寒风凛冽的夜晚，在茫茫的草原上，在那个矗立于湖边的小楼里，刘思缈曾经恐惧过吗？她是不是正因为巨大的恐惧，才逃出湖畔楼？才穿着沾满鲜血的睡衣站在国道上，想让飞驰而来的汽车将自己和纠缠着自己的恐惧感一起压成齑粉呢……

想到这些，郭小芬的身体微微发抖，诊室里太安静了，楼道里也太安静了，她想起身推开门走出去，但就是站不起来。

手机响了，是雷抗美的学生打来的——

"检测结果证明，五行阴阳镜的材料为玻璃、灯泡、电线和水，接通电源后会产生光和热，大约可以理解成一个表面雕刻了八卦图的暖宝……绝对不会对人体构成任何辐射性伤害。"

意料之中。

一个售价五千元。

"五行阴阳镜是我们公司主打的一款保健器械，是传统中医养生术与现代理疗方法相结合的高科技产品，辅助治疗各种慢性病……"

那次记者招待会上，蒙康一是不是这样说的？

门突然开了。

马笑中站在门口："小郭，郝文章想见见你……"

郭小芬用尽全身力气才站了起来，跟在他后面跟跟跄跄地走进了ICU。只见郝文章躺在一张病床上，浑身上下插满了各种导管，脸上尽管经过清洗，依然是一片血肉模糊，只有嘴唇上的八字胡，虽然浓密了一些，却依然傲慢地向上翘着。

见郭小芬走到身前，郝文章慢慢地抬起了右手，郭小芬一把抓住，她感到他想握得更紧一些，但几根指骨已经断了，使不上力气。

"仰慕已久……小郭……姑娘。"郝文章努力地笑着说。

郭小芬猛地想起，她和郝文章第一次见面是在汉诺酒店里，这个家伙的第一句话就是："碰上了仰慕已久的小郭姑娘……"

说这话的时候也是笑眯眯的。

郭小芬强忍着泪水："你好好治病，治好了我请你吃红豆冰去。"

郝文章笑了，笑得欣慰极了："好……他们告诉我，雷教授答应检测那个……阴阳镜，结果出来了吗？是不是有过量辐射？这回我没有写错……对不对？"

郭小芬使劲吞咽着，才压抑住哭声。

"小郭，我突然想起我那老兄弟了。"

"李家良？"

"我想起他说过的一段话，他说翻来覆去，被取代者和取代者其实是一样的……"

对不起，郝文章，对不起……

他还在充满希望地望着她，但郭小芬唯一能做的，就是凝视着他的双眼，她能感觉到他的目光有如快要熄灭的烛火，在做着最后的挣扎……终于，渐渐地黯淡下去。

"抢救！马上抢救！"一个医生大喊起来。

5

坐在街心公园的长椅上，她呆呆地望着小广场上锻炼的几个老人。

攥在掌心的手机，刚刚接到马笑中的短信，只有简简单单的四个字——

"老郝走了"。

那几个老人，有的从上到下噼啪噼啪地拍打着全身，有的用肩膀撞一棵快要死掉的树，剩下几个，和着流行音乐《爱情买卖》跳着非常难看的舞蹈。

他们在干什么？

在锻炼？在争取健康长寿？可是为什么他们的表情都是一样的麻木？没有笑，也没有怒，一张张布满皱纹的脸皮上，只有齿轮磨损般的厌倦，好像所有的肢体动作只是一种本能、一种为了防止机械老化而不得已的旋转，而他们的灵魂早已在岁月的蛀蚀中不复存在。他们知不知道，就在不远处的那个医院里，有个傻瓜为了他们能活得明白一点，而悲惨地死去——就算是知道了，恐怕他们也未必会多么关心。

郭小芬揉着酸麻的腿站了起来，在路边打了个车，司机问她去哪里，她随口就说出"精神卫生鉴定中心"。

透过车窗，她看到路上的行人，也都是一样麻木的脸孔……

"她吃了安眠药，还在熟睡中，你看看她就出来吧。"凝一边说一边连续刷了两张卡，打开了铁门。

郭小芬走进病房。

盖着小薄被，刘思缈静静地躺在床上，闭着眼睛，雪白而瘦削的脸上浮着一层半透明的光。她的神情中既没有忧伤，也没有高傲，甚至连失忆后时时浮现出的迷惘也全然不见，仿佛一个接受了全麻的病人。

郭小芬突然害怕起来。思缈，你怎么了？你可以遗忘，但绝不能麻木啊！

她抓起刘思缈搭在被子上的一只手，攥在掌心里，如水一般冰凉……她想起了她们曾经无数次的争吵和拌嘴，也想起了她们为了爱或恨苦苦挣扎的过往。

"思缈，我好想找个人说说话，可是我找不到。"她低声说，"上午的时候，一个朋友去世了。他是个很好的记者，他想写一篇揭穿谎言的稿子，可是他错了，那个叫五行阴阳镜的东西虽然做了虚假宣传，但是确实没有辐射的危险。朋友临死的时候，就想听我说一句，说五行阴阳镜真的能辐射杀人，他想在最后的时刻为自己的死找到一点意义。我多想对他说一句假话，骗他安心地走，可是我说不出……雷教授说我们几千年来都是这样，用一个谎言代替另一个谎言，用一种愚昧战胜另一种愚昧——郝文章其实也是这样做的，也许他是不知不觉，但他确实是这样做的……我只能沉默，他肯定读懂了我沉默的意义，他走得遗憾极了,他肯定会想:我用生命来捍卫的,其实也和那五行阴阳镜一样,不过是个虚假的东西……"

她说不下去了,大串大串的泪珠滑过脸颊,洒在手背上。

很久很久,她接着说:"我忘了自己是怎么走出医院的,我坐在公园的长椅上想了好久,想不明白从什么时候起我们变成了这个样子,生活中充斥着各种谎言却没人揭穿,是不是我们都被集体催眠了?是不是我们早就生活在各种各样的'健康讲座'中而不自知?如果是,那个催眠我们的势力或人,到底想要做什么?后来我想明白了一点:也许是想要控制我们,让我们傻傻的只会被他们利用,这样下去该多么可怕啊。比如湖畔楼这个案子,他想说谁是凶手,谁就是凶手,管他什么人证、物证,管他什么推理,管他什么真相……"

不知道什么时候,一帘暮色挂上了窗扉,郭小芬的双眸也入梦一般渐渐黯淡……

突然,她打了个寒战,叹了口气,声音暗哑地说:"思缈,你快点醒来吧……你是最优秀的刑事鉴识专家,过去你和我吵,说推理算什么,物证才是硬道理,现在看来,也许你是对的。没有证据,没有实验,一切都是谎言!你——只有你,才能告诉我们湖畔楼的真相……"

这时,一直在门口等待着的凝走了上来,轻轻拍了一下她的肩膀:"天色不早了,小郭姐姐你早点回去吧。"

郭小芬看了一眼仍在熟睡的刘思缈,站起身,走到门口道:"明天早晨,你能保证她恢复全部记忆吗?"

凝说:"你放心,我会竭尽全力的,现在让她好好睡觉,就是为了晚上能更好地治疗。"

"嗯?"郭小芬觉得有点不对头,"她现在睡,晚上精力旺盛,还能催眠吗?"

凝微笑道:"不碍事的,睡眠和催眠是两回事……唉,也怪思绵姐太痴情了,陷得太深,本来为情所伤,又遇到这么可怕的事情,情绪创伤和大脑创伤产生联合效应,恢复记忆的难度才这样大。其实,爱情说到底就是一场活塞运动,何必那么介意呢?"

郭小芬一惊。怎么她说话如此轻薄?

她突然感到,眼前这个一直温柔而乖巧的女孩变得十分陌生,甚至有点可怕。

凝也意识到自己失言了,尴尬地笑笑:"我开玩笑的。"

"这个玩笑开得水平不高。"郭小芬冷冷地道,然后头也不回地下楼去了。

凝站在窗口看着郭小芬出了鉴定中心,打车远去,嘴角滑过一抹冷笑。

她来到总控制室,看了看液晶显示墙,病房摄像头传输过来的图像显示,刘思绵还在熟睡。她吩咐一个工作人员保持密切监视,刘思绵醒了之后叫她,然后回到医务室,往椅子上一坐,望着墙上挂钟滴答跳动的秒针,仔细地思考自己的计划有没有漏洞。

绝不能有任何漏洞!

刘思绵,我和你一样喜欢完美。

我和你没有什么冤仇,也不恨你,我只是讨厌你,一直以来都非常非常讨厌你。

在中国警官大学,只要提起林香茗,必定和你的名字联系在一起,这让我很不爽。你千万不要误解我爱上林香茗了,我才不会那么傻呢,除了自己我不会爱上任何人,爱情说到底就是一场活塞运动,我只在乎我自己的感觉——那种凌驾于一切之上、永远高人一等的感觉。林香茗嘛,是很优秀,第一次听他的讲座我就眼前一亮,这么完美的男子,应该是我王冠上的饰品,凭什么你的名字和他并称?我承认你比我漂亮,我承认你的刑侦水平一流,但是我永远不会像你那么痴,痴到把自己的小命搭进去!越想到你的愚蠢,我就越生气,你知不知道让我生气的后果很严重?你知不知道生气会让一个女人老得快?!

所以,当健一公司找到我的时候,我想都不想就答应了他们。

我要用催眠术,把虚假的犯罪记忆植入你的脑海。你杀没杀人,我才不关心,我要做的是让你坚信自己杀了人!让你当众承认自己杀了人,即便是最后那个案子侦破了,凶手不是你,可是你依然会认定自己才是真凶,你会被杀过人的负罪感折磨一辈子,折磨到你死!

门开了。

"她醒了。"工作人员说。

凝站起身,拿起桌子上一个早已准备好的盒子,走出了医务室。

铁门前,四个武警铁塔一样矗立着。

连续刷了两张卡,打开铁门,走进去,回身关上门。

刘思缈还是老样子,裹着小薄被,坐在墙角冰凉的地板上,怀抱那只打开了软木塞的暖壶,两眼发直,呆呆地看着从壶嘴里氤氲而出的热气。

凝打开盒子,拿出一个针管和一小瓶药液。

针头插进小瓶,吸取药液,然后竖起针管,针头朝上,挤出一点点药水……现在的剂量正好。

这种名叫阿米妥钠的药物,能大大加深催眠深度,注射后再进行催眠,刘思缈的犯罪记忆将更加深刻。

不知道明天早晨,林凤冲和郭小芬那群笨蛋听到刘思缈承认自己是杀人凶手的时候,会是怎样的表情,想想都很期待哦……

凝左手抓住刘思缈的胳膊,右手持针管,针头对准了一条非常美丽的青色血管——

刘思缈呆呆的,喃喃地道:"我就是你,你就是我……"

凝狞笑着点了点头:"对,我就是你,你就是我。"

针头深深地扎进了皮肤。

刘思缈没有任何反应,还是看着壶嘴里升腾的热气。

完美无缺,可以打一百分。

第八章　金蝉脱壳

从严格的意义上说，根本不存在什么高智商犯罪……既往的无数案例表明：刑侦人员与犯罪分子的较量，取胜的决定性因素并不是智力，更不是体力，而是意志力。

——林香茗《犯罪心理学家的心理矫正》

1

早晨六点，郭小芬的手机突然响个不停，像有只无形的手在揪她的头发似的。

不知什么原因，这一夜她睡得很不踏实，此刻揉着惺忪的睡眼拿起手机，放到了耳边："哪位？"

"郭记者吗？我是沙俪！"声音一如既往的坚硬。

郭小芬一听这个名字，就醒了大半，不由得多了一分警惕之心，先看了一眼关得紧紧的房门，然后冷冷地问："什么事？"

"我是昨晚十点才结束审查被释放的。"沙俪说，"我想找你谈谈。"

"我想我们没什么好谈的。"

沙俪还在坚持："不，我这几天一直在思考这是怎么回事，越想越害怕，也许我们都陷入了一个阴谋之中——"

"对不起，我不想和你废话。"郭小芬很不客气地说，"如果觉得冤枉，你可以和健一公司给你发钱的人去谈，让他们下次给你多一些酬劳。"然后直接把电话挂断了。

没半分钟，手机又响了。

郭小芬一看，又是沙俪打来的："你烦不烦？！"

沙俪愣了一下："我是挺烦的，但是刘思缈有危险，你想不想管？"

"你只要别给刘思缈继续吃心得安，她就没危险！"

"心得安怎么了？是不是那个爱新觉罗·凝跟你说了什么？你可千万不要信她的鬼话！她才是要对刘思缈不利的人！"

刹那间，郭小芬找到这一夜都没睡踏实的原因了！

就是那句话。

还有那种口吻，还有那种陌生到可怕的感觉。

"爱情说到底就是一场活塞运动，何必那么介意呢？"

这个叫凝的女孩，为什么在不经意间表露出的面目，和她惯于示人的仪态，具有如此大的差距呢？她到底想掩饰什么？

"喂？喂？郭记者你还在听吗？"手机里传来沙俪的声音。

"我在听。"郭小芬说。

沙俪吁了一口气："你住在哪里，我想当面和你说说我的想法。"

大约半小时后，郭小芬下了楼，钻进一辆红色轿车里。

"我的时间不多。"郭小芬坐在副驾驶位置上，对手握方向盘的沙俪说，"希望你用最简洁的话说服我不要拔腿离开。"

沙俪想了一想，说："我听说今天上午九点，警方的专员会和你们一起到精神卫生鉴定中心，而凝已经做了承诺，会在此前唤醒刘思缈,让你们听她讲述完整的案发经过,是这样吗?"

郭小芬点了点头。

"那我敢和你打一个赌。"沙俪说,"届时你们将会听到刘思缈承认自己是杀人凶手。"

"你胡扯!思缈绝对没有杀人!"

"你没有明白我的意思。"沙俪说,"我知道刘思缈没有杀人,但凝会用催眠术,让刘思缈承认自己杀了人!"

"怎么可能?"

"刘思缈患的,是一种名为心因性失忆症的疾病。"沙俪慢慢地说,"当我们的精神受到突如其来的巨大创伤时,大脑就会产生一系列的反应,最终以右旋糖类皮质激素的释放为结束。这种激素有点像保险丝,能够帮助我们在紧急情况下维护心血管系统的正常水平,不会让身体这个复杂的电路被彻底'烧坏'。但是右旋糖类皮质激素也有一个坏作用,如果它释放过量,容易对细胞产生严重的破坏作用——尤其是和我们记忆密切相关的海马,导致失忆症的发生。"

她停了一停,接着说:"你要知道,失忆本身未必是一件坏事。我用这样的比喻你就明白了:如果创伤是一把榔头,灵魂是你脑壳里的一只寄居蟹,当用榔头击打外壳时,失忆不过是寄居蟹跑了,过一阵子它还会回来,而精神分裂症则是那只寄居蟹被震碎了,这才是最可怕的。所以,心因性失忆症的最好治疗方法就是让患者静养,等寄居蟹过一阵子回来了,记忆自然就恢复了——"

"那么,你为什么还要给思缈吃心得安?"郭小芬打断她,把凝曾经讲过心得安会抑制回忆的话讲述了一遍。

"β受体阻断剂确实能降低去甲肾上腺素的水平,使人避免受到痛苦记忆的纠缠，但是对于刘思缈而言，她需要的是缓慢恢复，好像做磁盘整理似的，一点点，一点点地把散碎的记忆片段重新整合在一起。服用心得安，可以避免那些恐怖的记忆片段突然作祟，打乱整理工作。"沙俪说，"凝只强调了心得安的副作用，却刻意回避了其正面的治疗作用——世界上没有无副作用的药物，只有那些骗人的虚假保健品，才天天把西药有副作用挂在嘴边呢，其实他那保健品也有副作用，馒头吃多了还能撑死人呢！"

郭小芬不由得"嗯"了一声。

"昨天晚上结束审查之后，我回到家，给同事打了个电话，听说这两天做完催眠治疗以后，刘思缈的精神更加恍惚，我那个同事给她送饭时，还无意中听到她说了一句'我要努力回忆罪行……我杀了人'，霎时间我明白了这一切到底是怎么回事。"沙俪说，"我不知道你听没听说过'医源植入性记忆'？"

郭小芬摇摇头。

"简单说，就是催眠师或心理医生在治疗过程中，通过暗示手段在患者脑海中植入一段错觉情境。"沙俪说，"二十世纪九十年代，美国曾出现过一股'全民受虐潮'，成千上万的美国妇女在催眠师的'治疗'下，回忆起自己童年时代受到亲人的性侵犯，导致大量的人入狱、无数个家庭解体。华盛顿大学的著名认知心理学家伊丽莎白·洛夫特斯教授经过研究证明，其中绝大部分'受虐记忆'纯属子虚乌有，是在催眠师具有暗示性的提问中形成的——催眠术能导致人进入一种高感性状态，思维和心理活动在这种状态下很容易被夸大、控制和扭曲，甚至无中生有。比如你反复问一个催眠状态的女人'你小时候被父亲抚摸过几次阴部'？那么即便是根本没有过这种事，这个女人也会将儿时父亲给她洗澡回忆成性侵犯——这就是所谓的'医源植入性记忆'。"

"人的记忆,有那么脆弱吗?"郭小芬有点不相信。

"比你想象的脆弱得多。"沙俪说,"伊丽莎白·洛夫特斯教授曾经做过一个著名的'超市走丢实验',她找了一群从八岁到四十二岁的受试对象,问一个相同的问题:你还记得你五岁时在超市走丢的事情吗?所有的受试对象起初很困惑,但在提问者坚定有力的提问下,所有的人都'回忆'起了根本不存在的走丢事件,甚至回忆出超市的名字、父母焦急寻找的样子,甚至电梯的铃声和警察用棒棒糖哄自己不要哭……你看,我们就是这样容易受到环境的影响。书籍、报纸、杂志、电视、讲座,都在某种程度上制造着一个又一个虚拟空间,使观众分不清事实和虚构,产生并不存在的记忆,假如这种记忆又是'集体共识'——就是说你身边的人都'记起了这件事',那么你就更加容易坚信'这件事确实发生过'。"

郭小芬的脑海中,突然浮现出了那次健康讲座:《革命人永远是年轻》的合唱,三位"我国医学界的泰斗级人物",还有一拥而上的抢购……

"当然,催眠术本身并不是坏事,让失忆患者进入恍惚状态,在极度放松中慢慢回忆,确实有助于其及早恢复记忆。但是凝却使用了一种可怕的手段,那就是植入记忆扭曲编码。"沙俪把凝实施催眠的方法和过程对郭小芬详细讲述了一遍,"我也学过一点点催眠术,但最初并没有意识到问题在哪里,因为凝植入的第一句是'我是受害者,香茗一定会原谅我',表面上看这句话毫无问题,但是我忽略了一点——"

"你忽略了什么?"郭小芬盯着她的眼睛问。

沙俪说："我忽略的是——这句话其实不是凝植入的第一组记忆扭曲编码。"

一阵旋风，在车窗外打了个极响的哨子。郭小芬不寒而栗。

沙俪接着说："第一组记忆扭曲编码，其实早在第一次治疗结束时就植入了，那句话是这样说的：'无论发生了什么，我都不能逃避，否则痛苦将永无休止，我要努力回忆，罪行才能破解。'我后来想起，凝在说这句话时，最后四个字说得很重，这里她玩弄了一个魔术手段，一个障眼法，她让我误以为她要强调的是'才能破解'，其实不然，她在刘思缈的记忆里真正植入的是这样一个断句——'我要努力回忆罪行，才能破解'！"

"啊！"郭小芬忍不住惊叫了一声。

沙俪长叹："这两组记忆扭曲编码组合在一起，就形成了这样一句话：'无论发生了什么，我都不能逃避，否则痛苦将永无休止，我要努力回忆罪行，才能破解，我是受害者，香茗一定会原谅我……'凝像刻盘机一样把这句话刻在了刘思缈的记忆里。接下来，她又给刘思缈施压，使她喊出'我要杀了你们'的潜意识！这样一来，即便是我都怀疑刘思缈是杀人真凶了。我敢说，在我被带走审查之后，凝一定还植入了更多的记忆扭曲编码，比如'我才是杀人凶手'之类的。"

"她为什么要这么做？"郭小芬喃喃地道。

"这个我就猜不出来。"沙俪说，"小郭你要相信我，我真的没有把刘思缈的消息透露给健一公司，我还奇怪呢，我刚刚接手刘思缈的治疗，健一公司那个公关事务部的主任王慧就打电话找到我，让我写篇稿子讲保健品在精神病患者康复中的作用。我很不客气，告诉她服用保健品对精神疾病毫无作用，她还是让我写，稿子刚发给她，就告诉我稿费打了过来，我查了没有，还催了一下，不知道为什么直到我被审查那天上午才打到我的账户上，还是那么大的一笔钱……"

"凝岂止是给思缈做了催眠，她把咱们都催眠了！"郭小芬愤愤地说。

凝是名茗馆的馆主，凝是楚天瑛亲自"求来"的救星，凝从一开始就引她注意沙俪的用药，凝永远是一副善解人意的温婉姿态……这一系列行为形成一个巨大的"场效应"，使最擅长观察和独立思考的自己，也对凝报以绝对的信任，成了受人利用的一颗棋子！

"现在咱们该怎么办？"郭小芬有些手足无措。

"我给林凤冲警官打了个电话，他不相信我的话，所以我只好来找你了。"沙俪说。

郭小芬的嘴唇有些颤抖："你找我有什么用啊！过一会儿就要到九点了，如果思缈当着那个什么专员的面，承认自己杀了人，那她可就完蛋了……要不然，我们和那个专员说说，拖延几天，再换个催眠师，把思缈被植入的虚假记忆清除掉？"

"我听说那个专员貌似对刘思缈很不友好，一副要置她于死地的样子。"沙俪说，"虚假记忆犹如病毒，除了硬盘格式化，没那么容易清除的……"

"那怎么办？"郭小芬急了，"难道真的要清空思缈的全部记忆？那倒好，她连香茗都记不起来了，可是也变成了一个废人！"

沙俪紧锁眉头说："我想了一夜，倒是有个馊主意……"

"什么主意？"

"刘思缈的失忆，表面上看是被湖畔楼的恐怖事件诱发，但我仔细研究了相关资料后，发现更大的诱因在于林香茗的出事。

这就好比一个人感冒发烧，着凉受冻只是直接病因，根本原因还是这个人的免疫力下降。在日本的割腕自杀就是一个明证，表明她的精神状态已经非常不稳定了，一点点小事都可能诱发大问题，何况是那么个恐怖之夜了。"沙俪说，"在目前这种危急情况下，我主张以毒攻毒——"

"哎呀，你就别兜圈子了，怎么个以毒攻毒？"

沙俪斩钉截铁地说："带林香茗回来！"

郭小芬瞠目结舌："我……我上哪儿给你找林香茗去？"

"找本人是来不及了，找替身还是可以的。"沙俪说，"隔着窗户给她个背影或者侧脸，反正我们只要能刺激刘思缈一下，让她清醒过来就行。"

郭小芬看了看手表："现在已经快八点了——就照你说的办，可林香茗是何等人物！那相貌、那身材、那气质，就是个背影，又有谁能模仿得像？咱俩总不能现在开车到电影学院，瞅准哪个人像林香茗就抓过来吧？"

沙俪笑了："我也是林香茗的粉丝呢，当初他在我们大学里讲述行为科学，我也是课后蜂拥过去找他要签名的一个，所以，我按照自己的记忆，临时拉了个人过来当替身。"

"谁？"郭小芬瞪圆了眼睛。

"楚天瑛。"沙俪说，"虽然只见过一次面，可是我觉得他的身材和气质真的和林香茗很像呢，所以今天凌晨给他打了个电话，请他赶到北京做个临时演员。他听说刘思缈有危险，二话没说就答应了，连夜开车过来……"看郭小芬目瞪口呆的样子，她皱起了眉头，"你觉得咋样，倒是说个话啊！"

郭小芬一时还真说不出话来，一来为沙俪的义举感动，二来怎么想都觉得楚天瑛和林香茗差距太大，就算是背影，刘思绺要能弄混了都是奇迹……

只能死马当活马医了，指望刘思绺恍惚中产生错觉。

"开车。"她咬咬牙，"咱们现在就去精神卫生鉴定中心！"

2

在精神鉴定中心的住院楼门口，沙俪被武警拦住了。

"沙大夫，请原谅，上面有命令，不许您进入这里。"

沙俪的脸涨得通红。正在这时，林凤冲来了，看了郭小芬一眼，对武警说："让她俩都进去吧。"然后只和郭小芬攀谈着往楼道里走，看都不看沙俪一眼，弄得沙俪很尴尬。

在上楼的短短几分钟时间里，郭小芬用简洁的语言告诉林凤冲事情的经过，他的脸色顿时变得十分难看："现在只能寄希望于桑专员迟到了，咱们可以逼着凝要么唤醒思绺，要么承认自己搞鬼。"

"林队长为什么盼着我迟到？"三楼的楼梯口，出现了桑专员那张诡异的笑脸。

林凤冲一愣，苦笑了一下："没什么……"

过了安检门，走进了楼道，只见刘思绺的病房门口除了那四个警员，还多了几个穿着棕色条绒便装的人，他们面无表情的脸孔令黑沉沉的楼道越发压抑。林凤冲低声对郭小芬道："这些都是桑专员带来的人——你快给楚天瑛打电话，问他到哪里了！"

郭小芬钻进洗手间拨通了楚天瑛的手机，话筒里传来楚天瑛困兽一般的咆哮："进京的高速公路堵得厉害，我已经是拼命在赶了！你想办法再拖延半小时！无论如何也不能让他们把思绡带走!"

然而,郭小芬一走出洗手间,就绝望地垂下了手臂。

凝虽然还没有到,但等不及的桑专员已经命令工作人员用备用卡打开了病房的铁门。

时间是九点整。

那一刻,看到从病房里奔涌出的一道光芒,郭小芬突然想哭——

她想,刘思绡这段时间以来是不是一直都看着这道门开开闭闭,是不是也有过一些找回香茗、找回失去记忆的梦想和希望,然而此时此刻,所有的梦想和希望都破灭了,在这样美好的、令人感动的光芒里,一切都将归于绝望……

"啊!"

一声惊叫!一刹那,有如手持摄像机在奔跑中拍出的镜头:脸孔、楼道、手臂、腿、枪……都在剧烈的摇摆中缩小,缩小,最后统统被吸入了那道光芒里!

楼道里没有人了。

空了。

死寂。

到底怎么回事?出什么事了?郭小芬慢慢地走到病房门口,发现里面站满了人,活像是一丛茂密的古藤,她好不容易才挤进去,只见所有的目光都直直地望着床上那个穿着病号服的女人。

床上……不是刘思绡吗?

不是,是——

爱新觉罗·凝!

"这……这是怎么回事?"桑专员的脸孔扭曲得变了形。

沙俪走上来，扒开凝的眼皮，喃喃地说："她好像是被催眠了……"

桑专员对她吼道："这个凝不是被派来催眠刘思缈的吗？怎么自己倒被催眠了？！"还没等沙俪回答，他又怒气冲冲地问站岗的那四个武警，"你们是干什么吃的？！你们难道没有看见刘思缈逃出去吗？"

四个武警连连摇头，其中一个人说："昨晚凝离开了这间病房后，就再也没有人进去了啊。"

林凤冲打开窗户，摇了摇外面的铁栏："这铁栏没有损坏，看来昨晚离开病房的不是凝，而是刘思缈。她和凝换了衣服，然后走了出去，楼道里的灯光昏暗，值班的武警又没有看清她的脸，她的身材和身高又和凝差不多……"

"这衣服绝对不是和平交换的，而是思缈先把凝弄昏，脱下病号服给凝套上，再把凝的衣服穿走。"郭小芬掀起病号服的袖口，往里面指了指说，"你们看，衬衣还卷在胳膊肘部位呢，一般人要是这么穿衣服可难受死了。"

"这不可能！"一个工作人员嚷了起来，"这间病房夜里也是不关灯的，从昨天晚上到现在，液晶显示墙前面就没有离开过眼睛，击昏凝，再换衣服……开什么玩笑，我们一直通过摄像头看着刘思缈躺在病床上呢——"

他好像突然想起了什么，跑到墙角仔细检查了一下摄像头，然后转过身，满脸困惑的表情，对着一屋子的人摇了摇头。

摄像头没有问题。

那么，刘思缈是怎么离开这间病房的？

病房里沉寂了许久，桑专员指着凝说："先把她弄醒再问！"

沙俪连忙阻止道："没用的，我刚才试了，她是被深度催眠了，得找个更高级别的催眠师才能唤醒她。"

郭小芬想了许久，走到那个工作人员的面前问："你确定你从昨天晚上到现在，视线就没有离开过液晶显示墙？"

"即便是我去上厕所了，还有另外两个值班人员呢。"

"那，这个谜只有一个破解办法了。"郭小芬说，"调取视频资料。"

"等一下。"那个工作人员突然想起了什么，"只有大约两分钟的时间，摄像头模糊了一下，不过我们都知道那是水蒸气的作用……"

郭小芬一头雾水："什么水蒸气的作用？"

"沙医生知道的。"工作人员看着沙俪说，"刘思缈在做完第一次催眠治疗之后就说怕冷，要喝热水，我们就给她端了个暖水壶来。她经常坐在墙角，打开壶盖，看着热气往上冒，或者把手心手背翻来覆去在壶嘴上面'烤'，像在篝火上取暖似的，水蒸气往上冒的时候，就会把摄像头蒙上一层雾，不过只有很短的时间就消散了，所以我们也就从来没当回事……"

"谁能回答我一个问题？"沙俪突然很大声地喊了一句。

大家都被吓了一跳，惊讶地望着她。

沙俪不管这许多，兀自大声问："谁能告诉我，刘思缈过去学过催眠术或者心理学吗？"

众人面面相觑，最后还是林凤冲说话了："我不知道思缈学没学过催眠术，但是听说她在美国留学那几年，除了刑侦领域，还在其他一些专业深造过，好像就有个认知心理学什么的……"

"我的天啊！"沙俪靠在墙上，望着端放在墙角的那只暖水壶，低声喃喃地道，"我的天啊……"

郭小芬走上前来拉拉她的胳膊："到底是怎么回事？"

"刘思缈对凝实施了反催眠术……"沙俪的声音有些颤抖，"催眠的基础，是受术者对催眠师绝对的信任，但是如果遇上那种具有极强的质疑精神、意志力和自我意识的人，往往用尽了催眠术也起不了任何作用。还有更可怕的，A想催眠B，却不知道B是比她更高级别的催眠师，那么B看似温顺的配合，其实是一种假象，不知不觉中A反而会被B催眠……这就好像你想用小木棍搅乱湖水，但当湖面泛起涟漪时，真正眩晕的却是你自己。"

病房里鸦雀无声。

"不过，我还是不能想象……刘思缈说自己怕冷、要暖壶，是凝第一次对她实施催眠术之后发生的事情啊，难道她从那个时候就怀疑凝了，并一直在有针对性地实施反催眠术？直到昨天夜里直接深度催眠了凝，利用早就准备好的暖壶，短时间蒙蔽了摄像头，然后更换衣服，成功逃离。"沙俪惊叹不已，"刘思缈岂止是催眠了凝，简直是催眠了我们所有人……"

她突然看到凝的手心里握着一个东西，走上前掰开她的指头，那东西骨碌碌滑到了地板上。

是一支拔掉了针头的针管。

"这是什么东西？"沙俪十分惊讶，"握得不紧，似乎是刘思缈刻意塞进凝的手心里的……"

众人凑上前来纷纷观看，也都一头雾水。

郭小芬眼睛一亮，突然放声大笑起来！

从接触这个案子以来，她还从未笑得这么开心过。

所有人都困惑不解地看着她。

郭小芬走出病房，问站在楼道里的一个武警："你昨天夜里在这儿站岗，看见那个'凝'出了病房就直接下楼了吗？"

武警想了想说:"她好像是先去了一趟医务室,才下楼的。"

既然是乔装打扮,应该急于脱身,为什么刘思缈要冒险去一趟医务室呢?郭小芬这么想着,走进了医务室,看了看整齐干净的桌面,想不出究竟。这时林凤冲板着面孔走了进来,把桌子上的东西都翻了一遍,又逐一打开每个抽屉、办公柜,甚至连凝的挎包都仔细检查了一番,然后露出失望的神色。

"有什么东西找不见了吗?"郭小芬问他。

林凤冲点点头:"我快递给凝的那本湖畔楼案件资料不见了。"

两个人的目光对视了一下,他们几乎是同时明白了什么。

刘思缈把那本资料拿走,只有一个原因……

桑专员突然出现在门口:"林队长,刘思缈作为湖畔楼案件的重大犯罪嫌疑人,现已脱逃,我现在要向上级汇报这一情况,准备发布对她的通缉令,你能不能给我个方向,刘思缈可能逃到哪里去了?"

郭小芬盯住林凤冲,目光近乎哀求——你可不能说出来啊,给思缈一个机会吧!

林凤冲面无表情,把凝的挎包里的东西哗啦啦全倒在了桌面上,边翻弄边说:"刘思缈既没有拿走钱包,也没有拿走车钥匙,身上缺少逃亡的必须物品,我估计她会找认识的亲友,借点东西才能往更远的地方跑路。"

桑专员点了点头,走出医务室,布置人手查询刘思缈可能联系的亲友去了。

"谢谢你。"郭小芬充满感激地看着林凤冲,她第一次觉得这个貌不惊人、言不出众的警官是如此的可爱。

林凤冲朝她挤挤眼睛:"作为交换,你能不能告诉我,你刚才在病房里为什么大笑啊？"

郭小芬忍不住"扑哧"一声又笑了："你想想，那个拔了针头的针管像什么？"

林凤冲想了又想，还是摇摇头。

"昨天我去探望思缈，离开时，凝非常轻浮地说：爱情说到底就是一场活塞运动。"郭小芬笑道，"所以思缈临走的时候，就索性留了个活塞给她！"

3

楚天瑛赶到时，听说刘思缈早已成功脱逃，当即一脸震惊，偷偷把郭小芬叫到一边问情况。郭小芬却也只说了个大概，绝口不提资料被刘思缈拿走的事。楚天瑛喃喃地问："那她去哪里了呢？"郭小芬也不回答，径自走了，还特意找到林凤冲，提醒他也不要告诉楚天瑛。

林凤冲有些惊讶："为啥，我看天瑛对思缈可是一往情深啊。"

"官衣一穿，人味减半。"郭小芬说，"你是经过考验的，楚天瑛我可信不过……凝对着思缈一口一个姐姐，叫得比蜜还甜，结果呢？"

林凤冲正无话可说，手机响了，刚一接听，脸色就变了："好！你们先审着，我马上过去！"放下电话对郭小芬说，"健一集团的总裁蒙康一在晨练时遭到了刺杀，闪躲及时，只受了轻伤，那个袭击者被几名保镖当场摁住，扭送到公安局了，据说嘴里一直在骂什么'可惜你没去湖畔楼，不然让你和那六个人一起死'……"

"啊？！"郭小芬大吃一惊，"这么说，这个人有可能是凶手啊！"

林凤冲点点头："走，和我一起去分局审审那个刺客，也叫上天瑛吧，毕竟这个案子是两地协同侦办的。"

三个人一起来到了分局。楚天瑛对林凤冲低声说："郭小芬不是刑警，让她参与审讯，这合适吗？"

林凤冲道："没关系，许局长批准她协助警方办案的。"

楚天瑛皱了皱眉头，跟在林凤冲身后走进了审讯室，一看坐在中间椅子上的那个戴着手铐的嫌犯，长着一张又瘦又长的黄脸，不由得一愣，走出门外跟一个工作人员说了几句话，然后又折了回来。

这时审讯已经开始了。

"姓名？"

"黄克强。"

"年龄？"

"三十六。"

"职业？"

"无业游民……"黄克强突然翻了一下眼皮，一脸无所谓地说，"我说警官，你甭费那个劲了，你不就是想问我干了什么，为什么要干吗？我老实交代就是。我就想灭了姓蒙的满门！"

"蒙氏家族和你有什么冤仇，你非要杀人家满门？"林凤冲问道。

黄克强眼中突然盈满泪水："因为他们害死了我妈！"

几个参与审讯的人不禁一愣，林凤冲本人就是个大孝子，一时竟有些结巴："别……别哭，说说看，他们怎么害死你妈了？"

"今年春天，他们健一公司搞的什么健康讲座，我妈也被忽悠去了,现场卖那个五行阴阳镜,一个要五千多元啊,我妈不想买,也不留家庭住址和电话,被他们扣着不让走,关到一个小屋子里连骂带吓的,我妈本来就有心脏病,结果……"他实在说不下去了,放声痛哭起来。

审讯室里的众人,一时间个个面带戚容。郭小芬低声对林凤冲说:"雷抗美教授跟我讲过这个人,而且我想起来了,我去李家良家里吊唁出来,和蒙冲说了几句话,发现这个人躲在墙角,我以为他在跟踪我,吓了一跳,现在看来他其实是准备找机会对蒙冲下手。"

一个工作人员悄悄地走了进来,对楚天瑛耳语了几句,楚天瑛把桌子狠狠一拍:"黄克强,有道是冤有头,债有主,健一公司这样恐吓你妈妈,你完全可以到派出所报案,怎么可以去杀人?!"

"你以为我没有报吗?我报了!结果怎么样?你们警方一句'证据不足'就把我踢回来了!"黄克强擦了一把泪,"我自己横下心来找证据,恐吓我妈的那几个王八蛋早就不知道躲到哪里去了,最后还是一个当天在会场打扫卫生的老头子告诉了我事情的经过,我拉他当人证。谁知道只过了一天,一天啊,再去找他他就说什么都不记得了!我给他跪下磕头,磕得额头淌血,结果从那老头子身后走出来一个叫蒙如虎的,把我狠狠打了一顿……你说,这都是他们的天下了,我要想给我妈报仇,除了拼上这一条命,还能咋办?!"

"所以,你就在湖畔楼杀了六个人?!"楚天瑛厉声问道。

黄克强猛地抬起头来,瞪着楚天瑛:"你说什么?我听不大懂。"

"你听得懂,男子汉大丈夫,敢做就要敢当。"楚天瑛冷笑道,"我让人把你的照片和指纹传真给狐领子乡派出所,草原旅店的老板认出你来了——还要我继续说下去吗?"

"那又怎么样?"黄克强还是一副混不吝的架势,"那些人又不是我杀的。"

"也就是说,你承认你在发生命案的那个时间在狐领子乡啦?"楚天瑛慢条斯理地说,"那么,你讲讲,你去干什么?"

"我去旅行,去草原上看风景,行不行?"黄克强斜吊起一只眼睛看着他。

楚天瑛大怒,呼啦一下子站了起来:"你给我放老实点!"

林凤冲站起身,按了按楚天瑛的肩膀,示意他坐下,然后走到黄克强面前,掏出一盒烟问他:"抽不抽?"

黄克强不解地看了看他:"你要给,我就抽。"

林凤冲抽出一根烟,让黄克强叼上,拿出打火机给他点着了火儿,然后慢慢地说:"老黄,不瞒你说,你妈妈那事儿要是落在我手里,我把这身皮一扒,也去砍那帮王八蛋!"

黄克强愣住了。

"真的,咱俩没什么区别,无非是我穿制服你穿便服,我是警察你是嫌犯,其他的都一样……"林凤冲叹了口气,"我爸去世得早,我妈瘫在床上好多年了,当警察就是个没日没夜的差事,但凡有个能打盹儿的时间,我就往家奔,给老娘换洗衣服、翻身防褥疮……快四张的人了,还是单身一个,不怕你笑话,我是真的连搞对象的时间都没有。跟你说这些,没有别的意思,就佩服你也是个孝子。湖畔楼那案子,你一定知道什么,要是你干的,你就痛痛快快说出来,我竖个大拇指给你,上刑场我亲自送你走;要不是你干的,我更高兴,因为我想你妈九泉之下就希望你平平安安过日子,不想你杀人,不想你替她报仇……"

"你别说了,别说了……"黄克强哭得像个孩子,"我一直想替我妈报仇,至少,要砍了蒙健一和蒙康一这俩畜生,可是总也不成功。后来花钱从健一公司内部打听了个消息,说他们十月二十四号下午要去湖畔楼,我就拎着个包儿,里面装上道具坐长途车去了狐领子乡……"

"什么道具?"林凤冲问。

"一身黑长袍,还有一个死神的面具,一把镰刀。"黄克强说。

林凤冲更加不解:"你这是要干什么啊?"

黄克强苦笑了一下:"我打听到蒙健一有严重的心脏病,想夜里潜进那个湖畔楼,扮成死神出现在他床前,不得活活吓死他?警察一查,不过就是个心梗突发——反正他们也是把我妈妈吓出心梗的,这叫一报还一报!"

"那你后来到湖畔楼实施了计划没有?"林凤冲问。

"没有……说真的,倒是差点把我给吓死。"黄克强的眼中突然闪现出一丝恐惧,"我顶着大风走到湖畔楼,发现那楼黑得跟一座大坟似的,我想这旅馆再省电也得把门厅灯开着吧,怎么一点光亮都没有呢?心里一阵阵发毛。我绕了楼一圈,不敢进去,拿着手电筒从窗户往里面照,照到东头的那个大房间时,风吹得那个邪乎啊,手电筒的光跟碎了似的,里面模模糊糊的,特别大,特别空。我想这大概应该是个KTV包间,手电筒往下照了一照,当时险些没吓昏过去……"

听着他那声音发抖的讲述,审讯室里的人们都寒毛倒竖。

"我永远也忘不了那个景象,一闭上眼就跟做噩梦似的:满地都是一动不动的人,看也知道死得透了,其中有一个就是蒙健一……最吓人的是大门那里,有一个老头子后背顶着门坐着，肚子上插着一把刀，刀柄攥在另一个人手里，捅他的那人靠在老头子怀里，也死了。这俩人我也认得，老头子是经常在电视上给健一公司拍广告的演员，捅死他的是打过我的那个蒙如虎。"黄克强一边说一边模仿着动作，"喏，就是这样，蒙如虎那个样子是两只手攥着刀捅进了老头子的肚子里，真他妈的狠啊……"

郭小芬和楚天瑛对视了一眼，这是个之前完全没了解到的情况。

"魂飞魄散这个词儿你们知道吧，我当时就是，大风呼呼地往我耳朵里灌啊，五脏六腑都冰冷冰冷的……后来手电筒没电了，一个劲儿地闪，把我给闪醒了。我想不管是谁帮我报了仇，我今晚到这里来都有杀人的嫌疑啊，得赶紧溜。于是撒丫子就跑，跌跌撞撞的，老觉得脚腕子有双手拉着似的，摔了好几个跟头才回到了草原旅店，拿了东西就跑，跑了整整一夜，愣不觉得累。直到天亮了才搭上一辆车，那一夜我居然没有吓死也没有冻死，真他妈的是个奇迹。"

"那屋子里躺着几个人你还记得吗？"林凤冲问。

黄克强摇摇头："我都吓傻了，哪儿还顾得上数数啊。"

"你说蒙如虎靠在老头子的怀里，蒙如虎的后脑勺有没有伤口？地上有没有一只打碎的烟灰缸？"郭小芬问道。

"这个我可没看清……"

"你再好好想想。"楚天瑛严肃地说。

"我想不出——"

楚天瑛立刻说："你想不出，那人就是你杀的！"

"我倒真希望是我亲手杀了那群王八蛋，可惜不是，你要存心诬陷我，我也没辙！"黄克强脸红脖子粗地说，"要我说，就是那个五行阴阳镜有辐射,照得他们发了狂,自己人跟自己人杀了起来!"

"把他带出去!"楚天瑛厉声命令道。

立刻有两个警察上来,一边一个架起黄克强往外面走。

快到门口的时候,黄克强突然转过头来,望着林凤冲问:"这位警官,你赢过吗?"

"嗯?"林凤冲没明白他的意思。

"我这辈子没赢过。从小到大,考试考不好,吃饭吃不胖,中学毕业就进了工厂,下岗后开了个烟摊又经常被人抄,开出租车挣的还不够交份子钱的。你说你忙得顾不上娶媳妇,比这更惨的是娶了个媳妇还跟人跑了,就因为那人比我有钱。后来我总结,我做什么都失败,那我就安心当个孝子吧,除了做点小本买卖,我就在家伺候我妈。结果在楼下看见个健康讲座的告示,让她去听,还把她害死了……"黄克强哽咽了,"我就是个普普通通的老百姓,我们从来都没有赢过,赢的总是他们,是健一公司那样的一群人!你以为他们死了就是输了?我告诉你,他们其实一直在赢,还会不断地赢下去……"

看着黄克强的背影,郭小芬喃喃地道:"不像……"

"什么不像?"楚天瑛问。

"我是说他完全不像凶手。"郭小芬说。

"什么不像!"楚天瑛冷冷地说,"我看他就是凶手。"

林凤冲在旁边说:"楚处,我也和郭小芬有同感。你想想,他说蒙如虎捅死李家良之后,死在李家良的身边,那是谁把他的尸体移动了?又为什么要用烟灰缸砸他脑袋?砸完后又是怎么逃离那个门窗反锁的密室的?这些问题都不解决,就认定黄克强是杀人凶手,我觉得这样太武断了!"

"没有什么武断的。"楚天瑛说，"案子到了现在这个地步，也该水落石出了——"

"楚处，我觉得今天的你有点不像你。"郭小芬盯着他，"从前的你很冷静，也很缜密，办案中不放过任何一个疑点……今天这个样子，我猜你是想早点锁定凶手，就可以让思缈免遭通缉吧？爱上一个人，就不惜让另一个无辜的人蒙冤，这可不是一个人民警察应该做的事情……你一路奔波，太累了，先去休息一下吧。"

楚天瑛连夜开车赶来，两只眼睛里布满血丝，被郭小芬说中心事，森然一笑："我不和你斗嘴，我现在就去下令，清理有关卷宗，做好结案准备，包括解除湖畔楼的封锁……"说完大步走出审讯室。

郭小芬感到手机振动了一下，拿起来一看，收到一条短信，是一个不知名的号码发来的，只有五个字——

"小郭，谢谢你"。

郭小芬立刻猜到了这是谁发来的，激动得眼眶一热，知道现在打过去，对方也未必接听，于是走到楼道里的僻静处，把刚才审讯黄克强的大致情况编了条短信发了过去。等了很久，手机又振动起来，她看也不看就接听了，低低的声音有些发颤："思缈，你在哪里——"

"什么思缈？"话筒里传来一个好奇的声音。

"呼延云？"郭小芬一愣，立刻没好气地说，"你打来干什么？接着和你的同学们喝酒快活去吧！"

"嗨，小郭，别说那些没用的。"呼延云说，"你刚才问思缈在哪儿……她失踪了？"

郭小芬哼了一声，将思缈脱身的事情简述了一遍。

呼延云道:"你马上把她的新手机号告诉我,我要给她打一个非常非常重要的电话!"

4

"从今天晚上到明天白天,本省将有大风降温天气,风力五到六级,最低气温零下四摄氏度……"

车载收音机嘶嘶啦啦地播报着天气预报。

一只手突然"啪啪"地拍打着车窗。

张大山从方向盘上抬起头来,擦擦惺忪的睡眼,瞅着窗外面那个穿着一身蓝色粗布衫的农民,恶狠狠地骂道:"你报丧啊,拍什么拍!"

那农民吓了一跳:"我……我就是想问问你走不走。"

张大山回头看了一下自己开的这辆小巴,里面还没有坐满人,有心想再等一等,但一看天色,大团大团的云像拳头一样慢慢地砸向大地,每一朵都蕴藏着铁青色的风……算了,不等了,他对那个农民说:"走,马上就走!"

农民上来了,张大山正要关车门,"扑通"一声跳上来了一个人,一看竟是陈少玲。两个人的目光相对,都是一愣。张大山一把将副驾座位上的一个帆布包扯下来,指着空位子说:"你,坐这里吧。"

陈少玲坐稳了,张大山才开动汽车。

"培训结束了?"他问。

"嗯。"

"帮我收一下钱,每个人两块。"

陈少玲起身张罗着收钱。一片窸窸窣窣和叮叮当当的声音传来，过了一会儿，她把一捧钢镚儿和纸钞倒进了茶缸旁边的黑色小提包里。想了想，又从自己的裤兜里掏出两元钱，也放了进去。

"拿回去！"张大山瓮声瓮气地说，"你坐我的车，不要钱！"

"那我就不坐了。"陈少玲冷冷地说，看张大山不再说话，才在座位上坐好。在车辆的摇晃中，她困倦地将头往后面一靠，闭上了眼睛。

醒来的时候，发现身上盖着张大山的外套，一摸自己的腰，不知啥时候还系上了安全带，她望着前方笔直的道路，宛如一条把草原划为两半的脐带……

后视镜显示，除了他俩，小巴里已经空了。

"听说你定亲了？"陈少玲突然问道。

张大山沉默了片刻，点了点头："嗯，乡东头老齐家的二闺女，昨天我妈带着我上的门。"

"叫齐艳红的？"陈少玲说。

"对。"

"那女孩我认得，咱们一个中学的嘛，比咱们低两届，对不对？"

"对。"

陈少玲略一犹豫，小心翼翼地说："我记得她脑子不大好使……"

"对。"

"那你为什么要和她……"

"我有得选吗？！"张大山突然大声说。

陈少玲一愣，沉默了。

"我有得选吗……"张大山突然笑了起来,笑得很惨,"在牢里有个老犯人跟我说,命定了你是只羔羊,鹰逮你的时候你就别挣扎了,不然死得更快更惨!"

陈少玲看着他。

"所以我认命,我认命了。这命运总不能再糟践我了吧?结果呢?因为我家穷,减刑名单上总也没有我,我可是结结实实地坐了三年牢啊!"

陈少玲把目光移向远方:枯黄色的草甸子上,有一排褐色的油松,一条弯弯曲曲的小河泛着粼粼的波光……

起风了。

"老人们总爱说:黑夜过去就是白天。这里面有个盼头的意思,可是我知道我的命,我没白天的……我不想拖累别人家的好姑娘。老齐家的闺女是傻一点,可是人挺好,配我挺合适的。"张大山使劲眨巴着眼睛,像是被什么东西模糊了视线似的,"还记得你妈妈吗?她一辈子就那么傻傻地等一个人,咱们乡里谁不说她精神有毛病,谁不说她是和命抗?其实我从小就挺佩服她的,他们那一辈的人泪珠子都是热的,我们这一代人血都是冷的——可是我做不到她那样,我等了,但命运告诉我说:别等了……"

车厢里死一样的寂静。

不知过了多久,突然从车厢后面传来一个声音:"师傅,前面停一下车。"

两人吓得一激灵,这车里怎么还有人啊?张大山来了个急刹车,回头一看,是个上半张脸戴着墨镜,下半张脸用纱巾裹着的黑衣女子。

"你要去哪里啊?"张大山问道。

"我是游客,去眼泪湖看一看。"那黑衣女子说,"你就把车停在这里吧,我下去了。"

张大山看了看表:"现在已经是下午四点了,这草原马上就会起大风,进出乡里的车也不会太多了,我估摸你今晚得在这儿住下。眼泪湖边有个叫湖畔楼的旅店,出了点事,被警察封了。你要是过夜,就到路前面那个草原旅店。"他指着远处矗立在国道边的一栋砖红色小楼说。

"谢谢!"黑衣女子提着她的黑色挎包下了车。

陈少玲左右看了看,忽然说:"大山子,这里……好像就是咱们差点撞到那个白衣女子的地方啊?"

张大山没说话,开车一直进了乡里。快到派出所的时候,远远看见几辆警车正往外面开,胡萝卜站在大门口挥手,像是告别的模样。于是张大山把车停在胡萝卜身边:"老胡叔,你在这儿干吗呢?"

胡萝卜笑呵呵的:"案子破了,凶手在北京被抓住了,县公安局的李局长带着干警们先撤了,湖畔楼也揭了封条。那李大嘴才可笑呢,说那里有六个鬼,死也不敢再回去了。"

5

就是这里,不会错了。

她摘下墨镜和纱巾,看着眼前这栋两层的灰色小楼。

风扯来一片云,巨大的黑影笼罩了她和这栋楼,有如覆盖上铁质斗篷……但在阴影外,天也好,树也好,草原也好,村庄也好,都还是明亮的,明亮得仿佛在她和这栋楼之外切割出了另外一个世界。

只有我和这栋楼。

我面对着你,你面对着我。

一个沉默,一个死寂;一个是血肉之躯,一个是钢筋水泥;一个在寒风中兀立,一个在乌云下矗立;一个曾经死去但现在依旧活着,一个曾经容纳过活着但现在已经统统死去……

那个狂风呼啸的深夜,我是怎么从这栋楼里逃出,穿过野草和荆棘,一路狂奔到国道上的?是逃避,还是逃离?是寻找香茗之路的延续,还是在用刀割开动脉而不死的扭曲?

手中拎着的黑色拎包里,藏着我最重要的工具——虽然是警察,但我更是一名科学家,所以,现场勘查箱比手枪,对我更加重要。为此,我离开精神卫生鉴定中心以后,回了一趟家,从柜子里拿出这个箱子,一路换车,终于回到了这里。

我只要找回我的记忆。

那么,你是谁?你是楚天瑛?我记得有过你这样一个"学生",我记得曾经赠送过你一本《犯罪现场勘查程序》,我也记得你望着我时的目光,那种目光,除了香茗的,谁的我也不会接纳……我只是没有想到,在湖畔楼的那个夜晚获救后,你在派出所里像发疯一样维护着我,不许任何人对我说一句重话,你甚至还给了那个想给我戴上手铐的警察一拳。那时,我的身体和思想都像被冻结在了零下五十摄氏度,而你的行为给了我巨大的温暖。从你和其他警察的争吵中,我知道湖畔楼死了六个人,只有我浑身是血地逃了出来,但是我想不起来,完全想不起来到底发生了什么……

你是谁?你是沙俪?请原谅我从走进精神卫生鉴定中心那一刻起,就用假象麻痹了你。那时我的记忆,只到自己在睡梦中被蒙健一和蒙如虎掀开被子摁在床上,后面的就完全记不得了，直到现在也还是记不得……对于我而言，没有什么比遭到凌辱更可怕的事情，那种痛苦会使我把自己活活撕碎。一个女人要想找回自己的清白，只能靠自己，我必须自己回到湖畔楼揭开真相，但是身边随时都有荷枪实弹的武警，我不知道哪个人可以信任，就只能选择统统都不信任。我伪装成神志不清的样子，寻找逃离的机会。谢谢你的心得安，那让我收敛心神，更好地策划每一步的行动。

你是谁？你是爱新觉罗·凝？你以为就凭你的那点伎俩能与我为敌？你一开始就错了，"你将像爱人一样无条件地听我的指令"，那除了触发我手腕伤口的隐痛，使我越发清醒之外，毫无作用。我痴情，但这不代表我为了爱一个人可以放弃尊严！对一个科学家来说，任何"无条件地服从"都是魔鬼，唯有坚持独立思考和质疑精神才是王道。爱情也一样，为了爱，我能自杀，却绝不会容忍被别人杀死！我就是你，你就是我——你的催眠术连我一成的功力都不到，还想置我于死地？做梦！

你是谁？你是郭小芬？你在病床边抓着我的手说的那些话，我伪装熟睡，其实听得明明白白，"没有证据，没有实验，一切都是谎言"，再没有比这更可贵的语言了。你的泪水一滴滴落在了我的手背上，冰凉的，冰得我的心一颤，我多想起身安慰你，让你不要哭泣，请你坚信在这个世界上，理性和科学可以战胜一切催眠——但是我不能，我必须把这场戏演下去，只为了现在你能开心地笑，我相信你现在一定在大笑，去她的活塞！

你是谁？你是香茗？为了寻找你的踪迹，我跨越了千山万水，终于绝望了，我用自杀来抗议命运的捉弄，万万没有想到那一次的获救，竟令我陷入了更大的梦魇……你知道吗？在被囚禁的这些日子里，我在心里无数次呼唤你的名字，祈求你的拯救，就像中学的那个夏天，我被坏人绑架后，你打开头顶的铁门，向我伸出温暖的手……我听见了你温柔的责备："思缈，别再错第二次了，为了我，你要清醒地活下去，清醒固然是一种痛苦，但最终能实现自我的救赎……"于是，你来与不来都没有那么重要了，重要的是你一直在我心里，你就是我的信念，你就是我的勇气！

你是谁？你是我自己？你用一块一块的砖石砌成永恒的冰冷，你用你的冰冷扼杀了我的记忆，你把我从一个警官变成了一个嫌疑人。

现在，我就站在你的面前。这是一场战争，一场决斗！

从这一刻起，我是中国刑事鉴识的首席专家，而你，是一个包藏着死亡之谜的犯罪现场——

拉幕吧，正剧现在才刚刚开始！

突然，衣兜里的手机响了，她拿起看来电号码。

呼延云？

他打来做什么？

如果不是他，香茗也不至于……

她感到一阵剧痛，从手腕传到心口。

"在进入犯罪现场前，必须剔除一切杂念。"

刘思缈关闭手机，戴上橡胶手套，拎起手边那个装有现场勘查箱的黑色挎包，大步走进了湖畔楼。

第九章　犯罪现场

　　所以我要求、请求、恳求、哀求你们，回答这样一个值得深思的问题：在这次葬礼中，唯独哪一件东西是离开了这所房子而又不再回来，并且自从发现遗嘱失踪之后从来也没有被搜查过的呢？

　　　　　　　　——埃勒里·奎因《希腊棺材之谜》

1

　　刘。

　　思。

　　纱。

　　门厅里站着三个人，地上却只有一道影子。

　　刘，中国首席刑事鉴识专家，在犯罪现场勘查时，举手投足犹如几何绘图般精美，在警界享有"犯罪现场的芭蕾舞者"的盛誉！

　　思，质疑者，所有的犯罪现场都应该出现这样一个质疑者，她负责质疑一切：指纹的真假，血迹的形态，尸体的位置，结论的对错……甚至，质疑自己的存在。

至于缈，她是湖畔楼案件的唯一幸存者，也是这场导致六人死亡的重大刑事案件的犯罪嫌疑人。表面上看容貌绝美、气质高华，其实，只是一个苦苦追寻自己的爱人而身心都伤痕累累的普通女孩。

"好吧，我们来分一下工。"刘是这三个人中的主导者，她看了一下墙上的挂钟说，"快到下午五点了，我要争取在天黑之前完成对犯罪现场的勘查。思，你必须跟着我。缈，你有一件更重要的工作去做，那就是回到二楼住过的房间去，回忆出事那天到底发生了什么，你是怎么浑身是血地跑到国道上去的。"

"我、我有点儿怕，我不敢去。"缈垂下长长的、颤抖不已的睫毛。

思柳眉微蹙："要不，我陪缈去吧？"

"不！"刘断然拒绝。

她搂住了缈的肩膀，感觉到那肩膀一片冰凉，犹在微微颤抖。

地上唯一一道影子，映出的是自己轻轻弯起双臂抱住了自己。

"缈，每一个人的伤口，最终都要靠自己愈合，尤其是女人。"刘说，"现在，你必须独自面对一切。"

缈轻轻地点了点头，无声无息地向楼上走去。

看着她的背影消失在楼梯口，刘对思说："走吧，我们去KTV包间，我来拎现场勘查箱，你负责拿资料夹。"

两个人顺着楼道向东走去，在KTV包间关闭的木门前停住了脚步，不约而同地做了一个长长的深呼吸。

里面，未知的血腥，太多。

刘伸出手，手上戴着乳白色橡胶手套。指尖在那扇略显沉重的木门上使劲一压，门开了。

莽莽云团几乎压到了屋檐，放射出铁青色的光芒，从窗户投进包间，在地板上铺出几块尸布一样的光斑。除了六具尸体和一、二级物证[①]早已被移走以外，沙发、玻璃茶几什么的还是维持着原状。地上用白色粉笔勾勒出一块块人形，圈示着尸体的位置和状态，还摆着许多写有编号的黄色楔形卡，那是用来标示物证的位置的——警方撤离得匆忙，就没有彻底清理干净。

基本上可以看成一座没有剩下一粒米的粮库。

思走了进去。

刘却回过头，看着那一段刚刚走过的楼道和两侧的墙壁。

"怎么了？"思问。

"不够规范。"刘说，"重大案件的犯罪现场，应当采用多层次的勘查。湖畔楼案件的第一层次应该是这座楼方圆半公里的范围以内，第二层次是楼的所有内部空间，KTV包间是最中心层次。你看，包间里对物证的标示还算规范，而包间外面几乎没有竖立一张黄色楔形卡，这说明警方的犯罪现场勘查只针对中心层次，对其他两个层次基本没有涉及。当然，刑事侦查的逻辑是：最初的工作重点应当集中在中心，而不是外围——这是因为中心层次最有可能发现相关物证和形态证据，但这不等于其他层次就可以置之不理。"

说完，刘把现场勘查箱放在门口，打开。长方形的皮箱里垫有一层厚厚的泡沫塑料，嵌着替换光源扫描器（ALS）、气雾试剂喷（鲁米诺）、铝制粉末以及其他用于提取微量证据的金属罐子，背板上挂着一排笔插似的袋子，里面插着样本容器、永

[①]凶器、与案情有重大关联的物证。

固油墨记号笔、指纹刷、螺丝刀等。她从中拿出放大镜和镊子："我要开始进行现场搜索了。"

"哪种模式？"思问。

常用的犯罪现场搜索模式有六种：直线搜索法（捋带子）、网格搜索法（走格子）、区域搜索法、圆周／辐射搜索法、螺旋搜索法和关联搜索法。其中，捋带子一般是针对室外犯罪现场，区域搜索法往往需要多名勘查人员共同进行，圆周法和螺旋法的搜索速度比较快，只是容易遗漏物证，但时间已经不早了，要想在天黑之前完成工作，总不能再拿着放大镜趴在地板上走格子吧？

但是，刘斩钉截铁地说："走格子。"

网格搜索法是指现场勘查人员从墙壁一端开始，沿直线向另一端搜索，搜索宽度不超过五十厘米，到达另一端后掉头，沿第一次搜索的平行线向另一端搜索，这样搜索完一个朝向的平面（如东西平面），再在搜索的终结点开始进行另一朝向（南北平面）的同等模式搜索。

这种方法耗时最长，但是最彻底、最系统。在美国留学时，刘思缈曾经专门前往位于纽约中央公园西面的一栋公寓，向居住在那里的林肯·莱姆求教。这位当今世界上最杰出的刑事鉴识专家曾经担任纽约市警察局刑事资源组组长，在一次现场勘查中被一根倒塌的横梁砸成了全身瘫痪。当她坐在维多利亚风格的一楼客厅里，问及在犯罪现场哪种搜索方式最有效时，林肯毫不犹豫地说："当然是走格子！"他看了看自己由于第四脊椎受伤而无法动弹的下肢，眼神中流露出无限的痛恨："要知道，像只猫一样弓着脊背，在地板上一寸一寸地前进，终于发现一件被忽视的物证：血迹、指纹、头发，或者干脆是一丝异样的空气,那种感觉比他妈的喝一大口苏格兰威士忌还要爽呢!"

勘查是从门后开始的,这里是室内犯罪现场勘查中的六大死角之一。刘清楚地记得,一年前,自己曾经在某个谋杀现场的门轴缝隙间提取到一滴血迹,从而锁定了那个嫌疑人。不过现在不需要这么费劲,门板背面的下半部分有大片黑色的污渍,显然是血迹。

"这是李家良被蒙如虎刺杀时流血造成的。"思打开资料夹,抽出警方在犯罪现场拍摄的一张照片,上面是李家良倒卧在包间大门旁边的景象,老人双手捂着肚子,一脸痛苦的表情,身子下面是一摊鲜血。

刘看了一眼照片,拿起放大镜向上追索,终于在门的一百一十厘米左右的高度找到了一个楔形的凹点。

"第一刀从正面刺穿了李家良的腹腔,扎在门上,留下了这个痕迹。"刘轻轻敲了一下那个凹点,"李家良身高一百七十五厘米,他被扎这第一刀时应该是站立姿态,后背靠在门上,然后慢慢地滑坐到地上,又挨了第二刀,第三刀……"

"警方的初侦报告认为,李家良是想夺门而逃时,被蒙如虎杀死的,这个结论恐怕不大对头。"思皱起了眉头,"如果他真的是想逃跑,应该是刀从后背刺入,现在这个姿态,怎么看都像是他顶着门不肯放蒙如虎逃走,所以才被后者刺杀的。"

"记录下来。"刘说,然后蹲在地上,踮起脚,小心翼翼地一点点沿着墙壁向东挪动,炯炯有神的双目盯着手中的放大镜,仿佛在剖析着每一粒灰尘的分子结构。

像只猫一样弓着脊背。

时间一分一秒地过去,地板上的光斑渐渐倾斜成了梯形。

思叹了口气:"刘,这个犯罪现场已经被无数的刑警做过勘查了,你难道真的期望有什么新发现?"

"大部分刑警在犯罪现场都是采矿,而我是在淘金。"刘说,手指轻轻捻起一个形状不规则的灰色塑料片,"这是什么东西?"

思翻开资料夹,在厚厚一摞物证照片里细细查看,然后抽出一张递给刘:"你看是不是从这个上面掉下来的?"

刘一看,那是一个几乎粉碎的遥控器,照片旁边标示了该物证系从靠西墙的一张双人沙发下面发现的。她弯下腰,怀着一丝侥幸心理向西墙望去。

啊!那个遥控器居然还在沙发下面,旁边的黄色楔形卡标号为第十七号……也许是所在位置隐蔽,或者警方根本就没有将其列入重要物证,所以才在空空如也的"粮库"里留下了这粒"米"。

她先在地板上用5B铅笔画了一个顶端没有连接起来的△,然后走到双人沙发前,把手伸到下面,用楔形卡的边缘从遥控器后面兜着,慢慢地将其完整地移了出来,用放大镜看了又看,然后问:"初侦报告上说这个遥控器是怎么坏掉的?"

思回答:"怀疑是不小心被谁踩了一脚,又被踢进了沙发底下。"

刘摇摇头:"这个遥控器上的受力点十分均匀,哪里是踩,分明是跺的,那个灰色塑料片也是跺碎的一瞬间崩裂出来的……"

思很困惑:"跺碎?为什么要跺碎这个东西?"

"这个恐怕要你来找出答案了。"刘说,"你现在把这个遥控器拼接起来,尽量复原。"

思看了看这个碎裂得活像哥窑瓷片的遥控器,苦笑了一下:"你不是在开玩笑吧？这个立体拼图游戏可不好玩。"

刘瞪了她一眼:"在犯罪现场，我从来不开玩笑。你忘记去年三月的天通苑枪击案了？为了确认子弹的发射路径，我把几百片钢化玻璃碎片拼接起来，足足花了两天两夜，才实现了弹孔位置重现。"

思无奈地蹲在地上，边收集塑料碎片边拼接那个遥控器。

犯罪现场的勘查是一个连续的过程，如果不得不因故中断，那么就应该在中断处做好标记，以便下一次勘查时从标记处继续，犹如线头相接——注意及时清除标记，以避免被其他勘查人员误认为是罪犯遗留的符号。

刘回到那个△处，将其涂抹掉，然后继续走格子。一直走到东墙，往前是包间最里侧的播放控制间。

刘站起身，推开控制间的门，仔细地查看点歌用的电脑、音响控制面板等，并没有察觉什么异样。

她又蹲下身，看着门后面与墙角形成的狭小区域——宫敬的尸体就曾经蜷缩在这里，还从门角向外伸出一只手……

现在，这里只剩下一圈人形的白线。

刘正要起身离开，脑子里突然闪过一个念头。

她依照那个人形白线所画出的尸体形态，分毫不差地蜷缩在了地板上，尽力向门角外面伸出一只手……

思看到那只手，吓了一跳:"你在干什么？"

刘站起身，拍了拍身上的尘土，走出了控制间，声音低沉:"我想起了阿加莎·克里斯蒂的《死者的镜子》[①]——波洛看着被伪装成自杀的杰维斯爵士，说了一句朴素而又一针见血

[①] 为一个短篇小说，收录于《幽巷谋杀案》中。

的话。"

"什么话?"

"波洛说:'他死得是多么的不舒服啊!'"

2

好黑啊……只有我一个人。

二楼楼道,仿佛一段两头无限纵深的矿洞,**我**就站在矿洞的正中间,正如她的记忆,前后左右上上下下都是一般的昏暗。

到底发生了什么?

没有**刘**,没有思,只有一个我,孤独地兀立在这诡异的湖畔楼。

人,究其本质,总是孤独的。大部分想摆脱孤独者,莫不陷入了更深的孤独,仿佛一名凶手,在犯罪现场越是工于心计设置陷阱妄图误导警察,往往越是会留下更多的蛛丝马迹。所以,我习惯孤独,我欣赏孤独,孤独是一种尊严,比一切蝇营狗苟人云亦云趋炎附势的行径都要高贵得多!孤独的生,孤独的死,孤独的爱,孤独的恨,孤独的苟活,孤独的残存,孤独的饮泣,孤独的疗伤……当一个人一无所有的时候,他或她总还有那么一点孤独可以凭借。所以,张楚说孤独的人是可耻的,其实比孤独更可耻的,是去侵犯一个人最后的孤独。

假如那个被侵犯的孤独者是我,我会怎样?

"畜生!畜生!我要杀了你们!我要杀了你们!"

在接受凝的催眠时,固然有很多的表现是为了迷惑她,但这句撕心裂肺的吼叫还是发自肺腑的。

难道,我在激愤中,真的杀了那么多人?

双腿打战，却又不敢扶着墙壁，生怕手掌撑到的是一个虚空……这样一步一步地挪到了自己住过的那个房间的门口，一阵强过一阵的不安袭上心头：门关着……整个湖畔楼里，揭开全部秘密的门，也许只有两扇：KTV包间那一扇和眼前这一扇。一扇封闭了太多的死亡，一扇封闭着不堪回首的屈辱……打开吗？打开吗？案发后，无数的警察曾经将它们打开又关上，然而归根结底它们还是关着那么多的秘密，仿佛只等待着我去亲手揭开它的封印。

那么，打开吧！

于是，打开了。

没有合页生锈发出的吱呀声，没有藏在门后的鬼影，更没有触目惊心的可怖景象……一切都平平常常，不过是打开了一间普通客房而已：一张大床，一张掉了漆的桌子，一台古旧的电视机，一部挂在墙上的脏兮兮的空调，还有一点略微发霉的味道——所有的，连同那发霉的味道，都蒙着一层冰冷的铁灰色，窗户朝北的房间本来就带着一股寒意，何况又值深秋。

我真的在这里度过了一个足以活埋记忆的夜晚？

倚着门框，雪白的手臂无力地垂着，一双忧郁的眼睛睁得很大，黑幽幽的瞳仁里闪烁着深蓝色的光芒。她呆呆地看着客房的一切：心灵的波动让视觉也纷乱起来，犹如一台调不出任何频道的电视机，画面全是雪花……她以为自己会像电影里演的那样，因为创伤的部位再一次受到打击，或者看到触目惊心的提示物，猝然回忆起一切。直到现在她才知道，那全都是假的，是无聊的演绎，真实的情形不是这样的，而是因为一个时间，一处地点，一种情状，一段思绪，许多以为永远遗忘的东西，会渐渐地释放出来。视觉的雪花有如她曾经拼接过的钢化玻璃，成千上万个碎片在熙熙攘攘了很久很久之后，终于开始了痛苦而艰涩的重组……

缈看到了自己——

灯光昏暗的房间里，她紧闭着双眼躺在床上，身上盖着厚重的被子，鼻翼略微急促地一张一翕，平时雪白的脸蛋泛着一丝潮红，嘴唇干裂得起了皮，显然是在发烧。

有两个人走到了床边，俯下身子看着她，一个是蒙健一，一个是蒙如虎，两个人的脸上都挂着淫荡而贪婪的笑。

猛地，蒙如虎捂住了她的嘴！

蒙健一一把掀开被角，肥胖的身体压到了她的身上，臭烘烘的嘴巴贴近了她的面庞！她惊醒了，奋力踢打着。但因为发烧而虚弱至极的身体使不上半点力气，最终被那两个禽兽控制了肢体……但她还是在拼死挣扎，像一条刚刚被钓上岸的鱼！她的眼里全都是泪水，犹如铁钩穿过鱼鳃流出的血，喊不出话的嘴巴里发出悲戚的呜呜声！

当感觉到下半身的衣物被扒下的时候，她绝望了，她还剩一个办法……

舌根部的血管十分丰富，咬舌后会大量出血，加上剧痛的缘故，大量的出血及口腔分泌物会被吸入气管造成呛咳，最终因机械性窒息或创伤性昏迷导致死亡。

法医学教材上的内容，竟成为她作最后反抗的凭借。

她用牙齿咬住舌头，同时撑圆了双眼。她要在视网膜上留下这两个人的影像，即便她死了，也要用冤魂绞缠住他们，世世代代！

牙齿只要再一用力——

突然，身上那邪恶的负重消失了。

是李家良？

老人冲进了房间，一把将蒙健一从床上薅到了地上，旁边的蒙如虎一愣，她趁机用膝盖狠狠地撞向他的下体。

嗷的一声惨叫。

蒙如虎也滚下了床。

她坐起来，后背靠着床板，把所有能掩盖身体的东西都搂了过来，用被子和枕头堆成一个堡垒。她拽过长裤，手伸进裤兜，拇指轻轻一用力，手机的后盖被卸了下来，这个边缘超薄的铁片，在自卫中绝对不逊于一把刀子。只要那两个禽兽敢再次扑上来，她保证可以在半秒的时间里，让他们的颈部动脉像高压水龙头一样喷出鲜血！

蒙健一站起身，恶狠狠地将李家良揉到墙上，指着他破口大骂。李家良一声不吭地看着他，嘴角倔强地向下撇着。

蒙如虎捂着下身，咬牙切齿地瞪着她，但是，很显然，她的双眼放射出的凶光震慑住了他，使他犹豫着不敢再往前走上一步。

这时，那个名叫焦艳的女秘书冲了进来，扯着蒙健一头上仅存的头发连踢带打，骂他"臭不要脸的老色鬼""什么野花都采的老畜生"，眼角时不时用目光向她飞上一刀。

蒙健一垂头丧气地走了出去，蒙如虎跟在后面，出门的时候对着她伸了一下舌头，舌头无耻地打了一个卷。

李家良靠在墙上，雪白的头发微微颤抖着，像一座即将雪崩的冰山。她很想对他说一声谢谢，还没来得及张嘴，老人就走出了这间屋子，只留下一句话："姑娘，你睡吧，我把门给你关上。你放心，我可以保证：他们绝不会再走进这间屋子。"

惊魂未定。

她还在发烧,眼睛里放射出炽热的红光,刚刚在殊死的搏斗中碎裂的眼神,渐渐凝结成了一个念头,这念头像脑血管破裂出的一滴血,鲜红,鲜红,漫过了她的整个大脑:

"畜生!畜生!我要杀了你们!我要杀了你们!"

……

影像忽然模糊了起来。

然后呢?然后又发生了什么?

记忆再一次无情地中断,缈痛苦地抬起头,看到了窗外波光粼粼的一片湖泊。

3

呼!

思长长地吁了口气,擦了擦额角的汗水,把手中那个灰色的遥控器朝正在走格子的刘晃了晃:"总算是拼完整了——别瞪我,我用的是透明胶带。"

犯罪现场的任何小型破碎物在做还原时,都应该使用透明胶带,而不是其他凝固程度更高的胶水,这是要确保能从外观上看出裂痕的走向,并且不会破坏断裂处可能存在的微量证据——这些都有助于判断它是从哪里、因为何种原因、使用了何等力度而破碎的。

刘又在地面上画了一个顶端没有连接的△,站起身,揉揉有点酸痛的膝盖,走过来看看那个遥控器,突然皱起眉头,仰头望着悬挂在吊顶上的两台长虹牌电视机:"怎么和电视机不是一个牌子的?"

思这时才注意到，这个还原后的遥控器没有任何长虹的标志，倒是在背后的电池盖上依稀可见"XINDIAN"的英文字母。

"新电？"思困惑地说，"应该是个杂牌子吧？"

刘拿起放大镜，更加仔细地把那个遥控器翻来覆去地看："而且还很新，包括按键在内，都没有长期使用的痕迹……资料夹里的初侦报告对这个遥控器是怎样阐述的？"

思翻阅了一下道："很简单，只说了一句'在沙发下面发现，应该是遥控包间里的电视的'。"

"应该？"刘一下子火了，"应该的事多了！最应该的是让这个报告的撰写人停职反省！居然使用这种貌似肯定、其实推脱责任的词语！"

"你先消消气。现在你已经不是什么市局刑事技术处副处长，想撤谁就撤谁了！没准此时此刻，京城里处处都张贴着你的标准照，悬赏通缉你呢。"思冷冷地说，"卷宗后面还有一句，在这个遥控器的外壳碎片上面只提取到一个人的指纹——李家良的。"

"那就更不对了。"刘说，"在KTV包间里唱歌，主要的控制系统应该是控制间里的那部电脑、平台，这个遥控器顶多是打开电视的时候用一下，这个活儿是办公室主任宫敬做的吧，李家良为什么会主动去开电视机？还握着遥控器不撒手？"

思想了想，说："刚才拼接的时候我看了一下，里面的集成电路板确实是遥控电器用的。不过你这么一说，我也糊涂了。难道是长虹电视机的原装遥控器坏掉了，店家就补了个杂牌子的凑合着使？至于为什么上面只有李家良的指纹，我可就真的猜不出来了。"

刘突发奇想，将遥控器的按键逐个按了一遍，本来她以为能够启动什么特殊的装置，结果毫无动静。

她失望地叹了口气。

"我国警方最常用的室内搜索模式有两种：直线搜索法和网格搜索法。而欧美等国警务人员使用最多的是关联搜索法。关联搜索法是指根据犯罪现场、犯罪嫌疑人、被害人和物证之间内在的逻辑关系进行搜索，比如在现场的地面发现烟灰，你就要去找烟头，通过烟头上残余的唾液DNA寻找犯罪嫌疑人，还要思考为什么这个房间没有设置烟灰缸……这是一种按照一定的逻辑顺序来进行勘查的搜索模式。"

脑海里浮现出自己在中国警官大学授课时的话语。

> 此外，在犯罪现场还存在着一种有趣的"吸铁石定律"：有价值的证物之间仿佛存在着磁性，总是集中在某一两个区域，如果你在这里发现了物证A，那么存在逻辑关系的物证B可能在附近，而毫无逻辑关系的物证C很可能也在附近。这往往是因为大部分罪行——尤其是室内罪行都是集中在某个狭小区域内发生的，证物也就相对比较集中。这就提示我们：在犯罪现场勘查中，特别是对证物的搜索中，要全面、细致、一丝不苟。

吸铁石定律：有价值的证物之间仿佛存在着磁性，总是集中在某一两个区域……

她呆呆地看着靠西墙的那张双人沙发，遥控器就是从它下面找出的……有点别扭，说不出是哪里，但就是觉得别扭，难道是视觉出现了偏差？她向前走了一步，意识到了问题的所在：这张双人沙发的位置好像有点不大对，它和其他沙发一样，背面本来应该和西墙有着两拳左右的距离，但事实上，它似乎比别的沙发往外多出了一点。

她绕到了双人沙发的后面，蹲下来，发现满是尘埃的地面上，有一道灰白色的线露在外面，很明显，这张双人沙发的"屁股"过去应该是盖在这条线上面的，但是最近向东挪动过，而且这个挪动还有意偏移了角度，向着包间窗户的方向（南）略微倾斜。

"思，你查一下资料夹的照片，从门口向南的 Overall Views（概览照相），看看这个沙发的移动是犯罪现场的原始状态，还是刑警们在勘查中造成的。"

"原始状态。"思查看后回答。

那么，为什么要移动这张双人沙发？

思看她一脸茫然，说："也许，仅仅是那天晚上某个人喝多了酒，坐在这里屁股不安分，造成的沙发移动。"

刘摇了摇头："你自己试试就知道，一个人酒醉时，座位总是往后蹭的，而像这个沙发一样往前移动，一般是清醒状态下干的事。"

"但这并不能说明什么啊。"思说。

的确，不能说明什么，所有的单个物证都不能说明什么，犹如从一根纤维不能看出整张地毯的全貌一样，但是假如有无数根纤维，并把它们织在一起，就大不一样了。

下一次勘查从标记处继续，犹如线头相接。

刘回到△处，用脚抹去这个标记，蹲下身，继续一点一点地走格子，聚精会神的样子，仿佛利用最后几分钟验卷的考生。在那些留有血痕、玻璃碴，特别是搁着黄色楔形卡的地方，都加倍仔细地用放大镜反复查看，不时向思索要资料夹里的照片。

不行，缺少得太多了！她心里叹息着。由于缺少尸体和物证，这个犯罪现场等于既没有连续画面也没有声音的电影幕布，她必须借助那些照片，在脑海中还原这里的场景……这肯定是艰难的，实物的缺憾还在其次，最烦恼的是找不到感觉——那种一向为警界所惊叹的、只要置身犯罪现场就可以察觉到异样的天才。这可不能怨她，坟场迁移了、骨殖焚化了，磷火又从何谈起？

没有别的办法，眼下就剩这个空荡荡的包间，全都在这里了，她必须慢慢地观察，每一个平面都要当成三维立体画来看，完全靠想象和直觉来破解谜题，这又谈何容易！她知道，在一旁沉默不语的思，其实一直在质疑自己所作所为的意义，但是所有的刑事鉴识专家都是在和自我的搏斗中，获得那么一点点微不足道的成就的。

当走格子彻底结束的时候，她还是没有新的收获。

"完了？"思一语双关地问，笑容中带有一丝嘲讽。

"你不像是我的1/3，倒像是我的对立面。"刘冷冷地说。

思耸耸肩："无所谓，反正都拥有同一个影子——你想的话，我们可以马上合体。"

地板上的影子颤抖了一下。

暮色薄窗，四野冥茫，天地之间正一寸一寸地步入黑暗，寒气从每道缝隙流窜进包间……也许是怕冷的缘故，思向刘走近了一步。

"不！"刘厉声阻止道。

思一愣，怔住了。

"勘查没有结束之前，你和我不能合体！"刘咬了咬嘴唇，"整栋湖畔楼只有刘思缈一个人！她千辛万苦回到这里，目的不是凭吊、哭泣、哀伤、追悔，然后离开……从她走进大门的那一刻起，身份就不仅仅是一个受过伤害的女人了，而是一个科学家，一个在犯罪现场独自开展鉴识工作的刑事专家！她没有任何助手，没有任何同伴，这种情况下她不能没有你，不能没有一个质疑者——真理的求索过程决不能缺少质疑甚至否定！"

思呆呆地望着刘。很久，很久，一抹苦涩的微笑滑上了她的嘴角："好吧……可是这个包间已经搜索完了，除了那只遥控器，没有发现任何有价值的东西啊！"

刘长长地舒了一口气："你错了。"

> 一个优秀的刑事鉴识人员，永远不会把犯罪现场看成一个平面，尤其当案件发生在室内，你其实是走进了一个六面体……

所以，刘指了指头顶："我还没有勘查吊顶。"

她和思一起走出包间，挨个房间地找梯子，终于在楼道西头的餐厅里找到了一架铝合金梯子，思正要抬，刘却拦住了她："这梯子上的落尘不多，似乎最近用过。"

思说："资料夹里写着对包间吊顶的勘查结果'布满尘土，没有发现任何物证，也没有触碰迹象'——我想可能是鉴识人员在检查吊顶的时候，发现忘了带梯子，临时用了一下这个梯子。"

"他们敢！"刘柳眉一竖，"勘查中使用犯罪现场的物品和设施，是严重的违纪行为！"她把梯子轻轻提起，指着墙上两个相距三十五厘米的等高小坑说，"你看这两个坑，是梯子长期靠在上面造成的,假如警方真的用过,用完找个地方随便一靠就行了,会这么细心的'梯复原位'吗?我看,是某人存心不想让警方注意到这把梯子被移动过吧?"

刘把这架梯子上上下下检查了一遍,连梯柱与梯阶间的缝隙也看了又看,却没有发现哪怕一个指纹、一根头发,只好和思一起把梯子抬到KTV包间里,放在吊顶的通风口下面。刘从现场勘查箱里拿出手电筒,登着梯阶上去,右手手掌一撑,推开了通风口,然后慢慢地将脑袋钻了进去,立时闻到一股呛人的尘土味。

打开手电筒,只见吊顶高约五十厘米,与楼道的吊顶相通,但由于中间垂下一道横梁,所以看不了太远。孱弱的光柱所照之处,都覆盖着一层厚厚的尘土,确实没有人触碰过的痕迹。

下来的时候,刘叹了口气:"我还抱有一丝幻想,以为警方勘查不细致,凶手是从吊顶离开的,现在看来是完全不可能的了。"

思沉默片刻,道:"我真的要劝你一句,还是放弃吧。无论是省厅法医的鉴定报告,还是蕾蓉的复检结果,都给出了明确答案,蒙健一等四人的确是死于心梗,这可以做出好多种解释:比如蒙如虎喝多了酒要非礼焦艳,被蒙健一训斥,恼羞成怒中追杀众人,引起四个人潜在的心脏病集体发作,然后李家良在和蒙如虎的搏斗中被杀,临死前李家良用烟灰缸给了蒙如虎脑袋一下——总之,既然这个包间是一个密室,就不存在还有其他凶手的可能。"

"不对,你这是自欺欺人。"刘摇了摇头,"那四个人死于心梗,但为什么会内耳出血,还没有答案……李家良确实是被蒙如虎杀死的,而杀死蒙如虎的一定另有其人。"

"你凭什么这么肯定？"思问。

刘指着那个资料夹："来的路上，我仔细研究过里面每份文件，你难道没注意到一个细节：砸死蒙如虎的烟灰缸上没有发现指纹。"

"注意到了。"思扬起手做出砸的动作，"也许是李家良戴着手套或用毛巾什么的包着烟灰缸砸的——"

手臂猛地停在了半空……

思猛地意识到了问题的关键。

"警方的报告中，一个字都没有提到在包间里提取到手套或毛巾。我甚至想过会不会李家良是拿纸巾包着烟灰缸砸的，然后将纸巾吞咽到了肚子里，但蕾蓉也想到了这一点，在复检报告上特别注明'李家良的消化道中并未发现纸质纤维'——也就是说，手套或者纸巾被真正的凶手带离了这个包间。"刘说着，走到窗边，看着窗户缝道，"可这里门窗反锁，凶手是怎样离开的呢？"

"如果凶手真的另有其人，那可就麻烦大了。"思苦笑。

"嗯？"

"因为那天晚上，这座湖畔楼里除了那六个死者以外，只有你一个人，而且还浑身是血地跑到草原上……"思说，"说来说去，你又成了最大的犯罪嫌疑人。"

刘望着窗外，已经黑得看不清东西了。原野上的风越刮越大，残芦败苇菅草枯茅织成一片广袤的枯黄，不胜其寒地瑟缩抖动，犹如潜伏着巨兽的大海，一切都像极了那个可怖的夜晚。她不由得打了个寒战："缈呢，怎么一直也没有看见她下来？"

两个人一起上到二楼，走到住过的房间门口，门是虚掩的，推开，里面空无一人。

"这人上哪儿去了?"思边说边往里面走,回头一看,见刘站在门口发呆,便问道:"你怎么了?"

刘的眉宇间掠过一道阴影:"没什么,想起了那个夜晚……对了,我记得,当天到达湖畔楼以后,所有人居住的房间都设在这一层吧?"

"对,宫敬说人少客房多,就每人安排了一个单间,安全起见,都开在二楼了。"思指点着楼道里的几扇门,"喏,他们分别都住在那几个房间。案发后做过鉴识,每个人房间的门把手上都有清晰完整的指纹和掌纹,能和屋里的个人用品对应上……"她咬了咬牙,"只有咱们这间屋子的门把手上的指纹比较乱。除了缈的,还有蒙如虎等人的,应该是他们闯进来的时候留下的。"

刘的脸色顿时惨白如雪。

思连忙把话题岔开:"看情形,到达这里之后发生的事情,顺序如下:缈因为发烧躺在房间里休息,蒙健一和蒙如虎想侵犯她,被李家良阻止了,之后那六个人到餐厅去吃饭,因为没有厨师,做饭很不方便,就索性每人泡了一碗方便面,吃完后就齐聚到KTV包间里,一边唱歌喝酒一边研究如何改进五行阴阳镜,然后——"

"然后发生了什么,缈还没有回忆起来。"刘痛楚地说。

窗台下有一只橘红色的耳塞,思捡起来看了又看,然后抬起头,手指窗外说:"我看,你还是去问问她本人吧。"

顺着她的手指向外面望去,刘看到一潭粼粼的湖水,还有站在湖水边的缈。

4

  风撩动着湖水，滚滚浪隙间大雾浮泛。
  雾很浓，将硝土岸边衰败的芦苇丛、废弃的土坯屋、山坡上的黄条石都模糊成白茫茫纷乱一片。
  抑或，模糊了世界的不是雾，而是我的泪？
  纱的脸上挂满了泪水，晶莹的泪珠在风的撕扯下，还没有流淌到腮边，就飘扬到耳际，将鬓角的长丝染成半透明的青色……巨大的天幕有如覆被着铁板，无边的草原像是铁板生出的锈，这是怎样一廓沉重的背景啊！她的身影却兀立于天地之间，纤弱而缥缈，幻化成了沉沉暮霭垂下的一束流苏。
  一如那天深夜站在国道上。
  曾经，有两只鸟儿迁徙时飞过这里，一只飞不动了，落进湖中死去，另一只绕着湖哀鸣了三天，也一头栽进湖水……眼泪湖，额仁查干诺尔，你积累的一世世苦涩曾经堆积了多高，多远，才在岸边那几棵瘦骨嶙峋的白桦树上，留满了泪斑似的树疤……
  如今，也轮到了我这一滴。
  "纱……"
  不知什么时候，**刘和思**来到了她的身边。
  "我记不起来，真的记不起来……"**纱**的声音低沉而绝望，"那些畜生离开了我的房间后，我只记得一种感觉：黑暗中，湖畔楼好像被汹涌的湖水淹没了，一浪接一浪的湖水堵塞了我的口鼻，呛进了我的肺里，我沉到了湖底，痛苦极了。我就拼命挣扎，划啊、蹬啊，终于逃出了那栋楼，使劲地奔跑，奔跑，直到跑不动了，就站在国道上……"

刘和思都沉默了。

缈望着脚下的湖水,波浪拍击着湖岸,水花溅湿了她的鞋子。

"现在我来了,我站在这里了,可是我怎么也想不出,这湖水怎么可能淹没那栋楼,难道那只是我的幻觉?只是我麻醉自己后产生的副作用?我承认我一直在麻醉自己,我知道香茗从来就没有爱过我,但是我没有办法,没有办法……我太爱他了,爱到不敢受一点点伤害,所以我只能逃避。直到他出事后,直到他不可能再伤害我的爱的时候,我才敢鼓起勇气去爱他,可这爱是无望的,无望的爱是一种活剐,不麻醉自己我要怎么活下去?太疼了,太疼了啊……"

颤抖的身体实在是撑不下去了,她慢慢地坐倒在地上,仰起头,泪水决堤似的滚下面颊。

刘和思蹲下身子,她们一起伸出手,抱住了她。

很久很久,天边最后一缕光芒照耀在缈的身上,异常的明亮,她的眉毛、眼睛、鼻梁、嘴唇,甚至下颌凝而不落的一滴泪珠,都剪裁般画出锐利的线条。思擦擦蒙眬的泪眼:"天快要黑了,咱们得赶紧回湖畔楼去开灯,没有光的地方,我们三个无法分身。"

刘点点头,拉着缈的胳膊:"走吧!"

缈摇摇头,气息微弱地说:"我走不动了,我好累……"

刘对思使了个眼色,两个人一起用力,把缈从地上搀扶了起来。

尽管风声呼啸,但刘在缈的耳畔说出的话还是那样清晰:"一起走。我们——是一个人!"

她们跌跌撞撞地回到了湖畔楼,楼里的光线已经极其微弱,咔吧咔吧地摁了门厅、楼道的好几个开关,灯都没有亮。刘有些焦急起来,思还算冷静,在门厅东墙的一角发现了配电箱,使劲抠开铁门,刚跟刘说了一句"快来这里"……

她的影像就如相机跑焦一般,模糊了一下。

刘伸手去抓思的胳膊,抓住的却是虚空。

"思!你不能走!"刘急得大叫起来,"缈你快来!帮我留住思!"

空荡荡的楼舍里,传来的只有回音。

"缈已经走了,只是你还不知道。"思的脸上浮现出最凄美的一笑,"情深的人总是先走一步,然后是质疑者……最后,只剩下你了,全部的希望。"

思的影像伴随着最后一点自然光的熄灭而渐渐隐去,声音也彻底消逝。

……

只剩下你了。

分身消失了,但是不知为什么却没有合体,我还是分裂的。

楼里是一个世界,楼外是另一个世界,二者没有任何交集,犹如无边无际的荒野上悬着一口棺材。湖畔楼不是什么高楼大厦,但对于只有一个人的我而言,它还是拥有太多个空空荡荡的房间,其中一个房间还游荡着无法安息的六个鬼魂……凄厉的风声,鬼哭狼嚎一般,将彻骨的寒冷灌进这栋死寂的楼里。

很快就伸手不见五指了。

刘被冻僵了一样靠在墙上。

灯不亮,也许是跳闸了,只要扳起闸门,思和缈就会伴随着光明,一起回到我的身边。我需要一点光,只要一点就好……

她鼓足勇气,僵硬的身体稍微颤抖了一下,胳膊能活动了,好，我要拿出手机，手机的光芒足以照亮配电箱。

进楼之前，为了防止打扰，她把手机关了，现在重新开机，将屏幕对准配电箱，长方形的光斑投射在一排T字形的扳钮上：全部向上，呈打开状态。

她的心一沉，伸出手挨着个儿上上下下扳了扳，楼里的黑暗依然坚固得如一块铁板。

也就是说，不是跳闸，是断电。这在穷乡僻壤本是最平常的事情，但对刘而言，断的不是电，是希望。

掌心一片冰凉，下一步该怎么办？

手机的背景光已经灭掉，又重新亮了。

她拿起一看，收到六条短信。

前面五条是郭小芬的，最后一条是呼延云的。

刘从头往后看，郭小芬一直在问"思缈你在哪里？""思缈你的手机为什么关机？""思缈你开机后速与我联系，有要事！""思缈你怎么还是关机啊，急死我了！"

最后一条比较长："呼延曾经说：'凶手设置那个密室，目的只有一个——想让警方认为那就是一个密室。'我不知道这话是什么意思，也许对你有用。千万小心！"

刘想了想，也不知道呼延云那句话到底在讲什么，还好，还有一条他的短信没有看，点了"打开"键，看看那个家伙能发什么惊世骇俗之语吧。

"正打开信息"的绿色进度条一点点往前走着……就还差最后一格了。

猛地！

宛如利刃砍过眼皮！霎时间眼前一黑。

刘以为是自己的意识出了故障，闭上眼使劲甩了甩头，像要驱赶可怕的梦魇似的，然而睁开眼的一刻，依旧黑黢黢一片，她才意识到，是手机没电了。

风声骤然大了起来。

该死！呼延云到底给我发了条什么内容的短信啊？

刘咬了咬嘴唇，停电状态下手机也充不了电，这么干等下去不是办法。手电筒就放在现场勘查箱里，无论如何也要拿到。她扶着墙，把站得发麻的腿一点一点挪动着，向KTV包间的方向走去。

在包间门口，她站住了。

这个房间还游荡着无法安息的六个鬼魂……

只有我一个人。

前后左右，头顶和脚下，黑暗中不知道埋伏着什么，也许一只手会猛地抓住我的脚腕，也许后颈会突然被什么卡住，也许推开门迎面是两个挖掉眼球的眼窝，也许我已经支离破碎了而毫不自知……

老师李昌钰的教导，此时此刻，异常清晰地回响在耳际——

"一个优秀的刑事鉴识人员，在犯罪现场，除了科学，不要相信任何东西。"

她默默背诵着"除了科学，不要相信任何东西"……竭尽全力使自己镇定下来，可是推开门的一刻，她的上下两排牙齿还是碰得嗒嗒作响。她觉得全身上下的每个毛孔都张开了，可以感知到每一丝空气的颤动，她想，假如真的有什么厉鬼向自己发起袭击，她应该能在第一时间做出反应——但是，那有用吗？

凭着记忆摸到了现场勘查箱，她提起来就往外走，在这包间里多一秒都不想待下去，腿脚发软，走出的每一步都磕磕绊绊，仿佛踢到了那些横七竖八倒在地上的尸体。

摸到门把手了，太好了！现在只要拉开，我就能一步迈出去了！

一瞬间，她想起了初侦报告中的话——"包间门内侧的拉手上发现的血指纹，经鉴定是6号死者蒙如虎留下的，血液却是1号死者李家良的，可以理解成，6号死者在刺杀1号死者后想夺门而逃，但是最终还是被烟灰缸砸中后脑勺，当场死亡"——心中不由得一颤。

毕竟，那个名叫李家良的老人曾经救了她，使她免于受辱。

走出包间，门在她的身后关上了。

门窗反锁却扼杀了六条生命，反复勘查却仍无法破解谜团，你这阴森可怖的密室。

凶手设置那个密室，目的只有一个——想让警方认为那就是一个密室。

她打了个寒战。

踩得粉碎的遥控器，宫敬尸体的古怪形状，蒙如虎后脑勺的基底伤，没有指纹的烟灰缸，向外移动过的双人沙发，还有门把手上李家良的血迹——

难道是这样？

5

国道上有一匹马，马上坐着一个人。

猛烈的夜风撕扯着马鬃，把茫茫草原吹成一片黑色混沌，但马上的人还是确信，脚下应该就是十月二十四日晚上，刘思纱站过的地方。

往北去，沿着那条灯火明灭的小径，就能抵达湖畔楼。

他却将马缰轻轻一勒,赶着马沿国道继续向西行走,走了没多远,就看见一栋有点宽的小楼,他眯起眼睛看了看旁边竖着的那块又大又高,被风吹得噼啪作响、摇摇欲倒的铁皮招牌。

没错,上面的四个大字写得很清楚——

草原旅店。

他的嘴角浮现出一抹不易察觉的笑。

6

荧光!

地面出现了几片清晰的蓝色斑点,形状虽然因擦拭过而不那么规则,但在黑暗中还是熠熠生辉。

刘的头脑瞬间冷静下来。

犹如猎手在雪地上发现了狐踪,对于一个刑事鉴识人员而言,没有比在犯罪现场发现新的物证,更加令人兴奋的事情了。她继续用手中的鲁米诺喷壶在附近的地面和墙面上哧哧地喷着。

当犯罪现场被清洗过,肉眼看不见血迹的时候,特定的试剂可以让隐秘血迹变得清晰可见,警方最常用的是鲁米诺和二氢荧光素,它们通过与血红蛋白里面的铁发生反应,能显现出被稀释了一万两千倍的血迹,唯一的差别是:鲁米诺必须要在黑暗的条件下使用,而二氢荧光素要在紫外线的照射下才会发光。

接下来是检测地面上的血迹是否为人血。伪造血迹在伤害案中最常见,经常有这样的事,甲被乙打成轻伤,为了让警方从重惩办乙,甲就用鸡血(鸡血真的是用得最多的)泼洒在案发现场,然后去医院把伤口包扎得大一点——当然,这种事情只要做一个推定血液测试就能解决,比如**刘**现在采用的单克隆抗体试剂，轻而易举地就确定了地板上的是人血。

是人血就好办了。**刘**想。具体属于哪个人，用 ABO 血型系统检查血红细胞表面是否存在 A 型或 B 型抗原，或者带着样本回到实验室检测 DNA，也可以很快锁定。不过**刘**有一个更好的办法，也是眼下更需要做的事情——做血迹的形态分析。

她把打开的手电筒竖到墙边，整个楼道顿时为昏黄的光芒所笼罩，墙壁和天花板上曲折地映射出她的影子，像是一个黑色的人字形剪纸在弓着腰冷漠地注视着她。

"特定的攻击行为导致人体中的血液在犯罪现场形成特定的形态。"一滴血碰到客体表面时，由于作用力的差别，会形成不同形状的印记：圆形血迹说明血液是垂直路线撞击到客体表面的（比如指尖的血液滴落在地板上），钝锯齿形血迹是血液高速喷出或者长距离下落的结果，而喷射状血迹往往来自切开的动脉。通过分析血液形态，不仅能推断出杀人凶器，还能准确地锁定血液来源的起点。

刘从现场勘查箱里拿出一把多功能尺子，开始测量地上那几片血滴的直径，其中绝大多数都只有 2 到 4 毫米，说明造成该血迹的作用力超过 7.62 米 / 秒，属于中速挤压喷溅血迹。这种血迹一般是用铁棒、甩棍之类的钝物击打造成的。

但绝不会是烟灰缸！凶器的形状与血迹的形状密切相关，这就好比你用刀子切一个西红柿，和用擀面杖砸一个西红柿，溅出的汁液是完全不同的。

张开右手的五指，贴近地面，拇指和小指分别压住一片血滴的左右边缘，这样中指就得到了一条主轴，比着尺子，用投影回归的方法画出一条直线，然后踮起脚轻盈地一转，身体无声地滑动到第二片血滴处，用同样的手段获取新的主轴并画出直线……最后，所有直线都在地面上很小的一个范围内交叉——这就是二维交汇点。

留有伤痕的洁白手腕在半空轻轻一挥，五指蝶翼般的扑扇了一下，那把多功能尺子便哗啦啦一声，变成了量角器。

测量出相应的作用角度了，慢慢地抬起头，在半明半暗的虚空中，让二维交汇点随着视线不断上移，到达地面上方的一定高度，停，就在这里！

——犯罪现场的芭蕾舞者。

什么黑暗，什么风声，什么鬼魂，什么恐惧，统统抛之脑后！当三维来源点确定的一刻，当真正的死亡位置锁定的一刻，她的心中虽然依旧是一片迷惘，但在迷惘的尽头又有着刺眼的明亮。

还缺少一个最重要的证据，不过应该不难找。大部分遥控器无非是通过两种途径来控制远距离的，一种是利用波长为 0.76 到 1.5μm 之间的近红外线来传送控制信号，这种遥控器不能穿透墙壁，那么只会是另外一种：UHF 频段的无线电遥控。不过，无线电如果遇到钢筋混凝土的墙壁，由于导体对电波的吸收作用，遥控效果也会大打折扣。凶手潜心布置，绝对不会忽略这个问题，所以，要是想在 KTV 包间里遥控那个杀人工具，只能通过——

刘拿起手电筒，圆柱形的光芒投向过道的吊顶，缓缓移动，直到接近门厅的时候，她终于看到一个网栅形的通风口。

现在终于知道为什么有人动过那架铝合金梯子了。

刚才查看 KTV 包间的通风口之后，将梯子留在了原地，所以，虽然心里一百个不愿意，她还是走进了包间，刚刚把梯子扛在肩膀上往外走，就听见门外面传来清晰的一响——

哐啷!

浑身的寒毛噌地竖了起来!

这湖畔楼里,难道还有其他人?

她小心翼翼地拉开木门,用手电筒照了照过道:空空如也。

听错了?不会啊,分明是碰倒了什么酒瓶、脸盆之类的东西发出的声音。或者是一只猫闯的祸?也不大可能,在湖畔楼待了这么长的时间,别的感觉也许都把握不准,但"毫无生气"四个字却是确信无疑的。

自己站在光亮的地方,而对手隐蔽于黑暗之中,无疑是当活靶子,她马上关闭了手电筒,靠在墙上屏住呼吸,静静地等待着,准确地说是和那个潜伏的对手对峙着。她睁圆了眼睛,扫描仪一样剖析着每一处黑暗:哪一分的色泽浓了,哪一块的形状变化,哪一丝的动静有异,这样就可以在受到攻击的前一秒先发制人⋯⋯

过了很久很久,依然毫无动静,假如黑暗是一泓湖水,那么连一个波纹也没有,也许,真的是一只猫⋯⋯

只有我一个人。

只有我一个人。

只有我一个人。

本来是出于恐惧的喃喃自语,此刻却成了战胜恐惧的唯一信念。

她长长地出了一口气,重新打开手电筒,搬着梯子走到过道的尽头,将梯子放在通风口的下面,一步一步地登了上去。

掌心撑住通风口的隔板,现在,只要将手臂一抬,一切就将真相大白。

从逃出湖畔楼,到这里,走了多久?

她咬咬牙，一把撑开了隔板，将脑袋伸了进去。

手电筒的光芒直直地照在一个金属物体上。这物体十分像爱迪生发明的第一台留声机，下缘胡乱盘着一圈粗粗的电线，插头还插在一个嵌进墙面的电源上。刘轻轻地扳动了一下，十分沉重，于是她用了一点力气，使"留声机"倾斜了一点，露出了对着包间方向的喇叭口。

她闭上眼睛，将耳朵贴近喇叭口。

咝咝……

也许是什么前奏，随着旋律的清晰、音调的提高，留声机里会渐渐放出宏大的乐章，沁人心脾或感人肺腑，但她等了很久很久，才觉察出那不过是空气在喇叭里流动时的声音。

她依旧在听，她听得见。

根本没有任何声音，但声音却又像铁锤一般震撼着她的心腔：那么多压抑的幽咽，那么多凄怆的饮泣，那么多垂死的呻吟，那么多无奈的叹息，都灌入了她的耳鼓。

铅一样沉重的往事与现实，枯萎的荒原，肆虐的寒风，一条首尾望不到头的漫漫国道，黑压压的人群拥向一个又一个充满谎言的讲堂，只要肉体能健康长寿，不惜用最低贱的价格出卖自己的灵魂，是不是鲁迅说的"凡是愚弱的国民，即使体格如何健全，如何茁壮，也只能做毫无意义的示众的材料和看客"？

于是心甘情愿地被麻醉、被催眠：10、9、8、7、6、5、4、3、2、1、0，你就是我，我就是你，你要无条件听我的指令，任凭我利用、驱使、玩弄，甚至杀戮……杀戮，杀戮，有声的杀戮算得了什么，真正可怕的是无声无息的群体溺毙……我的记忆没有错，湖水的确曾经淹没过整个湖畔楼，也差一点将我溺死，不管这是多么离奇，多么不可思议……

一座楼，一片坟场，一个湖底，一间密室，胡萝卜认为那是一间密室，楚天瑛认为那是一间密室，就连我也认为那是一间密室，凶手就想让我们所有人都认为那是一间密室，一间门窗反锁密不透风谁也不可能逃离所以也没有必要去苦苦破解的密室！他成功了，整个世界就是一间硕大无朋的密室——他能不成功吗？！

思、缈，我勘破了，一切！

她的手一颤，手电筒从掌心滑落，宛如花样跳水运动员一般，在半空中翻滚着，砸向了地面。

她低下头，看到这塑料外壳的发光物，在摔得粉碎的前一秒，照到了一个恐怖至极的景象——

铝合金梯子旁边，有一双脚。

刘思缈惊呼一声，从梯子上滑落，但是双脚没有接触到地面，因为一双手在半空卡住了她的脖子！

黑暗中，她拼命踢打着，耳畔传来梯子被踢倒在地的"哐啷"声，还有自己的颈骨快要被扼断的咯吱声！力气太大了，我喘不上气来了，我快要死了！我知道了全部真相，却要带着它一起被永远埋葬……

在那个恐怖而血腥的深夜，我逃出湖畔楼，穿过寒风咆哮的草原，浑身是血地兀立在国道上，我以为自己逃出来了，难道终究还是逃不掉变成第七个鬼魂的命运？！

香茗——救救我！

她想起了中学的那个夏天，想起了被囚禁的三天三夜，想起了那个黑咕隆咚的地窖，想起了绝望时香茗神奇的出现……

她想香茗一定会再一次伸出手来，将她从黑暗拉向光明……

7

"我要是你,我就不会再错下去!"

黑暗中,陡然响起了一个冷峻而威严的声音。

卡住刘思缈脖子的手顿时一松,刘思缈在脚尖踮到地面的一瞬,右肘狠狠往身后那人的前胸一撞,只听"哎哟"一声痛苦的闷哼,那人向后趔趄着倒退了几步。刘思缈借机向前一跃,脱离了险境,来到发出呵斥的人身边,一边揉着脖子,一边声音嘶哑地问:"你怎么来了?"

"打你手机不通,我就和小郭通了电话,她说你肯定来这里了,我一路换车赶了过来,到县城已经很晚了,连出租车都不往狐领子乡走了,好不容易才租到了一匹马……"呼延云说,"你没事吧?"

隔着半臂远,刘思缈也能感到他衣服上发出的寒气,知道他是刚刚才进的湖畔楼,黑暗中看不清形貌,只觉得他的一双眼睛十分明亮。虽然因为林香茗的缘故,她恨透了这个人,但想想要不是他来得及时,自己险些命丧黄泉,又不由得暗自庆幸,嘴上依旧冷冰冰的:"没事?你要再晚来半步,我就没命了!"

呼延云望着楼道深处,那里的黑暗如松胶一般浓稠:"案子破了?"

"破了。"

"知道谁是凶手了?"

"知道了。"

"另一起案子呢?"

刘思缈不禁大吃一惊,望着呼延云,沉默良久才说:"也破了。"

"知道谁是凶手了?"

"……也知道了。"

"两起案子,两个密室。"呼延云重重地叹了一口气。

一语中的!

刘思缈心中更加讶异了,忍不住问:"你怎么知道的?"

"一个推理。"呼延云说,"你呢?"

"物证!"刘思缈斩钉截铁地说,"铁一般的物证说明了铁一般的事实!"

呼延云点了点头:"说说看。"

"第一个案子,是KTV包间六人——不对,五人命案,死者是李家良、蒙健一、焦艳、宫敬和佟大丽。这起命案的凶手是李家良。"

"证据是什么?"

"侦讯报告显示:楚天瑛询问蒙康一,健一公司的六个人为什么会来湖畔楼时,蒙康一说是李家良和佟大丽提出了一个五行阴阳镜的改良方案,往阴阳镜里注入'额仁查干诺尔'的湖水,增加其保健功效。中国有九百六十万平方公里的领土,佟大丽怎么可能知道一个小小的狐领子乡有这么一个湖?答案就在李家良的履历上,'文化大革命'后期他曾经在这里插队,所以这次行程的始作俑者必定是李家良无疑。此外,李家良虽然是倒卧在包间大门旁边,但我在门的一百一十厘米高度找到了一个楔形的凹点,凹点里有血迹,联想到李家良的身高和腹腔受刀,所以,这个凹点应该是他站立、后背靠在门上时,被扎了一刀形成的。这个姿势不是逃跑,而是顶着门,不让任何人逃走——他从一开始就想和所有人同归于尽。"

刘思缈停了一停,接着说:"当然,这些都只是间接证据,而最有力的直接证据则是一个遥控器。"

"遥控器？"呼延云有点糊涂。

"在西墙的一个双人沙发下面发现的，物证编号为十七号。"刘思缈说，"由于呈粉碎状态，所以没有引起警方的重视，却引起了我的怀疑，那个遥控器的受力点太均匀了，受力也明显过大，是有意踩碎的。为什么要踩碎它？我将它完整地拼接起来之后，发现它与包间悬吊的电视机不是一个牌子，而且还很新，最关键的是，警方只在这个遥控器的外壳碎片上面提取到李家良一个人的指纹，这就更加奇怪了。KTV包间的点歌、唱歌，主要靠控制间里的电脑和操作平台，他一个人把持着电视遥控器做什么？直到后来我才明白，那根本不是什么电视遥控器，只是做成电视遥控器的模样。为了防止有人误用，李家良才一直拿在手中，最后关头也不忘踩碎它，以蒙蔽警方——它实际遥控的，是我头顶上的那个杀人工具！"

呼延云抬起头，看着吊顶，黑咕隆咚的什么也看不见："什么杀人工具？"

"次声波吹灰器。"刘思缈一字字地说，"锅炉用的燃料煤粉，含硫量普遍比较高，时间长了，粉尘颗粒积聚烧结，会形成焦渣积灰，使锅炉效能下降。次声波吹灰器就是将高强度的次声波，送入运行中的锅炉炉体内，通过声波能量的振动作用使积灰断裂、破碎……"

呼延云很惊讶："这种东西能杀人？"

"能。"刘思缈说，"人的耳朵能听见频率范围20到20000赫兹以内的声音，20000赫兹以上的叫超声，20赫兹以下的叫次声。耳朵虽然听不见次声，但人体内脏的固有振动频率和次声频率十分相近，比如胸腹部内脏的固有频率在4到6赫兹。

因此,一旦大功率次声波作用于人体,就会引起内脏的'共振',五脏六腑如同锅炉内的积灰一样断裂和破碎。尤其是心脏,最容易受到损害,引起心肌细胞发生凋亡,尸检结果往往是急性心梗。

"一九四八年的马六甲海峡惨案,风暴与海浪摩擦产生了次声波,导致一艘荷兰商船的船员全部遇难;一九六八年的法国马赛惨案,一个次声波研究所因工作人员擅离岗位,次声波发射出来,导致附近农庄二十多人在几十秒内全部死亡;一九九九年的科索沃战争中,美军用次声发生器发射次声波,几秒钟就使大批敌人丧失战斗力……军事医学科学院曾经在多个装有次声波锅炉吹灰器的火力发电厂做过环保评估,发现长期暴露在低强度次声环境中,工人会出现血管系统、呼吸系统、胃肠系统和中枢神经系统功能紊乱——李家良的履历显示,他在狐领子乡插队期间,曾经到附近的一家发电厂做工,那时的发电厂虽然不会安装次声波吹灰器,但我推想:他对这个领域的技术进展不会陌生,因此在策划杀人期间,他才想到了利用次声波吹灰器制造一个密室。"

楼道深处,黑暗继续凝滞着,那个袭击者似乎也在倾听她的讲述。

刘思缈接着说:"我不清楚李家良的杀人动机,但很明显,他绝不仅仅是要这几个人的性命,而是要彻底搞垮健一公司——一间门窗反锁的密室,所有人都死掉了,没有搏斗痕迹、没有凶器,室内只有一面五行阴阳镜,公众当然会怀疑是五行阴阳镜辐射杀人,从此哪个还敢买健一公司的保健品?!

"于是,李家良将次声波吹灰器加以缩小,改造成吊顶里的那个留声机形状的东西,喇叭对准KTV包间的方向,通过电机转速,让一个旋转阀门按照设定速率开通和关断气源的喷口,使喷出的气流呈间断的脉冲状态,形成次声波,利用吊顶的通道辐射到 KTV 包间……

"看到蕾蓉的复检报告的时候,我就想到这一点了,心脏病突发,很少会内耳出血,如果有,一定是声音武器的攻击。噪声是不可能的,如果有震死人的噪声,狐领子乡绝对不会没人听见,所以无非是超声和次声,超声主要用于医疗,致死性强的还是次声。"刘思缈的声音有些颤抖,"本来我也难逃一死。次声的穿透力极强,别说穿透一层和二层的楼板间隔,就是钢筋水泥的军事堡垒也不在话下……那天我差点受辱,他们离开我的房间后,因为高烧未退,我还是昏睡过去,当吹灰器启动时,次声波将我也震醒了,给我造成了被'湖水'淹没的幻觉,使我痛苦万状地逃离了湖畔楼——声音的本质就是一种机械波,所以我才在幻觉中,看到了湖水的波浪汹涌而来……不过,我之所以没有受到更大伤害,全都是因为这个。"

说着,她伸出右手,食指和拇指间挟着一个子弹头样的东西。

"这是 3M 耳塞,睡觉时塞在耳朵里,可以降低 29 分贝的噪声,由于是聚氯乙烯泡沫塑料制成,还可以大大增加次声的衰减量。"刘思缈凄恻地说,"我猜这是李家良在动手前给昏睡中的我戴上的……也许他只带了一对耳塞,也许他本来想成为包间内的'幸存者',但他最终还是把生存的机会留给了我,他不想无辜的我受到伤害……"

刘思缈有点说不下去了,轻轻地咳了两下。

"这么说,李家良运用声学手段杀人,居然一次成功了?"呼延云问。

"不是的……"刘思缈的声音忽然沉重起来,"应该说他并没有完全成功,因此才出现了第二个案子和第二个密室。"

楼道深处的黑暗轻轻颤抖了一下。

"初侦报告上说,警方赶到湖畔楼时,全楼黑漆漆的没有开灯,胡萝卜检查配电箱时发现总闸跳闸了,这是因为吹灰器的电流过大造成的——当然这也在李家良的策划之内,否则次声波长时间发送下去,不仅会造成接近湖畔楼的无辜者死伤,密室之谜很容易就会被警方破解。"刘思缈说,"次声波杀人是一个很有创意的手段,但在现实中并不多见——原因就在于次声波的'剂量'不好控制,杀人效果与个体差异关系很大,十几秒的发射,可以杀死体质弱的人,但强壮的人可能只是休克、昏迷。所以,在次声波发送的短时间里,蒙健一、焦艳、宫敬和佟大丽猝死,另外两个人则发生了搏斗,蒙如虎想夺门而出,李家良挡住门不放他跑,挨了蒙如虎好几刀。当李家良后背贴着门倒下时,蒙如虎一定也被次声波震得昏死了过去——注意,是昏死,而不是真死。"

刘思缈继续说:"包间门内侧的把手上的血指纹,经鉴定是蒙如虎的。警方认为,这说明蒙如虎杀死李家良后想夺门而逃,却被室内的'第七个人'用烟灰缸砸中后脑勺死亡——姑且不论这'第七个人'用什么办法逃避次声波的伤害,从容地戴上手套拿起烟灰缸砸人,单说蒙如虎的死亡位置,就可以推翻这个结论:蒙如虎的尸体俯卧在包间中心位置的玻璃茶几边,他在门把手上留下的指纹沾有李家良的血,说明李家良当时已经没有力量阻止他了,他为什么还不尽快逃离?就算这时候他后脑勺挨了那致命的一击,他的尸体也应该是俯卧在李家良身边吧?怎么会倒退至少六七步,到茶几边才趴下?如果说他和

'第七个人'发生了搏斗,为什么在包间里没有发现相关的搏斗痕迹?所以我的结论是:蒙如虎昏死后醒来,拉开门把手,逃出了KTV包间!

"于是出现了第二起案子,第二个密室……"刘思缈凝视着楼道深处的黑暗,"当我怀疑蒙如虎曾经逃出过包间的时候,有一点让我十分困惑,他为什么又回到包间并遭到杀害?杀死他之后,凶手又是怎样从内部反锁上门窗后逃离包间的呢?他为什么要设置这样一个密室?既然这不是推理小说,而是现实案件,那么一定要有一个合理的解释。

"后来,郭小芬把你说的那句话用短信发给了我,让我如梦初醒。没错!凶手设置第二个密室的目的,和李家良设置第一个密室的目的,完全一样——让人认为那就是一个密室!公众认为那是密室,就会怀疑五行阴阳镜辐射杀人。警方认为那是密室,他们走格子也好、现场摄影也好、搜索物证也好,就主要在包间内部进行,而不会对包间外面进行过多的勘查——因为在他们看来:所有的凶杀和死亡都是在包间内部发生的!

"领悟到这一点后,我立刻沿着包间门外的这条楼道开始勘查,鲁米诺喷剂很快就告诉我,蒙如虎的被杀害地点,其实是在这个地方,接下来的问题是——凶手是谁?密室是怎样设置的?"刘思缈的双眼在黑暗中熠熠放光,"我突然意识到初侦报告中存在一个巨大的疑点,而这疑点正是整个案件的突破口,不仅可以解开密室之谜,而且明确指出了谁是凶手!呼延,我相信你也是发现了这个疑点,才洞察了整个案件的真相的。"

呼延云平静地说:"我确实发现了一个疑点……不过,你先说说,看看咱俩发现的是否一样。"

"案发后,为了检验、确认受害者的遗物,警方对二楼的客房做过鉴识,每个人房间的门把手上,都有清晰完整的指纹和掌纹,都能和屋里的个人用品对应上。"刘思绵停顿了一下,对着楼道的深处厉声说,"既然胡萝卜说他和陈少玲一起进了湖畔楼之后,找你找不到,后来你才出现,说你在二楼逐间打开客房查看——那么张大山,你当时光着手也好,戴着手套也好,为什么在二楼'逐间打开客房查看'的时候,丝毫没有破坏门把手上的那些指纹?"

楼道尽头,背靠着KTV包间门站立的张大山,身子顿时一顿。

"其实你当时根本不在二楼,你就在包间里!"刘思绵说,"我推断的事情经过是这样的:报警之后,你不放心李大嘴的安全,走进湖畔楼查看,在包间门口碰上了逃出来的蒙如虎,他被次声波震得神志失常,挥着刀冲向了你,当时你手里也许拎着个扳手什么的,照他脑袋就给了一下,将他打死在地上,楼道里的血液形态显示的就是这样的状况。当你发现包间里还有更多尸体的时候,你害怕了,怕警方认为这些人都是你杀的,于是逼迫陈少玲和你一起作假。你们迅速擦掉楼道的血迹,把蒙如虎的尸体搬进包间,放在玻璃茶几边。你戴上手套,用烟灰缸照他后脑勺又狠狠砸了几下,以掩盖基底伤。接下来,你把凶刀扔在李家良身边,让陈少玲将扳手扔进眼泪湖或别的什么地方,回到车里等着胡萝卜来。你自己将包间的大门反锁,躲藏在了靠西墙那张双人沙发的后面。"

回想起那天夜里,陈少玲回到车里,坐在自己身边瑟瑟发抖的情形,刘思绵有些出神:"胡萝卜来了,陈少玲和他一起走进了湖畔楼,在打开包间大门的时候,她有意将手电筒的光直直地射向正前方的播放控制间,那里,已经被你们搬进去了一具尸体——宫敬的,目的就是让胡萝卜走进犯罪现场的第一眼,不会关注到周围情况。果然,胡萝卜马上走进控制间查看宫敬的死活,就在这时,你从双人沙发后面起身,迅速走出了包间,等到合适的时候,再从外面回到包间里来……"

死一样的寂静,犹如被风暴淘干的湖底。

很久,楼道里才响起张大山的声音:"我……我怕极了,我不想再坐牢,所以才威胁少玲——"

"你在撒谎。"呼延云打断了张大山。

"张大山你在撒谎。"呼延云转过头对刘思缈说,"思缈,让我洞察了事件真相的那个疑点,和你的不一样。"

"哦?"刘思缈一时语塞。

"拿到湖畔楼案件资料之后,我仔细看了一遍,起初并没有看出什么蹊跷,倒是资料夹里的那张狐领子乡地图引起了我的兴趣。按照初侦报告上标示的方位,出事那天夜里,思缈你站的国道,往前不远就是草原旅店。而旅店老板杨聪在接受楚天瑛审讯时说,为了等一个客人回来,当晚旅店门厅的灯一直开到十点半。狐领子乡派出所接到张大山的报警电话是十点十四分,我刚才来的路上还特地沿着国道往西走了走,更加确认:张大山,你和陈少玲那天晚上差点撞到思缈的时候,一定能看到草原旅店的灯光。"

刘思缈听糊涂了:"呼延云,你到底想说什么?"

"我想说的是,既然如此,在接受警方问询时,张大山和陈少玲为什么会不约而同地告诉警方:发现你一身是血地站在国道上,陈少玲马上对张大山说'湖畔楼肯定是出大事了'?"

"啊!"刘思缈恍然大悟,"这么说,陈少玲早就知道案发地是湖畔楼——不是张大山挟持了她,而是她挟持了张大山!"

"胡说！你们胡说！"张大山怒吼着扑了上来，宽阔的脸膛像沉积岩一样扭曲变形，"杀了蒙如虎的是我，逼少玲串通一起设置密室的也是我！你们不要诬陷好人！"

突然间，他愣住了。

从很远很远的地方，传来了警车的鸣笛声。

他靠在墙上，满眼的绝望。

只听他喃喃自语道："是我，是我……"

8

真的就这么结束了？

站在湖畔楼大门外的台阶上，呆呆地看着张大山被戴上手铐押进了警车，刘思缈有恍如一梦的感觉。目极之处，草原上夜风如滔，淘换着黑暗的浓浅，回过头，望着在警灯的闪烁中，犹如被红与蓝不停切割、肢解的湖畔楼，又一次想起了那个恐怖的夜晚……

直到此时此刻，她依然不敢确信：我真的逃出这个噩梦了吗？

"刘处！"

一声十分恭敬的呼唤来到耳边。紧接着，一个膀大腰圆的汉子站在台阶下面，敬了个礼："我是县公安局局长李阔海……和您见过面。"

面是见过，不过是在湖畔楼出事那天夜里，自己被带到狐领子乡派出所之后，这位局长主持过对她的突审，还声色俱厉地呵斥"你别装哑巴"！

刘思缈淡淡地说："看来，我已经被撤销通缉了。"

李阔海和刘思缈的警衔相当，但在地位上可是天壤之别。李阔海有些尴尬地笑道："我们已经接到命令，以保证您的安全为第一任务！"

"你先忙去吧。"刘思缈待他走远，才对着身后的呼延云说，"你什么时候报的警？"

"在确认了你站的国道与草原旅店相距不远之后。"呼延云说，"我直接给楚天瑛打的电话，他说马上安排县公安局过来接应，他自己也连夜开车赶过来见你。"

"我谁也不想见！"刘思缈甩下这么一句，竟转身走进了湖畔楼。

原以为她再也不会迈进那个可怕的地方半步，谁知……呼延云困惑地跟了进去，却遍寻不到她的踪迹，直到上了二楼，在她住过的那个房间，才看到她站在窗前的背影。朝北的窗户看不见警灯的闪烁，因而也就显得格外静谧，仿佛什么都没发生。

"呼延。"刘思缈没有回头，"你从来就没有怀疑过我是凶手？"

"没有。"

"凭什么？"

"凭你浑身是血地站在国道上。"

"哦？"刘思缈惊讶地回过头。

"资料夹里写得不大详细，但还是足够我推理了。你浑身是血，但除了包间以外，整个湖畔楼的其他地方却看不到一滴明显的血迹，这就证明，你睡衣上的血是从楼里逃出之后才染上的。而且，资料夹里附了一张睡衣的照片，染红的只是下摆，后来警方的侦缉工作也并未纠缠在这件血衣上，在相关报告中只列了一下血型，我就明白，DNA测试结果早已证明……那不是别人的血，而是你自己的血。"

刘思缈的肩膀微微一颤。

有些话不好对呼延云说，其实她已经想起来了：那天自己正好来了例假，发烧、血流如注，加上在狂奔中不时跌倒、爬起，睡衣的下摆被染成一片鲜红——也许就是稍微清醒后发现下身有血，更怀疑自己已被蒙健一和蒙如虎玷污了清白的身躯，记忆才在撕心裂肺的痛苦中，自动屏蔽了这段经历……

想起这些，她的双瞳中浮泛出无限的哀伤。

呼延云偏转了头。

刘思缈喃喃自语道："刚才听警笛一声接一声地临近了，我的心怦怦地跳，大概是好莱坞的电影看多了，再大的案子，只要破了，结尾总是男女主角拥抱在一起。我就想：也许警车一停，门一开，香茗就从车里走出来了……

"我恍恍惚惚地出了湖畔楼，站在台阶上等香茗，等他来把我抱在怀里，跟我说都过去了，噩梦结束了。警车停了，下来了那么多人，我一个一个地看，却没有看到他。于是我就回来了，回到这个给我太多伤痛的地方，望着外面的眼泪湖，想那只殉情的飞鸟，想那个给我太多太多伤痛的人……"说着说着，眼泪扑簌簌地滚下面颊，"人，真是一种奇怪的东西啊，怕痛，可是痛到极处，竟又对它念念不忘……次声波杀人，那是多么痛苦的死法，李家良不会不知道，但他还是要用这个办法，与那些人同归于尽，他一定有比这更痛的事情，一定在心里已经埋藏了很多很多年——你说，这痛有多长？"

呼延云没有回答。

你说，这痛有多长？

第十章　1977

　　在这些记忆被人们所见之前,奇怪的事情会发生,秘密的事情会公开,多少世纪会流失,一旦重见天日,有许多人不相信,有些人怀疑,而只有少数人在这些被铁笔镌刻的人物身上发现许多值得深思的东西。

——爱伦·坡《死荫》

　　"家良——"
　　"李家良——"
　　乌云其格的嗓子几乎喊破了,每个字都像泣血似的嘶哑,但是在铺天盖地的白毛风的呼啸中,好像往海浪上洒了滴水,瞬间就消失得无影无踪。

　　这是一九七七年十一月中旬的一天。
　　傍晚时分,草原上突然掀起了暴风雪,事先毫无征兆。李家良从草滩上捡了几块干牛粪,用羊皮袍子的下襟兜着进了屋,扔进炉膛里,上面支起一口盛了水的铁锅,把干肉、小米和一勺子羊油下了进去,然后点起火,正用一把铜勺子在锅里搅,就听见房子外面轰隆隆地响。他透过糊在木窗框上的塑料布往外望去，天地间乌蒙蒙的，宛如挥舞着无数面白色的大旗。

正出神的时候，雷抗美跳了进来，一边往地上吐着唾沫一边骂道："真他妈邪乎，好端端的就起了风。"然后缩缩鼻子，脸上顿时笑开了花，"哈，今晚有羊肉汤喝了！"

"事情办得咋样？"李家良问，浓眉下的一对眼睛格外深沉。

雷抗美往炉膛边一蹲，搓着手烤火："还能咋样，一大帮子人围着主任，有哭天抹泪的，有求爷爷告奶奶的，就我一个站得笔直。主任板着个脸说'地富反坏右'的子女能不能参加高考，上边还没有明确的态度，眼下还是要等政策。"

李家良眉头一皱。

"我当时就火儿了，问他凭啥搓弄人！"雷抗美说，"我把十月二十一日出版的那张《人民日报》往他办公桌上一拍，看看，上面那社论《搞好大学招生是全国人民的希望》，这是党中央的决定，你敢唱对台戏？嘿，你是没看见，主任那脸难看得跟在碱草滩上轧过似的。其他的知青也都围上去吵吵嚷嚷的。主任把公章从裤腰带上解下来，拍在桌子上，说了句'看你们还真能成得了气候'，然后气呼呼地摔门走了，剩下那一屋子人啊，抢骨头似的，我朝着那一堆撅着的屁股上狠命踢，才抢到公章盖上了两份——你一份，我一份！"

李家良望着炉膛里跳跃的火苗说："主任其实是个好人。"

"嘿，你啥意思？他是好人，我成了恶人是不是？"雷抗美瞪了他一眼。

李家良淡淡一笑，没有再说话。

火舌舔着锅底，"哔哔噗噗"地作响，屋子里忽然变得十分安静，窗框被风摇得要断了似的。

"老李，你咋了？"雷抗美看他面色阴郁，关心地问。两个人其实都还是二十多岁的年轻人，但李家良显得老成得多。

"没啥，高考，我不想参加了。"

"你说啥？！"雷抗美惊讶地瞪圆了眼睛，神情渐渐严肃起来，"老李，这不是开玩笑的，咱们农场这帮年轻人里，数你看书最多学问最大，难道你舍得把自己一辈子沤在这兔子不拉屎的地方？"

李家良的目光呆呆的。

"你倒是说话啊！别人想离开都想疯了，你咋还犹犹豫豫的？这回高考跟家庭成分没关系，你还担心个啥？"

很久，李家良才叹了口气："我只是有些绝望了。"

"啥？"雷抗美没听懂。

"这十年，我总觉得把人世间的一切丑事都看尽了……这狐领子乡，是偏远，是穷苦，是兔子不拉屎，可没有那么多虚的、假的、无知的、愚蠢的，没有把人往死里作践的，我从来的那天起，就觉得这是个世外桃源呢。"

雷抗美沉默了片刻，说："你讲的这些，我都知道，但是邓公出山了，国家就有希望了……你就说我这一天到晚玩世不恭的，哪天夜里十二点之前睡过觉？从县城图书馆偷的那些中医古籍，纸都恨不得读破了，不就是想把老祖宗的好东西继承下去吗？"

"可是你信不信，假如将来有一天，中医重新大行其道了，你钻研的那些医理，还是不如'人血馒头'更受欢迎。"李家良苦笑道，"我读了那么多的史书，早看透了，几千年的封建王朝，取代者和被取代者其实是一样的！"

雷抗美听得浑身发冷，不禁把棉袄领子紧了紧。

李家良声音低沉地说:"一听说恢复高考了,咱们农场的年轻人都乐疯了,可我就是高兴不起来,我总在想:考上了又能怎样?走出了这狐领子乡又能怎样?会不会是换个地方换种方式接着跳忠字舞唱语录歌?一想我就一身冷汗……"

"老李,你想得太多了。这么想,活着就没啥奔头了。"雷抗美说,"我没你聪明,没你站得高看得远,我只是觉得,不管环境怎样,我还是要努力做点儿什么,为了自己,也为了灾难深重的祖国。"

李家良长叹一声:"所以,我说我绝望了。"

两个好友正望着从锅里升腾的雾气,各自想各自的心事,突然就听见外面传来天崩地裂的一声巨响!

雷抗美猛地跳了起来,掀开棉布帘子就推门出去了,顿时被狂风噎得喘不上气来,定睛一看,不由得大喊起来:"老李!快点出来!棚子塌了!马都跑了!"

李家良冲出来看了一眼,跑到倒塌的棚圈边,从地上捡起一根套马杆,嗖的一声抖了出去,套索正好套在一匹青色马的脖颈上。那马还没来得及挣扎,李家良一跃而起跳上它的背脊,将嚼铁一勒,那马一声长嘶,前蹄腾空,在原地转了几转,虽然打着喷嚏,却服帖了。

李家良对雷抗美喊道:"我去把马群截回来!"

见风雪太大,雷抗美还想拦他,却只听得一阵马蹄声由近及远,早已不见了踪影。

雷抗美只好回到屋里坐立不安地等待,每一秒都有一年那么长……

也不知过了多久,那锅羊肉汤都干了,李家良还是没有回来。雷抗美沉不住气了,虽然自己的骑术极差,也得去找找了。

他从土炕上抓起马鞭刚要往外走,一个人哗啦啦冲进了屋子,和他撞了个满怀。他一看,是乌云其格,头戴雷锋帽、身穿镶银边的黄色皮袍、脚踩毡靴,漂亮的脸蛋冻得红彤彤的,眉毛上还挂着霜。

"家良呢?"乌云其格一看屋子里没人,愣住了,"风雪太大,我怕你们没有吃的,擀了点面条给你们送来……外面的马棚子怎么塌了?"

"马都跑了,他截马群去了。"

雷抗美的话还没有说完,乌云其格已经转身,上马冲进风雪中。

"家良——"

"李家良——"

回应她的,只有漫天的白刀子,一刀一刀地割着她的脸蛋,她一边喊一边哭,脸上疼,心里更疼,她知道这样的暴风雪,就是裹着十层棉袄出去,也扛不了半个小时,一旦冻僵,神仙也救不活了。

雪太大了,风太紧了,她仿佛被裹进了一个白色的大窟窿里,怎么走也走不出去,只好信马由缰,疯子似的乱跑一气,突然看到前面的大地像肿了起来,闪着白色的亮光。她驱马上前一看,不禁毛骨悚然:原来是数十匹马拥进了眼泪湖里,马尸在湖岸层层累积,冻成了一块巨大的冰坨。

她心一沉:家良怕是完了。白毛风飕飕地从前额刺入脑髓,她一下子就全身瘫软,差点从马背上掉下来。

眼泪湖……就是这里,就在这里,那个夏天的傍晚,她和他牵着马,肩并肩默默地走了很久,突然就聊起了那个传说。

"我也不知是从什么时候开始有这个传说的，反正我从小就听额吉①讲过。"乌云其格说，"说是这湖水本来是甜的，后来有两只鸟儿迁徙时飞过这里，一只飞不动了，落进湖中死去，另一只绕着湖哀鸣了整整三天，也一头栽进湖水，哗啦的一下子，一道银光闪过，湖水就变得又苦又咸，再也不能喝了，因为里面都是鸟儿的泪水……"

说到"哗啦"两个字的时候，乌云其格将两条胳膊扬了一下，看得李家良不禁笑了。

"你笑啥？不相信我讲的故事？"乌云其格一歪脑袋。

李家良边摇手边笑："不是的，不是的，我只是在想，这湖里一定富含盐、碱和硝。"

乌云其格不太懂他说什么，噘起嘴说："我知道你看不起我，连我讲的故事也不爱听。你会唱歌、会跳舞，会朗诵诗歌，会拉手风琴，骑马比草原上最好的骑手都强，还读了那么多书，乡里的知青都听你的话，姑娘们也都爱围着你转，你哪里会看得起我呢……"说着说着，眼睛里竟噙起了泪珠。

"你在胡说些什么啊！"李家良一边给她拭去泪水，一边轻轻地说，"其实，我才是一个被许多人看不起的人呢。"

乌云其格抬起头，惊讶地看着他。

"你不相信吧，真的，我没骗你，在我们那里，才不管你会不会唱歌跳舞，我是资本家的儿子，是最下等、最低贱的人……"说着说着，李家良的神情一片黯然。

薄暮时分，夕阳照在湖面，湖水的波浪拍击着硝土岸，哗啦啦的响声像一片片金子碎裂了。

---

① 蒙语"妈妈"的意思。

"我们这里不会,草原上的人不会!"乌云其格一双水汪汪的眼睛望着他,"只要你会骑马,会摔跤,唱歌好听,聪明善良,你就是好汉,进哪间毡房都有新鲜的马奶捧出来给你喝!"

"我知道。"李家良凝视着她,目光里一片深情,"所以我舍不得这草原——还有草原上的人。"

一刹那,乌云其格的脸蛋飞起一片红霞,看得李家良痴了,不由得伸出一只手,将她轻轻地揽进了怀里……

也就是从那时起,她就下定了决心:不管将来和这个人受苦遭罪、吃糠咽菜,她也要跟着他一生一世。

现在,他不幸遇难了,那么自己也不活了……

那匹马大概是感到了背上主人的气馁,知道没了约束,便顺风游走起来,躲避着风雪的袭击,嘎哒嘎哒,渐渐来到了山冈背风的地方,那里有一片黄条石,旁边还卧着什么,乌云其格揉了揉眼睛。啊!那是一个趴在雪地里的人,虽然浑身上下几乎都被雪片掩埋了,但她还是从那皮袍的补丁上认出了他——那补丁是自己亲手打上去的

"家良!"她大喊着跳下马来,冻结在马鞍上的袍襟竟哧的一声,被撕掉了一大块。她顾不得许多,把手探进李家良的衣领,摸了摸他的后颈,还好,还有一股热气。她把李家良的胳膊往肩膀上一架,就向旁边一个废弃了很久的土坯屋一脚深一脚浅地走去。

那屋子没有门,屋顶破烂不堪,墙上到处都是裂缝,风呼呼地往里面灌,一个烧得焦黑的泥炉灶,里面既没有木柴,也没有牛粪,根本生不起火来……

这样下去,家良会冻死的。

她解开了自己的袍子,把李家良和自己紧紧地包裹在一起,过了一会儿,觉得还是不行,索性又褪去了几层衣服,将李家良冰冷的身体直接贴在自己火热的肌肤上。

顿时像被蜇了一般,疼得她眼泪都冒了出来,但是她却把他抱得更紧了。

片刻,李家良轻轻地动了一下,慢慢睁开眼皮,用孱弱的声音说:"你……别管我,快走……"

"我们牧人,从来不会眼睁睁看着一条命死去,哪怕还剩一口气也要救,否则会遭到老天爷惩罚的。"乌云其格在他的额头上轻轻吻了一下,"我不会离开你的,永远不会……"

屋子外面,漫天的风雪狂舞着,像在一层层撕着夜的皮,疼得夜发出恐怖刺耳的尖叫……整个世界仿佛只剩下了他们两个人。

乌云其格睁大了眼睛,望着一朵晶莹的雪花从屋顶的缝隙间慢慢地飘落,黑暗仿佛破了一点、亮了一点。渐渐地,她觉得身上越来越冷,眼皮也像挂了冰袋似的越来越沉,她告诉自己不能睡,睡了就会和李家良一起死掉,但是没有用,困意还是一波强过一波地袭上了大脑。

终于,她撑不住了,在眼睑闭合前的最后一刻,她想——

其实挺好的,死也能和家良死在一起了……

李家良睁开眼的时候,身上盖着厚厚的被子,身子底下又软又暖,用手摸了摸,应该是躺在热炕上,还垫了几张羊皮褥子。

他刚刚翻了个身,眼前立刻浮现出雷抗美的笑脸:"老李,醒了?"

"我这是在哪里啊……乌云其格怎么样了?"他用胳膊撑着要起来,却被一双手硬是按住了,然后就听见了乌云其格爽朗的笑声。

"我没事啦,多亏老雷带着一大群知青赶到,不然咱俩非活活冻死不可。你这一睡就是三天,都快把我们吓死了。"

李家良躺在枕头上,看着旁边矮脚桌上那盏煤油灯,虽然因为用得太久,灯筒已经发黑,虽然跳跃的火苗忽明忽暗,但还是把一种温暖的、死里逃生的幸福感注入了他的体内,并慢慢地四溢开来。

"老雷,你那里还有高考的复习资料没有?"他忽然问道。

雷抗美说:"有啊,《数学复习资料》《化学复习资料》《物理复习资料》,三本一套全的,咋了?"

"给我看看吧,也不知道临时抱佛脚还管不管用。"

雷抗美又惊又喜:"哈哈,你想明白了?你要参加高考了?"

"这还要谢谢乌云其格呢。"李家良说,"是不是你对我说的?'我们牧人,从来不会眼睁睁看着一条命死去,哪怕还剩一口气也要救!'"

乌云其格怔了半晌,低下头,慢慢地走出了屋子。

"我说错什么了吗?"李家良望着她的背影,很是不解。

雷抗美幽幽地说:"老李,我突然想劝你不要参加高考了,我们有一百个理由可以离开,但是你却有一个理由应该留下。"

高考结果出来的时候,已经是第二年的一月,雷抗美如愿以偿地考上了中医药大学,乐得屁颠屁颠的。李家良的成绩一般,被一所很普通的学校录取了,闷闷不乐的。雷抗美劝了他半天,他苦笑道:"不管怎么样,先回北京再说吧,我从小就喜欢文艺，读上两年书就再去考艺术院校。"

终究还是要走了。

离开狐领子乡的前夜，知青们聚在乡革委会的活动室里，有的抱着酒瓶子一口接着一口猛喝，有的坐在炕上用被子包裹起腿脚，有的一粒一粒嚼着花生米，还有的干脆背靠背坐在炉灶边发呆。李家良的手风琴一起，所有人都跟着唱起歌来，一会儿是黯然神伤的"一条小路曲曲弯弯细又长，一直通往迷雾的远方"，一会儿是豪迈得能把房顶子掀起来的"我们走在大路上，意气风发斗志昂扬"，一会儿是缠绵的"美丽的夜色多沉静，草原上只留下我的琴声"，还有无限辛酸的"请问朋友来自何方，我来自杭州西湖之旁，如今在这偏僻的地方，遥远的山村安家落户……"每个人眼里的泪花都是醉的。

突然，李家良的手指在琴键上一阵风驰电掣，音乐一起，电得每个人身上都麻酥酥的，知青们咧开大嘴、红着眼睛唱了起来："大海航行靠舵手，万物生长靠太阳……"

沸腾的屋子里，只有雷抗美和乌云其格静静地坐在墙角。看着这火热的一幕，乌云其格有点不知所措，雷抗美的目光则冷冰冰的。

呼啦一声，乌云其格站起身，拉开门冲出了屋子。

知青们都愣住了，看着李家良。李家良却只扬了扬下巴颏，对雷抗美说："你去看看，她又怎么了？"

院子里停着一辆双辕高高翘起的马车，乌云其格站在跨杠边，肩膀微微颤抖着。雷抗美走到她的身后，想说什么，却又说不出口。

"他一定会忘了我的。"乌云其格抽泣着说。

"不会的……"雷抗美说，"老李不是那样的人。"

"你不用劝我。"乌云其格低声说,"最笨的女人也能预感到她爱的男人会不会变心……"

第二天,天还没亮,主任就开着拖拉机,突突突地停在农场宿舍门口,准备送知青们去乡汽车站。那时,整个狐领子乡还没有修通公路,所谓汽车站,不过是在草原上一条破烂的道路中间支了块牌子,每天早晚各有一趟从县城开来的汽车经过。饶是如此,汽车站距离农场也很远——毕竟草原太大了,所以要想坐上早晨那班车,必须要凌晨起床往车站赶。

漆黑的夜空,几颗残星点缀其上,个个畏寒似的发着瑟瑟的光芒。苍茫的远方一望无际,飘过一阵阵深蓝色的暮霭,给人一种不真实的感觉,仿佛这个浩大的世界是一艘没有缆绳的船,不知要漂向什么地方,偶尔浮现出几个起伏的山梁,宛如大海上的岛屿……

"就这么走了?"

知青们挤在拖拉机后面的车斗里,用身体互相取暖,驱赶着凌晨特有的寒冷。李家良望着向身后渐次褪去的夜色,突然无限伤感地说。

雷抗美却问:"老李,你怕吗?"

"怕什么?"李家良困惑不解地望着他。

雷抗美沉默了。

李家良看不清他的神色,怏怏地问:"对了,乌云其格为什么没有来送我?"

"她怕了。"

"怕什么?"李家良越发奇怪了。

雷抗美依旧沉默不语。

寒风打着呼哨,从广袤的远方伏地而起,肆无忌惮地掠过草原,将李家良的目光吹得纷乱起来:夜浓似墨,夜沉如铁,布满嶙峋石块的山冈上,依稀可见大片还未融化的黑雪,沙棘丛后面的溪水冻得结结实实的,灰黄的草地上毫无生机,一切依旧苦闷和苍凉……

那样一个被火燎过、风扫过、血洗过、泪浸过的时代,真的结束了?不会是一场新的噩梦的开始?我怕什么?未来难道比过去更凶险?过去的痛苦记忆——曾经在草原上孤独的踟蹰,曾经在发电厂艰苦的劳作,曾经思念亲人的沾衫热泪,曾经从马背上一次次摔落的彻骨伤痛,此时此刻,都随着拖拉机轮子的滚动,渐渐变得那样遥远和渺茫,取而代之的是可口的鲜牛奶、蹦跳的小羊羔、悠扬的马头琴,还有乌云其格的微笑。其实,他的心早就和这片草原紧紧地系在一起了,远去的每一步,都是把那颗充满了热血的心腔勒得更紧,更紧——

紧到他想号啕大哭,紧到他想扑倒在地,紧到他想狠狠咬一口那冰冷而火热的草根与泥土……

所以我舍不得这草原——还有草原上的人。

呆望着一根根被车轮碾过的茎秆,仿佛无数个枯黄的岁月从眼前无情地流过,他像感到羞耻似的,把头埋得越来越低,喉咙使劲吞咽着,胸腔里发出吭哧吭哧的声音,顷刻间,胸前的衣襟就湿了一大片。

不知道是不是被他的情绪感染了,刚才还在吵嚷着什么的一车知青,都安静了下来,将目光齐刷刷地投向车头相反的方向,有人在悄悄拭去眼角的泪水。

就在这时,一道刺眼的光芒像箭一般划过李家良湿润的睫毛,接着是第二道、第三道……

那些白色红色紫色粉色黄色橙色的光芒，就在一秒甚至半秒的时间里，铺天盖地地射向了整个草原，然后汇聚成金色的汪洋，泄洪一般向地平线的边缘蔓延——万丈霞光照亮了黑暗的大地！

然后，耳畔响起巨大的欢呼声，坐在车斗的几乎所有知青都高高地扬起手臂，宛如张开了一面巨大的旗帜，他们的欢呼声响彻云霄。李家良惊呆了，以为他们是在欢呼日出，然而不是！他们发出的呼喊竟是——

"乌云其格！乌云其格！乌云其格！"

他还在懵懂中，已经被激动万分的雷抗美一把拉了起来，然后，他看到了永生不能磨灭的景象——

一轮鲜红欲滴的旭日，从地平线上颤颤巍巍地浮起，顷刻间便磅礴了天地！宛如初生婴儿一般蠕动着、伸展着，给无垠的草原放射出无限的光辉。

就在这令人目眩和窒息的壮美景象里，乌云其格骑着一匹雪白的马，从远处飞奔而来，身上缀着金边一样熠熠生辉——整个太阳不过是她的一轮灿烂的背景！

就连主任也震撼得停下了拖拉机。

马到近前，乌云其格将缰绳一勒，凝视着李家良："你还回来吗？"

李家良重重地点了点头。

"那好，我等你！"乌云其格的眼里一片泪光，"你还记得眼泪湖，记得那两只飞鸟的故事吧？也许你只拿它当个故事，但是我没有！要是你不回来了，或是你回来的时候我已经不在了，你就到眼泪湖找我吧！"

说完，她深情地看了李家良一眼，像要把这个人凝在眸子里，凝在心里，然后将缰绳一拧，掉转马头，毅然决然地向着来时的道路飞奔而去。

迎着日出，她的背影越来越小，渐渐缩成了一个点，仿佛在霞光里跳跃。

一阵歌声，与流云一起慢慢飘来，是用蒙语唱出的长调，单调，悠长，而又带着几许高亢，在这万物复苏的早晨，却唱出了日暮时分的凄怆，知青们都听得痴了：

> 茂密的苦蒿野火一样燃烧，
> 炊烟伴着流雾遮住了眼帘。
> 远方依稀可是你的倩影？
> 暮色中我四下里探看——
> 找寻着你哟，
> 就像苍鹰找寻着山岩。
>
> 炉膛的牛粪火已经熄灭，
> 墙角一根孤独的套马杆，
> 铃铛声声可是你赶着羊群晚归？
> 屏住气我侧耳聆听——
> 钟情于你哟，
> 就像骏马钟情着草原。
>
> 我没有成群的牛羊，
> 我没有银色的鞍鞯，
> 往事令我眉头紧锁，
> 命运让我沉默寡言。

黑暗中我默默地躺下了……

　　后面还有两句，但李家良没有听清歌词，一阵风掠过他的耳际，他听到的只有呼啸。

第十一章　白色太阳

> 如果能保证毁灭你，那么，为了社会的利益，即使和你同归于尽，我也心甘情愿！
>
> ——歇洛克·福尔摩斯

1

郭小芬挂断电话，长长地舒了口气。

她站在过街天桥上，遥望着远方：清晨的都市，公交车站和地铁站一如既往地人头攒动，庞大的车流像灰色的巨蟒缓缓地在干道上挪移着，林立的楼宇之间，露出了一轮苍白如冰团似的太阳，由于射出的光芒虚弱乏力，一时间竟分辨不出是日是月。

不管怎样，一切终于结束了。

刚才的电话是刘思缈打来的，把案件的勘查过程以及真相大致讲了一遍，郭小芬听得惊心动魄，竟半天说不出话来。

电话那边也静悄悄的。

很久，刘思缈说："小郭，没什么事，我就先挂电话了。刚刚从湖底捞上了一个手机和一个扳手，怀疑分别是李家良和张大山的,我要马上对证物做鉴定。"

"好的。"郭小芬说。

"对了……"刘思缈好像无意中想起什么似的,"小郭,谢谢你。"

这天生的冷美人,习惯于用冰冷的外表抗拒周围的世界,保护脆弱的自己。

郭小芬揶揄了一句:"那你怎么谢我?"

刘思缈一愣,不知道该说什么。

"回来,陪我去逛一趟动物园服装批发市场吧!"郭小芬赶紧给她解围,"天冷了,我正想添件羽绒服呢。"

刘思缈微笑道:"好的。"

一步步往桥下走去,车轮声、喇叭声、脚步声、咳嗽声、售票员的吆喝声,交汇在一起,源源不断地涌入耳鼓。郭小芬忽然想起了很多人。

楚天瑛一夜驱车赶到湖畔楼,见到了思缈,不知是怎样的情形?

呼延云大概已经坐上了返京的火车,这回他出力不多,但是表现还不错。

经过这么一场惊心动魄的生死考验,思缈能不能勘破一些东西,从对香茗的苦恋中获得一点点解脱呢?

改天去逛动物园服装批发市场的时候,把马笑中也叫上,逛累了就让那小子请客。

找个时间和沙俪好好聊聊吧,既然是个直肠子的好心人,能不能别老板着个面孔,拒人于千里之外呢?

爱新觉罗·凝的名茗馆馆主不知道还能不能当下去?

黄克强已经被释放了吧?希望他不要再在母亲被害的怨念

中纠缠下去了……

还有一个人。

郭小芬觉得，其实自己真正惦念的，还有一个人，只是他的形象像公交车车窗上映出的面孔，总是模模糊糊的。

会是谁呢？

她到早餐摊上买了一份鸡蛋灌饼和一杯热豆浆，正把吸管插进嘴里，眼角一瞟，看到一份早报的大头条标题，不由得呆住了，那标题是"健一公司将承办中国健康科普论坛"，底下还有一行副题"蒙康一总裁表示：给保健品正名势在必行"。

热血的郝文章白白死了。

同样热血的蒙冲，他着手改造健一公司，乃至整个中国保健品产业的梦想，也破灭了……

还有雷抗美。

郭小芬猛然间意识到，其实自己真正惦念的，正是这个留着一撮山羊胡的小老头儿。虽然他的脾气又坏又倔，指着李家良的遗像破口大骂，跟停了药吃保健品的患者拍桌子，在拒绝采访时毫不客气。但是，郭小芬还是欣赏他，欣赏他刚烈如火的性格，欣赏他对老友深沉的感情，欣赏他"我没有做过试验，不能下任何结论"的严谨，欣赏他对科学始终如一的执着。想起他在李家良的遗像前老泪纵横，想起他带着自己暗访保健品讲座，逐条剖析骗子们的无耻伎俩，想起老头子坐在长椅上的落寞身影，郭小芬更是眼圈发热。

在这个真不真假不假的时代，像雷抗美这样真实这样纯粹的人，已经越来越罕见了。

可是眼下，老头子却躺在医院里，靠着呼吸机延续残生，能不能清醒过来还是一个未知数。而他的敌人们却在拍手叫好。

至于他不惜牺牲生命也要保护的那些人，恐怕早已忘记了他的存在，更不要提他苦口婆心的一再告诫。

脑海中不由得浮现出黄克强在被带出审讯室时，挣扎着说出的那番话：

"我就是个普普通通的老百姓，我们从来都没有赢过，赢的总是他们，是健一公司那样的一群人，你以为他们死了就是输了？我告诉你，他们其实一直在赢，还会不断地赢下去……"

是啊，赢的总是他们。

郭小芬这么想着，身上阵阵发冷。

2

跌跌撞撞的，陈少玲一路狂奔着向乡派出所跑去，跑得上气不接下气。

初升的那一轮苍白的日头及其光芒，在眼里摇摇晃晃的。

她是在买早点时，听说张大山昨天晚上被捕的消息的。已经一夜过去了，而警察没有来找她，说明张大山没有泄露她和此案的真实关系，说明他一个人扛下了一切，而这是不公正的！大山子只是无意中被卷进事件中的，真正的知情者是我！是我！！是我！！！

是我……是我发现了最初的真相的。

妈妈去世前，被病魔折磨得好苦，喘不上气的她把胸口撕扯得血肉模糊，可是只要看到电视里放"健一排毒仪"的广告，黯然的目光就会重新闪亮，嘴角挂着一抹少女才有的羞涩、幸福、痴痴的笑。起初，我还以为是妈妈通过看那个广告给自己鼓起治好病的勇气呢。直到她去世后，我在她的一个上了锁的小匣子里找到一张发黄的老照片,照片上是两个人的合影,一个是妈妈,另一个却是广告片里那个老人年轻时的模样,我才知道,原来他就是妈妈一直等待的那个知青……可是妈妈万万没有想到,正是这个她用一生去等待和爱恋的人,在电视里宣传虚假的保健器械,延误了她尘肺病的治疗。

他不仅欺骗了她的感情,还骗走了她的生命……

是我……是我找到了李家良的。

从一开始我就不应该去找他。健一公司在县城大礼堂开健康讲座,满城张贴的宣传画上都是李家良笑容可掬的模样,我看见了,就想当面去问问他,这样害一个爱了他一辈子的女人,到底对不对?在会场上,他风度翩翩地登上讲台,吹嘘自己的演艺成就,吹嘘健一公司的产品。我实在是没忍住,就怒吼起来:"你这个骗子!你对得起狐领子乡的乡亲吗?!"

他一听就惊呆了,站在台上一动不动。我被保安拉到会场外面,站在街道上哭泣,这时他来了,问我是谁,我把妈妈和他年轻时的那张照片递给他,他一看就浑身哆嗦,当我告诉他妈妈已经病死了的时候,他那个样子啊,像棵枯死的老树,简直一阵风就能吹倒。

他嘴里不停地说:"带我去她坟前看看,带我去她坟前看看……"

是我……是我带他到了妈妈的坟前的。他一个趔趄跪倒在妈妈的坟前,两只胳膊伸开慢慢地抱住坟头,把一张老泪纵横的脸孔贴在泥土上……那天,浓云在天空流动,覆盖住了我们的影子,我不知道是不是妈妈的在天之灵感觉到了什么,她终于等来了自己等了一辈子的人,却已阴阳永隔……

是我……是我没有及时阻拦住一切。

老头子包下湖畔楼布置杀人现场的时候，给我发了个短信叫我过去，说是拜托我一件事，在十月二十四日夜里争取来一趟湖畔楼。

"你戴上手套、把过道吊顶上的那个大喇叭扔进眼泪湖里就行了。记住，千万不要进入KTV包间，要让所有人都坚信那是间门窗反锁的密室。"

我十分震惊地问他到底想要干什么，他微笑着说："比起健一公司的庞大势力，我的力量太微不足道了，我没有别的办法……这段日子，我眼里全是你妈妈的影子，她纵马飞奔而去的身影在我脑海里闪啊闪的，怎么也抹不去……一个人活到我这么大年龄，最怕的就是心里总有个抹不去的事情，如果有了，就说明快该走了……"

离开湖畔楼的时候，他问我，能不能代表妈妈原谅他，目光和口吻恳切得像一个三岁的孩子。我真想扑到老头子怀里大哭一场啊，我从小是个孤儿，被妈妈从医院门口捡回家，妈妈去世后我再也没有亲人了。此时此刻，我觉得这个可怜巴巴的老头子，也许是我唯一的亲人！可我狠了狠心，摇摇头说："我原谅了你，妈妈临终所受的痛苦能减轻一些吗？"

我看得出，他失望极了，我真后悔没有对他说："其实，妈妈从来就没有恨过你……"

是我……是我把张大山拖进了这一事件里的。

那天晚上，知道湖畔楼要出事，我心里难受极了，在医院坐立不安的。快下班时，正赶上一个产妇大出血，我参与抢救，很晚才结束，回乡的最末一班公交车都没有了，我想这也许是天意，上天就不让我去湖畔楼，但又踮起脚尖，巴望着有没有过路的车捎我一程。

我还是放心不下李家良。

正在这时，张大山来了，主动开车拉我回狐领子乡，坐在车上，听草原上刮起狂风，车窗震得嗡嗡作响，我真恨不得自己也被撕碎成一片一片。突然间，一个急刹车，差点撞上那个浑身是血的白衣女子，我本能地闪出"湖畔楼出事了"的念头，让张大山开车过去。

望着黑黢黢的湖畔楼，张大山立刻报警，当时我心里这个忐忑啊，我还没把那个大喇叭搬下来扔进眼泪湖呢，这可咋办啊！谁知张大山不放心李大嘴，竟拿着个扳手冲进楼里面去了……很久很久，他都没有出来，我战战兢兢地走进去，看到他呆呆地站在楼道里，扳手上全都是血，跟前趴着一个人……包间的门大开着，我进去一看，天啊！死了那么多人！李家良腹部被扎得稀烂，早就没了气。

大山子也吓坏了，一个劲儿念叨"我是失手才杀了人，包间里的那些死人不关我的事，我不想再坐牢，我不想再坐牢"，而我满脑子都是李家良的嘱咐——"千万不要进入KTV包间，要让所有人都坚信那是间门窗反锁的密室。"

看到茶几上的五行阴阳镜，我明白了他的谋划。

我想到，乡派出所晚上一般是一个警察加一个协警值班，接到报警后，出警的肯定只有一个警察，所以，只要能控制住他的视线，李家良的密室之计就还能实现——要知道这是他最后的心愿，也是他摧毁健一公司、让人们不再受蒙骗的唯一办法！

于是，我擦干净楼道的血迹，和大山子一起把他杀死的那个人搬进包间，用烟灰缸砸那人的后脑勺，破坏扳手砸下的痕迹，给人造成他是在包间内被烟灰缸砸死的假象，又将包间里的一具瘦一点的尸体搬进狭小的控制间，用来吸引警察的注意力。然后我让大山子藏在靠西墙的沙发后面，等警察进来，查看控制间时，他再迅速离开包间。

正当我要离开包间时，黑暗中，张大山低声对我说："少玲，万一出了事，往我身上推，就说是我逼你这么干的！"

我心里一颤，摇摇头："我绝不会那样做的，我只要你等我。"

离开包间，我听见了他把门反锁上的声音。

时间太紧，我来不及处理那个大喇叭，只用擦血迹的抹布把扳手和李家良的手机包在一起扔进眼泪湖，然后回到金杯车里等着警察来。我想起李家良惨死的样子，泪水忍不住夺眶而出……

几天以后，张大山来找我，站在门口，没有进屋，看了我很久很久，才问："你是不是事先就知道湖畔楼会出事？"

我不知道他是怎么发现的。大山子这个人，我和他一起长大，再了解他不过，看上去憨憨的，其实聪明极了，什么也瞒不过他。我从他的眼睛里看得出，他是多么希望我摇摇头啊，但是我觉得，不应该再骗他了，我低下头，把事情的全部经过都告诉了他，甚至连那个大喇叭没有来得及拿走也说了……

他默默地听着，听完转过身，慢慢地走掉了。我望着他的背影，心如刀割，我真希望他骂我利用他，害他卷入根本与他无关的特大杀人案里、随时面临着坐牢甚至死刑的危险，但他没有，就那么走了，一直往草原走去，拖曳着一条长长的影子，像一头受了伤的熊。

不久，就听说他和乡东头老齐家的二闺女定亲了，我知道，他一定恨透了我。

昨天，无意中搭上了他的小巴车，听到了他那番令人心碎的话。

"老人们总爱说：黑夜过去就是白天。这里面有个盼头的意思，可是我知道我的命，我没白天的……还记得你妈妈吗？她一辈子就那么傻傻地等一个人，咱们乡里谁不说她精神有毛病，谁不说她是和命抗？其实我从小就挺佩服她的，他们那一辈的人泪珠子都是热的，我们这一代人血都是冷的——可是我做不到她那个样子，我等了，但命运告诉我说：别等了……"

可是，张大山……不，大山子，你知道吗，其实我……

陈少玲冲进了乡派出所，和一个往外走的人撞了个满怀，她还要再往里闯，却被那人一把拉住了："少玲？！"

她定睛一看，竟是那天晚上站在国道上，被自己和张大山救下的白衣女子！此时此刻她穿着一身黑色的警服。陈少玲惊呆了："你……你是警察？"

刘思缈把自己的身份介绍了一下："谢谢你和张大山救了我，要没有你们，那天晚上我得活活冻死。"

陈少玲像是看到了一根救命稻草，紧紧抓着刘思缈的胳膊："刘警官，我们救过你，现在我求求你救救张大山，求求你了，他是无辜的，他什么都不知道，完全是被我拉下水的，真正的罪魁祸首是我！是我！"

刘思缈的神色变得十分晦暗，她扣住陈少玲的手腕，低声说："少玲，你别这样……"

陈少玲双膝一弯，扑通一声跪在了地上："我求求你，我求求你，刘警官，你饶了张大山吧！是我，都是我，我妈死了，我的养老院也垮了，我就想找李家良、找健一公司讨个说法，谁知道会害死这么多人啊？！我就是个老百姓，我再也不敢惹事了,你饶了张大山吧,你要抓就把我抓走吧,判我刑,枪毙我,我都认了,饶了张大山吧……"

说着说着,她号啕大哭起来。

哭声震动了整个乡派出所,楚天瑛、李阔海、胡萝卜以及其他干警都走了出来,呆呆看着这一幕。刘思缈搀了陈少玲两把没搀起来,余光一扫,立刻厉声道:"看什么看!都给我回屋办公去!"吓得警察们马上散开了。

刘思缈使足了劲,几乎是把陈少玲从地上揪了起来,一直揪到场院,拖进那辆作为证物的金杯车里,把车门"哐当"一声拉上了。

"陈少玲!"刘思缈恶狠狠地说,"你个笨蛋!"

陈少玲怔怔地看着她,不知道她为什么要骂自己。

"张大山只是误杀,属于过失致人死亡,又带有正当防卫的性质,很快就能出来了。他昨天晚上去湖畔楼,是想趁着警察们撤离时,把次声波吹灰器拿走,彻底销毁物证。被我们抓捕后他一直都声称你是被他胁迫的。从始至终,他就是不想让你坐牢——假如一个人愿意为了你付出一切,他唯一希望的,就是你不要辜负他的付出!你明白吗?!"

不知道被自己的哪句话触动,刘思缈眼圈一红。

我怎么会不明白呢,我怎么会不明白呢……从上学时起每次玩逮人他都只追着我不放;到高中时一到周末他就来找我吃饭,把盘子里的菜净往我碗里拨拉;还有他砸本田被判刑以后,我去监狱探望他,他死也不肯见我;甚至他在湖畔楼出事后再一次远离了我,匆匆地和老齐家的闺女定亲……我明白,我都明白的。

陈少玲哆哆嗦嗦地从口袋里掏出一个月票夹，抽出里面藏着的一张皱皱巴巴的折纸，慢慢地打开……那是张大山抄的歌词，这么多年一直带着，从来就没有离开过她身边。

> 茂密的苦蒿野火一样燃烧，
> 炊烟伴着流雾遮住了眼帘。
> 远方依稀可是你的倩影？
> 暮色中我四下里探看——
> 找寻着你哟，
> 就像苍鹰找寻着山岩。
>
> 炉膛的牛粪火已经熄灭，
> 墙角一根孤独的套马杆，
> 铃铛声声可是你赶着羊群晚归？
> 屏住气我侧耳聆听——
> 钟情于你哟，
> 就像骏马钟情着草原。
>
> 我没有成群的牛羊，
> 我没有银色的鞍鞯，
> 往事令我眉头紧锁，
> 命运让我沉默寡言。
> 黑暗中我默默地躺下了——

陈少玲看着那歌词，一滴很大的泪珠打在纸上，漫洇了最后两行字，仿佛模糊了整个世界。

第十二章　余韵绝响

心念一动，便已千年……

——佛家偈语

"大山子！你给我回来！你给我回来！"

见张大山抓起一把很大的扳手，猛地跳下了车，陈少玲不由得喊了起来。风像着了油的火舌一般涌进了车厢，呛得她止不住地咳嗽。

他回过头看了她一眼，然后"哐"地把车门摔上，将她的喊声关闭在狭小的车厢里。

过了不知多久，十秒，十分钟，十天，十个月……抑或更长？陈少玲坐不住了，把衣服裹紧了一点，拉开车门跳出车厢，顶着狂风一步一步地向湖畔楼走去……

推开大门，一股血腥气扑面而来。

"张大山，大山子……"陈少玲叫了两声。

没有人回应，一片死寂。

陈少玲摸着黑，慢慢地向前走，刚刚来到通往包间的楼道口，便见到黑暗中矗立着一个水泥坨子似的背影。

"他……突然从包间里面……冲了出来，拿着刀就刺我，我一紧张，就照他脑袋给了一下……"张大山的声音在颤抖。

陈少玲打开手电筒：地板上趴着一个人，一眼就知道活不成了。

她小心翼翼地跨过那个人，一直向前，走进包间。

门后，李家良斜卧着，腹部已被刺得稀烂。

陈少玲在他面前蹲下，从凝固在他脸上的痛楚神情可以看出，他为密室被人破坏而死不瞑目。

陈少玲站起身，手电筒把包间扫了一遍：尸体，尸体，尸体，还是尸体……小小的包间此刻成了屠宰场，地上横七竖八地滚着几个啤酒瓶，茶几上还摆着一面五行阴阳镜……

楼道里再次传来张大山惊恐万状的自言自语："我是失手才杀了人……包间里那些死人不关我的事。我不想再坐牢，我不想再坐牢……"

陈少玲走出包间，来到张大山跟前："大山子，你要不想坐牢，现在开始就听我的！咱们先把这具尸体搬进包间里去。"

她的声音冷静得出奇，有一种令人无法抗拒的力量。

一束昏黄的灯光，两个闪烁的身影……

一切收拾停当，陈少玲对他说："你把门反锁，之后就藏在那个双人沙发的后面，你个子大，最好是躺下。等我和警察撞开门，我会用手电筒直接照向控制间，看到门板后面伸出一只手，警察一定会过去仔细查看，这时你爬起身，迅速钻到外面去，注意不要发出一点声响。过一会儿，有动静了再装成从外面进来的样子。你别紧张，你只是正当防卫，本来没事，可是包间里死了那么多人，跟警察说不清的，他们没准会把账算在你的头上。咱们做个密室，警察就会认为是包间里的人自相残杀，这样你也就脱了干系……"

张大山安静地听着。

说完了，陈少玲又特意问了一句："听明白了吗？记住我说的了吗？"

张大山点了点头，陈少玲转身刚要走，他突然叫了一声"少玲"。

陈少玲转过身，黑暗中，却看到他熠熠生辉的目光，那里面有着一种温柔的坚定。

"少玲。"张大山瓮声瓮气地说，"万一出了事，你尽管往我身上推，就说是我逼你干的！"

陈少玲的心一热，激涌到眼眶，险些落下泪来。她努力克制住情感，摇了摇头："我绝不会那样做的，我只要你等我。"

她走了。

张大山用戴着手套的手，反锁上了KTV包间的门。

现在，这包间里只剩下他一个人了，还有六具尸体。

窗外，呼啸的夜风犹如海潮，一浪接一浪地澎湃着黑夜。本来有些害怕的张大山，此时此刻，心里却一片清明和恬静。

——我绝不会那样做的，我只要你等我。

这句话，我不是已经等了好多好多年吗？

还记得初中时代那张洒满阳光的课桌吗？那时我和她同桌。我家里穷，总是穿着补丁摞补丁的衣服，又不像班里别的男生那样学习好、脑瓜灵、会讲顶好笑的俏皮话。我自卑得连回答老师提问时都不敢抬头，可是居然喜欢上了少玲——全班最漂亮的女生！为此我晚上常常骂自己也不照照镜子……可一闭上眼，梦里又都是少玲的微笑。

唯一一次勇敢，就是那天放学后玩逮人。我使劲追她一个人，追得她跨过两条小溪，跑出了白桦林很远，实在跑不动了，她扑到一个大草垛子上呼哧呼哧地喘气，我上去一扳她的肩膀，来了个脸对脸。

湛蓝湛蓝的天空，几朵雪白的云静静地飘浮着，比云更辽远的地方，是茫茫的草原。

"那么多同学呢，你干吗只追我一个人？"少玲气呼呼地问。

"我就是追你一个人！"我说，"你跑不了。"

后来她考上了县一高，我却连个职高都没考上；她在明朗的教室里继续读书，我在修车行一身油污地当学徒。再苦再累，只要到了周末，换上棕色条绒外套，往一高吭哧吭哧走的路上，就是我最开心最快乐的时候。

再后来，出事了。

一个草原上长大的孩子，却被拘押在高墙里整整三年，这等于打折了骏马的腿！为了早一点出狱，我豁出去了，什么活儿艰苦我干什么：背沙袋、运石料、修机车……喘口气的时候，就想少玲，回忆以前和她同桌的日子，回忆和她走过的每一条路：湛蓝湛蓝的天空，雪白的云，比云还要辽远的草原……

我还偷偷地算过她的年龄，今年她二十一、二十二，还是二十三？是不是已经嫁人了？她妈妈是乡里有名的痴情女，等一个知青等了一辈子，不知道少玲会不会……会不会什么？会不会等我？别做梦了，张大山！你只是个囚犯！将来永远都抬不起头的囚犯！

透过铁栅，望着高挂中天的一弯寒月，不知不觉就满脸的泪水……

出狱后,我很快打听到了她的消息:大学毕业了,回乡里办了个养老院,去找她吗?自己一个刑满释放人员,找她做什么?难道把一身晦气带给她?

后来又听说养老院出了事,关了门,她那个痴情了一辈子的妈妈也去世了。这时去找她行吗?会不会让她觉得我是乘人之危?还是再等等吧……

就这样,一直等到了今天。

她以为只是偶然的相遇,其实是我看天色不好,特地把金杯车开到县医院附近的地方停下,打算看她上了返乡的公共汽车后再离开的。谁知道左等右等都不见她下班,等到她走出县医院的大门时,天已经黑得跟泼了墨似的。漫天的风沙吹得她双眼半眯,看到她踮脚张望着有没有车来的样子,我突然感到一阵心痛。

想了又想,想了无数种被拒绝的情形,我终于像学生时代那样鼓起勇气,把车开到了她的面前,缓缓地摇下了车窗。

当她登上车的那一刻,我激动极了,我以为自己真的等到了……

所以,当我走进湖畔楼,受到突然袭击,一阵搏斗之后,望着倒在面前的那具尸体,我害怕极了,我以为多舛的命运又和自己开了一次玩笑,心好像系着块大石头,再一次沉到了湖底……

可是,少玲看到发生的一切,没有责怪我杀了人,没有扔下我逃掉,没有劝说我自首,而是想出了计谋来保护我。

当然,最最重要的,还是她亲口说出的那句话——我只要你等我。

我想,有了少玲,我一定能躲过这一劫,命运不会对我这样苛刻，不会总是丢给我一个希望然后又扼杀它！尽管窗外是漫天风沙，尽管屋里是暗夜死寂，但是我看得很分明：少玲其实一直在等我。我可以靠自己这一双手，辛勤劳动，农活、放牧、开车、修理电机、装修房子、加工石材……我什么都会干，我一定要努力挣钱，帮少玲把养老院重新建起来，和她一起好好过日子，让她过上好日子……

于是，张大山回忆起了那首古歌，那是多年以前，他和少玲在街心公园散步时，听到一位蒙古族老人拉着马头琴吟唱的。

那首歌，他从来没有忘记过，只是随着时间的流逝，最后两句歌词他总也想不起来了：

    茂密的苦蒿野火一样燃烧，
    炊烟伴着流雾遮住了眼帘。
    远方依稀可是你的倩影？
    暮色中我四下里探看——
    找寻着你哟，
    就像苍鹰找寻着山岩。

    炉膛的牛粪火已经熄灭，
    墙角一根孤独的套马杆，
    铃铛声声可是你赶着羊群晚归？
    屏住气我侧耳聆听——
    钟情于你哟，
    就像骏马钟情着草原。

我没有成群的牛羊，
　　我没有银色的鞍鞯，
　　往事令我眉头紧锁，
　　命运让我沉默寡言。
　　黑暗中我默默地躺下了——

　　无数个辛酸的黑夜里，他唯有默默地躺下，等待啊，等待着，等来的却是一个又一个更加黑暗的辛酸。但是，此时此刻，一点点希望，一点点关于未来美好生活的梦想，在张大山的心里重新点燃。以前忘记的那两句歌词，宛如从沉没了很久的湖底渐渐浮起，重新浮现于脑海。

　　他轻轻地挪开靠西墙的双人沙发……
　　黑暗中我默默地躺下了——

　　　　等待着你哟，
　　　　就像黑夜等待着白天……

再版后记[①]

二〇〇九年的深秋,我和几个朋友开车到内蒙古克什克腾旅行。傍晚,在草原深处颠簸了很久的车子,终于停在了一家只有三层楼的旅馆前。时值旅游淡季,旅馆里空空荡荡的,虽然我们只在二楼开了三个房间,但那感觉仿佛是包下了整个旅馆。

吃过饭,有人提议去KTV包间唱歌,长着一张大嘴巴的旅店老板苦着脸告诉我们音响坏了;又有人提议开车出去,到离此不远的一处湖泊赏夜色。那湖泊我们下午去过,很美,想来夜间更有一番魅力,但刚刚推开旅馆的大门,刺骨的寒气就把我们生生逼了回来,看着老板的一脸坏笑,才知道我们大大低估了草原之夜的寒冷。

一行人只好上床睡觉。我闭上眼,脑海中浮现出那湖泊白日里的景致:枯黄的草地上,一条木板铺就的栈道,曲曲折折地一直延展到湖畔,波光粼粼的湖水闪烁着冷冷的青色,天空中流动的大片浓云,将天光时断时续地洒下,于是此岸和彼岸之间的每一朵波浪也变幻着明暗,仿佛时光在具象着她的流

[①] 此后记于二〇一七年《不可能幸存》第一次再版时,刊载于文末。

逝……恍惚间，一阵怪响将我惊醒。我从床上起身，来到窗边，向远方望去，我以为能看见一片广袤的静谧，然而目力所及：却是一个被狂风撕扯得遍体鳞伤的夜。

我记不清了，是不是在那一刻，我看到了穿着一袭白衣站在漫长国道上的思缈。

从二〇〇〇年到二〇一〇年，我一直在一家健康类媒体从事新闻采编工作，那正是中国人的保健养生意识被全面唤醒的十年，也是各路保健品在市场上销售最为火爆的十年。我策划过曝光虚假保健品的批评报道，面对面采访过受骗上当的消费者，也亲耳聆听过保健品商人吹嘘"给我两个亿广告费，我能把杨树叶子吹成长寿秘方"。对于在这十年中大发横财者的尊容，我迄今记忆犹新，他们大多都有着一条如簧的巧舌、一双狡黠的眼睛、一副撒弥天大谎也绝不变色的脸孔和一套无论怎样宽大也略显臃肿的服装。他们的营销策略也雷同无二：先伪造一套祖宗秘传的长寿养生学说，这学说多半源自张仲景、华佗、李时珍或者什么太医，然后开发一个产品——往往是些成本极低，吃不死人也治不了病的物质，比如淀粉或山楂片，但售价极其惊人，有一个"抗癌口服液"，一盒售价四千元，成本是最多五毛钱的香菇泡水——可丁可卯地对应上这个学说，接下来投放广告，报纸、广播、电视一拥而上、狂轰滥炸，全面占据消费者的感官世界，再入驻各个药店、社区，实现产品落地，这样一番行动下来，一年能收回成本，两年可以实现盈利，三年则赚个盆满钵盈……

十年中，连通信方式都从ＢＢ机换成了触屏手机，而保健品商家的营销手段毫无改进。问题在于，尽管其伎俩如此陈旧，尽管媒体对此类骗局的揭发不遗余力，但上当者依然前仆后继，无穷匮也。有一次我听收音机,一个什么"中医养生保健专家"放言说洗澡最容易让人丧失元气,要补气必须喝一种保健液,我感到大惑不解,不知道洗澡为什么会丧失元气,那专家仿佛听到了我的疑惑,旋即解答说,从浴室出来的人头顶都在冒热气,那就是丧失元气的表现……两周以后,我在采访中恰好遇上了这位"专家",他得意扬扬地告诉我广播电台的节目极大地促进了产品的销售,我听后的第一感受是:到底有多少国人,连"水蒸气"都不知道为何物?!

　　早晨上班,我必须步行到公主坟地铁站,途经海军大院东门,总看到两辆大巴车停在那里,一大群西装革履的青年满脸堆笑地将一大群白发苍苍的老人簇拥上车,车身上挂着某保健品公司的宣传条幅。我知道这就是所谓的会议营销,那些青年是保健品公司的销售员,他们会将老人们带到一个陌生的地方,由"专家"做危言耸听的"健康讲座",然后推销保健品,绝大部分老人会听信虚假宣传,掏光腰包,极少数尚有理性而拒绝购买者,则不许他们回家,形同软禁,直到他们掏钱为止,因此曾经发生过老人急火攻心、一命呜呼的悲剧。我有过无数次冲动,想上前阻止老人们登上那辆大巴,但是每每看到他们麻木不仁、任人摆布的眼神,便知道这是一群无论怎样也无法唤醒的人,在他们看来,想要长寿,科学不足凭,医学不足恃,一切长生不老的奇迹都来自并没有长生不老的祖宗的"秘方",他们不正是鲁迅先生所言"体格如何健全,如何茁壮,也只能做毫无意义的示众的材料和看客"吗?

　　我的父亲是一位非常知名的科技新闻记者,他有点像"安乐椅侦探",完全凭借对地理资料的研究,参与了雅鲁藏布江大峡谷是世界第一大峡谷的论证工作,在新闻史和科学发现史上写就了十分辉煌的一页。他虽然没把我培养成科学工作者，却也使我从小就对科学抱有无比的敬意。科学的原点是质疑，而不是国人最喜欢的盲从，从中国传统文化的角度来看，科学精神大概是最可恨、最忤逆、最不相容的一种事物。在中国人看来，很多概念是必须伏地叩首、神圣不可动摇的，比如天人合一、独尊儒术、三纲五常、祖宗至上，而从科学的角度来看，这些东西不仅禁不起质疑和试验，而且在逻辑上荒谬不堪，但是很多国人就是像恋尸癖一样迷恋着这些早已腐朽的残骸，穷尽一生只为一个匍匐，宁死都不肯挺起脊梁，前进一步。他们是受害者，也是加害者的帮凶，并在两种角色之间游刃有余，自得其乐。

于是我写就了《不可能幸存》这本推理小说，原意旨在探讨中国人一切大悲剧的根源。小说最初的名字是《湖底》，后来又改成《湖水》，然而出版社的编辑觉得不够好。最后我坐在9路公交汽车上，大约在永安里和国贸的两站之间，取了《不可能幸存》这一书名，获得了编辑的认可。这个名字如此模糊并透彻地表达了全书的主题：在一个几千年来"一种愚昧到头了，就用另一种更愚昧的东西取代之"的环境里，谁也不可能成为幸存者。

小说出版后，销量一般，一时间让我有些沮丧，不过我一直抱有"生前不可能有太多人读懂我的书"的奇怪想法，所以倒也坦然，抓紧构思下一部作品去了，谁知随着时间的推移，越来越多的读者对这本书表现出了兴趣，他们不仅称赞小说对"暴风雪山庄"的模式有所突破，在叙事结构上有所创新，堪称"犯罪现场勘查实用教程"，甚至认为，这本书"对国民性的探索、对群体无意识的成因，具有很多纯文学都无法比拟的深度",这令我十分高兴,假如说低估了读者是一种错误的话,这大概是我最喜欢犯的一种错误了。

近年来,随着国家对科普和科教工作的重视,百姓的科学文化素养不断得到加强,对虚假健康信息的防范意识也大幅度提高,今天的保健品产业,由于相关部门的严格规范和管理,已经不复当年的辉煌了,但是,将来会不会在健康领域出现新的骗局坑害消费者?我不知道——也许又有人会说我过于悲观,而我一向认为,悲观比乐观更有意义,绝望比希望更有价值,所有的幸存都是战胜了不可能幸存之后的涅槃。

从这个意义上讲,那个穿着一袭白衣站在漫长国道上的女孩,是唯一的幸存者,这就足够了,只要有一个幸存者,哪怕只有一个,就足以证明:我们仍有变不可能为可能的可能。

新版后记

恰逢暑假，我给女儿报了个羽毛球班，每天上午带着她到运动场馆，一边陪她练球，一边用笔记本电脑改稿。相伴的是教练的呼喊声、孩子们的欢笑声、球与球拍相撞时宛如开红酒一样的"砰砰"声，以及球鞋在塑胶地板上摩擦时尖锐的"吱吱"声。偶尔抬起头，看看那些闪转腾挪的身影，再低头看看布满字迹的电脑屏幕，突然感到一阵惆怅。

创作《不可能幸存》时，我已经不再年轻。那是二〇一〇年，我三十四岁，对于绝大多数文学创作者而言，这应该是一个逐渐成熟并走向收获的年龄，然而我却依然沉浸在自我编织的梦幻里拒绝醒来：我决心把本格派和社会派结合起来，借助类型文学这一载体来表现中国的社会现实，用新意迭出的创作手法，让读者看到一种前所未有的推理小说。正是为了实践这一梦想，我才在揭露保健品行业内幕这一高度社会派的题材中，像乱炖一样添加进了各种奇思异想的元素：散文诗样的行文，四大推理社团、爱新觉罗·凝、分身式现场勘查，还有结尾一唱三叠的独特结构……都是现在的我绝不会写，也绝写不出的东西了。

结果就是，出版之后乏人问津，虽然后来口碑渐渐向好，但二〇一七年再版时，依然被一些读者骂得狗血淋头，我丝毫不否认旧作有诸多的不成熟之处，但一部探索之作，却好像成了"推理小说不应该怎样写"的反面教材，无论如何都是一件让人沮丧的事情，好在我从出道起几乎一直就是"推理小说作家不应该怎样做"的反面形象，所以搔搔脑袋就去写被骂得更加狗血淋头的下一部了。

在再版后记里，我的那句"我一直抱有'生前不可能有太多人读懂我的书'的奇怪想法"，遭到了一些读者的冷嘲热讽，但这句话实在是我的心声。回想起来，大约就是从《不可能幸存》开始，这一想法开始在我的心里生根发芽，对于任何一个雄心万丈而又屡遭颠踬的人而言，除了"述往事，思来者"，他还能做什么？这句话所表达的，绝非基于虚妄的自大，而是基于失望的自嘲，仅此而已。

《不可能幸存》出版后的很多年里，我依然一本接一本地写，一本接一本地遭遇非议……我修改着旧作，脑海中不时浮现出的却是那个在夜深人静的台灯下字斟句酌的背影，他知道自己写出的新书依然会遭到世人的白眼，但他还是在写，一丝不苟地编织自己曾经的梦幻：一开始出于热爱，再后来出于信念，到最后只是出于未来一定会有人能够读懂他的作品的期待……而今我每每在一些平台上看到那些教人怎样写作的讲座和视频时，都觉得讲授者虽然字字珠玑，但是他们很少告诉受众：真正的写作者最应该学会的，是且仅仅是年复一年的台灯下的坚守。

五年过去，《不可能幸存》又将迎来再版，经历了这五年的岁月种种，我不知道会不会多了一些能读懂她的朋友，也许会，也许不会。不会就不会吧，我曾经那样渴望得到理解和认同，并为此煞费口舌地反复解释，后来才明白，这样做毫无意义，一个灵魂不被更多的灵魂接纳，并不是彼此出了什么问题，而仅仅是时机不对，吕蒙正说："天不得时，日月无光；地不得时，草木不生；水不得时，风浪不平……"也许还应该加上一句"文不得时，寂寂无名"，这个时候需要的只是等待，一言不发地等待……就像一个母亲，总是在喋喋不休地夸耀子女的优异，而子女们沉默不语，生生不息。

二〇二二年八月

图书在版编目（CIP）数据

不可能幸存／呼延云著．－－北京：新星出版社，2023.4
ISBN 978-7-5133-5184-3

Ⅰ．①不… Ⅱ．①呼… Ⅲ．①推理小说－中国－当代 Ⅳ．①I247.5

中国国家版本馆 CIP 数据核字(2023) 第 035799 号

不可能幸存

呼延云 著

责任编辑：王　萌
责任校对：刘　义
责任印制：李珊珊
装帧设计：人马艺术设计·储平

出版发行：新星出版社
出 版 人：马汝军
社　　址：北京市西城区车公庄大街丙3号楼　100044
网　　址：www.newstarpress.com
电　　话：010-88310888
传　　真：010-65270449
法律顾问：北京市岳成律师事务所

读者服务：010-88310811　service@newstarpress.com
邮购地址：北京市西城区车公庄大街丙3号楼　100044

印　　刷：北京九天鸿程印刷有限责任公司
开　　本：910mm×1230mm　1/32
印　　张：11.625
字　　数：193千字
版　　次：2023年4月第一版　2023年4月第一次印刷
书　　号：ISBN 978-7-5133-5184-3
定　　价：56.00元

版权专有，侵权必究；如有质量问题，请与印刷厂联系调换。